FANTASY

R.A. Salvatore im Goldmann Verlag

Die vergessenen Welten:
Der gesprungene Kristall (24549)
Die verschlungenen Pfade (24550)
Die silbernen Ströme (24551)
Das Tal der Dunkelheit (24552)
Der magische Stein (24553)
Der ewige Traum (24554)

Die Saga vom Dunkelelf:
Der dritte Sohn (24562)
Im Reich der Spinne (24564)
Der Wächter im Dunkel (24565)
Im Zeichen des Panthers (24566)
In Acht und Bann (24567)
Der Hüter des Waldes (24568)
Das Vermächtnis (24663)
Nacht ohne Sterne (24664)

Die Drachenwelt-Saga:
Der Speer des Kriegers (24652)
Der Dolch des Drachen (24653)
Die Rückkehr des Drachenjägers (24654)

FANTASY

R. A. SALVATORE

DIE RÜCKKEHR DES DRACHENJÄGERS

Drachenwelt 3

Aus dem Amerikanischen
von Frank Böhmert

GOLDMANN VERLAG

Die amerikanische Originalausgabe erschien 1995
unter dem Titel »Dragonslayer's Return«
bei Ace Books, New York

*Für Susan Ellison,
meine Lektorin und Freundin,
mit all meinem Dank dafür,
daß sie mich diese Geschichte schreiben ließ,
und in der Hoffnung, daß wir wieder zusammenarbeiten werden.*

Umwelthinweis:
Alle bedruckten Materialien dieses Taschenbuches
sind chlorfrei und umweltschonend.
Das Papier enthält Recycling-Anteile.

Der Goldmann Verlag
ist ein Unternehmen der Verlagsgruppe Bertelsmann

Deutsche Erstveröffentlichung 10/96

Umschlaggestaltung: Design Team München
Umschlagillustration: Schlück/Berni, Garbsen
Satz: deutsch-türkischer fotosatz, Berlin
Druck: Elsnerdruck, Berlin
Verlagsnummer: 24654
SN / Redaktion: Gert Rottenecker
Herstellung: Peter Papenbrok
Made in Germany
ISBN 3-442-24654-7

1 3 5 7 9 10 8 6 4 2

Prolog

Der Oktoberwind war schneidend. Er ließ das Laub taumelnd herumwirbeln und fegte es an dem Mann vorbei, der ernst auf dem Hügel stand, nicht weit von dem spitzenbewehrten grünen Zaun entfernt, der den Friedhof säumte. Gleich hinter diesem Zaun dröhnten Autos über die Lancaster Street. Das geschäftige Treiben der Lebenden, es war dem stillen Friedhof so nahe. Weiße Flocken tanzten in der Luft, etwas früh für diese Jahreszeit. Wenige Flocken nur, und kaum welche schienen überhaupt den Boden zu erreichen, bevor der unverminderte Wind sie mit sich fortriß.

Gary Leger stand mit gesenktem Kopf da und bekam kaum etwas mit von dem Schnee und dem Wind und den Autos. Sein schwarzes Haar war länger als sonst, er hatte sich nicht mehr darum gekümmert. Es wehte ihm über das unrasierte Gesicht, und auch das bekam er nicht mit. Das *Gefühl* des Tages erfüllte ihn, diese klassische New-England-Herbstmelancholie, die Einzelheiten aber gingen unter – verschwanden vor der überwältigenden Macht der schlichten Worte auf dem flachen weißen Stein.

Gefr. Anthony Leger
23. Dezember 1919 – 6. Juni 1992
Veteran des Zweiten Weltkriegs

Das war es nun. Das war alles. Zweiundsiebzig Jahre, fünf Monate und fünfzehn Tage hatte sein Dad auf dieser Erde verbracht, und das war es nun.

Das war alles.

Gary versuchte, Erinnerungen an den Mann heraufzubeschwören. Er dachte an die Cribbagespiele zurück und an den großen Blizzard von 78, als sein Dad, der unerschütterliche Postmann, um fünf Uhr morgens nach draußen gegangen war und versucht hatte, sein Auto und die Auffahrt freizuschaufeln.

Bei dieser Erinnerung mußte Gary schnaufen, vielleicht war es sogar ein trauriges Kichern. Der Wetterbericht hatte ein paar Zentimeter vorhergesagt, und so war Gary an diesem Februarmorgen vor fünfzehn Jahren mit der Hoffnung erwacht, daß es schulfrei gab. Er lupfte den Rand des Rollos. Yeah, stimmt. Es hatte wirklich geschneit. Aber die Perspektiven waren allesamt schief, und als er zur Auffahrt hinunterschaute, um abschätzen zu können, wieviel Schnee denn nun wirklich gefallen war, da sah er nichts weiter als einen schwarzen Fleck von ein paar Handbreit Durchmesser. Das war schon die Auffahrt. Sein Auto, sein wertvoller 69er Cougar mit dem 302-Boss und den superleichten Felgen, war gestohlen worden.

Noch in Unterhosen rannte Gary die Treppe hinab. »Mein Auto, mein Auto!«

Daß es immer noch da war, begriff der verlegene junge Mann erst, als er praktisch nackt vor seiner Mutter und seiner älteren Schwester stand. Der schwarze Fleck war nicht etwa die Auffahrt gewesen, sondern das Vinyldach seines Autos!

Und dahinter, am Ende der Auffahrt, war sein Vater. Sein unerschütterlicher Dad stieß die Schaufel oben in eine Schneewehe hinein – noch über seinen Schultern! – und versuchte, sein Auto freizubekommen, um zur Arbeit zu fahren. Es spielte keine Rolle, daß die städtischen Räumfahrzeuge es nicht einmal den Hügel an der Florence Street hinaufschafften; es spielte genausowenig eine Rolle, daß die Schneewehe sich weiter und weiter erstreckte, nicht nur ihre Straße entlang, sondern bis in die Hauptstraße hinein.

Gary konnte alles ganz deutlich sehen, sogar den Friedhof

auf der anderen Straßenseite, hinter dem Grundstück ihres Nachbarn. Selbst in der Erinnerung konnte er die Statue sehen, die das Familiengrab der Legers krönte, die Jungfrau Maria, die ihre Arme zum grauen Himmel erhob.

Genau wie jetzt. Genau wie für jetzt und immerdar. Die Tafel, die das Grab seines Vaters bezeichnete, befand sich nur ein paar Fuß hinter dieser Statue. Gary ließ seinen Blick den Rücken der Jungfrau Maria hinaufwandern, ließ ihn den erhobenen Armen bis in den Himmel folgen. Dunkle und weiße Wolken zogen mit dem Westwind dahin. Das Schmunzeln war Gary längst vergangen, langsam rann ihm eine einzelne Träne die Wange hinab.

Diane lehnte zwanzig Fuß entfernt am Wagen, und als sie die Träne schimmern sah, biß sie sich auf die Unterlippe. Ihre Augen, grün wie Garys, wurden feucht vor Mitgefühl. Sie konnte nichts machen. Überhaupt nichts. Anthony war vor vier Monaten von ihnen gegangen, und in dieser kurzen Zeit war ihr Mann mehr gealtert als in den sieben Jahren, die die beiden jetzt zusammen waren.

Aber so war das eben mit dem Tod, man konnte nichts machen. Diane verspürte Hilflosigkeit, als sie Garys Schmerz sah; das gleiche Gefühl beherrschte auch Gary, während er windgepeitscht auf die schlichten Worte auf dem schlichten Stein hinunterschaute. Nur empfand er seine Hilflosigkeit noch viel intensiver.

Gary war schon immer ein Träumer gewesen. Hatte ihn irgendein Rabauke in der Schule herumgeschubst, so hatte er sich einfach vorgestellt, ihm als Meister der Kampfkünste kräftig eine zu verpassen. Was auch immer die wirkliche Welt für ihn bereithielt, dank seiner Vorstellungskraft konnte alles ganz anders aussehen. Nur das Gras nicht, unter dem sein Vater jetzt lag.

Für diese Wirklichkeit gab es keinen Tagtraum vom siegreichen Helden.

Gary holte tief Luft und sah wieder auf die Steinplatte. Er ging nicht allzu oft auf den Friedhof; ihm wollte nicht einleuchten, wozu. Die Erinnerung an seinen Vater trug er immer mit sich, jede Minute eines jeden Tages – und damit wurde der Mann gewürdigt, den er so sehr geliebt hatte.

Bis zum sechsten Juni war alles gut gelaufen. Seit beinahe zwei Jahren war er mit Diane verheiratet gewesen, und sie hatten schon begonnen, über ein Kind zu reden. Beide waren sie dabei, sich eine Karriere aufzubauen, folgten dabei den Wegen, die die Gesellschaft als richtig erachtete. Nach der Hochzeit hatten sie noch einige Zeit bei seinen Eltern gelebt und auf ein Apartment gespart, und erst vor ein paar Monaten waren sie in die eigenen vier Wände gezogen.

Und dann war Anthony gestorben.

Seine Zeit war gekommen. Das war das passende Klischee, die beste Umschreibung. Anthony war stets die Verkörperung von Pflichtbewußtsein gewesen. Damals hatte er an diesem Turm von einer Schneewehe nur gegraben, weil er so wenigstens versucht hatte, seine Pflicht zu erfüllen. Doch als Gary, das Küken der Familie, das jüngste von sieben Geschwistern, das Haus verließ, da waren Anthonys Pflichten auf einmal allesamt erfüllt. Die Kinder fort, alle Töchter und Söhne auf eigenen Füßen. Nun war die Zeit gekommen, sich zurückzulehnen und die Tage in friedlichem Ruhestand verstreichen zu lassen.

Anthony hatte nicht gewußt, wie man das anstellte.

Und darum war seine Zeit gekommen. Und obwohl Gary nichts von dieser Ach-hätt-ich-doch-bloß-mit-ihm-geredet-als-er-noch-lebte-Schuld verspürte, denn die Beziehung zu seinem Dad war wirklich wunderbar gewesen, wurde er einen leisen Gedanken einfach nicht los. Wäre er nicht ausgezogen, hätte Anthony noch eine Pflicht zu erfüllen gehabt. Und wäre immer noch am Leben.

Das war die Last, die Gary an diesem kalten und windigen

Herbsttag spürte. Mehr noch, er wollte fast vergehen vor Schmerz. Sein Dad fehlte ihm. Er fehlte ihm unten am dritten Mal als Softballtrainer, und er fehlte ihm beim Fernsehen als Partner für das Gegrummel über die gleichbleibend schlechten Nachrichten.

Als der Sommer allmählich zu Ende ging, hatte Diane erneut über ein Kind gesprochen, aber die Worte waren Gary absolut leer vorgekommen. Er war noch nicht soweit. Er war noch nicht soweit, Kinder zu haben, die sein Vater niemals würde sehen können.

Die ganze Welt war ein Jammertal.

Die ganze Welt – bis auf einen kleinen Hoffnungsschimmer, eine Erinnerung, die von keiner Tragödie getrübt werden konnte.

Als der Schmerz ihn zu überschwemmen und zu ersticken drohte, als er beinahe teilnahmslos zu Boden gesunken wäre, da wandte Gary Leger seine Gedanken dem geheimnisvollen Land Faerie zu, dem Land der Kobolde und Elfen. Er dachte an den Drachen, den er bezwungen hatte, und an die böse Hexe, die bald frei sein würde – oder vielleicht schon frei war und die unabhängigen Bürger des Landes unter ihre Knute zwang.

Zweimal war Gary dort gewesen; das erste Mal ganz unerwartet, das zweite Mal nach fünf langen Jahren, in denen er sich Tag um Tag nach einem weiteren Ausflug gesehnt hatte. Fünf Jahre in dieser Welt waren nur ein paar Wochen in Faerie, denn die Zeit verstrich dort anders als hier.

Für einen flüchtigen Moment spielte Gary mit dem Gedanken, irgendwie nach Faerie hinüberzugehen und den Zeitunterschied auszunutzen. Falls es eine Möglichkeit gab, in die Nacht zurückzugelangen, in der Anthonys Herz ausgesetzt hatte, irgendeine Möglichkeit, daß er zu seinem noch lebenden Vater gelangte, dann konnte er den Notarzt rufen …

Aber Gary verwarf diesen wilden Plan, bevor er ihn richtig

zu fassen bekam. Der Zeitunterschied erlaubte noch lange keine Reisen in die Vergangenheit. Anthony war von ihnen gegangen, und daran konnte Gary um nichts auf der Welt etwas ändern.

Trotzdem wollte der junge Mann nach Faerie zurück. Er wollte zurück zu Mickey McMickey, dem Kobold, zu Kelsey dem Elfen, und zu Geno Hammerwerfer, dem mürrischen Zwerg, dem nie die Spucke auszugehen schien. In den vier Jahren seit seinem letzten Abenteuer hatte Gary immer wieder einmal hinüber gewollt, doch seit dem Tag, an dem er seinen Dad im Krankenhaus hatte liegen sehen, war dieser Wunsch sein ständiger Begleiter geworden.

Vielleicht war sein Wunsch hinüberzugehen nichts weiter als der Wunsch zu fliehen. Aber vielleicht war ihm das auch völlig egal.

Zerbröckelnde Brücken

Die drei ungleichen Gefährten – Kobold, Elf und Zwerg – duckten sich hinter den mit Weinreben überwachsenen Zaun und beobachteten die Soldaten, die sich südlich von ihnen versammelt hatten.

Fünftausend Mann mußten sich auf diesem Feld befinden, und jeden Tag kamen noch Hunderte hinzu. Ob zu Fuß oder zu Pferde, alle trugen sie Helme und Schilde und funkelnde Waffen.

»Kinnemore zieht schon wieder los«, sagte Mickey McMikkey, der Kobold, und wirbelte seine Mütze, den Tam-o'-Shanter, achtlos auf dem Finger herum. Da Mickey nur zwei Fuß groß war, brauchte er sich hinter dem Buschwerk nicht zu ducken, und da er den verzauberten Topf voll Gold sicher in seinen Händen wußte (oder in einer seiner Taschen), gab er sich auch kaum Mühe, verborgen zu bleiben. Diese plumpen Menschensoldaten würden ihn nie fangen.

»Wird langsam langweilig«, beschwerte er sich. Er faßte in seinen Mantel, der ebenso grau war wie seine verschmitzten Augen, und brachte eine langstielige Pfeife zum Vorschein, die auf magische Weise zu brennen begann, als er sie an die Lippen führte. Da er seit mehr als drei Wochen keine Zeit gehabt hatte, sich den Bart zu stutzen, strich er die struppigen, braunen Haare einfach mit dem Mundstück zur Seite.

»Blöder Gary Leger«, knurrte der stämmige Geno Hammerwerfer, trat gegen die Weinranken – und zerbrach dabei versehentlich eine der Zaunlatten. Der Zwerg war der beste Schmied im ganzen Land, und damit hatte er sich dieses anscheinend niemals enden wollende Abenteuer überhaupt erst eingebrockt. Kelsey hatte ihn gefangen, und da man die Fangregeln von Faerie nicht ohne weiteres beugte, hatte er den Elfen zum Hort des Drachen begleitet, um den legendären Speer des Cedric Donigarten zu richten. Aber wenn Geno damals gewußt hätte, was ihm aus dieser Queste noch alles erwachsen sollte, dann wäre er trotzdem nicht mitgegangen; Fangregeln hin, schlechter Ruf her. »Blöder Gary Leger«, grummelte er erneut. »Muß losmarschieren und die Hexe aus dem Sack lassen.«

»Noch ist Ceridwen nicht frei«, berichtigte Kelsey ihn. Er war der größte von ihnen, fast so groß wie ein Mensch. Als Geno ihn ansah, mußte er die Augen zusammenkneifen. Das schimmernde, lange Haar des Elfen blendete ihn schier in der Morgensonne. Auch seine Augen leuchteten wie Gold, Flekken von Sonnenlicht in einem unbestreitbar wohlgestalteten, markanten Gesicht.

»Aber sie wird bald frei sein«, erwiderte Geno – ein wenig zu laut anscheinend, denn seine beiden Kameraden fuhren nervös zu ihm herum. »Und deshalb bringt sie schon einmal alles in Schwung. Sie wird Dilnamarra in den Klauen haben, bevor sie von ihrer blöden Insel auch nur runter ist – und Braemar und Drochit gleich mit!«

Kelsey setzte zu einer Antwort an, dann aber starrte er den Zwerg nur lange an. Im Gegensatz zu den meisten anderen Mitgliedern seines Volkes trug Geno keinen Bart, und mit der Zahnlücke und den klaren blauen Augen erinnerte er an einen Lausbuben, sobald er lächelte – wenn auch an einen, der zum Bodybuilding ging! Kelsey hätte gern in aller Entschlossenheit erklärt, wie sie gemeinsam kämpfen und Ceridwens Marionettenkönig Kinnemore und seine Truppen zurück nach Connacht jagen würden, aber es mangelte ihm an den rechten Worten. Denn Geno hatte wohl recht. Sie hatten den Drachen getötet. Ceridwen würde jetzt, wo ihr Robert nicht mehr im Wege war, ganz bestimmt nicht lange fackeln und alles Volk von Faerie unter ihre dunkle Herrschaft zwingen.

Jedenfalls alles Menschenvolk. Als Kelsey an Tir na n'Og dachte, biß er die Zähne zusammen. Seinen heimatlichen Wald würde Ceridwen nicht erobern!

Und ins Hochgebirge von Dvergamal würde sie auch nicht ziehen, nicht gegen Genos wehrhaftes Volk. Die Erdgeborenen waren mehr als Bergbewohner, sie waren ein Teil der Berge. Sie lebten in vollendeter Harmonie mit dem mächtigen Gestein, und Dvergamal selbst würde ihnen gegen Ceridwens Armee zu Hilfe kommen. Die Verluste der Hexe würden niederschmetternd sein.

Und damit würde Faerie wieder das sein, was es einmal gewesen war. Sämtliche Menschen würden der Finsternis anheimfallen, während die Zwerge und die Elfen, die Erdgeborenen von Dvergamal und die Tylwyth Teg von Tir na n'Og der Hexe unnachgiebigen Widerstand leisten würden. Nachdem Kelsey zu diesem Schluß gekommen war, sah er den Zwerg freundlicher an. Ob es ihnen gefiel oder nicht, sie würden Verbündete sein (und natürlich würde es weder den Zwergen noch den Elfen sonderlich gefallen!).

Von dem Feld mit den Soldaten erklang ein Hornsignal, und die drei Gefährten wandten sich erneut gen Süden. Eine Reitertruppe jagte auf das Feld hinab, schwer gepanzerte Ritter auf gepanzerten Streitrossen, angeführt von einem schlanken Mann in einem abgetragenen, verschlissenen grauen Umhang.

»Prinz Geldion«, sagte Mickey verdrießlich. »Nun hab ich keinen Zweifel mehr. Die ziehen nur allzu bald nach Dilnamarra, vielleicht sogar heute noch.« Er sah Kelsey an. »Wir sollten los und den dicken Baron warnen. Damit er seine Gäste wenigstens anständig willkommen heißen kann.«

Kelsey nickte ernst. Es war ihre Pflicht, Baron Pwyll zu warnen, wozu es auch immer gut sein mochte. Pwyll konnte nicht ein Zehntel der königlichen Streitmacht aufstellen, und Ceridwens Armee war hervorragend ausgebildet und gerüstet. Nach allen militärischen Maßstäben konnte sie Dilnamarra einfach überrennen und brauchte dafür vielleicht nur Stunden. Da war nur eine Sache, die auf der Seite von Kelseys Verbündeten zu Buche schlug, eine Lüge, die im zerklüfteten Dvergamal ausgetüftelt worden war. Nachdem Gary Leger den Drachen besiegt hatte, war er in seine eigene Welt zurückgekehrt, und so hatten die Gefährten Baron Pwyll als den Drachentöter ausgegeben. Es war eine durchdachte, eine zweckmäßige Lüge gewesen, mit der Pwylls Rang als Anführer der Widerständler gegen Connacht erhöht werden sollte.

Die List schien erfolgreich gewesen zu sein. Das Volk von Dilnamarra hatte sich um seinen heldenhaften Baron geschart und ihm Treue gelobt bis zum Tod. Connachts Armee mochte größer sein, besser ausgebildet und besser gerüstet, aber die Soldaten des Königs würden niemals mit dem Mut und dem Ingrimm von Pwylls Leuten kämpfen, würden niemals die sichere Gewißheit haben, daß ihre Sache gerecht war. Trotzdem stand für Kelsey fest, daß Dilnamarra den Sieg nicht davontragen konnte; ihm blieb nur zu hoffen, daß Connacht so viele Verluste einstecken mußte, daß die Elfen die Grenzen des wunderbaren Waldes halten konnten.

»Und was ist mit dir?« fragte er Geno.

»Ich werde euch bis zur Oststraße begleiten, dann mach ich mich auf nach Braemar«, antwortete Geno. Damit meinte er eine recht große Stadt im Nordosten, im Schatten des mächtigen Dvergamal. »Gerbil wartet dort auf mich, zusammen mit ein paar von seinen Gnomenfreunden. Wir werden den Leuten von Braemar Bescheid sagen; danach geht's erst nach Drochit und dann in die Berge, ich zu meinen Leuten bei den Findlingsfällen und er zu seinen in Gondabuggan.«

»Und das ganze Land wird wissen, daß die Hexe naht«, sagte Kelsey.

»Was auch immer das nutzen mag«, fügte Mickey trocken hinzu.

»Blöder Gary Leger«, sagte Geno.

»Willst du das wirklich ihm ankreiden?« fragte Mickey. Geno war immer schroff geblieben (etwas anderes durfte man von einem Zwerg ja auch nicht erwarten), aber im Laufe der beiden Abenteuer hatte es so ausgesehen, als mochte er Gary doch langsam gut leiden.

Geno überdachte die Frage einen Moment, dann antwortete er schlicht: »Er hat sie rausgelassen.«

»Er hat getan, was er für das beste hielt«, warf Kelsey zornig ein. »Wie du dich ja vielleicht noch erinnerst, flog der Drache ungehindert herum, und darum hielt Gary es für das beste, Ceridwens Bann zu verkürzen – und er ganz allein ist es gewesen, der diesen Bann überhaupt erst über sie verhängt hatte«, fügte er spitz hinzu. Er faßte Geno fest ins Auge. »Ich für meinen Teil will ihm seine Entscheidung nicht übelnehmen.«

Geno nickte, und seine Laune schien sich etwas zu bessern. »Er war es ja auch, der den Drachen getötet hat«, gab er zu. »Zum Wohle des Landes.«

Kelsey nickte, und die Angelegenheit schien erledigt. Im stillen jedoch und ohne Gary für die Folgen seiner Entscheidung einen Vorwurf machen zu wollen, fragte er sich, ob es so wirklich zum Wohle des Landes gewesen war.

So düster, wie er sich Faeries unmittelbare Zukunft ausmalte, schien ihm die Frage berechtigt.

Garys erste, zögernde Schritte über das Ende der Florence Street hinaus waren bestimmt von sehr realistischen Befürchtungen. Er war hier aufgewachsen; wenn er nach hinten sah, konnte er die Büsche vor dem Haus seiner Mutter sehen (jetzt gehörte es ja nur noch seiner Mutter), gerade einmal fünf kleine Grundstücke entfernt, hundert Yards oder so.

Die Florence Street war länger geworden. Erneut hatte man ein Stück seines geliebtes Waldes in Besitz genommen und der Straße ein weiteres Haus angehängt. Mit einem tiefen Atemzug ließ Gary diesen neuesten Eindringling links liegen und betrat die unbefestigte Feuerschneise.

Gleich hinter dem Grundstück wandte er sich nach links und folgte einer zweiten Feuerschneise, die bald in einen schmalen, völlig überwucherten Pfad überging.

Ein Zaun schnitt ihm den Weg ab, irgendwo schlugen Hunde an.

Über ihm in den Bäumen hüpfte ein einzelnes Eichhörnchen nervös davon, und das Tier kam Gary wie der letzte Überrest dessen vor, was einmal gewesen war und nie wieder sein würde.

Heftig stieß er seine Finger durch die Maschen des Zaunes und drückte zu, bis es weh tat. Vielleicht sollte er einfach rüberklettern. Aber das Hundegebell klang sehr nahe. Die Aussicht, auf der falschen Seite eines sechs Fuß hohen Zaunes erwischt zu werden, während ein paar wütende Hunde nach seinen Fersen schnappten, war nicht sonderlich verlockend, und so verpaßte er dem Zaun lieber einen letzten Hieb und ging zur ersten Feuerschneise zurück. Dort wandte er sich nach links, tiefer in den Wald hinein.

Keine zwanzig Schritt später blieb er erneut stehen. Verdutzt starrte er das offene Feld zu seiner Rechten an, hinter dem Maschendrahtzaun des Friedhofs.

Offenes Feld!

Dieser Zaun hatte schon lange vor seiner Zeit hier gestanden, aber das Gelände, das er umschloß, dieses hinterste Ende des Friedhofs, war immer ein Dickicht aus Kiefern und Ahorn gewesen, voll mit Unterholz von der Größe eines Zehnjährigen. Nun war es nur noch ein gewaltiges, offenes Feld, das sich bereits mit Grabmarkierungen füllte. Es kam Gary völlig fremd vor. Er brauchte eine ganze Weile, um auf dem gerodeten Platz jenen Flecken auszumachen, auf dem er mit seinen Freunden Football und Baseball gespielt hatte – ein von Bäumen gesäumtes, ebenes Rechteck, das damals frei von Gräbern gewesen war.

Nun war es von schmalen Wegen und Rasenstücken eingefaßt, und überall standen Reihen von Grabsteinen still und ernst in ihren heiligen Einfassungen. Natürlich hatte Gary diese Veränderung bereits vom anderen Ende des Friedhofs aus gesehen, von jenem Hügel neben der Straße aus, wo die älteren Familiengräber lagen.

Wo sein Vater lag.

Von dort aus hatte er gesehen, wie sehr der Friedhof gewachsen war, aber ohne zu begreifen, was das hieß. Das begriff er erst jetzt, im Wald hinterm Haus. Jetzt begriff er, was den Toten mit ins Grab gegeben worden war. Er schaute auf das Spielgelände seiner Jugend, und was er sah, war der Wegweiser in seine Zukunft.

Schwer atmend drang Gary tiefer in den Wald vor, und bald konnte er die Rückseite der Karosseriewerkstatt sehen. Sie lag an der Straße, die die Bäume im Osten begrenzte. Einigermaßen überrascht sah Gary nach Westen zurück, zur Florence Street. Er konnte das helle Schindeldach des neuen Hauses sehen! Und die Karosseriewerkstatt! Und über dem offenen Gelände des Friedhofs, über den stillen Gräbern, konnte er die Dächer der Autos sehen, die die Hauptstraße entlangfuhren.

Wo war sein geliebter Wald hinterm Haus geblieben? Wo waren die dichtbelaubten, dunklen Bäume geblieben, die er als Kind gesehen hatte? Er dachte daran, wie er zum ersten Mal die ganze Strecke durch diesen Wald gegangen war, von der Florence Street bis hinüber zur Karosseriewerkstatt. Wie stolz war er gewesen, sich durch diese Wildnis gewagt zu haben!

Aber das hier? Wenn Diane und er Kinder hätten, würde er nicht einmal im Traum daran denken, sie hierher mitzunehmen.

Erneut ging er nach links, fort von der Feuerschneise, hinein in den nicht gelichteten Teil des Waldes. Er wollte wegkommen von diesem offenen Gelände, wollte alle Anzeichen der Zivilisation hinter sich lassen. Oben auf einem Hügel stieß er erneut auf den Maschendrahtzaun. Der war wirklich hartnäckig. Aber diesmal bellten wenigstens keine Hunde los.

Über den Zaun und ab durch die Mitte. Gary knurrte trotzig; er war bereit, jeden Hund umzuhauen, der ihn aufhalten wollte. Das hier mußte der hintere Teil der öffentlichen Badeanstalt sein. Noch eine unerwünschte Besitznahme, aber hier hatten sie wenigstens nichts abgeholzt. Etwas später kam Gary in dem Blaubeerflecken an, und als er sah, daß dieser wunderbare Ort immer noch existierte, ließ er einen aufrichtigen Seufzer der Erleichterung vom Stapel. Obwohl, im Westen war hinter den herbstlichen Baumkronen ein weiteres neues Haus zu sehen, am Ende der Straße, die von der Florence Street abging. Auch diese Straße war verlängert worden – und zwar ganz schön weit, wie es aussah. Nun verstand Gary, wo die Hunde angekettet waren, und wie zu erwarten gewesen war, begannen sie erneut mit ihrem Gebell.

Er wischte sich über das Gesicht und durchquerte den Blaubeerflecken. Er wollte zur Moosbank, in die kleine Senke hinunter, die noch immer der tiefste Teil des verschwindenden Waldes war. Hier war er damals dem ersten Waldmännlein begegnet; Mickey McMickey hatte es zu ihm gesandt. Es hatte ihn zu dem Feenring geführt, zu den winzigen Tänzern, die ihn dann in das verzauberte Land gebracht hatten.

Gary bewegte sich den steilen Hang hinab, nun gab es nichts als Bäume um ihn herum. Er schnallte den kleinen Rucksack ab und lehnte ihn als Kopfkissen gegen die Moosbank.

Er blieb noch Stunden, bis lange nach Sonnenuntergang, und die Kühle der Herbstnacht drang ihm bis in die Knochen. Leise rief er Mickeys Namen, wieder und wieder bat er den Kobold, zu ihm zu kommen und ihn von hier wegzubringen.

Aber nicht ein Feenmännlein erschien, und es würde auch keines mehr kommen. Der Zauber war vergangen, verschwunden wie das Spielgelände seiner Jugend, begraben unter Maschendrahtzäunen und Zement.

Sag es nur laut und oft genug

Prinz Geldion stapfte über das matschige Feld und verfluchte den Regen und den Wind, verfluchte auch die Nacht und den bevorstehenden Krieg. Völlig vom eigenen Zorn in Anspruch genommen, lief er mit gesenktem Kopf mitten in eine der Wachen hinein. Der einfache Soldat wollte schon protestieren, da erkannte er den Übeltäter. Also stand er lieber stramm, die Augen aufgerissen, und wagte nicht, sich zu bewegen oder auch nur Luft zu holen!

Geldion starrte den Mann durchdringend an, und die ihm zu Recht nachgesagte Bösartigkeit machte den Blick seiner dunklen Augen um so bedrohlicher. Der Prinz sagte kein einziges Wort – das hatte er gar nicht nötig. Er fixierte den Mann nur kurz und stapfte davon.

Wenn doch nur ein Stern hervorkäme oder der Mond. Alles, nur nicht diese Wolken. Der Prinz haßte es, im Regen zu reiten; da hatte er bei jedem Schritt das Gefühl, das Pferd würde gleich ausgleiten und stürzen. Und der bevorstehende Ritt versprach, hart zu werden, vorangetrieben durch das unersättliche Verlangen seines Vaters, Dilnamarra an die Kandare zu legen.

Dilnamarra und den Rest von Faerie. Kinnemore war immer schon ehrgeizig und fürsorglich gewesen, was das Reich betraf, nun aber hatten diese Gefühle neue Höhen erklommen. Geldion verstand nicht, was plötzlich so anders geworden sein sollte. Robert, der Drache, war also tot, aber wie oft hatte man ihn überhaupt einmal außerhalb seines fernen Hortes zu sehen bekommen? Und der Speer Cedric Donigartens war also wieder heil, aber wer sollte ihn schon tragen – und selbst wenn sich ein solcher Held fand, welchen Groll sollte er denn gegen Connacht hegen? Eigentlich blieb in den Staatsgeschäften doch alles beim alten. Kinnemore war noch immer der König, und soweit Geldion wußte, gelobte ihm das ganze Volk noch immer die Treue. Nun gut, mit den Leuten aus Braemar und Drochit hatte es ein Geplänkel gegeben, als Robert der Reizbare noch die Lande terrorisiert hatte, aber das war ein verzeihlicher Fauxpas gewesen, eine unschöne Affäre im Schatten der Drachenschwingen. Mit ein wenig Diplomatie würde im Reich wieder Ruhe einkehren.

Doch das schien König Kinnemore nicht zu genügen.

Nein, dachte Geldion, und ein Zischen entwich seinen Lippen. So stimmte das nicht. Er setzte seinen Gang um die schlammigen Grenzen des Lagers herum fort. Seinem Vater mochte es durchaus genügen, doch was das Königreich anbelangte, traf er schon längst keine unabhängigen Entscheidungen mehr. Der bevorstehende Krieg war nicht von Connacht aus angezettelt worden, sondern von der Glasinsel Ynis Gwydrin aus, der Heimat der Hexe Ceridwen.

»Wo Ihr noch niemals wart«, erklang eine rauhe Stimme, und der Prinz kam schlitternd zum Halt. Die Hand am Griff seines Dolchs, schaute er sich geduckt nach allen Seiten um. Da niemand zu sehen war, richtete er sich sogleich wieder auf. Ein verwirrter Ausdruck huschte über sein Gesicht, als er zu der Erkenntnis kam, daß wer oder was da auch immer zu ihm gesprochen haben mochte, augenscheinlich Gedanken lesen konnte.

Oder waren da lediglich Worte aus einem ganz anderen Gespräch zu ihm hinübergeweht?

»Nain, ich hab zu Euch gesprecht, Prinz Geldion«, erklang die Stimme, und er duckte sich erneut und riß seinen Dolch heraus.

»Über Euch«, krächzte es. Er sah nach oben und erblickte einen Affen mit Fledermausflügeln. Das Tier war fast so groß wie er selbst, und die Flügelspannweite mochte gut und gern doppelte Mannshöhe betragen. Geräuschlos landete es vor ihm im Schlamm, und dann stand es gelassen da, ohne Angst oder auch nur Respekt vor seinem Dolch zu zeigen.

»Wer bist du, und woher kommst du?« herrschte Geldion das Wesen an.

Der Flederaffe grinste, stellte dabei eine böse aussehende Reihe spitzer Zähne zur Schau. »Woher?« fragte er ungläubig, als läge die Antwort doch auf der Hand.

»Von Ynis Gwydrin«, vermutete Geldion. Neben und hinter dem Flederaffen bewegte sich etwas, ein paar Soldaten eilten herbei. Während der Affe mit einem Kichern zugab, von Ceridwen gesandt worden zu sein, hob Geldion eine Hand, um die Soldaten zurückzuhalten.

»Komme von Ceridwen wegen Geldion«, krächzte der Flederaffe. »Die Lady will Geldion sehen.«

»Ich soll nach Ynis Gwydrin reiten?«

»Fliegen«, berichtigte der Affe ihn. »Fliegen, mit mir.« Er breitete die Arme aus, und mit einem Wink seiner klauenbewehrten Hände lud er den Prinzen zu einer Umarmung ein.

Unwillkürlich zuckte Geldion zusammen, und er beäugte den Affen skeptisch, ohne den Dolch zurück in den Gürtel zu stecken. Im Geiste ging er mehrere Möglichkeiten durch, nicht zuletzt diejenige, daß Ceridwen seine Zweifel und seinen Zorn gespürt hatte und ihn aus dem Weg schaffen wollte. Nein, er würde die Waffe nicht wegstecken, und er würde nicht blindlings in eine solche Falle laufen.

Aber die Hexe mußte mit seinem Widerstand gerechnet haben. Plötzlich erklang ein Schwirren über ihm, und ein zweiter Flederaffe stürzte herab. Klauenbewehrte Hände und Füße packten Geldion an seinen Reisekleidern, und bevor er auch nur reagieren konnte, hatte er schon den Boden unter den Füßen verloren. Und da er sich mit den Armen im Umhang verfangen hatte, nutzte ihm der Dolch auch nicht viel.

Die Soldaten schrien auf und rannten mit hocherhobenen Spießen und Schwertern herbei. Der verbliebene Flederaffe jedoch schwang sich einfach ebenfalls in die Luft, und seine Schwingen trugen ihn rasch außer Reichweite.

Geldion ruckte und zerrte, bekam den Arm frei und versuchte sich zu drehen, um für einen Dolchstoß in Position zu kommen.

»Wollt Ihr runterfallen?« erklang eine Stimme aus dem dunklen Himmel. Das mußte der erste Flederaffe gewesen sein. Diese Worte ernüchterten den Prinzen, und er sah hinab. Sie waren schon beinahe dreißig Fuß vom Boden entfernt und stiegen rasch höher. Selbst wenn er seinem Träger einen Stich versetzen könnte, so würde sein Erfolg höchstwahrscheinlich ein Absturz mit schlimmen Folgen für ihn sein.

»Die Lady will Geldion sehen«, sagte der erste Affe erneut, und dann rauschten sie schweigend durch den peitschenden Regen und den peitschenden Wind. Bald bemerkte der Prinz, daß er es nicht nur mit zwei Affen zu tun hatte, sondern mit mehr als zwanzig.

Ceridwen pflegte eben nie etwas auf gut Glück zu tun.

Inzwischen war die halbe Armee auf den Beinen. Überall auf dem schlammigen Feld wurden Fackeln angesteckt, die vor Nässe aufsprühten. Scharen von Bogenschützen richteten ihre großen Eibenwaffen himmelwärts. Aber die Nacht war schwarz und der Erfolg gleich Null. All das wurde König Kinnemore umgehend berichtet, dieser jedoch schien über den nächtlichen Besuch nur wenig überrascht, geschweige denn besorgt. Er wischte die Bedenken seiner Soldaten knapp beiseite und befahl ihnen, zu ihren Wachstellen und Ruhelagern zurückzukehren.

Hoch oben in der dunklen Nacht konnte der entführte Prinz nicht allzuviel sehen. Ab und zu passierte die fliegende Gesellschaft ein kleines Dorf, das sich in die hügeligen Felder östlich von Connacht kuschelte, und die Lichter in den Fenstern gemahnten ihn daran, wie hoch sie waren.

Dann sanken die Flederaffen rasch hinab und landeten im feuchten Gras, wo eine zweite Horde schon auf sie wartete. Wieder wurde der Prinz gepackt, und die noch frischen neuen Kuriere hoben ab. Eine zweite Übergabe erfolgte, dann eine dritte, und nicht lange danach – der Himmel war noch immer dunkel – sah Geldion ringsherum riesige Schatten aufragen.

Sie waren in Penllyn angelangt, der Bergregion, die Loch Gwydrin umgab, den See aus Glas. Wie die meisten Sterblichen war auch Geldion noch niemals hier gewesen, aber er hatte viele Geschichten über diesen Ort gehört. Ganz Faerie kannte Geschichten über die Heimat der Hexe.

Die Sonne schickte gerade ihre ersten Strahlen über den Berggrat im Osten, direkt in ihre Augen hinein, als die Truppe über einen Paß zwischen zwei hoch aufragenden Gipfeln flatterte und die stillen Wasser des berühmten Bergsees in Sicht kamen.

Schräg fielen die ersten Sonnenstrahlen hinab, tauchten die Wasser in glühendes Gold. Geldion konnte den Blick nicht von dem blendenden Bild abwenden. Das Licht wuchs, und Ynis Gwydrin kam in Sicht, erst die Insel und dann das Schloß der Hexe, ein Palast aus Kristall. Nadelspitz stachen die Türme in den Himmel, und millionenfach brachen sie das Morgenlicht in einer Fülle von Farben.

Allem Verdruß und allem Zorn zum Trotz beschlich den Prinzen eine ehrfürchtige Scheu. Nicht eine Geschichte konnte dem herrlichen Ynis Gwydrin gerecht werden, kein Bild, keine Skulptur konnte den Zauber dieses Ortes und des Kristallpalastes einfangen.

Geldion holte tief Luft, um seine Fassung wiederzugewinnen. Er rief sich in Erinnerung, daß ihm der Zauber von Ynis Gwydrin nichts als Gefahr verhieß. Dies waren die Insel und das Schloß Ceridwens, und ein einziges Wort aus ihrem Munde konnte dafür sorgen, daß er diesen Ort nie wieder lebend verlassen würde – jedenfalls nicht in menschlicher Gestalt. Ceridwen war bekannt dafür, Leute in Vieh zu verwandeln.

Mit diesen beunruhigenden Gedanken wurde Geldion auf der Insel abgesetzt, auf einem Steinpfad, der durch den Sand zu den hoch aufragenden Toren des Kristallpalastes führte. Die Flederaffen schoben ihn auf die Tore zu, und er leistete keinen Widerstand. (Was dachten die denn, wohin er fliehen wollte?) Am Portal wurde er von einer Gruppe Goblins in Empfang genommen. Es waren häßliche, bucklige Geschöpfe mit fliehenden Stirnen und gewaltigen Eckzähnen, die sich grotesk über speichelbedeckten Lippen krümmten. Ihre Haut war von widerlich gelbgrüner Farbe, und sie stanken wie rohes Fleisch, das zu lange in der Sonne gelegen hatte.

»Geek«, erklärte ein spindeldürrer Goblin und piekste sich dabei mit einem knotigen Finger gegen die schmale Brust. Er griff nach Geldions Arm.

Der Prinz schlug die schmutzige Hand prompt zur Seite. »Ich werde auf Ynis Gwydrin doch keinen Widerstand leisten«, erklärte er. »Wenn ihr mich zu Ceridwen führen wollt, dann tut das. Wenn nicht, dann geht mir aus dem Weg, bei euerm Leben!«

Geek schüttelte den häßlichen Kopf und geiferte irgend etwas über »Leute«; doch dann erwähnte er den Namen Ceridwens, seiner »Lady«, und bedeutete dem Prinzen und den Goblinwachen, ihm zu folgen.

Im Schloß ging es immer neue verspiegelte Korridore entlang, und Geldion verlor bald jedes Gefühl für die Richtung. Aber er scherte sich nicht sonderlich darum; von hier zu fliehen war sowieso unmöglich. Er war im Hause Ceridwens, der mächtigen Zauberin, und er würde erst wieder von hier fortkommen, wenn sie es ihm gestattete.

Vor einer großen, hölzernen Tür blieb Geek stehen. Vorsichtig betätigte er mehrmals den Klopfer.

Geldion verstand, warum der Goblin so nervös war. Hinter ihm traten die Wachen von einem Fuß auf den anderen, und er bekam das bestimmte Gefühl, daß sie lieber woanders gewesen wären.

Die Türflügel schwangen wie von selbst nach innen auf, und plötzlich standen Geek und Geldion allein im Korridor. Die anderen Goblins flogen förmlich dorthin zurück, wo sie hergekommen waren.

Ein warmes Licht erstrahlte vor den beiden, der Schein eines einladend lodernden Feuers. Vom Korridor aus konnte Geldion nur einen Teil des Raumes sehen. Ein Paar gepolsterter Stühle war an das Ende eines schweren Bärenfells gerückt worden, und an der hinteren Wand hingen reichverzierte Teppiche. Auf einem war eine Szene dargestellt, die am Königshof von Connacht spielte, aber es war ein alter Teppich, und Geldion sagten die abgebildeten Männer und Frauen nichts.

Nervös bedeutete Geek ihm voranzugehen. Wenn der Prinz noch Zweifel gehegt hatte, ob dies Ceridwens Gemächer waren, nun waren sie zerstreut, denn der Goblin machte ein wahrhaft ängstliches Gesicht. Geldion nahm einen tiefen Atemzug und versuchte zu ermessen, was vor ihm lag. Er war der Hexe noch nie wirklich begegnet, sondern hatte nur ein paarmal mit ihren Boten, den sprechenden Krähen, zu tun gehabt. Sein Vater hatte sicher öfters mit Ceridwen zusammengesessen, bei vielen Anlässen, aber darüber hatte er nur selten ein Wort verloren.

Nun sollte Geldion ihr gegenüberstehen, von Angesicht zu Angesicht. Er schaute auf seine verdreckten Reisekleider hinab. In all dem Durcheinander von fliegenden Drachen und Scharmützeln mit den Oststädten hatte er nie gebadet, seit Wochen nicht.

Geek machte ein jämmerliches Geräusch und bedeutete ihm nachdrücklich hineinzugehen. Ohne länger zu zögern, nickte Geldion, und dann trat er stolz und mutig in den Raum (wenngleich es ihm kalt den Rücken hinunterlief, als die Türen sich hinter ihm schlossen).

Am anderen Ende des Bärenfells stand ein kleiner Diwan, und daneben stand eine hochgewachsene Frau. Sie war größer als Geldion und trug ein weißes Gewand, das sich wie eine zweite Haut an ihre Rundungen schmiegte.

Da stand sie, die berühmte Zauberin, und sie war schön, über alle Maßen schön. Ihr Haar war von der Farbe einer Rabenschwinge, und ihre Augen waren vom allerstrahlendsten Blau. Ein schlichter Blick aus diesen durchdringenden Augen ließ Geldion bis ins Mark erschauern. Er wollte auf die Hexe losgehen, und er wollte den Boden küssen, auf dem sie stand, und beides zur gleichen Zeit. Kinnemore hatte wenig verraten über seine Treffen mit Ceridwen, und plötzlich wußte Geldion, warum.

Es gab keine Worte, die Ceridwens beeindruckende Erscheinung zu fassen vermochten, die der Ausstrahlung dieses schönen und schrecklichen Geschöpfs wahrhaftig gerecht wurden.

»Seid gegrüßt, Prinz Geldion«, sagte sie mit der süßesten aller Stimmen. »Es betrübt mich zutiefst, daß wir uns nie zuvor begegnet sind.«

»Lady Ceridwen«, antwortete Geldion und verbeugte sich.

»Bitte setzt Euch«, schnurrte die Hexe, und als sie vor den Diwan trat, blitzten ihre wohlgeformten Beine durch einen Schlitz in ihrem Gewand. Lässig ließ sie sich auf die Polster sinken, legte die Füße gegen die eine Lehne und den Arm auf die andere.

Während Geldion sich auf einen der Stühle schob, ließ er die Hexe keinen Moment aus den Augen (er hätte es auch gar nicht gekonnt).

»Habt Ihr die Reise genossen?« fragte Ceridwen.

Verblüfft sah er sie an, und für einen Augenblick hatte er keine Ahnung, wovon sie überhaupt sprach. Dann fiel ihm auf einen Schlag alles wieder ein, die Flederaffen und die ungewöhnliche Weise, auf die er nach Ynis Gwydrin gelangt war.

»Ich ziehe es vor zu reiten«, stammelte er und kam sich wie ein Tölpel vor. »Natürlich waren Eure ...«, er hielt inne und suchte nach dem rechten Wort, »...Eure Geschöpfe schneller als jedes Pferd.«

»Ich mußte Euch noch heute sehen«, erklärte Ceridwen.

»Hättet Ihr eine Eurer Krähen geschickt, ich wäre gekommen«, antwortete der Prinz.

»Noch heute«, sagte Ceridwen erneut, nachdrücklicher,

und dabei beugte sie sich vor, und in ihren blauen Augen flakkerte es gefährlich. Geldion packte die Lehnen seines Stuhls. Hoffentlich hatte sie den Schauer nicht bemerkt, der ihm das Rückgrat hinuntergekrochen war. Er hatte in einem Dutzend Schlachten gekämpft, hatte seine Truppen ohne jedes Zögern gegen mächtige Feinde ins Feld geführt, selbst gegen die riesigen Bergtrolle. Jetzt aber verspürte er Furcht, mehr als jemals zuvor.

»Und natürlich kann ich derzeit nicht von meiner Insel herunter«, fuhr Ceridwen ruhig fort, und zu seiner großen Erleichterung lehnte sie sich wieder zurück. »Sonst wäre ich zu Euch gekommen. Das wäre einfacher gewesen.«

Geldion nickte, wieder fühlte er sich klein und tölpelhaft. Ceridwen schien es zu spüren, denn sie lächelte, und dann schwieg sie für lange Zeit.

Mit jedem Moment fühlte er sich unwohler, und er mußte sich mehrmals räuspern. Warum sagte sie denn nichts? Sie war es doch gewesen, die dieses Treffen herbeigeführt hatte. Warum also sagte sie nichts?

Weitere Minuten verstrichen. Bequem lag die Hexe da. Ihre Beine waren wie Porzellan, und sie räkelte sich und ließ mit jeder Bewegung mehr von ihnen sehen, und ihren blauen Augen entging nicht das kleinste Anzeichen seiner Nervosität.

»Warum bin ich hier?« platzte er schließlich heraus.

»Weil ich Euch sprechen wollte«, antwortete Ceridwen, und sie schwieg von neuem.

»Dann sprecht!« rief Geldion eine lange Minute später, und er bereute den Ausbruch sofort. Bestimmt machte sie ihm gleich mit einem Fingerschnipsen den Garaus. Hier, in diesem Gemach, war er zutiefst davon überzeugt, daß sie mächtig und böse genug dazu war!

Ceridwen jedoch tat nichts dergleichen. Sie lachte nur herzhaft und strich sich die lange, schwarze, unglaubliche Mähne wieder aus dem Gesicht.

Geldion hatte plötzlich das Verlangen, sich zu Boden zu werfen und vor ihr herumzuwinseln, und der verschmitzte Blick, mit dem sie ihn ansah, deutete darauf hin, daß sie sein Verlangen erkannt – und vielleicht sogar entzündet hatte. Diese Vermutung gab ihm die Kraft, dem geistigen Angriff zu widerstehen. Aber er mußte sich so sehr an den Armlehnen festkrallen, daß die Fingerknöchel weiß hervortraten.

Einen Augenblick später nickte Ceridwen. Es schien ihr zu gefallen, daß er immer noch fest auf seinem Stuhl saß.

Unvermittelt zerschnitt ihre Stimme die Stille. »Das Heer ist aufgestellt?«

Geldion schnappte nach Luft, dann nickte er. »Bereit, gegen Dilnamarra zu ziehen.«

Ceridwen nickte. »Warum?« fragte sie.

Verblüfft sah der Prinz sie an. War sie es denn nicht, die hinter all diesen Eroberungsplänen steckte? »Um jeden möglichen Aufstand im Keim zu ersticken«, antwortete er. »Die Leute sind in Aufruhr, sie sprechen von alten Helden und Drachentötern. König Kinnemore befürchtet ...«

Mit einer Handbewegung schnitt Ceridwen ihm das Wort ab. »Und wohin soll es anschließend gehen?«

Geldion zuckte mit den Schultern. »Nach Braemar, schätze ich. Und dann nach Drochit. Wenn es gelingt, diese drei Städte zur Vernunft zu bringen, dann wird das ganze Land ...«

»Und Ihr wollt die ganze Zeit kämpfen?« unterbrach Ceridwen ihn erneut. »Ihr werdet eine fürchterliche Verheerung anrichten, ganze Seen von Feindesblut vergießen.«

Geldion kratzte sich das unrasierte Kinn. Er begriff nicht recht, worauf sie hinauswollte.

»Ihr seid mit dem Eroberungsplan nicht einverstanden«, konstatierte Ceridwen.

Der Prinz riß die Augen auf, und nur mit Mühe gelang es ihm, sitzen zu bleiben. Wenn ihr das bekannt war, warum hatte sie ihren Affen dann nicht einfach befohlen, ihn zu Tode zu stürzen?

»Sagt mir frei heraus, wie Ihr darüber denkt«, sagte die Hexe nach einem Moment der Stille.

»Baron Pwyll hat Robert erschlagen, sagt man«, erklärte Geldion. »Oder wenigstens gehörte er der Truppe an, die ihn erschlagen hat. Ich hege Verachtung für den fetten Kerl, aber in den Augen der Bauern von Dilnamarra ist er ein Held. Mir mißfällt die Vorstellung, einen Helden unter die Erde zu bringen.«

»Gut«, nickte Ceridwen.

»Was für ein Spiel spielt Ihr eigentlich?« fragte der Prinz geradeheraus, da ihm ihre Antwort Mut gemacht hatte.

Ceridwen setzte sich auf, und Geldion schnappte fast nach Luft, so überrascht war er. Die Zauberin schien der ganzen Angelegenheit plötzlich müde zu sein. »Die Armee zieht nach Dilnamarra«, sagte sie in entschiedenem Ton. »Aber nicht, um es zu unterwerfen.«

»Wozu dann?« Geldion war weder enttäuscht noch hoffnungsvoll, sondern einfach nur verblüfft. Mit Mühe lehnte er sich wieder in seinen Stuhl zurück.

»Um einen Helden mit einem Festakt zu ehren«, sagte Ceridwen. »Dem wird Baron Pwyll sich nicht verweigern können.«

Erneut kratzte Geldion sich den Stoppelbart. Es dämmerte ihm langsam.

»Um das Volk den wahren Helden des Tages sehen zu lassen«, fügte Ceridwen hinzu.

»Den wahren Helden«, wiederholte der Prinz. »Und nicht Baron Pwyll.«

»Um das Volk seinen König sehen zu lassen.« Ceridwen strahlte ihn an. »König Kinnemore von Connacht. Den Krieger, der den Drachen Robert erschlug.«

Geldion runzelte die Stirn, und Ceridwen lachte ihn aus.

Seine einzige Entgegnung war ein langsames Kopfschütteln. Es war kaum zu glauben, was die Hexe da vorschlug.

»Natürlich wissen sie die Wahrheit«, erklärte sie. »Aber Pwyll, dieser Feigling von einem Baron, wird sich nicht wehren. Er wird Euren Vater als den Drachentöter ausgeben, und alle werden es hören können.«

Immer noch schüttelte Geldion zweifelnd den Kopf.

»Kinnemore hat den Drachen getötet«, beharrte Ceridwen. »Genau so wird Pwyll es verkünden, wenn er den Krieg schon an sein Tor klopfen hört. König Kinnemore wird der Held sein, und unsere Truppen werden bereits in Dilnamarra stehen. Was bleibt dem armen Baron da noch anderes übrig?«

»Ja, was?« fragte Geldion nicht allzu glücklich.

»Von Dilnamarra aus werden wir Drochit und Braemar des Verrats bezichtigen«, fuhr Ceridwen fort, und Geldion nickte, bevor sie noch zu Ende gesprochen hatte. Er wußte genau, was jetzt kam. »So wird Dilnamarra zur Allianz gezwungen sein, und wenn wir nach Osten marschieren, wird Baron Pwyll genau zwischen Eurem Vater und Euch reiten, an der Spitze des Heeres.«

Geldion nickte immer noch, aber er war längst nicht überzeugt. Der Plan schien von vollkommener Einfachheit und Hinterhältigkeit zu sein, und wenn alles klappte, dann hatte Kinnemore das ganze Land in kürzester Zeit und ohne größere Kämpfe an die Kandare gelegt. Doch war da ein gewaltiger Haken, den die überaus zuversichtliche Ceridwen übersehen haben mochte. Geldion wurde den Verdacht nicht los, daß einiges mehr an dem dicken Baron dran war, als sie glaubte. Sämtlichen Berichten zufolge war Pwyll einem echten, gewaltigen, schreckenerregenden Drachen begegnet, und das hatte er nicht nur überlebt, sondern war sogar siegreich gewesen. Und auch auf den östlichen Feldern war Pwyll dabeigewesen, neben Lord Badenoch von Braemar und Duncan Drochit, kurz vor dem Geplänkel.

Ceridwen nahm von Geldions säuerlicher Miene keine Notiz. Ihre Augen hatten einen entrückten, glasigen Ausdruck, als sonnte sie sich bereits in künftigen Siegen. Bald würde sie frei sein, und Robert, ihr einziger ernstzunehmender Gegenspieler, war nicht mehr. Das ganze Land würde Kinnemore gehören, und Kinnemore gehörte ihr.

Die Hexe schnipste mit den Fingern, die hölzernen Türflügel schwangen auf – und Geek, der sich augenscheinlich an sie gelehnt hatte, um zu lauschen, kam hereingestolpert.

»Bring den guten Prinzen hinaus«, schnurrte die Hexe, ohne sich für die übermäßige Neugier ihres Dieners zu interessieren. »Er hat viel zu erledigen.«

In der restlichen Zeit, die Geldion in dem Kristallpalast verbrachte, sprach er kein Wort mehr; er wehrte sich auch nicht, noch beschwerte er sich, als die Flederaffen ihn ergriffen und von Ynis Gwydrin fortbrachten.

Innerlich jedoch war er am Kochen. Er war zornig auf Ceridwen und ihre arglistigen, gefährlichen Pläne, und ohne recht zu verstehen, warum, war er auch zornig auf seinen Vater. Geldion war auf Krieg aus gewesen, war mehr als bereit gewesen, sich diese Emporkömmlinge von Baronen vorzuknöpfen und die Dinge wieder an ihren Platz zu rücken. Sein Vater war der rechtmäßige König, und wehe allen, die dem rechtmäßigen König nicht Treue bis in den Tod schwören wollten!

Plötzlich jedoch kam es ihm so vor, als wäre aus einem rechtschaffenen Krieg ein Netz von Intrigen geworden.

Ein Hauch von Geschichtlichkeit

»Ich hab dir doch gesagt, wir hätten später herfahren sollen, im Sommer«, beschwerte Diane sich ohne rechte Überzeugung. Sie strich sich das schmutzigblonde Haar zurück – das sie inzwischen kurz trug, denn sie war in einer ihrer Ich-brauche-eine-Veränderung-Stimmungen und hatte es sich abschneiden lassen; Ohren frei, Pony lang und hinten kurz, ganz wie es Mode war – und blies einen Regentropfen von der Nasenspitze.

»Hier regnet's auch im Sommer«, versicherte Gary ihr. »Wir sind in England. Und in England regnet's die ganze Zeit.«

Dem konnte Diane schwerlich widersprechen. Sie waren jetzt seit drei Tagen in London und hatten die Sonne tatsächlich schon zu sehen bekommen, bei mehreren Gelegenheiten. Nur war das Strahlewetter zu schüchtern. Immer wieder tauchte eine dunkle Wolke am Horizont auf, kam mal von hier, mal von dort und überschüttete sie mit kaltem Frühlingsregen.

Und was es noch schlimmer machte, Gary bestand darauf, die ganze Zeit draußen zu sein. Diane wären hundert Orte eingefallen, die sie hätten besuchen können, und die meisten von ihnen besaßen ein Dach; nur war Gary viel zu ruhelos für ganz normales Sightseeing. Er wollte Londons Straßen erwandern, und darum wanderten sie von einer Sehenswürdigkeit zur nächsten – Buckingham Palace, Tower Bridge, Big Ben, Parlament, Westminster Abbey. Aber selbst in Westminster Abbey, wo man den ganzen Tag damit verbringen konnte, die Grabinschriften der Berühmtheiten zu studieren, war Gary ruhelos gewesen. Sie waren höchstens eine Stunde dort drinnen gewesen. Über Charles Darwins Bodenplatte waren sie hinweggewetzt, und an den großen, prunkvollen Grabdenkmälern der Könige und Königinnen, an Elizabeth und Mary, die ironischerweise Seite an Seite lagen, waren sie vorbeigeschlittert. Und durch Poet's Corner, wo Geoffrey Chaucer und die Brontës und etliche andere Dichter lagen, die sie kennen- und schätzengelernt hatten, waren sie fast geflogen.

Diane hätte den ganzen Tag und sogar noch einen zweiten damit verbringen können, einfach nur dort in der Poet's Corner zu sitzen und über diese Dichter und ihre Bücher nachzudenken, ihren Geist über sich schweben zu spüren und Frieden aus der Erkenntnis zu ziehen, daß die menschlichen Fragen durch die Zeiten hinweg die gleichen geblieben waren.

Warum also waren sie schon wieder draußen und wanderten in den nassen Straßen herum? Und in einer völlig anderen Ecke der Stadt? Sie seufzte und schaute einem schwarzen Taxi nach, das mit etwa fünfzig Meilen auf der falschen Straßenseite an ihnen vorbeiflitzte. Zu ihrer Rechten stand ein großes Gebäude aus braunen Ziegelsteinen, wahrscheinlich noch eins von Londons zahlreichen Museen – nicht, daß sie auch nur eine Minute *in* einem Museum gewesen wären!

Gary trottete ein paar Schritte vor ihr dahin, und sie hatte nicht zum ersten Mal das Gefühl, daß er ihre Anwesenheit kaum wahrnahm. Mehr als einmal in den vergangenen drei Tagen hatte sie sich gefragt, warum er überhaupt mit ihr hatte verreisen wollen – und warum ausgerechnet nach London. Etwas, wovon sie nie geträumt hatte, kam ihr langsam verlockend vor: die Vorstellung, getrennt zu verreisen.

»Was ist das?« fragte sie einigermaßen ungeduldig, als sie ihn endlich eingeholt hatte. Er war mitten auf dem unebenen Gehweg stehengeblieben und starrte auf einen kleinen Krater hinab.

Er zeigte nur darauf.

»Und?«

»Er ist nicht neu«, sagte Gary. Er bückte sich und fuhr mit den Fingern den geglätteten Rand des Loches entlang. »Das ist vor langer Zeit passiert.«

»Und?« So langsam konnte sie nicht mehr verbergen, daß sie die Nase voll hatte. »Es ist ein Loch im Gehweg, Gary. Ein bescheuertes Loch in einem bescheuerten Gehweg, und es ist voll Regenwasser.«

Er sah zu ihr auf, und der Schmerz, der in seinem Blick lag, nahm ihrem Zorn die Schärfe. Sie mußte ihn zutiefst verletzt haben.

»Was meinst du, wie das hier reingekommen ist?« fragte er.

»Was meinst du denn?« fragte sie. Sie war wirklich nicht in der Stimmung für solche Spielchen.

»Vielleicht eine V-1-Rakete?« Ein schwermütiges Lächeln huschte über sein Gesicht. »Bestimmt. Oder irgendeine andere Bombe der Deutschen. Im Zweiten Weltkrieg.«

Das klang wie irgendeine miese Anspielung auf ihre deutschen Vorfahren. »Soll ich mich jetzt schuldig fühlen oder was?« fragte sie.

»Nein«, versicherte er und richtete sich wieder auf. »Aber fühlst du nicht auch …« Frustriert zupfte er an seiner Unterlippe, als würde so das Wort herausfallen, daß ihm schon auf der Zunge lag.

»Was fühl ich nicht auch?« fragte sie ungeduldig.

»Die Geschichte«, platzte Gary heraus. »Den Atem der Geschichte.«

Diane seufzte. »Du weißt nicht, wie das Loch da reingekommen ist«, erinnerte sie ihn, obwohl sie seine Idee mit der Bombe gar nicht so falsch fand und tatsächlich selbst schon daran gedacht hatte. »Es kann auch ein Autounfall gewesen sein oder eine Bombe der IRA, vor ein paar Jahren erst.«

Gary schüttelte den Kopf.

»Und außerdem«, fuhr sie störrisch fort, »wenn du Geschichte atmen willst, warum bist du dann erst aus Westminster Abbey rausgerannt? Wieviel Geschichtsträchtiges willst du denn noch haben? Alle Könige und Königinnen der englischen Geschichte liegen da, und dazu noch sämtliche Leute, die ihre Geschichten aufgeschrieben haben. Aber nein, wir stehen hier draußen in dem bescheuerten Regen rum und schauen uns einen Bombentrichter an. Im Gehweg.«

»Das ist was anderes«, beharrte Gary und holte tief Luft,

um seine Gedanken zu ordnen. Wie konnte er Diane nur überzeugen? »Die Geschichte in Westminster Abbey ist unsere Geschichte«, erklärte er langsam. »Menschliche Geschichte, die man zurechtgemacht hat, damit man hingehen und sie sich ansehen kann.«

»Na und, was ist das hier?« fragte Diane fassungslos und zeigte auf dem Krater. »Menschliche Geschichte.«

»Das ist was anderes.«

»Das ist genau dasselbe!«

»Nein!« beharrte Gary. »Es ... es ist hier nicht reingemacht worden, damit man es sich ansehen kommt. Es ist das unbeabsichtigte Nebenprodukt eines geschichtlichen Ereignisses. Keine Gedenktafel, nur ein Augenblick, der eingefangen und bewahrt worden ist. Als ob du im Wald den Fußabdruck eines Dinosauriers findest. Das ist ganz was anderes, als in ein Museum zu gehen und dir seine rekonstruierten Knochen anzusehen.«

»Okay«, kapitulierte Diane bereitwillig. Sie hatte immer noch keine Ahnung, wo der springende Punkt sein sollte.

»Für so was sind wir in London«, fuhr Gary fort.

»Ich dachte, wir sind hier, um Urlaub zu machen«, warf sie rasch ein, und obwohl ihre Worte ihn sichtlich getroffen hatten, ging er über sie hinweg.

»Für so was sind wir in England. Die haben mehr Geschichtlichkeit hier, als wir zu Hause je finden könnten. Einfach so.«

»Die Vereinigten Staaten waren auch im Zweiten Weltkrieg«, erinnerte sie ihn spöttisch.

Gary seufzte und strich sich mit der Hand übers Gesicht. »Bloß, wenn wir irgendwelche Krater von deutschen Bomben gehabt hätten, dann hätten wir sie längst eingeebnet«, klagte er. »Wie beim Arizona Memorial auf Pearl Harbor. Wir hätten lauter Zeug drumherum getan, auf dem bis ins Detail erklärt wird, was da passiert ist, wahrscheinlich komplett mit Filmen, die du dir für einen Vierteldollar anschauen kannst. Alles mögliche, nur nicht die Geschichte einfach für sich selbst sprechen lassen.«

»Ich hab keine Ahnung, wovon du überhaupt sprichst«, seufzte Diane. »Und ich bin es wirklich leid, im kalten Regen rumzulaufen.« Sie sah den Krater verächtlich an. »Und du kannst wirklich nicht wissen, wie das Loch hier reingekommen ist«, fügte sie hinzu.

Gary hatte keine Entgegnung parat; er zuckte nur mit den Schultern und ging weiter. Diane folgte ihm loyalerweise. Bald fanden sie weitere Krater – im Gehweg und auf der Mauer, die das große Gebäude umgab –, und dann entdeckten sie eine kleine, unscheinbare Gedenktafel in der Mauer. Sie bezeichnete das Gebäude als Victoria-und-Albert-Museum und bestätigte Garys Vermutung. Die Krater stammten tatsächlich aus den deutschen Luftangriffen.

Aber das war nur ein sehr kleiner Sieg, denn Diane hatte immer noch nicht erfaßt, wo der Knackpunkt war, und sie schaute auch nicht sonderlich glücklich drein. Er konnte ihre Enttäuschung nachvollziehen. Dies sollte ihr Urlaub sein – ihre einzige gemeinsame Reise in diesem Jahr! –, und er zerrte sie hier durch den Regen und suchte nach Eindrücken, die sie nicht verstand.

Natürlich war er nicht wegen der Sehenswürdigkeiten nach England gekommen. Er war hierhergekommen, um nach etwas Flüchtigerem Ausschau zu halten, um eine der immer seltener werdenden Brücken zu finden, von denen Mickey McMickey gesprochen hatte, eine der Verbindungen zwischen dieser Welt und der Welt von Faerie. Er hatte sie hier vermutet, irgendwo auf den Britischen Inseln.

Irgendwo. Bloß war England, ja selbst London, bei weitem nicht so klein, wie Gary Leger gedacht hatte. Mit der angeborenen Überheblichkeit eines Amerikaners der dritten oder vierten Generation hatte er sich England und die Inseln klein und ländlich vorgestellt und gedacht, er könnte sie in den zwei Wochen, die er freihatte, von vorn bis hinten durchkämmen.

An London war nichts klein und ländlich.

Drei dieser vierzehn Tage waren schon verstrichen, und alles, was er gefunden hatte, war ein kleiner Hauch von Geschichtlichkeit, ein kleines Einschlagloch im Gehweg einer regennassen Straße. Im stillen begann er sich einzugestehen, daß London viel zu großstädtisch war, daß vielleicht sogar ganz England zu großstädtisch war. Ein paar Stunden zuvor hatte er sich bei ein paar Briten über die Möglichkeiten erkundigt, nach Nottingham zu fahren. Mit den ganzen »Robin Hood«-Filmen im Hinterkopf hatte er sich Nottingham als *das* englische Dörfchen vorgestellt.

Die Briten jedoch hatten ihm versichert, daß Nottingham seinem Bild nicht entsprach. Es sollte eine rauhe Arbeiterstadt sein, und wenn er ihnen glauben durfte, dann bestand der Sherwood Forest noch aus genau drei Bäumen. Diese Vorstellung tat weh. Sie erinnerte ihn daran, was seinem eigenen geliebten Wald zugestoßen war, dreitausend Meilen von hier entfernt.

Es war genau, wie Mickey gesagt hatte; die Brücken zwischen der wirklichen Welt und Faerie verschwanden rasch.

Am nächsten Morgen erklärte Gary, daß sie London verlassen würden, um mit dem Zug die vierhundert Meilen hinauf nach Edinburgh zu fahren. Es sprach für Diane, daß sie ohne Beschwerden mitmachte (teilweise auch, weil sie selbst Lust hatte, Edinburgh zu sehen). Sie hatte begriffen, daß an ihrem Mann etwas nagte, und möglicherweise war ihr Verzicht auf eine geruhsame Reise ein kleiner Preis, verglichen mit dem gewissen Maß an Frieden, das er vielleicht zurückgewann, wenn sie ihm seine seltsame Suche gestattete. Es war nicht mehr allzu lange hin bis zu Anthonys erstem Todestag, und sie nahm an, daß Gary noch sehr unter dem Verlust litt.

Vierhundert Meilen und vier Stunden später verließen die beiden den Bahnhof von Edinburgh und warfen einen ersten Blick auf Schottland. Da sie ihr Gepäck komplett mit sich trugen, war Gary einverstanden, ein Taxi zu nehmen.

»Wo soll's denn hingehen?« fragte der Fahrer lässiger, als all die steifen Herren in den schwarzen Londoner Taxis zusammen je gewesen waren.

Gary und Diane starrten einander fragend an. Sie hatten kein Zimmer gebucht.

»Ach, Sie haben noch gar kein Hotel«, vermutete der Fahrer, und Gary sah ihn scharf an. Der Akzent erinnerte sehr an Mickey McMickey.

»Na ja, sind wenig Leute hier zur Zeit. Weil's so feucht ist«, fuhr der Fahrer fort. »Da kriegen wir vielleicht sogar was gleich neben der Burg.«

»Das wär klasse«, antwortete Diane rasch, bevor Gary einen seiner abwegigen Vorschläge machen konnte, und das Taxi rauschte los.

Wenig später bogen sie auf einen breiten Boulevard ein. Eindeutig eine Touristenecke, denn auf der linken Straßenseite reihten sich Hotels und Restaurants und Geschäfte aneinander. Zur Rechten dehnte sich hinter einer grasbewachsenen Böschung ein Park aus. Er lag ein Stück tiefer als die Straße, und so waren die meisten der zahlreichen blühenden Baumkronen etwa auf Augenhöhe.

»Die Felsenburg«, erklärte der Fahrer und zeigte mit dem Kopf nach rechts.

Gary beugte sich in seinem Sitz vor, um besser an Diane vorbeischauen zu können. Zuerst wußte er nicht, was der Mann gemeint hatte, denn alles, was er durch das Gewirr der Bäume sehen konnte, waren der Park und weiter hinten ab und zu der Fuß eines Hügels.

»Wow«, hauchte Diane, als die Bäume dünner standen, und als Gary sie ansah, begriff er, daß er nicht einfach hinaus, sondern nach oben sehen mußte. Er lehnte sich über ihren Schoß und sah zum Himmel hinauf, den Hügel hinauf und hinauf, der plötzlich eher wie ein Berg aussah. Hinauf und hinauf, Hunderte von Fuß, bis zu den Mauern einer Burg, die aus dem säulenartigen Berg regelrecht herauszuwachsen schien.

Gary blieb die Luft weg.

»Halten Sie an!« platzte es endlich aus ihm heraus.

»Was ist denn jetzt los?« fragte der Fahrer.

»Halten Sie an!« rief Gary erneut, während er schon über Diane hinwegkletterte und am Türgriff zerrte.

Der Fahrer trat in die Eisen, und noch bevor der Wagen richtig stand, war Gary schon draußen und stolperte auf den Rand des Parks zu.

Diane eilte ihm nach und ergriff seinen Arm. Zitternd starrte er zu der Burg hinauf, förmlich gelähmt von dem Anblick. Edinburgh Castle. Er kannte diesen Ort, er hatte diesen Berg und diese Burg schon einmal gesehen. In einer anderen Welt. In einem verzauberten Land namens Faerie.

Dort war der Berg als der Daumen des Riesen bekannt, und diese Burg, Edinburgh Castle, war der Hort eines Drachen namens Robert gewesen.

Bevor Gary Leger ihn erschlagen hatte.

»Euer Vater …«, begann der Soldat. Geldion schnitt ihm mit einer Handbewegung das Wort ab. Obwohl er erst seit wenigen Minuten wieder zurück auf dem Feld war, hatte er bereits gehört – und zwar mindestens ein halbes dutzendmal –, daß sein Vater ihn suchte. Und der letzte Soldat, ein Freund, hatte hinzugefügt, daß König Kinnemore heute nicht gerade guter Laune war.

Der erschöpfte Geldion war es ebensowenig. Die unbequemen Flüge nach Ynis Gwydrin und zurück hatten ihn überreizt, und erst recht die Begegnung mit der hinterhältigen Ceridwen. Er war sich ganz klein vorgekommen, und dieses Gefühl wollte ihm, der ewig um den Respekt seines kaltäugigen Vaters zu kämpfen hatte, gar nicht gefallen. Die Wachen vor dem königlichen Zelt schienen seine schlechte Laune und Gereiztheit zu bemerken, denn sie traten weit zur Seite, und einer von ihnen zog die Zeltplane dabei so weit auf, daß gleich mehrere Prinzen auf einmal hindurchgepaßt hätten.

»Wo bist du gewesen?« sagte der mißmutige, der ewig mißmutige König Kinnemore, bevor sein Sohn noch richtig drinnen war. »Ich habe hier eine Armee, die unnütz auf einem Feld herumhockt.« Er stand hinter einem etwas klein geratenen Schreibtisch aus Eichenholz, und das ließ ihn um so größer und beeindruckender erscheinen. Nur wenige Männer in Faerie erreichten eine Größe von sechs Fuß, König Kinnemore jedoch kam schon an die sieben heran. Seine Gestalt war schlank, doch seine breiten Schultern waren ein deutlicher Hinweis auf seine Körperkräfte. Seine Augen hatten mindestens fünfzig Jahre gesehen, und trotzdem war er erfüllt von der Energie eines Zwanzigjährigen. Es war eine nervöse Energie, die ihn beständig in Bewegung hielt. Ständig rieb er sich die Hände oder strich sich über den perfekt getrimmten, hoheitsvollen Spitzbart. Auch seine grauen Augen wollten niemals ruhen, ihr Blick flog von hier nach dort, als vermutete der König hinter jedem Möbelstück einen gedungenen Mörder.

»Ceridwen hat nach mir verlangt«, erklärte Geldion beiläufig, und Kinnemores andauernde Tirade endete in einem unverständlichen Gemurmel. Schließlich hieb er mit der Faust auf den Tisch, und der scharfe Knall (mit dem sich auch ein Spalt im Holz öffnete) gab ihm die kurze Pause, die er brauchte, um seine ohnehin nie sonderlich große Beherrschung wiederzuerlangen.

»Ihr solltet mehr als jeder andere wissen, daß wir zu springen haben, wenn die Hexe ruft«, schloß Geldion, und eine gehörige Portion Spott schwang in seiner Stimme mit. Er konnte einfach der Versuchung nicht widerstehen, seinen Vater noch ein wenig mehr zu reizen. Ihm war klar, daß er ebensogut wie jeder andere Narr, der es wagte, gegen den König zu opponieren, mit dem Kopf auf dem Richtblock enden konnte, aber manchmal war die Verlockung einfach zu groß.

Wie der König so mit den Zähnen mahlte und sich die Krähenfüße um seine Augen herum vertieften, kam er dem Prinzen sehr alt vor. Alt und zornig. Immer zornig. Geldion konnte sich nicht erinnern, wann Kinnemore zum letzten Mal gelacht hatte, von dem bösen Lächeln einmal abgesehen, das aufblitzte, wann immer er eine Hinrichtung anordnete oder von Eroberungsfeldzügen sprach. War er schon immer so gewesen, so voller Haß und nach Blut dürstend? Geldion wußte es nicht – aber all seine bewußten Erinnerungen zeigten ihm Kinnemore genau so, wie er heute war.

Dennoch hatte der Prinz das Gefühl, daß es einmal anders gewesen war. Vielleicht waren es keine echten Erinnerungen, aber er meinte, sich einer Zeit des Friedens und des Glücks entsinnen zu können, einer Zeit der Unschuld, in der sich die Gespräche nicht ständig um Krieg gedreht hatten, in der das Spielen dem Kämpfen vorgezogen worden war.

Ein tiefes Grollen drang über die Lippen des Königs, ein gutturales, tierhaftes Grollen. Wie konnte man so ausdauernd so schrecklich zornig sein, fragte sich Geldion.

»Was hat sie gewollt?« fauchte Kinnemore ihn an.

Der Prinz zuckte mit den Schultern. »Nur über Dilnamarra reden. Davon, wie Euch Baron Pwyll als den Drachentöter preisen wird.«

Kinnemore fegte den kleinen Tisch mit einer Hand zur Seite, und schon stand er vor seinem Sohn. »Wenn du mit ihr zusammen etwas gegen mich ausheckst …«, drohte er, und sein langer Finger stach keine Handbreit vor Geldions Nase in die Luft.

Geldion war mehr als einen Fuß kleiner, und diese Tatsache war ihm in diesem Moment schmerzhaft bewußt. Dennoch machte er sich nicht die Mühe, auch nur mit einem Wort auf den Vorwurf einzugehen. Er hatte in seinem Leben vieles getan, das man nicht gerade ehrenwert nennen konnte, aber niemals hatte er einen verräterischen Gedanken gegen König Kinnemore gehegt. Seine Loyalität wurde von niemandem, der ihn kannte, auch nur im geringsten bezweifelt. In all seinen Handlungen war er ein Mann des Königs, und zwar bis in den Tod.

Reglos standen sie da, Vater und Sohn, ohne mit der Wimper zu zucken. Schließlich trat Kinnemore einen Schritt zurück und senkte die Hand.

»Was hatte Ceridwen noch anzubieten?« fragte er.

»Nichts, das irgendwelche Konsequenzen nach sich zieht. Wir zwingen Dilnamarra in eine Allianz und marschieren nach Osten. Daran hat sich wenig geändert.«

Kinnemore schloß die Augen, und während er all das erst einmal verdaute, nickte er langsam mit dem Kopf. »Wenn Braemar und Drochit unterworfen sind, wird Baron Pwyll hingerichtet«, sagte er mit eisiger Ruhe.

»Baron Pwyll wird unser Verbündeter sein«, erinnerte Geldion ihn.

»Ein unfreiwilliger Verbündeter. In einer Allianz, die er gewiß verschmähen wird«, erklärte Kinnemore. »Und er weiß, wer den Drachen wirklich erschlagen hat. Das macht ihn gefährlich.« Der König ließ ein böses Lächeln aufblitzen, als ihm plötzlich ein neuer Gedanke kam. »Nein«, sagte er, »nicht nach der Unterwerfung wird er sterben, sondern schon vorher. Auf dem Weg nach Braemar.«

»Das wird Ceridwen nicht gefallen.«

»Ceridwen wird immer noch auf ihrer Insel festsitzen«, gab Kinnemore sofort zurück, und da begriff Geldion die Gedankengänge seines Vaters. Etwa zu der Zeit, in der Braemar und

Drochit fallen mochten, würde Ceridwen frei sein, und dann hatte Kinnemore viel mehr Schwierigkeiten, Pwyll aus dem Weg zu räumen, falls sie mit dem Plan nicht einverstanden war. Aber von ihrer Insel aus konnte sie gegen den Verrat nur wenig unternehmen.

Geldion schmunzelte verwundert. Was für seltsame Vorstellungen das Volk von Faerie sich über seinen Vater machte. Die meisten Bürgerlichen dachten, Kinnemore war nicht mehr als Ceridwens Marionette. Geldion jedoch wußte es besser. Ceridwen mochte in der Tat die Macht hinter dem Thron sein, doch besaß dieser Thron auch eine eigene Macht, eine wilde Kraft, die ihm mehr Furcht einflößte, als es die Hexe je gekonnt hätte.

»Und was verheißt uns das für die Allianz?« fragte er so eindringlich, wie es irgend ging.

»Du wirst es tun«, fuhr Kinnemore fort, so von seinen Gedankengängen in Anspruch genommen, daß er Geldions Protest nicht einmal gehört zu haben schien. »Du wirst es so aussehen lassen, als ob es ein von den Oststädten gedungener Mörder war. Oder wenn du nicht weise genug bist, diesem Kurs zu folgen, dann wirst du es so aussehen lassen, als ob der dicke Baron einen Unfall hatte oder als ob ihn seine schlechte Gesundheit nun vollends im Stich gelassen hat.«

Geldion sagte nichts, aber sein finsteres Gesicht verriet seine Gedanken nur zu deutlich. Er fragte sich, was mit ihm geschehen würde, falls die Wahrheit ans Licht kam. Wenn er als Pwylls Mörder angeklagt werden würde, würde sein Vater sich dann hinter ihn stellen? Oder würde er sich die Hände mit dem Blut des eigenen Sohnes waschen und ihn als Gesetzlosen brandmarken und hinrichten lassen?

Der alte Mann lächelte nur, dann packte er Geldion plötzlich mit einer Hand am Kragen. Mit erschreckender Leichtigkeit hob er ihn in die Luft.

Rein instinktiv griff Geldion nach seinem Dolch. Seine Finger ruhten jedoch nur für einen Moment auf dem Griff, denn er wußte nur zu gut, daß er nie die Nerven aufbringen würde, seinen Vater anzugreifen, selbst wenn es um das eigene Leben ginge.

»Setz die Truppen in Bewegung«, grollte König Kinnemore. »Du hast Duncan Drochit und diesen verfluchten Lord Badenoch schon einmal entkommen lassen. Ich werde dir kein weiteres Versagen mehr durchgehen lassen.«

In diesem Moment spürte Geldion die wilde Kraft des Mannes mit aller Schärfe. Fühlte sie in dem heißen, stinkenden Atem, dem Atem eines Fleischfressers nach einem blutigen Mahl.

Zutiefst erschüttert verließ er das königliche Zelt, und während er über das Feld stapfte, versuchte er, diese fernen, flüchtigen Erinnerungen an jene weit zurückliegenden Jahre heraufzubeschwören, in denen sein Vater noch nicht so wuterfüllt gewesen war.

Der Held

Still standen die schwachen Streitkräfte der Grafschaft Dilnamarra am Rand ihres gleichnamigen Städtchens, vielleicht zweihundert Männer und Jungen und sogar eine stattliche Anzahl Frauen. Hilflos beobachteten sie die Flut, die sich über die hügeligen Felder ergoß. Es war das Heer von Connacht, das sich da Reihe um Reihe auf sie zuschob. Die Dilnamarrer waren für diese ausgebildeten und gut gerüsteten Soldaten kein ernstzunehmender Gegner, und doch waren sie bereit, zu kämpfen und zu sterben, für ihr Zuhause und ihren heldenhaften Baron.

Dennoch war mehr als ein Seufzer der Erleichterung zu hören, als sich ein kleines Kontingent aus dem riesigen Heer löste, denn es führte zweierlei Banner mit sich. Das eine zeigte den Löwen und das Kleeblatt Connachts, das andere jedoch eine Sense in einem blauen Feld, Dilnamarras Wappen. Ungehindert trotteten die Männer auf ihren Pferden in die Stadt hinein, bis vor das Haupttor des viereckigen, gedrungenen Bergfrieds, der sich schützend über die Häuser erhob. Dort stiegen sie ab.

Durch die dilnamarrischen Reihen eilte das Gerücht, daß Prinz Geldion selbst in die Stadt gekommen war, und es regte sich eine leise Hoffnung, daß der Kampf vermieden werden konnte – besonders, da die eisenverstärkten Tore des Steingebäudes sich öffneten und der Prinz und seine Männer Einlaß fanden.

Dem kleinen Jungen, der oben auf einem der unscheinbaren Häuser saß – und der in Wirklichkeit ein Kobold war –, brachte die Ankunft des Prinzen keine Zuversicht. Mickey hatte schon früher mit Geldion zu tun gehabt; durch halb Faerie war er von ihm und seinen Männern gehetzt worden, und zwar gleich zweimal innerhalb weniger Wochen. Ihm verhieß der so friedlich aussehende Einzug des Prinzen nichts Gutes.

Ihm verhieß nichts, was der Prinz tat, etwas Gutes.

Baron Pwyll empfing den Prinzen und sein Gefolge im großen Audienzsaal im Erdgeschoß. Zurückgelehnt und um Gelassenheit bemüht, saß der dicke Mann auf seinem Thron, als der stets großspurige Geldion forsch hereinschritt.

»Guter Baron«, sagte er zur Begrüßung, und er machte einen kleinen Satz, als die Türen hinter ihm zuschlugen. Der Raum hatte nur ein Fenster, kaum mehr als einen kleinen Spalt, und von den Fackeln, die in jeder der vier Ecken in einem Wandleuchter steckten, brannten nur zwei – und die nicht einmal allzu kräftig.

Wissend spähte Geldion in der Dunkelheit umher, von der er zu Recht annahm, daß man sie arrangiert hatte. Der sichtlich nervöse Baron meinte wohl, seine wahren Gefühle in dem Dämmerlicht besser verbergen zu können – und natürlich auch die Spießgesellen, die für den Fall auf der Lauer liegen mochten, daß es Ärger gab. Geldion hegte nicht den geringsten Zweifel, daß in diesem Moment mindestens eine gespannte Armbrust auf ihn gerichtet war.

»So rasch schon wieder in Dilnamarra, Prinz Geldion?« fragte Baron Pwyll spöttisch. Er spielte mit einem der langen, struppigen Haare seines Bartes; er zog und zupfte und zwirbelte, daß es nur in einem merkwürdigen Winkel würde abstehen können, sobald er es wieder in Ruhe ließ.

»Und, habt Ihr mich nicht längst erwartet?« gab Geldion gewitzt zurück. »Wahrlich, guter Baron, Ihr solltet bessere Spione aussenden. Unser Aufzug ist mehr als nur ein wenig auffällig.«

»Warum sollten wir uns die Mühe machen, Spione auszusenden?« fragte Pwyll, um Gewitztheit mit Gewitztheit zu parieren. Natürlich hatte er den Hinweis auf die schiere Größe der königlichen Armee nicht überhört, doch tat er gut daran, seine Furcht zu verbergen. Vielleicht legte Geldion seine Karten so zuerst auf den Tisch.

»Weil ich nicht allein gekommen bin«, sagte der Prinz ernst.

»Ach ja«, begann Pwyll und richtete sich zu beeindruckender Größe auf. »Ja, Ihr habt Eure Armee mitgebracht. Wahrlich, mein guter Prinz, war das eine so weise Entscheidung? Der Drache ist tot, und es liegt wieder Frieden über dem Land. – Und lang lebe der Drachentöter!« fügte er hinzu, einfach den kerzengerade dastehenden Wachen hinter sich zuliebe und den Männern, die sich hinter den vielen Wandteppichen verbargen. Soweit sie wußten, hatte er es eigenhändig mit dem mächtigen Robert aufgenommen, und in diesem gefährlichen Moment hielt er es für angebracht, seine Männer an den Grund ihrer Loyalität zu erinnern.

»Aber wenn man den unglücklichen Zwischenfall auf den

Feldern im Osten bedenkt«, fuhr er fort, um Geldion aus der Reserve zu locken, »dann könnte man es zumindest als stillos bezeichnen, wie Ihr so durch das Land defiliert, mit einer ganzen Armee im Gefolge.«

Pwyll glaubte, den Prinzen mit der Erinnerung an die überflüssige Plänkelei, die dieser selbst verursacht hatte, ins Hintertreffen gebracht zu haben. Er wollte, daß der impulsive Mann in die Luft ging und seine wahren Absichten zu erkennen gab. Denn Pwyll war nicht unvorbereitet. Wenn er dem Prinzen die Wahrheit hier drinnen abtrotzen konnte, dann würde diesem seine angebliche Friedfertigkeit nichts mehr nützen. Pwyll würde ihn als Geisel nehmen, um die königliche Armee zurück nach Connacht zu zwingen.

So hoffte er. Geldions nächste Bemerkung jedoch erwischte ihn ohne Deckung.

»Der Drache ist tot«, sagte der Prinz, und er machte eine tiefe Verbeugung. »Aber aus genau diesem Grunde sind wir hier.«

»Fahrt fort«, sagte Pwyll neugierig.

»Robert ist tot«, repetierte Geldion mit einem feierlichen Schwung seines Armes. »Und wir von Connacht ›defilieren‹ in der Tat, wie Ihr es so passend genannt habt. Wir sind gekommen, um einen Festakt zu begehen, zu Ehren des Drachentöters. In diesen Zeiten sind Helden rar, meint Ihr nicht auch?« Während er dies sprach, lenkte er seinen Blick hinüber zu der berühmten Rüstung und dem gerichteten Speer des Cedric Donigarten. Sie ruhten auf ihrem angestammten Platz, einem Podest im Bergfried Dilnamarra. Der berühmte, leuchtende Schild lehnte an der Rüstung, Geldion direkt gegenüber, und es wollte dem Prinzen scheinen, als starre ihn das eingehämmerte Wappentier – der legendäre, mächtige Greif, halb Adler, halb Löwe – mißtrauisch an.

Pwyll entging der Blick des Prinzen nicht, dieser eindeutige Hinweis auf die Tricksereien der jüngsten Vergangenheit, und er kniff die Augen zusammen. Einem königlichen Edikt seines Vaters folgend, hatte Geldion versucht, das Richten des Speeres zu verhindern, indem er die Herausgabe der Artefakte forderte. Als das schiefgegangen war, weil Mickey McMickey das Edikt etwas »verbessert« hatte, und die Freunde mit gerichtetem Speer von ihrer Queste zurückkehrten, hatte der Prinz Dilnamarra belagert und ihnen so den Weg zum Bergfried abgeschnitten. Auch das war schiefgegangen, denn die Stücke waren von Mickey McMickey zurückgeschmuggelt worden, bevor Geldion sie auch nur zu sehen bekommen hatte. Ging es ihm nun ein weiteres Mal nur darum? War er nach Dilnamarra zurückgekehrt, und diesmal an der Spitze einer Armee, um einen neuen Versuch zu unternehmen, an die Artefakte heranzukommen?

»Und nun«, sagte Geldion begeistert und riß den Baron aus seinen stillen Betrachtungen, »haben wir einen neuen Helden, den wir auf ein Podest heben und dem wir ein Lob singen wollen.«

Pwyll wußte nicht, wie er reagieren sollte. Warum waren Geldion und die Krone von Connacht bereit, ihm irgendein Loblied zu singen? Er zählte zu ihren meistgehaßten Gegnern, und in seinem neuen Gewand des Drachentöters (ob nun rechtmäßig erworben oder nicht) zählte er zu den schlimmsten Bedrohungen für Connachts Anspruch auf uneingeschränkte Herrschaft.

Seine beachtliche Eitelkeit ließ ihn eine weitere Möglichkeit nicht übersehen. Vielleicht war sein Ruhm zu groß geworden, als daß Connacht noch offen gegen ihn vorgehen konnte. Sein Name wurde in allen Dörfern und Städten Faeries vollmundig gepriesen. Dank der Vorkehrungen von Gary Leger, Mikkey McMickey und einigen anderen war er, Baron Pwyll von Dilnamarra, in den Rang eines Helden erhoben worden. Vielleicht brauchte Kinnemore ihn jetzt? Fürchtete der selbstgefällige Herrscher, daß sich das ganze Volk des Königreiches hinter seinem neuen Helden einreihen und gegen Connacht ziehen würde?

Der Gedanke faszinierte Pwyll mehr als nur ein wenig, und so sehr er es vielleicht auch zu verhindern suchte, diese Faszination stand ihm ins Gesicht geschrieben.

Geldion hatte sie erwartet, und sie entging ihm nicht.

»Dann dürfen wir in die Stadt einziehen?« fragte er. »Um zu ehren, wem Ehre gebührt?«

Trotz seiner Eitelkeit und seiner Hoffnungen blieb Pwyll mehr als nur ein wenig mißtrauisch. Aber er saß in der Klemme. Wie konnte er sich das Recht herausnehmen, ein solch huldvolles Ersuchen zurückzuweisen?

»Zieht herein«, stimmte er zu. »Wir werden tun, was wir können, um Euch Euren Aufenthalt angenehm zu machen, doch fürchte ich, daß wir nicht über die Unterkünfte verfügen ...«

Geldion hob eine Hand. »Eure Großzügigkeit übertrifft alles, was wir je erwartet haben«, sagte er. »Aber die königliche Armee wird sich noch heute wieder auf den Weg machen. Wir waren lange fort von Connacht.«

Dagegen hatte Pwyll nicht das geringste einzuwenden. Er nickte, und Geldion verbeugte sich.

»Ich werde die Plattform auf dem Stadtplatz herrichten lassen«, sagte er, »und mit einer Eskorte zurückkehren, wie sie dem heldenhaften Baron von Dilnamarra gebührt.«

Wieder nickte Pwyll, und damit war Geldion verschwunden. Die unerwartete Wendung ließ die Soldaten hinter Pwyll aufatmen; hoffnungsvoll begannen sie, miteinander zu flüstern – einer beugte sich sogar vor und klopfte ihm auf die breite Schulter. Der Baron jedoch teilte ihre Erleichterung nicht. Er blieb auf dem Thron sitzen, fummelte wild an seinem Bart herum und versuchte, dem geschenkten Gaul ins Maul zu schauen und herauszubekommen, was Prinz Geldion wirklich vorhatte.

Die Erwähnung der Plattform ließ jedenfalls nichts Gutes

ahnen. Geldion hatte sie erst vor wenigen Wochen errichten lassen, mit einem Galgen, und nur Kelseys und Gary Legers Heldentaten in letzter Minute hatten den Baron vor dem Strang retten können.

Aber das war vor dem Geplänkel auf dem Feld im Osten gewesen und bevor Robert erschlagen worden war. Konnte es sein, daß Connacht eine neue Art des Herrschens ausprobierte, einen sanfteren, hinterhältigeren Griff? Konnte es sein, daß Connacht ihm in der Tat eine Ehre erweisen wollte, um ihn mit Gesten statt mit Gewalt ins Gefolge zu bekommen?

Wie seine Männer wollte auch Baron Pwyll gern glauben, daß die Zeit der Kämpfe für Faerie vorbei war und die Losung des Tages wieder Diplomatie hieß. Doch für einen Mann, der viele Jahre seines Lebens damit verbracht hatte, sich gegen Kinnemores eiserne Faust zu behaupten, war diese Vorstellung nur schwer zu schlucken.

»Was hat Geldion vor?« fragte Kelsey den Kobold wenig später. Er hatte sich mit Geno in einer Scheune versteckt, eine Viertelmeile nördlich von Dilnamarra. Geno hatte vorgehabt, nach Osten zu gehen, nach Braemar und Drochit, aber Mickey hatte ihn davon überzeugen können, daß es besser war, noch ein wenig zu bleiben. Wenn die königlichen Truppen vorhatten, Dilnamarra zu überrollen, warum hatten sie dann gezögert? Gewiß hätte ihnen Pwylls zusammengewürfelte Bürgerwehr nur geringen Widerstand leisten können.

Mickey sah aus dem Südfenster der Scheune zu dem gedrungenen Turm hinüber und zuckte die Achseln.

»Hast du es denn nicht hören können?« fragte Kelsey.

»Ich weiß nicht recht, was ich da gehört habe. Prinz Geldion wollte hinein, um mit Pwyll zu reden, und das taten sie auch. Ich hab's selbst gesehen, durch das kleine Fenster. Aber was ich gehört habe, das macht mich unsicher. Angeblich ist die Armee gekommen, um den Drachentöter zu ehren.«

»König Kinnemore ist einhundert Meilen geritten, um Baron Pwyll zu ehren?« fragte Geno skeptisch, und Kelseys Gesichtsausdruck zeigte, daß auch er diese Möglichkeit bezweifelte.

»Das hab ich nicht gesagt«, antwortete Mickey nach kurzem Nachdenken. Genos Frage hatte seine Überlegungen auf eine andere Bahn gelenkt, hatte ihn sich noch einmal alles vergegenwärtigen lassen, was Geldion gesagt hatte oder, um genauer zu sein, was er nicht gesagt hatte.

»Wird doch überall verkündet, daß der Baron den Drachen getötet hat«, beharrte Geno, aber Mickey hörte kaum zu.

»Wißt ihr«, sagte er mehr zu Kelsey als zu dem Zwerg, »der Prinz hat nicht ein einziges Mal ausdrücklich gesagt, daß sein Vater mitgekommen ist.«

Geno, der in den zerklüfteten und abgelegenen Bergen von Dvergamal zu Hause war und wenig wußte von der menschlichen Etikette, schien diesem Punkt keinerlei Wichtigkeit beizumessen. Kelsey jedoch kniff die goldenen Augen mißtrauisch zusammen.

»Genug von dem Geschwätz!« protestierte Geno. »Ich mach mich nach Osten auf und sag den Leuten von Drochit und Braemar, daß sie sich auf Krieg einstellen sollen, und dann geh ich nach Hause. Bloß weg von diesen blödsinnigen Menschen mit ihren blödsinnigen Spielereien!«

»Geh mir mal bloß nicht zu schnell«, warnte Mickey ihn. »Wenn du mich fragst, sind die Dinge in Dilnamarra nicht, was sie scheinen. Vielleicht klart das Wetter noch auf.«

»Oder es trübt sich ein«, fügte Kelsey hinzu, und Mickey pflichtete seinen ernsten Worten mit einem Nicken bei.

Sie kamen nach Dilnamarra mit einem Chor von schallenden Trompeten und den Hufschlägen von zweihundert Pferden. Prinz Geldion führte sie an, die stolze Armee von Connacht. Er steckte nicht länger in fleckigen Reisekleidern, sondern war ausstaffiert, wie es einer solchen Zeremonie angemessen war. Eine lange Purpurrobe floß ihm die Schultern hinab, und eine goldeneTresse kreuzte die schmale Brust. Selbst jetzt trug er kein Schwert, sondern nur den bekannten Dolch; leicht erreichbar steckte er in seinem Gürtel.

»Und immer noch keine Nasenspitze von Kinnemore«, sagte Mickey mißtrauisch. Die drei waren dichter herangeschlichen, hinter eine Hecke, die nicht weit vom Dorfplatz entfernt stand. Natürlich hatte Geno grummeln müssen, daß er es langsam leid sei, sich hinter Hecken und Zäunen zu verstecken.

Kelsey schüttelte den Kopf; er wußte auch nicht, was er davon halten sollte. Normalerweise führte Kinnemore seine Truppen selbst an. Vielleicht fürchtete er einen Mordanschlag, aber das wollte nicht recht zu dem Bild passen, das Kelsey sich von dem grimmigen König machte. Kinnemore war Ceridwens Strohmann – ganz Faerie wußte das –, aber dessenungeachtet hatte man ihn noch nie einen Feigling nennen können.

Während die Brigade sich in ordentlichen halbkreisförmigen Reihen um die Plattform herum aufstellte, ritt Geldion mit einer Gruppe von Rittern zum Bergfried. Ohne Verzögerung wurden sie eingelassen und fanden Baron Pwyll und eine Handvoll seiner engsten Ratgeber wartend vor.

Der Prinz warf einen verächtlichen Blick auf den dicken Baron. Pwyll trug seine feinsten Gewänder, doch selbst diese waren alt und fadenscheinig. Sie spiegelten die schweren Zeiten wider, die die Grafschaften unter der Regentschaft König Kinnemores nun schon seit etlichen Jahren durchmachten. Aber der Baron hielt sich wacker. Er wirkte weder eingeschüchtert noch überschwenglich, statt dessen strahlte er Ruhe und Zuversicht aus.

Das merkte auch Geldion, als sein Blick von den fadenscheinigen Kleidern zu dem resoluten Gesicht wanderte.

Wild kamen seine Zweifel an Ceridwens Plänen zurückgaloppiert.

»Ich bin bereit«, erklärte Pwyll.

»Seid ihr?« fragte Geldion verschlagen. Er nickte seinen Rittern zu, und im Nu hatten sie ihre großen Schwerter gezogen und glitten näher heran, jeder auf Fechtdistanz zu einem von Pwylls Begleitern.

»Was ist das für eine Trickserei?« donnerte der Baron. »Was für ein Mordplan?«

»Ihr seid ein Narr«, sagte Geldion zu ihm. »Es braucht kein Blut zu fließen. Nicht ein Dilnamarrer wird sterben müssen.«

Pwyll hob eine Hand, um seine Männer zurückzuhalten. Dann führte er sie an seinen borstigen Bart. Aber noch bevor er die Finger in die Haare vergraben hatte, ließ er die Hand wieder sinken. Er wollte nicht, daß Geldion ihm seine steigende Nervosität ansehen konnte.

»Wir marschieren hier hinaus wie geplant«, erklärte der Prinz. »Auf den Platz hinaus, vor die Menge. Dort werdet Ihr den Namen des Drachentöters verkünden.«

»König Kinnemores Namen«, sagte Baron Pwyll.

Geldion nickte. »Mein Vater wartet nur auf Euren Ruf.« Mit einem Kratzfuß wandte er sich zur Tür und bedeutete Pwyll voranzugehen.

»Ich sollte von Eurer Trickserei nicht überrascht sein«, sagte der Baron. »Wir erwarten langsam gar nichts anderes mehr von Connacht. Aber meint Ihr wirklich, die Leuten glauben …«

»Die Leute glauben, was man ihnen sagt«, unterbrach Geldion ihn. »Wer am falschen Ende des Schwertes steht, glaubt alles. Das könnt Ihr mir glauben.« Während er sprach, sah er sich die grimmigen Gesichter von Pwylls hilflosen Ratgebern an.

Der Baron sah ebenfalls zu seinen Männern. Sie hatten keine echte Chance gegen diese gerüsteten und bewaffneten Ritter – selbst mit den beiden Armbrustschützen nicht, die er vorsichtshalber hinter den Wandteppichen postiert hatte.

Noch einmal bedeutete der Baron seinen Männern, ruhig zu bleiben, dann schritt er voran. Doch bevor er an dem Prinzen vorbei war, hielt dieser ihn mit einer Handbewegung auf.

»Ich warne Euch nur einmal«, sagte Geldion. »Wenn Ihr Euch hier verweigert, werdet Ihr mit Eurem Leben bezahlen – und dem von ganz Dilnamarra.«

Pwyll schob sich an ihm vorbei. Als er den Bergfried verließ, hatte er keinerlei Absicht, sich zu verweigern. Was sollte denn so Schlimmes geschehen, wenn er König Kinnemore die Ehre zuschanzte, den Drachen Robert erschlagen zu haben? Auf jeden Fall weniger Schlimmes als das Massaker, das Geldion in Aussicht gestellt hatte.

Gemeinsam durchschritten sie die sich teilenden Reihen, und Geldions Ritter folgten ihnen dichtauf. Pwylls eigene Männer zerstreuten sich und verschwanden in der Menge.

»Das Gesicht, das der dicke Baron macht, will mir gar nicht gefallen«, sagte Mickey, als Pwyll, Geldion und drei der Ritter auf den Stufen der Plattform über der Menge auftauchten.

Geno brummelte etwas und schickte einen Strahl Spucke in die Hecke.

Die Gruppe stand auf der Plattform, und Geldion mußte den Baron schließlich vorwärts drängen. Pwyll funkelte ihn an, doch der gestrenge, königstreue Prinz gab nicht nach, nicht einen Fingerbreit.

Baron Pwyll schaute in die Menge. Wie schutzlos wirkten Dilnamarra und ihre Bewohner angesichts der zweihundert Reiter in der Stadt und der gewaltigen Armee, die direkt vor der Südgrenze lagerte.

»Gutes Volk von Dilnamarra«, begann er laut. Dann hielt er inne und blickte über die Menge hinweg zu der Hecke, in der Mickey McMickey und seine Gefährten damals auf der Lauer gelegen hatten; damals, als ihm der Strick schon um den Hals gelegt worden war.

Gehängt auf den Befehl eines gesetzlosen Königs – des Königs, den er gleich zum Helden von ganz Faerie ausrufen würde. Wie konnte er das nur tun? Wie konnte er auch noch mitmachen bei diesen andauernden Betrügereien – besonders, da er doch wußte, daß die böse Ceridwen, die hinter all dem steckte, bald von ihrer Insel herunter durfte!

Der Baron sah in die Menge und seufzte tief, sah in die schmutzigen Gesichter der Männer und Frauen und Kinder, die ihm allesamt selbst wie Kinder waren, die ihm, ihrem Führer, ihr Vertrauen geschenkt und all die schweren Jahre hindurch auf seinen Schutz gebaut hatten. Geldion hatte mehr ausgebildete Soldaten bei der Stadt postiert, als in der gesamten Grafschaft überhaupt an Leuten zu finden waren. Bilder eines schlimmeren Gemetzels, als er es je miterlebt hatte, schossen Pwyll durch den Kopf.

»Fahrt fort«, flüsterte Geldion und stieß ihn mit dem Ellbogen an, eine Bewegung, die den scharfen Augen Mickeys und Kelseys nicht entging.

»Nicht ich war es, der den Drachen erschlug«, begann Pwyll. Sofort ging ein Ächzen durch die Menge, eine Welle von Unglauben und Enttäuschung.

»Da haben wir's«, sagte Mickey. »Mit Pwyll und Dilnamarra im Gefolge kann Ceridwen und Kinnemore nichts mehr aufhalten.«

»Zeit, nach Osten zu gehen«, grollte Geno, und er spuckte erneut aus und wandte sich von der Hecke ab. Kelsey jedoch, der Pwyll besser kannte als jeder andere, fiel noch etwas auf, etwas im Blick des dicken Mannes. Er packte Geno bei der Schulter, riß ihn unsanft herum und befahl ihm, noch einen Augenblick zu warten.

Baron Pwyll hatte die grausamste Probe seines Lebens zu bestehen. Gerade als er sich daranmachte, Kinnemores Namen zu verkünden – und da sah er den König auch schon, im Augenwinkel, gleich hinter den Reihen der Reiter, für die Zeremonie herausgeputzt auf einem weißen Roß –, begriff

Pwyll vollends, was er damit anrichten würde. Kinnemore zu ehren lief zwangsläufig darauf hinaus, ihm die Treue zu schwören und Dilnamarra kampflos zu übergeben.

Aber was würde das für die Bürger von Drochit und Braemar und all den anderen Städten bedeuten? Und für die Tylwyth Teg, deren Heimatwald sogar noch weniger weit entfernt war? Dies waren seine Verbündeten, seine Freunde und die Freunde seines Volkes.

»Die Wahrheit ist, den Drachen erschlug …« Pwyll sah den selbstgefälligen Ausdruck, der über das Gesicht des sich nähernden Königs huschte, sah die Überheblichkeit, die Siegermiene.

»… Gary Leger aus Bretaigne!« brüllte Pwyll da. Geldion fuhr zu ihm herum, schockiert und entrüstet starrte er ihn an. »Zusammen mit Kelsenellenelvial Gil-Ravadry aus Tir na n'Og und dem berühmten Geno Hammerwerfer aus Dvergamal und Gerbil Schinkenklopfer, einem höchst erfinderischen Gnomen aus Gondabuggan!«

Plötzlich verkrampfte Pwyll sich. Ihm war der Bolzen einer Armbrust in den Leib gedrungen.

»Und mit einem Kobold«, japste er. »Meinem Freund Mikkey.« Dann wurde seine Stimme wieder lauter. »Paßt auf, Leute von Dilnamarra! Sie werden euch mit ihren Waffen ermorden, wenn sie euch mit ihren Lügen nicht einspinnen können!«

Geldion hatte ihn unsanft gepackt, und nur das hielt den Baron noch auf den wackeligen Beinen.

»Hört nicht auf das Lügengezischel eines Schlangenkönigs!« röhrte er mit all der Kraft, die ihm noch verblieben war. »Die Männer, die ich euch eben genannt habe, sie sind die Helden! Und sie sind es, die euch hinausführen aus der Finsternis!«

Dann ächzte er schmerzerfüllt. Einer der Ritter des Prinzen hatte ihm sein Schwert in den Rücken getrieben.

»Mein Freund Mickey«, sagte Pwyll mit einer Stimme, die

nicht mehr war als ein atemloses Flüstern, und er fiel auf die Knie, wo die Dunkelheit des Todes ihn umfing.

»Wer war das denn?« fragte Geno fassungslos.

»Baron Pwyll von Dilnamarra«, erklärte Kelsey mit fester Stimme.

»Mein Freund«, fügte Mickey mit einer Träne im Auge hinzu, denn ihm war klar, daß sie gerade Zeuge von Pwylls letztem Atemzug geworden waren.

Geno nickte, und ohne ein weiteres Wort rannte er davon. Die Straße nach Osten würde nur zu bald versperrt sein.

Um die Plattform herum brach die Hölle los. Das Volk von Dilnamarra konnte nicht hoffen, den Sieg davonzutragen, aber seine Wut war groß, und so wurden etliche der Soldaten niedergestreckt.

Und die ganze Zeit hindurch blieb Geldion bei dem toten Baron auf der Plattform. Mitgefühl wallte in ihm auf für diesen Mann, der so mutig gestorben war, den sein Vater und diese verfluchte Ceridwen so gehörig unterschätzt hatten.

König Kinnemore drängte sich mit seinen Leibwächtern durch die Menge und eilte neben seinen Sohn. Geldion funkelte ihn wütend an, aber der König ging gar nicht darauf ein.

Der Aufruhr war längst in vollem Gange, und so verhallten Kinnemores Rufe nach Ruhe ungehört. Aufgeregt wandte er sich zu seinem Sohn um, und als dieser ihm einen Ich-hab's-dir-doch-gleich-gesagt-Blick zuwarf, verpaßte er ihm eine Ohrfeige, die sich gewaschen hatte.

Geldion wollte schon zu einer heftigen Erwiderung ansetzen, da riß er plötzlich die Augen auf. Ein langer Pfeil war in Kinnemores Brustpanzer eingeschlagen.

»Du mußt natürlich auch deinen Senf dazugeben«, sagte Mickey zu Kelsey. Der große Bogen des Elfen summte noch von dem unglaublichen Schuß.

»Ich finde, in diesem Augenblick sollte auch die Stimme der Tylwyth Teg zu vernehmen sein«, sagte Kelsey leichthin.

Mickey sah wieder zu der Plattform. König Kinnemore stand noch immer, überrascht blickte er auf den zitternden Schaft hinunter.

»Ich glaub, er hat's vernommen«, kicherte Mickey.

Nicht nur zu ihrem Erstaunen, sondern auch dem Geldions und aller anderen, die den Pfeil bemerkt hatten, ergriff Kinnemore seelenruhig den Schaft und brach ihn ab. Einen Augenblick lang studierte er seine Machart, dann warf er ihn achtlos zur Seite. »Findet mir diesen Elfen und bringt ihn um«, befahl er seinen Männern ruhig und zeigte zur Hecke hinüber.

»Das ist ein ganz Harter«, sagte Mickey ehrfürchtig und erschreckt zugleich. »Wir sollten verschwinden.«

Kelsey hatte gegen keine der beiden Feststellungen etwas einzuwenden. Er setzte sich den Kobold auf die Schulter und lief nach Norden, Richtung Tir na n'Og. Dort würden seine Tylwyth Teg bereitstehen, um jeden Verfolger zurückzuschlagen.

Kaum hatte sich der erste Schock über den Aufstand gelegt, da überrannten die königlichen Truppen fachmännisch und systematisch das Dorf. Noch in derselben Nacht wurden Ruhe und Ordnung wiederhergestellt, wurden mehr als die Hälfte der Einwohner erschlagen oder verhaftet.

Die ganze Nacht hindurch kamen Flüchtlinge zur Südgrenze des dichten Waldes von Tir na n'Og, mehr Kinder als Erwachsene, und die sonst so abweisenden Tylwyth Teg gewährten ihnen gnädig Zuflucht.

»Ceridwen mag ihr Königreich kriegen«, sagte Mickey McMickey. Er stand mit Kelsey am Waldrand und schaute durch die letzten Baumreihen nach Süden. »Aber bei den Worten des seligen Pwyll, sie wird um jeden einzelnen Fingerbreit kämpfen müssen!«

Kelsey sagte nichts; er sah nur ernst zu, wie eine weitere Gruppe von Jungen und Mädchen im Mondschein über das letzte Feld rannte, gehetzt von einer Schar Soldaten. Ein Pfeilhagel, der hoch oben aus den Baumwipfeln kam, ließ die Soldaten kehrtmachen, und die Kinder schafften es sicher in den dunklen Wald.

Der Krieg um Faerie hatte begonnen.

Ein Rufen im Wind

Der Führer war ein Ausbund an Fröhlichkeit, ein bemerkenswert unterhaltsamer, älterer schottischer Herr, komplett mit Mütze und kariertem Kilt. Selbst Gary, der gar nicht begeistert davon war, mit einer Gruppe von Touristen herumzokkeln zu müssen, konnte sich das Kichern über den andauernden Strom von Witzen kaum verkneifen, während sie an den Außenmauern entlang auf die eigentliche Burg zugingen.

»Achten Sie gar nicht auf dieses Tor«, befahl der Führer mit schwerem schottischen Akzent, als sie zwischen zwei massiven, offenstehenden Flügeln hindurchliefen. Es waren eisenverstärkte, hölzerne Türen mit einem eisernen Fallgitter darüber, dessen Stäbe so dick wie Dianes Arm waren.

»Es ist noch gar nicht so alt«, fuhr der Schotte fort. »Das hat man hier erst hingestellt, als ich klein war, vor gerade einmal zweihundert Jahren!«

Die großäugigen Touristen waren allesamt so beeindruckt von dem Anblick des Tores und der Burg, daß sie eine Weile brauchten, um den Witz überhaupt mitzukriegen.

Und Gary, der wie festgenagelt auf den tiefergelegenen Hof der Burg hinabstarrte, auf Roberts Burg, bekam ihn überhaupt nicht mit.

Diane lachte ihn an, aber ihre Heiterkeit war wie weggewischt, als sie sein entschlossenes Gesicht sah. Genau dieser bestimmte und großäugige Blick hatte sie erst nach England und dann nach Schottland geführt.

»Vor gerade mal zweihundert Jahren«, wiederholte sie und packte Gary am Arm.

»Was?« fragte er und sah sie an.

Mit einem Seufzer der Ergebenheit beließ sie es dabei. Sie nahm Gary ins Schlepptau und folgte der Gruppe ohne rechte Begeisterung um den Burghof herum. Von dem Steinwall aus konnte man auf Edinburgh hinunterschauen. Altertümliche Kanonen standen in regelmäßigen Abständen an der Mauer, guterhaltene Museumsstücke, die auf die weniger schöne Seite des Zeitalters der Burgen hinwiesen. Der Führer erzählte etwas über die Kanonen, aber Gary hörte gar nicht hin. Er fand es befremdend, sie dort aufgereiht zu sehen; schließlich war es doch die Kanone gewesen, die die Burg als Schutzanlage hatte veralten lassen. Er fand es mehr als befremdend, er fand es schrecklich falsch. In Roberts Burg hatte es natürlich keine Kanonen gegeben, nicht einmal Schußwaffen. Und das hatte Gary besser gefallen.

»Die gehören hier nicht hin«, flüsterte er.

»Die Kanonen?« fragte Diane.

Gary sah sie verwundert an. Er hatte wohl laut gedacht. »Die Kanonen gehören hier nicht hin – und besonders die da nicht.« Er zeigte auf das Ende des gebogenen Walls, zu der modernen Haubitze, die in stiller Wachsamkeit hinter einem Seil stand, das darauf hindeutete, daß sie nicht zum Anschauen da und bestimmt kein Klettergerüst für kleine Kinder war.

»Ich finde es gut«, widersprach Diane. »Man kann sehen, wie sich die Burg mit der Zeit verändert hat. Es gibt hier oben eine Kapelle, die stammt aus dem fünften Jahrhundert! Man kann richtig sehen, wie die Burg gewachsen ist, wie sie immer wieder modernisiert worden ist, wenn sich die Welt drum herum verändert hat.« Sie redete sich in Begeisterung; es war ihr eine wahre Freude, sich das alles vorzustellen – bis sie wieder zu Gary sah und er wieder dieses entschlossene Lächeln zeigte.

»Was?« fragte sie streng.

»Ich würde dir gern zeigen, wie es hier vor den Kanonen war«, sagte er. »Als die Wachmannschaft noch aus Lavamolchen bestand und …«

»Fängst du schon wieder damit an?« fragte sie aufgebracht und wandte sich ab. Ihre Gruppe stieg bereits die freistehende Treppenflucht zur oberen Ebene hinauf, wo der Innenhof lag.

»Kommst du?«

»Ich kann dir genau sagen, was es da oben gibt«, tönte Gary und folgte ihr. »Bis auf die neueren Sachen natürlich.«

»Du gehst mir langsam auf die Nerven.«

»Das sagst du schon die ganze Woche.«

Mitten auf der Treppe wirbelte sie herum und funkelte ihn an. Es war ihm klar, daß er nahe daran war, ihr mit seiner Besessenheit den Urlaub zu verderben, aber er konnte einfach nicht anders. Er mußte nach Faerie zurück, unbedingt. Aber wenn die Haubitze überhaupt irgend etwas bedeutete, dann dies: daß die empfindlichen Brücken zwischen den Welten schneller zerfielen, als er erwartet hatte.

Trotzdem war es nicht fair, seinen Frust an der armen Diane auszulassen, und so entschuldigte er sich in aller Aufrichtigkeit bei ihr.

Gerade als sie den Innenhof erreichten, spazierte ihre Gruppe durch die Tür eines hohen Turms.

»Da können wir später hin«, erklärte Gary und griff nach Dianes Hand. Rasch zog er sie quer über den Hof auf eine offene Tür am hinteren Ende eines langgestreckten, flachen Gebäudes zu.

Ohne ein Wort des Protestes ging Diane mit, denn sie spürte, wie wichtig es für ihn war. Sie hetzten durch die Tür, in einen schlecht beleuchteten, kurzen Korridor hinein. Nur ein paar Schritte, dann bogen sie nach links ab und standen in einer gewaltigen Halle.

Hier war Gary dem Drachen Robert zum ersten Mal begegnet. Es sah alles noch ganz genauso aus. An den Wänden hingen Speere und andere Waffen, und leere Ritterrüstungen hielten brav an denselben Stellen Wache, an denen Roberts Lavamolche gestanden hatten.

»Das ist sie«, hauchte er.

»Na komm, Gary«, sagte Diane betont ruhig. »Sag mir, was los ist.«

Aus ihrem Tonfall konnte er schließen, daß er sie mit seinen rätselhaften Worten und Handlungen nicht mehr nur verärgerte. Jetzt jagte er ihr schon langsam Angst ein.

»Roberts Halle sah genauso aus«, erklärte er. »Genau der gleiche Raum, genau die gleiche Atmosphäre. Sogar die gleichen riesigen Deckenbalken.«

Diane sah zu der berühmten Decke mit ihren ineinander verkeilten Stützbalken hinauf – der Anblick wurde noch wunderbarer, wenn man sich vor Augen führte, wie hoch die Decke war und wie dick diese Stützbalken wirklich sein mußten.

»Nicht zu fassen«, hauchte Diane.

»Und ich hab sie schon mal gesehen«, versicherte Gary ihr. Sie sah ihn an, aber er hatte sich bereits abgewandt und ging weiter.

Diane erwiderte nichts, sie folgte ihm nur durch die große Halle. Bei jedem Schritt sah er sich um und sog den Anblick und die Atmosphäre in sich auf. Plötzlich hielt er inne, als hätte er etwas erspäht, das noch beeindruckender war. Diane folgte seinem Blick. Auf einem Sockel im hinteren Teil des Raumes lehnte ein riesiges Schwert an der Wand.

»Roberts?« fragte sie, seinen Gedankengängen folgend.

Vorsichtig bewegte Gary sich darauf zu. Ohne nach links oder rechts zu schauen, umfaßte er den schweren Griff mit beiden Händen und preßte ihn gegen seine Brust.

»Mickey«, sprach er. »Du mußt mich jetzt hören, Mickey.«

Das Schwert mußte eng mit Faerie verbunden sein. Es *mußte* einfach.

»Das darf man nicht anfassen«, flüsterte Diane und spähte nervös umher. Sie sah schon eine Horde Polizisten herbeilaufen. Bestimmt wurden sie auf der Stelle verhaftet, weil sie ein nationales Heiligtum geschändet hatten.

»Mickey«, sprach Gary, lauter jetzt, fordernder.

»Robert«, berichtigte ihn jemand, und für einen Moment glaubte er, Kontakt aufgenommen zu haben. Dann tauchte eine Hand vor ihm auf und lehnte das Schwert vorsichtig an die Wand zurück. »Roberts Schwert ist das«, erklärte der Wachmann.

In Garys Kopf wirbelten die Möglichkeiten herum, die dieser Name heraufbeschwor. Gut, er war also immer noch in seiner eigenen Welt, aber wie konnte dieser moderne Wachmann dann von Robert wissen?

»Robert the Bruce«, erläuterte der Wachmann und zeigte zu einer Wandtafel hinüber. »Und Sie sollen hier nichts anfassen, bitte.«

Mit einem Nicken trat Gary zurück, und Diane hakte ihn unter. Robert the Bruce war einer der legendären Helden Schottlands und ganz bestimmt kein Drache in Faerie. Trotzdem war Gary sich immer noch sicher, daß eine Verbindung zwischen den beiden Schwertern bestand; eine Verbindung zwischen dem Schwert von Robert the Bruce und dem, das der Drache Robert in seiner menschlichen Gestalt benutzt hatte, dem Schwert, das Gary ihm gestohlen hatte, um ihn in eine Falle zu locken.

Und es war mit Faerie verbunden. Das stand für ihn fest, seit er es berührt hatte. Aber er hatte keine Antwort auf sein Rufen vernommen, und welcher Zauber auch immer gerade heraufgestiegen war, das Erscheinen des Wachmanns hatte ihn wieder zerstört.

Gary und Diane machten die Führung nicht weiter mit.

»Was hörst du?« fragte ein rabenhaariger Elf, als er Mickeys abwesenden Blick sah.

Der Kobold warf einen Blick zu Kelsey hinüber, der mit ein paar Freunden plaudernd auf der anderen Seite des Lagerfeuers saß und die Schneiden seines Schwertes schärfte.

Als hätte er diesen Blick gespürt, brach Kelsey mitten im Satz und mitten im Schwung ab und starrte Mickey an.

»Gar nichts weiter«, antwortete Mickey seinem Nachbarn, obwohl er weiterhin über das Feuer hinweg zu Kelsey schaute. »Nur ein Lied im Wind, weiter nichts. Ein Vogel oder eine Nymphe.« Der Elf schien damit zufrieden, und als Mickey vom Feuer fortspazierte und im dichten Unterholz verschwand, bekam er es gar nicht mit. Kelsey jedoch hatte den Kobold nach zwanzig Yards eingeholt, und seine strengen Goldaugen verlangten eine bessere Erklärung.

»Nichts weiter«, sagte Mickey und wollte an ihm vorbei. Kelsey packte ihn bei der Schulter.

»Was machst du denn?« Mickey wand sich frei.

»Das war kein Vogel, und das war auch nicht Leshiye, die Nymphe«, sagte Kelsey. »Was haben deine feinen Ohren vernommen?«

»Nichts weiter, hab ich dir doch gesagt.«

»Und ich hab dich ein zweites Mal gefragt«, gab Kelsey zurück, und wieder packte er ihn bei der Schulter.

Mickey wollte erneut widersprechen, sah dann aber ein, daß es keinen Zweck hatte. Sie waren im belagerten Tir na n'Og, Kelseys herrlicher Heimat, und Kinnemores Truppen klopften bereits kräftig an das Tor. Kelsey war bereit, nach jedem Strohhalm zu greifen und auch dem leisesten Wink zu folgen, und da gab er sich nicht mit Ausflüchten zufrieden.

»Es war der Junge«, gab Mickey zu. »Der Junge hat nach mir gerufen.«

Kelsey nickte. Diesmal mußte der Ruf aus einiger Nähe gekommen sein, denn der Kobold war sichtlich beunruhigt.

»Gary Leger möchte zurückkehren«, vermutete Kelsey.

»Aber nur, weil er keine Ahnung hat«, sagte Mickey rasch und schüttelte den Kopf. »Wir haben alle gedacht, daß sich die Dinge nach Roberts Tod und mit Baron Pwyll als Held bessern würden. Du hast es doch selbst gesehen – der Junge hat gelächelt beim Abschied.«

Mickey hielt inne und schloß die Augen, und es wollte Kelsey scheinen, als hatte er den fernen Ruf erneut gehört.

»Nein, Gary Leger«, flüsterte Mickey. »Du willst bestimmt nicht hierherkommen. Nicht jetzt.«

Kelsey ließ ihn los, ließ ihn allein in den nächtlichen Wald hinausspazieren. Trotzdem war die Angelegenheit für ihn noch nicht erledigt. Denn er war nicht der Ansicht, daß Mickeys Antwort auf den Ruf richtig gewesen war.

Nachdem der Mond untergegangen war, verließ Kelsey mit einer Handvoll Gefährten verstohlen den Wald. Die fast lautlosen Elfen hatten wenig Mühe, durch die königlichen Linien zu schlüpfen und zum Bergfried Dilnamarra zu gelangen.

Gary hatte den Kopf gegen das Fenster des Reisebusses gelehnt, und während die hügeligen Felder des schottischen Hochlands an ihm vorbeizogen, betrachtete er die unzähligen Schafe. Eigentlich hatte er in Edinburgh bleiben wollen, um so oft wie möglich zu dem Schwert zurückkehren und der eventuellen Verbindung zu Mickey nachspüren zu können.

Diane hatte andere Vorstellungen gehabt. Kaum waren sie in ihr Hotel zurückgekehrt, da hatte sie heimlich eine Drei-Tage-Tour durch Schottland gebucht. Natürlich hatte Gary sich sofort quergestellt; aber Diane, die all die Wochen lang so geduldig mit ihm gewesen war, hatte die Nase voll gehabt. Entweder er käme mit, hatte sie gesagt, oder er dürfe den Rest des Urlaubs allein verbringen. Mehr hatte sie nicht gesagt, aber es hatte so geklungen, als ob er dann vielleicht noch mehr als nur den Urlaub hätte allein verbringen dürfen.

Nun saß sie neben ihm, sehr dicht neben ihm, und plauderte mit dem brasilianischen Ehepaar auf der anderen Seite des Ganges. Aus den Lautsprechern rieselte Musik, der Klang von Flöten und Akkordeons, fröhlich und schnell zumeist, aber ab und zu kam auch ein klagendes Stück.

Sie waren die reinsten Bilderbuchtouristen, wie sie da auf gewundenen Straßen durch die majestätische und melancholische Landschaft Schottlands fuhren. Gary sah nichts als Schafe.

Als der Tag verstrich und der Bus sich langsam Iverness näherte, ihrem ersten Aufenthalt, besserte sich zu Dianes aufrichtiger Erleichterung Garys Laune. Wieder dachte er an Faerie, an Loch Devenshire, das zwischen den Crahgs eingebettet lag. Dort hatte er ein Seeungeheuer erblickt, und so war es vielleicht Loch Ness, das ihm die Brücke zeigen konnte.

Aber sie gingen erst am nächsten Tag zu dem legendären See, und dann erwartete ihn eine Enttäuschung. Zwar sah er ein Monster, eine Kunststoffnessie, die in einem kleinen Teich – eher einer großen Pfütze – neben der Drumnadrochit-Monster-Galerie hockte; aber von den dunklen Wassern des Sees hinter der Autobahn und dem überwältigenden Panorama der Berge einmal abgesehen, gab es hier nur wenig Magie, gerade einmal den Hauch einer Ahnung, daß Mickey ihn vielleicht hören konnte.

»Noch zwei Tage«, sagte er, als der Bus nach Westen rollte, auf ihr nächstes Ziel zu, die Isle of Skye.

»Und dann fahren wir nach Brighton«, verkündete Diane.

»Brighton?«

»An der Südküste Englands, in der Nähe von Sussex. Von Edinburgh aus brauchen wir vielleicht sechs Stunden. Wir gehen gleich von der Bushaltestelle aus zum Bahnhof.«

Garys erster Impuls war zu protestieren. Die Bustour hatte er sich gefallen gelassen, aber eigentlich wollte er danach noch ein bißchen in Edinburgh bleiben. Aber in Dianes grünen Augen war nur Kompromißlosigkeit zu lesen, und so schluckte er seinen Protest lieber hinunter.

Eigentlich konnte er ihr den harten Blick auch nicht übelnehmen. Sie hatte sich über Jahre hinweg wunderbar verhalten, was seine Leidenschaft für Faerie anging. Sie hatte sich seine wilden Geschichten angehört, ohne zu jammern oder zu lästern. Und die vielen Nächte, die er im Wald hinterm Haus seiner Mutter gehockt hatte – sie hatte sie ihm nicht nur zugestanden, sie war sogar ein paarmal mitgekommen.

Und dabei glaubte sie nicht einmal an Faerie. Wie konnte sie auch? Wie konnte irgend jemand daran glauben, wenn er es nicht selbst gesehen hatte? Diane war immer kompromißbereit gewesen – bis zur ersten Hälfte ihres Urlaubs. Nun war er an der Reihe.

»Brighton«, stimmte er zu. Dann lehnte er sich zurück und gab sich alle Mühe, den Anblick des Hochlands zu genießen.

Isle of Skye

Hoch in den Zweigen einer Kiefer erwachte Mickey später in jener Nacht aus einem erholsamen Schlaf. Bogensehnen schwirrten, Männerkehlen brüllten. Der Kobold war ernstlich besorgt über den Aufruhr um sich herum und den allgemeinen Aufruhr in Faerie, aber er beschloß, sich aus dem Kampf herauszuhalten. Er war mit auf die Queste gegangen, um den Speer zu reparieren, er hatte sich seinen wertvollen Topf voll Gold zurückgeholt und dabei geholfen, den Drachen zu besiegen, und dann hatte er sogar noch ein wenig für Baron Pwyll und die anderen Widerständler herumspioniert; aber nun war er wieder in Tir na n'Og, dem Wald, den er sein Zuhause nannte, und da konnte sich gefälligst jemand anders um den ganzen Kram kümmern.

Er lehnte sich gegen den biegsamen Kiefernzweig, zog sich den Tam-o'-Shanter tief über die Augen und stellte sich vor, barfuß über eine Wiese voller vierblättrigem Klee zu rennen.

Dann hörte er jemanden nach Kelsey rufen, und im Nu war das Bild der Kleewiese verschwunden. »Donnerlittchen«, murmelte er, als er erkannte, daß er all dem nicht aus dem Weg gehen konnte. Nicht, solange so treue Freunde wie Kelsey da unten in Gefahr waren. Er klappte einen Regenschirm auf, der ihm praktischerweise in die Hand gekommen war, und den Kiefernzweig als Sprungbrett benutzend, schwang er sich in die Nachtluft hinaus. Gemächlich schwebte er zum Waldboden hinab.

Unten angelangt, versuchte er herauszufinden, aus welcher Richtung der Kampfeslärm kam, aber es hörte sich so an, als tobten mehrere Schlachten auf einmal.

Er klopfte mit dem Regenschirm – der nun wie ein kleiner, mit Schnitzereien verzierter Spazierstock aussah – gegen den Hut eines Pilzes. »Guter Krötenthron«, fragte er den Blätterpilz, »weißt du vielleicht, wo der Elf Kelsey steckt?«

Er lauschte nach der Antwort, und er bekam auch eine (denn solche Sachen kann ein Kobold). Dann bedankte er sich höflich und ging zu einem Spalt im Stamm der Kiefer hinüber, in deren Wipfel er geschlafen hatte. Höflich bat er den Baum um Erlaubnis einzutreten, dann tat er es; und auf solch zauberhafte Weise wanderte er durch das Wurzelwerk von Baum zu Baum (denn solche Sachen kann ein Kobold), um schließlich aus einem Spalt in einer breiten Ulme wieder hinauszuspazieren.

Zu seiner Überraschung befand sich auf der kleinen Lichtung kein Elf, sondern ein Menschenmann. Nervös hielt der königliche Soldat sich an seinem Schwert fest, und er schaute sich um, als wäre er gerade von seinen Kameraden getrennt worden.

Wie groß seine Augen wurden, als er sich umdrehte und einen Kobold erblickte! Ein Wahn schien den Soldaten zu überkommen, und all seine Furcht war plötzlich verflogen. Er machte große, runde Glupschaugen, und ein Lächeln erhellte sein Gesicht. Er warf die Waffe zur Seite, und dann stürzte er sich auf den Kobold. Jetzt waren seine Gebete erhört worden, jetzt machte er sein Glück! Im nächsten Moment war er wieder auf den Beinen, seinen Schatz umklammernd, und vergewisserte sich, daß niemand ihn beobachtet hatte.

Dann schielte er durch die Finger – und stellte fest, daß sein Fang aus einem schmutzigen Pilz bestand. Er nahm den Helm ab und kratzte sich.

»Da mußt du aber schon schneller sein«, hörte er jemanden sagen und wirbelte herum. Lässig stand da der Kobold, an einen Baumstamm gelehnt.

Den Pilz in der Hand, schlich der Soldat langsam näher. »Wie hast du das gemacht?« fragte er.

Dann zwinkerte er mit den Augen, denn an dem Stamm lehnte plötzlich nur noch ein Pilz. Wieder besah er sich seinen Fang, der nach wie vor aus einem Pilz bestand, und wieder kratzte er sich.

»Hinter dir«, sagte Mickey.

Der Soldat wirbelte herum, und endlich sah er den Kobold wieder. Aber sein gieriges Grinsen verging ihm rasch, denn der kleine Wicht saß auf der Schulter eines sehr zornig dreinblickenden Elfenkriegers.

»Kennst du meinen Freund Kelsey schon?« fragte der Kobold, und als er sich in Luft auflöste, blieb der Krieger namens Kelsey leider bestehen.

Der Soldat schleuderte den Pilz nach ihm, doch der Elf wischte ihn zur Seite und griff an – er zuckte nur kurz zusammen, als der zerknautschte »Pilz« plötzlich aufstöhnte.

Verzweifelt sah sich der Soldat nach seiner Waffe um, dann entdeckte er sie endlich und hechtete nach ihr. Aber kaum hatte er sie ergriffen, da trat der Krieger Kelsey ihm schon auf die Finger. Und dann kam Kelseys tödliches Schwert herab, und die scharfe Klinge blieb direkt auf seiner Halsschlagader liegen.

»Laß den armen Kerl leben«, sagte Mickey, der nicht länger wie ein Pilz aussah. »In Wirklichkeit ist es doch gar nicht sein Krieg.«

Rasch nickte der verzweifelte Soldat mit dem Kopf, um sein tiefes Einverständnis mit diesem Gnadengesuch kundzutun, doch als er zu dem grimmigen Elfen aufschaute, sah er sein Leben bereits verwirkt und fiel in Ohnmacht.

Grollend hob Kelsey das Schwert.

»Das darf doch nicht wahr sein«, jammerte Mickey. »Ich denke, die Tylwyth Teg sind das gute Volk.«

Kelsey zuckte zusammen, und langsam ließ er die Klinge wieder sinken, bis sie am Hals des Mannes zum Stillstand kam.

Als er Mickey ansah, waren seine goldenen Augen zu Schlitzen zusammengekniffen. »Candella ist tot«, sagte er und meinte damit eine Elfin, die ihm eine gute Freundin und für den Kobold mehr als nur eine gute Bekannte gewesen war.

Langsam schüttelte Mickey den Kopf, hilflos. »Und was ist mit dir?« fragte er und zeigte auf Kelseys Arm. Der weiße Ärmel war dunkel von frischem Blut.

Kelsey sah auf die Wunde hinab. »Eine Armbrust«, erklärte er. »Kurz bevor du aufgetaucht bist.«

Mickey sah sich um. Sie waren volle hundert Yards innerhalb der Grenzen Tir na n'Ogs, und plötzlich kam es ihm befremdlich vor, so tief im Wald einen Soldaten zu sehen. »Ist er der einzige Überlebende?« fragte er, als er begriff, daß dieser eine viele Begleiter gehabt haben mußte, um so weit vordringen zu können.

»Der einzige von vierzig«, antwortete Kelsey grimmig.

Irgend etwas kam Mickey plötzlich sehr falsch vor. »Dann

müssen sie versucht haben, hier einzudringen«, überlegte er. »Aber warum sollten sie das ausgerechnet nachts tun, wo sie im Dunkeln doch so schlecht sehen können? Warum sollten sie ausgerechnet nachts mit euch Elfen kämpfen, wo ihr doch im Dunkeln so gut sehen könnt?«

»Sie hatten uns verfolgt«, erklärte Kelsey. Verständnislos zuckte Mickey mit den Achseln.

»Wir mußten entkommen, um den Preis ihrer Leben«, fuhr der Elf fort. »Denn Kinnemore mißt der Rüstung und dem Speer des Cedric Donigarten mehr Wert bei als jedem anderen Schatz im Königreich.«

»Ihr habt sie gestohlen?« japste Mickey.

Kelsey nickte ernst.

»Dann ist Candella für den Speer und die Rüstung gestorben?« fragte der Kobold fassungslos.

Kelsey zuckte nicht mit der Wimper.

»Aber ihr habt doch niemanden, der sie tragen kann. Ihr habt euch allesamt für einen Schatz jagen und beschießen lassen, der gerade mal zum Anschauen taugt!«

Der Kobold setzte seine Tirade noch für ein paar Augenblicke fort, dann sah er, daß Kelsey ihm nicht einmal zuhörte, und mit einem lauten Schnaufen stemmte er die Fäuste in die Hüften. Er hielt immer noch den in einen Spazierstock verwandelten Regenschirm in der Hand, und der Stock erzitterte.

»Nun?« drängte Mickey.

»Du hast doch gesagt, daß Gary Leger wieder zurück möchte«, antwortete Kelsey, als würde das alles erklären.

Mickey brauchte eine ganze Weile, um diese unerwartete Wendung zu verdauen. In ihren beiden Abenteuern hatte Kelsey begonnen, Gary Leger zu trauen, hatte ihn sogar zu mögen begonnen, aber Mickey konnte nur schwerlich glauben, daß irgendein Angehöriger der hochmütigen Tylwyth Teg nur eines Menschen wegen sein Leben riskierte!

»Aber ich hab nicht gesagt, daß ich ihn herhole«, erklärte Mickey.

Kelsey zuckte nicht mit der Wimper.

Wie festgewachsen stand Gary am Ende der Bucht und starrte über die dunklen Fluten des Nordatlantiks zur westwärts wandernden Sonne. Ihre Strahlen färbten das Wasser zwischen den vielen säulenartigen Felsen, die wie riesige Wächter dastanden, das stille und stolze Erbe eines Zeitalters lange vor der Herrschaft des Menschen und seiner Wissenschaften. Der Wind war beständig und rauh, er kam direkt vom Meer und blies Gary die salzige Gischt ins Gesicht. Ein kaltes Beißen, aber davon ließ er sich nicht stören. Er konnte sich von diesem Anblick nicht losreißen.

Hundert Yards draußen in der Bucht lag eine Felseninsel, dreieckig und beeindruckend. Wie viele längst vergessene Seeleute hatten versucht, an diesem Fels vorbeizusegeln? Wie viele hatten dem Wind und dem kalten Regen getrotzt, um an diese Küste zu gelangen, und wie viele waren dort draußen gestorben, weil ihre schwachen Boote an den zeitlosen Felsen zerschmettert waren?

Wahrscheinlich waren hier mehr Schiffe untergegangen, als erfolgreich vorbeigekommen waren. Hier gab es etwas, das weitaus mächtiger war als ein hölzerner Schiffsrumpf, eine Macht, die sogar den menschlichen Geist überstieg.

Wie er so an dieser Bucht stand, in Duntulme, an der Nordküste der Isle of Skye, fühlte Gary Leger sich unbedeutend und wichtig zugleich. Er war ein kleiner Spieler im großen Universum, eine winzige bunte Faser im großen Teppich der Natur. Aber er war ein Teil dieses Teppichs, ein Teil dieser Erhabenheit. Er konnte diese Gewässer und diese Felsen nicht zähmen, aber er konnte an ihrer Größe teilhaben.

Das war die wichtigste Lektion, die Gary Leger in Faerie gelernt hatte. Das war es, was ihm die Erdgeborenen mitten zwischen den mächtigen Gipfeln Dvergamals und die Tylwyth Teg in der Geborgenheit ihres Waldes von Tir na n'Og beigebracht hatten.

»Das ist unglaublich«, flüsterte Diane und hakte sich bei ihm ein. Gary konnte ihr nur zustimmen. Er legte ihr eine Hand auf den Unterarm, und dann suchten sie sich ihren Weg durch die scharfen Felsen und den feuchten Sand.

Auf der linken Seite der Bucht stieg das Land steil an, bis zu einem Punkt, an dem sich das einigermaßen geschützte Gewässer zum Nordatlantik verbreiterte. Oben auf der Spitze standen die Ruinen einer kleinen Burg, eines alten Vorpostens. Als Gary sich einen Weg zu dem kleinen Pfad suchte, der auf die Klippen hinaufführte, blieb Diane stehen.

In dem rasch ersterbenden Licht sah der Pfad trügerisch aus, und ihr fiel erst jetzt auf, daß Gary seinen kleinen Rucksack dabeihatte. Wenn er da hinaufstieg, dann konnte es eine ganze Weile dauern, bis sie ihn wieder herunterbekam. »Die anderen gehen morgen da rauf«, erklärte sie.

»Und genau deshalb gehen wir da heute schon rauf«, gab er ruhig zurück und ging weiter.

Trotz ihrer sehr berechtigten Sorgen widersprach Diane nicht. Der Anblick war sensationell, um es mal vorsichtig zu sagen, und bei dem Gedanken, zu dieser Spitze und diesem verlassenen Vorposten hinaufzusteigen, begann ihr Herz schneller zu schlagen, ebenso schnell wie Garys. Sie fragte sich, wie wohl der Sonnenuntergang von da oben aussehen mochte. Es mußte ein seit Ewigkeiten unveränderter Ausblick sein, der gleiche Ausblick, den schon die Augen derjenigen gesehen hatten, die einst dort oben Wache standen. Wie es auf dieser Reise zur Gewohnheit geworden war, führte Diane zwei Kameras mit sich: ihre zuverlässige alte Pentax-35 mm und eine Polaroid. Wann immer sie ein vielversprechendes Motiv sah, nahm sie es erst einmal mit der Polaroid auf. Während sich das Bild dann vor ihren Augen entwickelte, bekam sie eine bessere Vorstellung von Ausschnitt und Belichtung, und dann erst machte sie sich mit der Pentax ans Werk. Oft zog sie zwei Rollen Film auf einmal durch.

Das Schlimmste an dem Aufstieg war der überall herumliegende Schafdung, der Pfad war schmierig und schlüpfrig davon. Auf seiner rechten Seite war ein Seil gespannt worden, um eventuelle Abstürze zu verhindern, und auf der linken trennte ein stabilerer (wenn auch an einigen Stellen zerbrochener) Zaun eine Schafweide ab. Diane hatte Schafe immer für knuddelige kleine Tierchen gehalten, aber als sie ihr nun entgegenkamen auf diesem schmalen, schlüpfrigen Weg, da wurde sie mehr als nur ein bißchen nervös.

Auch Gary wäre nervös geworden, wenn er den Schafen nur etwas Aufmerksamkeit geschenkt hätte. Aber sein Blick war wie festgeklebt auf die Ruinen über ihm gerichtet. Mit jedem Schritt spürte er die Energie dieses Ortes deutlicher, die Luft um ihn herum schien vor Magie zu prickeln.

Als die beiden den Gipfel erreichten, verzehnfachte sich der Wind um sie herum, und sie konnten begreifen, was die Mauern dieser alten Bastion so zerschmettert hatte. Männer waren hierhergekommen und hatten ihre steinerne Festung gebaut, und wahrscheinlich hatten sie sie für uneinnehmbar gehalten, so hoch oben auf der Klippe, mit ihren dicken Steinwällen und von trügerischem, felsengespicktem Wasser umgeben.

Gary konnte sich nicht vorstellen, daß irgendein menschlicher Feind diese Festung erobert oder ihre Mauern zerschmettert hatte, daß irgendwelche feindlichen Schiffe (die Langboote der Wikinger vielleicht?) es bis an den Strand geschafft hatten. Und trotzdem war die Festung besiegt worden. Die unermüdlichen Kräfte der Natur waren ihr überlegen gewesen. Wie die Männer, die sie bemannt hatten, war auch die feste Burg dem Staub anheimgefallen, ein nur vorübergehendes Bollwerk in einem ewigen Universum.

Auf einer umgestürzten Steinplatte fand Gary einen erhöhten Sitzplatz. Er sah zur tiefstehenden Sonne, dann breitete er die Arme aus, um so viel von dem Wind einzufangen, wie er nur konnte, um die Kraft des Windes einzufangen.

Hinter ihm lief Diane umher und schoß Aufnahme um Aufnahme mit ihrer Pentax. So hingerissen war sie, so munter in diesem Moment, daß die normalerweise vorsichtige Frau durch ein Loch in dem Wall hinaus auf die äußerste Kante der Nordklippe krabbelte, nur um einen guten Bildausschnitt zu bekommen. Dann, als sie in die Festung zurückkehrte, wagte sie sogar noch die Expedition in einen engen und dunklen Gang hinein, trotz eines Schildes, das genau davor warnte.

Gary bekam irgendein Blitzen mit und sah sich neugierig um, als Diane am anderen Ende des Ganges wieder auftauchte, das Blitzlicht in der Hand und ein breites Lächeln im Gesicht.

»Man soll da eigentlich nicht runtergehen«, sagte er.

Aber ihr Lächeln war ansteckend. Sie kam ihm wie ein kleines Mädchen vor, das gerade die Hand in die sprichwörtliche Keksdose gesteckt hat. Er war froh, daß sie so hingerissen von diesem Ort war, denn er hatte gerade beschlossen, hier noch ein Weilchen zu bleiben.

Nach Sonnenuntergang wurde es kalt, und die beiden kuschelten sich hinter einer umgestürzten Steinplatte aneinander.

»Bestimmt regnet es bald«, sagte Diane, eine einleuchtende Prognose in diesem andauernd verhangenen Land. Über ihnen schimmerten die Sterne, aber die beiden waren nun schon lange genug in England, um zu wissen, daß das in ein paar Minuten ganz anders sein konnte.

Sie redeten, und sie kuschelten; sie küßten sich, und sie kuschelten noch mehr. Gary sprach von seinen Abenteuern in Faerie, und Diane hörte ihm zu, und an diesem verzaubernden Ort unter diesem verzaubernden Himmel meinte sie fast schon, das rhythmische Klingen der Zwergenhämmer und den Feengesang hören zu können.

Gary begriff, daß ihre Geduld mit seinen wilden Geschichten ein wertvolles Geschenk war. In all den Jahren seit seinem ersten Trip war Diane der einzige Mensch gewesen, dem er davon erzählt hatte. Nicht einmal sein Vater hatte etwas davon gewußt.

»Gab's dort auch Einhörner?« Diese Frage stellte sie ihm, wann immer er von Faerie erzählte.

Er schüttelte den Kopf. »Ich hab keins gesehen. Aber das will nichts heißen.«

»Ich würde so gern mal ein Einhorn sehen«, sagte Diane. »Schon als kleines Mädchen hab ich mir das ...« Abrupt verfiel sie in Schweigen, und Gary sah sie an. In der dunklen Nacht konnte er kaum ihre Umrisse ausmachen.

»Was?« fragte er.

Keine Antwort.

»Diane?« Er stupste sie an. Sie rollte herum und ließ ein tiefes Schnarchen ertönen.

Süß, wie schnell sie eingeschlafen war. Er lachte.

Dann begriff er, daß es ein wenig zu schnell gewesen war. Wie konnte sie im einen Moment noch reden und im nächsten schon schnarchen?

Sofort war er hellwach. Er setzte sich auf. »Wo seid ihr?« fragte er in die stille Nacht hinaus.

Was dann geschah, kam nicht unerwartet, aber Gary mußte trotzdem nach Luft schnappen. Ein Männlein kam auf die Steinplatte gesprungen, nicht mehr als einen Fuß groß und mit einem Bogen in der Hand.

Mit diesem Bogen mußte es auf Diane geschossen haben. Gary erinnerte sich nur zu gut an die einschläfernden Giftpfeile der Waldmännlein.

»Mickey will, daß ich zurückkomme?« fragte er.

Das Männlein lächelte ihn an und wandte sich zur Seite,

zeigte auf eine kleine Lichtung gleich hinter den Ruinen. Ein Glühen stieg dort auf, ein Kreis sanfter Lichter, begleitet von einer süßen Melodie. Dünne Stimmen sangen geheimnisvolle Worte, die Gary nicht verstand.

Mit einem entwaffnenden Lächeln hob er seinen kleinen Rucksack auf, und als er aufstand, ließ er plötzlich seine Hand vorschnellen. So flink das Waldmännlein auch war, es konnte dem wirbelnden Netz nicht entkommen. Es versuchte, sich freizustrampeln, aber schnell wie eine Katze war Gary über ihm. Mit der einen Hand hob er es hoch, und als ihm ein winziger Dolch ins Fleisch fuhr, schloß er auch schon aufbrüllend die andere Hand um den winzigen Kopf.

»Ich will bloß, daß wir sie mitnehmen«, erklärte er dem plötzlich stillhaltenden Männlein. »Bringt sie auch nach Faerie. Ich weiß, daß ihr das könnt.«

Das Männlein sagte etwas, aber Gary verstand kein Wort. Es sprach viel zu hoch und schnell für ihn.

Er drückte etwas fester zu. »Sag ihnen, sie sollen um sie herumtanzen«, sagte er mit plötzlicher Wut. »Oder ich zerquetsch dir deinen kleinen Kopf.« Das war natürlich eine leere Drohung, er hätte nie einem von Faeries Feenmännlein weh tun können. Das Männlein jedoch, das sich von zwei Händen umklammert sah, die fast seinen gesamten Körper bedeckten, war nicht in der Verfassung, es darauf ankommen zu lassen. Erneut piepste es etwas, und einen Moment später zerfiel der Feenring, und die sanften Lichter erloschen.

Gary hatte keine Ahnung, ob er hereingelegt worden war oder nicht, und hielt das Männlein ein wenig besser fest, damit es ihm nicht auch noch entwischte. Dann atmete er auf, denn die Lichter und der Gesang waren wieder da und umschwirrten nun Diane mit ihrem Zauber. Gary ließ das Männlein los und befreite es von dem Netz, dann trat er rasch zu seiner Frau in den Ring. Er stöhnte auf, als ihn unerwartet ein Pfeil in den Hintern stach – aber das hatte er wohl verdient.

Doch weder schlief er sofort ein, noch fühlte er ein brennendes Gift durch seine Adern strömen. Er sah zu dem Männlein nach hinten. Es stand immer noch auf der Platte, den Bogen in der Hand, und starrte ihn gehässig an. Da begriff er, daß der Pfeil gar nicht in Gift getaucht worden war. Das Männlein hatte es ihm nur heimzahlen wollen. »Touché«, wollte Gary sagen, hatte aber plötzlich schwer damit zu kämpfen, überhaupt auf den Beinen zu bleiben. Um ihn herum verschwamm alles; die ganze Welt begann sich zu drehen, langsam und gleichmäßig wie die sanften Lichter des Feenrings.

Und dann befanden sie sich auf einer Böschung in Tir na n'Og, unter einem wunderschönen, sternenübersäten Himmel, und ein sehr verblüffter Mickey McMickey stand mit offenem Mund vor der schlafenden Diane.

Verschmitzt zwinkerte Gary ihm zu, aber der Kobold setzte eine außergewöhnlich ernste Miene auf und schüttelte nur ganz langsam den Kopf.

Rein ins Feuer

Wild stürmten sie voran, in der einen Hand eine lodernde Fackel, in der anderen ein Schwert, eine Axt oder einen Speer. Wie Prinz Geldion fand, ähnelte der dichte Waldrand von Tir na n'Og einer Burgmauer, und so war der Sturm auf die Elfenfeste in vollem Gange.

Die Antwort war das Schwirren von Bogensehnen hoch oben in den Bäumen. Tief schnitt der tödliche Pfeilregen sich in die königlichen Reihen, und wen er fällte, der blieb schreiend liegen. Aber die Soldaten waren zahlreich, und ob es nun aus Königstreue war oder einfach aus Furcht vor dem Prinzen, ins Wanken gerieten die Reihen nicht. Die Männer erhoben ihre Stimmen zu einem gemeinsamen Schlachtruf, und dann hatten sie den Waldrand erreicht und schleuderten ihre Fackeln in das dichte Unterholz – Hunderte von Fackeln.

Flammen loderten auf, das Verderben des Waldes, erst an einem, dann an zwei Dutzend Stellen, und durch all die Öffnungen zwischen den Feuern drängten sich die königlichen Soldaten in den Wald, und da sie keine Elfen fanden, schlugen sie auf die Bäume selbst ein.

Kelsey, Kommandant der Wache, spähte von seinem Hochsitz in einer gewaltigen Ulme hinab und wußte sofort, daß die Grenze überrannt worden war. Ein Donnergrollen am Himmel ließ ihn neue Hoffnung schöpfen; die Elfenzauberer schienen bereits an der Arbeit zu sein, den Feuern entgegenzuwirken.

»Hinab!« befahl der Elfenlord seinen Männern, und der Ruf eilte von Baum zu Baum. Die Elfen hatten noch Meilen von Wald im Rücken und konnten den schwerfälligen Menschen in der Dunkelheit mit Leichtigkeit davonlaufen. Aber Kelsey hatte nicht vor davonzulaufen, noch nicht. Wenn die Tylwyth Teg Connacht auch nur einen Fußbreit Tir na n'Ogs überließen, war ihr größter Vorteil, die offenen Felder vor dem Wald, schon verloren.

Mit gespanntem Bogen lief Kelsey im wahrsten Sinne des Wortes den Baum hinab. Vor dem nächstgelegenen Brandherd machte er die schwarzen Silhouetten dreier Männer aus, und kaum hatte er leichtfüßig den Boden erreicht, da fällte sein Pfeil schon einen von ihnen. Dann zog Kelsey das Schwert, und in dem flackernden Licht glühte es förmlich vor Elfenzauber.

Die beiden ausgebildeten Soldaten stürmten heran und nahmen ihn fast sofort in die Zange. Der eine teilte eine Serie von Schwerthieben aus, die Kelsey zwar allesamt parierte, doch der andere stieß ständig mit seinem langen Speer nach ihm, so daß er immer wieder zurückweichen mußte und keinen Gegenangriff starten konnte.

Obwohl die Flammen, die sich in seinen goldenen Augen spiegelten, ein angemessenes Bild seiner inneren Wut waren, fragte der Elf sich plötzlich, ob er überhaupt gewinnen konnte – besonders, da schon zwei weitere Soldaten herbeigelaufen kamen.

Irgendwo hinter ihm schwirrte eine Bogensehne, einmal, zweimal, und die beiden Neuankömmlinge brachen zusammen, der eine tot, der andere zu einer Kugel zusammengerollt, die Hände über dem blutenden Bauch verkrampft. Angesichts der unerwarteten Hilfe schöpfte Kelsey neuen Mut, während seine Gegner etwas nachließen; sie schienen damit zu rechnen, daß auch auf sie noch ein paar Pfeile warteten.

Etliche Minuten lang ging das Katz-und-Maus-Spiel hin und her. Kelsey vollführte einen Tanz der Verteidigung, und wann immer er konnte, machte er selbst einen Vorstoß. Aber jedesmal hielt ihn dieser lange Speer auf Abstand, und immer verfehlte die Spitze seines wunderbaren Schwerts knapp ihr Ziel, weil er schon wieder nach hinten springen mußte.

Und diesmal kamen keine Pfeile mehr aus den Bäumen. Überall um sie herum war die Schlacht bereits entbrannt, schmetterten elegante Elfenklingen gegen die schwereren, dickeren Waffen der stämmigen Menschen, klirrte Stahl auf Stahl. Melodische Elfenlieder gesellten sich zu den Schlachtrufen Connachts, und Kelsey faßte wieder Mut. Dies war seine Heimat, die Heimat der Elfen, das schöne Tir na n'Og.

Ein Blitz zerriß den dunklen Himmel, gefolgt von einem jähen Platzregen, der die Feuer aufzischen ließ.

»Ihr könnt nicht gewinnen!« brüllte Kelsey seine beiden Gegner an. »Nicht hier!« Er ließ sein Schwert vorschießen, dreimal in rascher Folge, dann vollführte er einen Streich nach rechts und fegte einen halbherzigen Konterschlag des Schwertkämpfers zur Seite. Sofort riß er seine Waffe nach links zurück gegen den Speer, so heftig, daß seine Spitze in die Erde fuhr und der Schaft zerbrach.

Der Speerträger schrie auf und riß die Arme hoch, um sein Gesicht vor dem Rückhandschlag zu schützen. Aber die Klinge zischte vorbei, denn Kelsey zog es vor, das hervorstoßende Schwert des zweiten Mannes zur Seite zu fegen. Schneller, als dieser reagieren konnte, machte der Elf einen Satz nach vorn und stieß zu; der Mann griff sich an die punktierte Brust und brach zusammen.

Als Kelsey sich wieder nach links wandte, hatte der Speerträger bereits kehrtgemacht, um zu fliehen, aber er war nicht schnell genug. Kelsey zielte auf seinen Rücken und hätte ihm nicht nur die leichte Rüstung, sondern auch die Lunge sauber durchbohrt. Aber dann dachte er an Mickey und seine vorangegangene Begegnung mit dem bejammernswerten Menschen. Er dachte an Gary Leger, seinen Freund. Candella hatte ihr Leben gegeben, um Donigartens Speer und Rüstung zu erlangen, für Gary Leger und letzten Endes um ganz Faerie willen.

Die Abenteuer der letzten Wochen hatten dem herablassenden Elfen etliche Lektionen erteilt, hatten ihm auf mancherlei Weise erlaubt, sich über die Fremdenfeindlichkeit seiner Leute zu erheben. Er war ein Tylwyth Teg, und er war zutiefst stolz darauf, aber die weite Welt war groß genug, um sie mit den anderen guten Rassen zu teilen.

Er erwischte den fliehenden Menschen noch, doch ließ er das Schwert nur in die Achillessehne fahren. Brüllend vor Schmerzen ging der Mann zu Boden, aber er war immer noch äußerst lebendig.

Und deshalb, sagte Kelsey sich, waren die Verteidiger Tir na n'Ogs besser als die Angreifer. Letztendlich würde genau dieses Quantum Gnade den Ausschlag geben und die guten Völker Faeries über das Böse siegen lassen, das den klaren Himmel verdunkelte.

Und weiter rannte der Elfenkrieger, sprang im strömenden Regen durch Flammen hindurch, die bereits kleiner wurden.

An manchen Stellen knisterte es nur noch. Wo auch immer gekämpft wurde, Kelsey stürzte tapfer herbei, und seine geschickte Klinge half das Blatt rasch zu wenden. Von Kampf zu Kampf eilte er, immer mehr Elfen im Gefolge, die Speerspitze einer unaufhaltsamen Macht. Mit jedem Scharmützel wuchs die Größe seines Gefolges, schrumpfte der Boden, den Connacht gutgemacht hatte. Bald bewegten sich sämtliche Elfenkrieger wie eine einzige Woge durch die Dunkelheit, auf den durchnäßten Blättern so leise wie der Tod.

Connachts Angriff dagegen war zerschlagen, orientierungslos irrten die Soldaten in kleinen Gruppen umher. Sie hörten die Schreie der Verwundeten, und es waren immer weniger Elfen, die da schrien, und mehr und mehr Menschen. Wann immer ein Soldat den Waldrand erreichte, rannte er über die Felder davon, um irgendwo vor Dilnamarra Anschluß an die Nachhut der Armee zu finden oder sogar nur jemanden, der auch nichts mehr wissen wollte von diesem Tir na n'Og und seinen standhaften Verteidigern.

Von den Tylwyth Teg starben etliche in jener Nacht, die meisten in den ersten wilden Augenblicken. Von den Menschen starben viele, und noch viel mehr wurden gefangengenommen. Kelsey fiel auf, wie bereitwillig manche von ihnen die Waffen streckten, und es wollte ihm scheinen, als hätten sie nicht mit dem Herzen gekämpft. Ein Tylwyth Teg dagegen würde sich nie ergeben, ganz gleich unter welchen Umständen, und ebensowenig einer ihrer künftigen Verbündeten, einer der rauhen Erdgeborenen von Dvergamal, einer von Genos Leuten. Einmal hatte Kelsey erlebt, wie Geno gleich mit einem ganzen Dutzend riesiger Trolle gekämpft hatte. Ohne jede Chance zu gewinnen, und trotzdem hatte er gekämpft, wild und ohne auch nur daran zu denken, sich zu ergeben.

Und genau dies war die Macht der zahlenmäßig schwächeren Gegner König Kinnemores. Ihre Macht und zugleich die Schwäche der königlichen Truppen.

»Du hättest sie nicht mitbringen sollen«, sagte Mickey, und seine Worte wurden von dem aus einiger Entfernung herüberdringenden Kampfeslärm noch unterstrichen. Sie befanden sich in Tir na n'Og, das konnte Gary sogar riechen. Noch während seine Augen sich an die Dunkelheit gewöhnten, sah er sich um. Sie befanden sich in einer kleinen, langgestreckten Erdkuhle, deren Hänge mit Moos bewachsen waren und die anscheinend mitten in einem Birkendichkicht lag. Tief hing der Nachthimmel über ihnen, schwer von Wolken, und der starke Regen schickte ganze Bäche in die Kuhle hinab.

»Das ist keine gute Zeit, um in Faerie zu sein, Junge«, sagte der Kobold.

»Im Gegensatz zu den beiden anderen Malen, die ich hier gewesen bin«, gab Gary spöttisch zurück. Er sprang die hohe Böschung hinauf und starrte in die ferne Dunkelheit, um ein wenig von dem mitzubekommen, was da geschah. »Geldion?« fragte er.

»Wer sonst?« antwortete Mickey.

»Dann ist Ceridwen frei.«

»Nicht ganz, erst in ein paar Wochen. Aber ihre Visitenkarte hat sie schon mal abgegeben, erst in Dilnamarra und jetzt hier in Tir na n'Og.«

Gary war immer wieder verblüfft, wie unterschiedlich schnell die Zeit in den beiden Welten verstrich. Er hatte zwei Abenteuer in Faerie erlebt, beide hatten Wochen gedauert, und dennoch war er beide Male nur Stunden nach seinem Verschwinden wieder zu Hause erwacht. Dieses Mal waren in seiner eigenen Welt Jahre vergangen, in Faerie aber nur ein paar Wochen. Mickey hatte ihm erklärt, das hinge davon ab, in welche Richtung sich der Ring der tanzenden Feenmännlein drehte, während sie das Tor zwischen den Welten öffneten. Gary konnte nur hoffen, daß sie auch diesmal richtig herum getanzt hatten – sonst verpaßten Diane und er womöglich die Jahrtausendwende!

Er schob den Gedanken zur Seite. Was hatte Mickey gerade gesagt? »Zuerst in Dilnamarra«, aber was bedeutete das für seine Freunde in dem schmuddeligen Dörfchen?

»Baron Pwyll ...«, begann er, aber als er sich umdrehte, brach er mitten im Satz ab. Langsam schüttelte der Kobold den Kopf, und sein engelsgleiches Gesicht zeigte mehr Ingrimm, als Gary je erlebt hatte.

»Nein«, hauchte er fassungslos.

»Er ist wie ein Held gestorben, Junge.« Das war das beste, was Mickey ihm bieten konnte. »Er hätte seine Haut retten und Kinnemore preisen können, aber er wußte, was das – zusammen mit Dilnamarras unfreiwilligem Anschluß an Connacht – für die Leute in den anderen Städten bedeutet hätte.«

»Wo steckt Geno?« fragte Gary sofort. Er fürchtete, daß er in seiner Abwesenheit noch mehr Freunde verloren hatte. »Und wo ist Gerbil?«

»Der Zwerg müßte auf halbem Weg nach Braemar sein, würde ich schätzen.« Mickey war froh, daß er auch ein paar gute Nachrichten auf Lager hatte. »Und dort wartet der Gnom auf ihn, so ist's jedenfalls verabredet.«

Gary atmete auf. Unten in der Kuhle bewegte Diane sich ächzend hin und her. Sie lag auf dem Bauch, und der Strom kalten Wassers ließ sie langsam erwachen.

»Ich erwarte, daß wir einander anständig vorgestellt werden«, verkündete Mickey.

Gary nickte. Er hatte alle Absichten, daß Diane mit dem Kobold so bald wie möglich gut bekannt war. Dem Lärm nach zu urteilen, waren die Kämpfe nicht allzu weit weg, und Gary wollte nicht, daß Diane hier in einem Zustand des Unglaubens herumspazierte. Sie mußte so schnell wie möglich davon »überzeugt« werden, daß Faerie kein Traum war.

Ein Schmerzensschrei gellte durch die Nacht. Gary sah zu seiner Frau hinunter und fragte sich, ob es wirklich so klug gewesen war, sie mitzubringen.

Mickeys Behauptungen zum Trotz war Geno Hammerwerfer weit davon entfernt, wohlauf zu sein, und noch viel weiter war er von Braemar entfernt. Zwei Tage zuvor hatte der stämmige Zwerg, nachdem er gut von Dilnamarra weggekommen war, in Kuhknäuel übernachtet, einem kleinen Wald, durch den die Oststraße führte.

Ein kurzes Nickerchen war alles, was er sich gestattete, und lange vor der Dämmerung machte er sich schon wieder auf den Weg. Mehr als einmal krachte er in der Dunkelheit voll gegen mächtige Stämme, aber das tat den Bäumen mehr weh als ihm. Bei Tagesanbruch erreichte er den östlichen Waldrand, aber nachdem er über die erste Erhebung der hügeligen Felder marschiert war, blieb er schlitternd stehen.

Dort saßen königliche Soldaten, mindestens zwanzig. Die Spitzen ihrer Speere gleißten im Morgenlicht, und ihre Pferde bliesen mit jedem Schnaufer Atemwolken in die kühle Luft.

Für den Bruchteil einer Sekunde überlegte Geno, ob er besser umkehren oder einfach weitergehen und so tun sollte, als ob ihn die Geschehnisse in Dilnamarra nichts angingen. Kaum hatte er die letztere Möglichkeit verworfen und sich wieder dem Wald zugewandt, da erblickte ihn einer der Soldaten und schrie laut auf.

»Steingeblubber!« grummelte der Zwerg den wohl schlimmsten aller Zwergenflüche. Hinter ihm ertönte Hufgetrappel, jemand rief, er solle stehenbleiben, und Geno wurde den Verdacht nicht los, daß dies ein unschönes Zusammentreffen werden würde.

Vielleicht hatte er eine Chance, wenn er es zurück in den Schutz der dicken Äste von Kuhknäuel schaffte. Wenn die Soldaten sich zerstreuen und langsam durch das starke Unterholz reiten mußten, dann konnte er sie ausmanövrieren und einzeln fertigmachen.

Doch fast sofort mußte er den Plan wieder verwerfen, denn die Reiter waren schon an ihm vorbei und drängten ihn vom

Waldrand ab. Also rannte er statt dessen einen Hügel hinauf. Er erreichte den Gipfel zur gleichen Zeit wie ein Reiter, der von der anderen Seite heraufgekommen war.

Der Soldat senkte den Speer und ritt näher, nur um im nächsten Moment schon rückwärts aus dem Sattel zu fallen, bewußtlos geschlagen von einem wirbelnden Hammer. Schwer krachte er zu Boden, und Geno versuchte, auf das Pferd zu kommen. Aber das nervöse Tier war zu groß für ihn, und all sein verzweifeltes Hüpfen brachte ihm nur eine hufeisenförmige Prellung an der Brust ein.

»Steingeblubber!« grollte er ein zweites Mal, dann stellte er sich breitbeinig auf die Hügelspitze und beobachtete, wie sich der Ring um ihn schloß.

»Du kannst nicht entkommen, Geno Hammerwerfer«, versicherte ihm einer der Männer, und der Zwerg grollte erneut. Man hatte ihn also schon erwartet. Er verfluchte Kelsey und Mickey dafür, daß sie ihn überredet hatten, noch mit nach Dilnamarra zu kommen, statt gleich nach Osten zu gehen; verfluchte Kinnemore und Geldion, diese beiden Emporkömmlinge, die weder vom Regieren noch von Land und Leuten einen blassen Schimmer hatten; verfluchte Ceridwen und verfluchte Gary Leger dafür, daß er sie je aus ihrem Loch herausgelassen hatte; verfluchte Robert, der all das überhaupt erst heraufbeschworen hatte; verfluchte Gerbil dafür, nicht mit ihnen zusammen die Felder nördlich von Connacht ausspioniert zu haben; verfluchte jeden und alles, nur nicht seinesgleichen und die Felsen, in denen sie lebten.

Genos Stimmung war also nicht gerade gut zu nennen, und das mußte auch der nächste Soldat erfahren, der versuchte, den Hügel zu erklimmen. Langsam kam er nähergeritten und sprach ruhig auf den Zwerg ein, daß es doch für alle besser wäre, wenn er sich jetzt einfach ergäbe und mit ihnen nach Dilnamarra ginge, »wo sich alles aufklären lassen wird«.

Der erste Hammer wirbelte zwischen den Ohren des sich

duckenden Pferdes hindurch und erwischte den Mann voll an der Brust. Bevor er auch nur nach Luft schnappen konnte, knallte der zweite ihm gegen die Stirnplatte des großen Helmes, drückte ihm das Metall gegen die Nase, daß er zu schielen begann. Ein kluger Mann wäre jetzt einfach umgefallen, doch leider krallte der Soldat sich störrisch an den Zügeln fest und blieb im Sattel.

Genos dritter Hammer erwischte ihn erneut am Kopf, und plötzlich begann die ganze Welt sich zu drehen.

Der Zwerg verfluchte sich selbst dafür, drei Hämmer auf nur ein Ziel geschleudert zu haben. Bei vieren auf dem Boden blieben ihm nur noch sechs übrig. Sechs Hämmer für zwanzig Feinde.

Als der Angriff begann, seufzte Geno nur. Dann beschrieb er eine komplette Drehung und warf vier Hämmer in regelmäßigen Abständen, so daß jede Seite des Hügels einen abbekam. Drei fegten jeweils einen Mann vom Pferd, und der vierte Hammer erwischte eines der Tiere derart, daß es sich im Kreis zu drehen und zu bocken begann, so wild sein Reiter auch brüllte und an den Zügeln riß.

Der Ring schloß sich immer enger, aber es konnten nur ein paar Reiter zugleich auf die Anhöhe kommen. Seine beiden letzten Hämmer in den Fäusten, suchte der Zwerg sich das wildeste Durcheinander und griff mutig an. Seine dicken Arme hieben nach Reitern und Pferden gleichermaßen. Er konnte nicht weit genug hinauflangen, um irgendwelche lebenswichtigen Körperteile zu erwischen, doch fand er, daß selbst ein kräftiger Schlag auf die Kniescheibe die Kampfeslust eines Gegners eher schrumpfen als wachsen ließ. Verwirrt, weil sein Reiter vor Schmerz hin- und herruckte, wandte ein Pferd dem Zwerg das Hinterteil zu und trat nach ihm aus. Geno grollte und griff zu, und dann nahm er all seine Kraft zusammen und warf das Pferd samt Reiter um.

Er sah die Lücke und wollte vorwärts springen, über die

beiden hinweg, wollte sich durch die überraschte zweite Reihe werfen und ihre Verwirrung ausnutzen, um einen Vorsprung zurück zum Wald zu bekommen.

Aber er konnte die Speerspitze nicht ignorieren, die ihm von hinten in das Schulterblatt stieß.

Wild wirbelte er herum, mit prasselnden Hämmern. Den einen hakte er unter die Spitze des blutbesudelten Speeres, den anderen schmetterte er gegen den Schaft.

»Hah!« rief er siegesgewiß. »Nie im Leben stammt dieses Kinderspielzeug aus Zwergenhand!« Mit einem Satz schlug er dem Mann den Speerstumpf aus der Hand. Schützend riß der Soldat einen Arm empor, und Genos Hämmer klatschten ihm gegen die flache Hand, einer auf jeder Seite.

Wie der Soldat da aufheulte!

Geno sprang dem Pferd in die Flanke, aber er ließ sich wieder davon abprallen, denn er hörte schon einen weiteren Feind hinter sich. Mit einer Rolle rückwärts warf er sich dem heranpreschenden Pferd direkt vor die Hufe.

Das Pferd trat und hüpfte, aber Geno hatte die Hebelkraft auf seiner Seite. Die schmerzbringenden Hufe ignorierend, rollte der zähe Zwerg unter die Stute und brachte sie so abrupt zum Stehen, daß der Reiter über ihren Kopf hinweggeschleudert wurde und die Nase in den Boden bohrte.

Erde spuckend und lauthals lachend kam Geno wieder hoch. Ein Reiter warf sich auf ihn und nahm ihn in den Schwitzkasten, aber Geno packte seine Daumen, und dann ließ er sich einfach auf die Knie fallen, sein enormes Gewicht als Waffe einsetzend (es heißt, daß ein Zwerg genausoviel wiegt wie eine ebenso große Menge Blei). Die Handknochen des Mannes brachen, und Geno war frei. Er raffte seine Hämmer zusammen und schoß in eine andere Richtung davon, wieder mitten in das größte Durcheinander hinein.

Ein Speer zeigte auf ihn; sofort warf er einen Hammer, ergriff den Speer gleich hinter der Spitze und riß seinen Träger nach vorn, direkt in die Flugbahn des wirbelnden Hammers hinein.

Dann fing er den zurückprallenden Hammer auf und hielt inne. Für einen Moment starrte er den Helm des Mannes verdutzt an, denn der hatte sich um 180 Grad gedreht, und Geno fragte sich, ob der Kopf des Mannes sich vielleicht gleich mitgedreht hatte. Mit einem Schulterzucken hüpfte der Zwerg davon.

Und bekam einen fliegenden Speer mitten in den Bauch.

»Also das tut weh«, gab er zu. Er ließ einen Hammer fallen und ergriff den Schaft.

Diesen Moment der Ablenkung nutzte ein anderer Reiter, um direkt auf Geno zuzuhalten und ihn unter die donnernden Hufe seines Streitrosses zu nehmen.

Einer der Soldaten stieg ab und ging vorsichtig näher, um zu sehen, ob der niedergetrampelte Zwerg noch am Leben war. »Der ist erledigt«, sagte er, über ihn gebeugt.

Geno biß in die ausgestreckte Hand, biß hinein und hielt sie fest wie eine Bulldogge, und er knurrte und malmte noch, als sich schon weitere Soldaten auf ihn geworfen hatten, ihn traten und boxten und mit Speerschäften und Schilden schlugen.

Das Geprügel dauerte mehrere Minuten, und schließlich fiel Geno in Ohnmacht. Aber selbst dann brauchten die königlichen Soldaten noch eine ganze Weile, um die Hand ihres Kameraden aus dem Schraubstock zu bekommen, den dieser Zwerg als Mund benutzte.

Die Augen noch geschlossen, gähnte Diane herzhaft und streckte sich, immer noch benebelt vom tiefen Schlummer des Feengifts. Ächzend drehte sie sich auf die Seite, und schließlich schaffte sie es, ein Auge leicht zu öffnen.

Der Anblick brauchte einige Zeit, um in ihr Bewußtsein zu sickern; sie brauchte einige Zeit, um sich bewußt zu werden, daß sie auf das seltsamste Paar kleiner Schnabelschuhe schaute, das sie je gesehen hatte. Sie rieb sich die Augen und riß sie mühevoll auf, alle beide, dann starrte sie wieder auf die Schuhe und ließ ihren Blick langsam nach oben wandern.

»Mickey?« Sie krächzte vor Anstrengung. Das da vor ihr mußte ein Kobold sein – das da vor ihr *war* ein Kobold! Und sie war nicht mehr in Duntulme.

»Ah, guter Junge«, sagte Mickey und sah zur einen Seite der schlammigen Kuhle hinauf, zu Gary. »Du hast ihr schon von mir erzählt.«

Mit einem Kreischen rollte Diane sich weg. Sie kämpfte sich auf die Knie, und wenn Gary nicht zu ihr gesprungen wäre und sie festgehalten hätte, wäre sie auf der Stelle geflohen.

»Schön zu wissen, daß du nur Gutes über mich erzählst«, sagte Mickey trocken.

»Sie hat bloß Angst«, versuchte Gary zu erkären, und er brauchte sein ganzes Gewicht, um die zitternde Frau an Ort und Stelle zu halten. »Das ist alles so fremd für sie, daß ...«

»Das weiß ich besser als du, Junge«, versicherte Mickey ihm. »Ich hab mehr als einen von euch hier zum ersten Mal aufwachen gesehen. Und dank deiner Geschichten scheint sie bereits zu begreifen, daß sie nicht träumt.«

Diane riß sich los, aber diese Anstrengung kostete sie das Gleichgewicht, und so fiel sie mit dem Allerwertesten gegen die Seite der Kuhle und rutschte in dem losen Schlamm hinab, bis sie genau vor Mickey saß. »Das kann doch nicht wirklich passieren«, flüsterte sie.

»Hast du etwa gedacht, ich lüg dich an?« schimpfte Gary.

Beschämt sah Diane ihn an. »Ich hab gedacht ...« Sie suchte nach einem Weg, diese Antwort zu vervollständigen. »Ich hab dir geglaubt, daß du daran glaubst«, stammelte sie, »aber das heißt doch noch lange nicht, daß ich daran glaube!«

Als Gary versuchte, das zu begreifen, sackte ihm die Kinnlade hinunter.

»Mit so was kannst du sogar einen Gnomen an die Wand reden«, sagte Mickey und zwinkerte Diane zu. In diesem Moment konnte sie sicher ein wenig Zuspruch gebrauchen.

»Ich meine, das kann doch nicht sein«, plapperte Diane weiter. »Diese Geschichten ... deine Abenteuer ... die können doch nicht wirklich passiert sein. Ich meine, nicht wirklich wirklich ... Ach, verdammt. Ich ...« Sie ließ den Kopf in die Hände sinken und starrte den Erdboden an.

»Ich weiß, was du meinst«, sagte Mickey beruhigend.

»Ach, halt du mir bloß den Mund«, sagte Gary.

»Damit du die Sache in die Hand nimmst?« meinte Mickey. »Krieg dich ein, Junge. Auch wenn's mir nicht gerade so vorkommt, als ob du die Sache überhaupt in die Hand nehmen willst.«

Gary setzte zu einer heftigen Erwiderung an, aber dann blieb er einfach nur stehen, mit offenem Mund und anklagend ausgestrecktem Zeigefinger. Wenn er es recht bedachte, gab es nichts, was er Mickey vorwerfen konnte.

»Ist es denn so schlimm, daß die Geschichten von dem Jungen wahr sind?« fragte der Kobold sie ernst. Er schwenkte die Hand, und eine regenbogenfarbene Blume erschien vor Diane; jedes ihres zarten Blütenblätter leuchtete in einem anderen Farbton. Ungläubig nahm sie sie zwischen die Fingerspitzen und roch ihren feinen Duft. Dann sah sie Mickey fragend an.

»So schlimm?« fragte er. »Hast du dir nicht auch ein kleines bißchen gewünscht, selbst einmal hierherzukommen?«

»Mehr als nur ein bißchen«, gab Diane zu. »Aber das ...«

»Aber das ist alles, was es dazu braucht«, unterbrach Mickey sie. »Und deshalb hast du einen Weg gefunden. Freu dich darüber, und freu dich hierüber. Tir na n'Og ist ein schöner Flecken, sag ich dir. Auch wenn du besser ein andermal hättest kommen sollen.«

Diane saß da und starrte erst Gary an, dann Mickey und

dann wieder Gary. Sie sah zu ihren Kameras. Die Pentax steckte in der Tasche an ihrer Hüfte, und die Polaroid baumelte vor ihrer Brust. Dann sah sie wieder Mickey an.

»Nanu?« sagte der aufmerksame Kobold. »Was hast du denn da mitgebracht?«

Diane kniff die Augen zusammen.

»Jetzt nicht«, sagte Gary zu ihr. Überrascht sah sie ihn an.

»Jetzt nicht«, beharrte er. »Du hast nachher bestimmt noch Zeit genug für hundert Aufnahmen.«

»Hundert Taufnamen?« fragte Mickey verständnislos.

»Aufnahmen«, sagte Gary. »Bilder. Eine kleine Zauberei aus unserer Welt.«

»Oh, das würd ich aber wirklich gern sehen!« sagte Mickey, worauf Diane kicherte und Gary nachdrücklich rief: »Jetzt nicht!«

Beleidigt starrten ihn die beiden an.

Er schnipste mit den Fingern. »Aber ich hab dir die hier mitgebracht.« Er nahm seinen kleinen Rucksack ab und fummelte an der Kordel herum. Dann holte er eine Buchkassette hervor. Sie bestand aus vier Bänden, dem *Kleinen Hobbit* (natürlich nicht das Exemplar, das Mickey verwandelt hatte) und dem kompletten *Herrn der Ringe*.

»Das ist die Fortsetzung«, erklärte Gary dem strahlenden Kobold. »Du darfst sie behalten.«

Mickey wedelte mit seiner kleinen Hand, und die Kassette begann zu schweben, schwebte langsam durch die Luft, direkt in seine ausgestreckten Hände hinein. Sichtlich aufgeregt machte Mickey irgend etwas mit der Kassette, und plötzlich wirkte sie viel kleiner, dann noch kleiner, und schließlich war sie nicht größer als eine Briefmarke.

»Ich werde gut darauf achtgeben«, sagte er und blinzelte Diane zu. Dann verstaute er seinen geschrumpften Schatz in einer der vielen Taschen seines grauen Wamses.

Diane stellte fest, daß sie schon wieder Lust hatte, nach Luft zu schnappen. Das lag nicht nur an den telekinetischen Fähigkeiten des Kobolds, sondern auch an der Freude, mit der er die Bücher entgegengenommen hatte. Sie konnte sich noch genau daran erinnern, wie Gary ihr seine Ausgabe des *Kleinen Hobbit* gezeigt hatte, ein ganz besonderes Exemplar, dessen Seiten von einer fließenden, gälisch wirkenden Handschrift geziert wurden. Seinen Worten zufolge war Mickey McMikkey es gewesen, der das ursprüngliche Druckbild verwandelt hatte. Dieses Buch war der wichtigste Beweis, den Gary ihr je für seine Reisen in das Wunderland geliefert hatte, das einzige Stück, das sie nie richtig in ihre rationalen Erklärungsversuche hatte einbauen können.

Und nun waren dieses Buch und die ganze Kassette für die junge Frau eine Art Bindeglied zur Wirklichkeit. Alles paßte viel zu gut zusammen, um noch Raum für irgendwelche Zweifel zu lassen. Sie war in Faerie, in dem Land, von dem Gary ihr all die Jahre immer wieder erzählt hatte. Und sie saß vor einem waschechten Kobold!

Diane brach in Gelächter aus, in wildes Gelächter, und sowohl Gary als auch Mickey sahen sie mehr als nur ein wenig beunruhigt an. Sie fürchteten, daß der Schock sie hatte hysterisch werden lassen.

Diane war verwirrt, war sprachlos, aber hysterisch war sie nicht, und so schluckte sie ihr Gelächter schon im nächsten Moment wieder hinunter. Denn aus den Bäumen hinter Gary kam jemand in die Sandkuhle heruntergeschritten, ein schönes Wesen mit goldenem Haar und goldenen Augen, viel zu zart, um ein Mensch zu sein.

Gary wandte sich um und lächelte breit vor Wiedersehensfreude.

»Mein Willkommen, Gary Leger«, sagte der Elf und schritt hinüber, um ihn zu umarmen. »Du wirst gebraucht, vielleicht mehr als je zuvor.«

Gary nickte, und die Worte gewannen für ihn noch an Gewicht, als er die Blutflecken auf den Stiefeln des Elfen bemerkte.

Diane trat neben ihren Mann und musterte den Elfen mit staunenden Augen von Kopf bis Fuß.

»Das ist Kelsey«, erklärte Gary.

»Kelsenellenelvial Gil-Ravadry«, berichtigte Diane ihn sofort, denn er hatte den vollständigen Namen des Elfs oft genug erwähnt. Trotz dieser Berichtigung zuckte Kelsey nicht mit der Wimper, sondern nickte nur leicht – einen besseren ersten Eindruck hätte Diane gar nicht machen können.

Wie er den dreien so zusah, begann Mickey zu glauben, daß Kelsey vielleicht doch recht daran getan hatte, auf Garys Rückkehr nach Faerie zu bestehen. Nach Pwylls überraschendem Widerstand und seinem anschließenden Tod hielten die Leute vielleicht nach einem neuen Helden Ausschau, der den Kampf anführte – einem lebenden Helden. Da fügte es sich doch gut, daß diesem Möchtergernhelden hier die Rüstung des legendären Cedric Donigarten so gut stand.

Mickey hatte noch keine Ahnung, wie Diane in die ganze Geschichte passen mochte; aber die Art und Weise, wie sie gerade mit dem gestrengen Elfen umgegangen war (oder besser, wie sie ihn bezaubert hatte), war vielversprechend genug.

»Donnerlittchen«, murmelte der Kobold, und auf ein Fingerschnipsen hin kam ihm die langstielige Pfeife aus einer Tasche an die Lippen geschwebt, wohlgestopft und sauber angeraucht.

Ein Schwur auf Sir Cedric

Die wolkenverhangene Dämmerung kam in aller Stille, ohne weitere Gefechte an der Südgrenze Tir na n'Ogs. Viele Menschen waren erschlagen worden in dieser Nacht und nur wenige Elfen, aber angesichts der überwältigenden Größe der königlichen Armee konnten die Tylwyth Teg sich kaum schon des Sieges brüsten.

Mickey verbrachte den frühen Morgen mit Diane. In aller Ausführlichkeit berichtete er ihr von den Ereignissen der vergangenen Wochen und besonders von der Rolle, die Gary darin gespielt hatte. Während sie plauderten, wanderten Gary und Kelsey davon. Zuerst machte es Diane nervös, daß Gary sie in dieser fremden Welt so einfach allein ließ, dann aber sorgte die vergnügliche Art des Kobolds dafür, daß sie sich rasch wieder entspannte.

Ihr fielen die Geschichten ein, die zu Hause über irische Kobolde erzählt wurden. Bilder von Regenbogen und Töpfen voller Gold schossen ihr durch den Kopf, und so ließ sie Mikkey nicht mehr aus den Augen und bekam kaum noch mit, was er sagte.

Der Kobold wußte ihren Blick zu deuten, er hatte ihn über Jahre und Jahrzehnte hinweg immer wieder in den Augen der Menschen gesehen. Aber er hielt den Mund. Sie würde ihre Lektion schon selber lernen müssen, und schließlich konnte er ihr leicht entkommen, wenn sie es wirklich versuchen wollte.

Zu Dianes Ehren muß gesagt werden, daß sich ihr Gesicht bald wieder entspannte und der Moment der Habgier verstrich. Mickey entging das nicht, und im stillen gratulierte er der jungen Frau dafür.

Wenig später kehrten Gary und Kelsey zurück, mit schweren Säcken beladen. Gary trug den unglaublichsten, herrlichsten Speer, den Diane je gesehen hatte. Sie stand auf und strich mit den Händen über den abgeflachten Teil der breiten Spitze.

»Dies ist für dich«, erklärte Kelsey und ließ seinen Sack zu Boden sinken. Er leerte ihn aus, und ein Kettenhemd aus feinen Maschen rollte ins Gras.

Auch Gary kippte seinen Sack um, und die massiven Einzelteile der Rüstung Cedric Donigartens purzelten hervor.

Mit offenem Mund starrte Diane die sagenhafte Rüstung an – natürlich hatte Gary sie ihr in allen Einzelheiten beschrieben, aber sie mit eigenen Augen zu sehen, war etwas ganz anderes!

Das Kettenhemd in der Hand, trat Kelsey auf sie zu. »Zieh dies an«, gebot er ihr. »Tir na n'Og ist immer ein sicherer Ort gewesen, was die Freunde der Tylwyth Teg angeht. Aber in diesen finsteren Zeiten können wir da nicht mehr so sicher sein.«

Während der Elf sich daran machte, Gary die schweren Beinpanzer anzulegen, schlüpfte Diane in das Kettenhemd. Es wog überraschend wenig, nicht mehr als ein Wintermantel, und wenn es um Brust und Schultern auch etwas eng war, so saß es doch ganz passabel.

»Steht dir«, sagte Mickey und zwinkerte ihr zu.

Kelsey kam herüber und hielt ihr ein zierliches Schwertgehänge entgegen. Skeptisch beäugte sie es.

»Nimm«, sagte Kelsey.

»Nur für den Fall der Fälle«, fügte Mickey hinzu, als er begriff, wo Dianes Schwierigkeiten lagen.

Sie tat, wie man ihr sagte. Vorsichtig nahm sie das Gehänge, und während sie immer wieder zu Gary sah, schnallte sie es sich um.

Zum ersten Mal begann sie zu begreifen, daß sie vielleicht verschiedene Aufträge von den Anführern des elfischen Widerstandes bekommen mochten, daß sie getrennt werden mochten. Und wie ihr nun ein Schwert an der Hüfte baumelte, konnte Diane die Möglichkeit, in einen Kampf verwikkelt zu werden, schwerlich ignorieren.

Gary, der inzwischen den größten Teil der Rüstung anhatte, erwiderte Dianes Blicke fast schuldbewußt. Er wußte, was sie von Gewalt hielt, wußte genau, daß Krieg für sie eine unglaublich dumme Übung in Sinnlosigkeit war. Wann immer er ihr von seinen Kämpfen in Faerie hatte erzählen wollen, hatte sie nur mit einem Ohr zugehört und darauf gewartet, daß er mit den Gewalttätigkeiten durch war und endlich mit der Geschichte fortfuhr.

»Du wirst als Wache eingesetzt werden«, erklärte Kelsey ihr. »Wir haben viele Gefangene gemacht, und wir können nur wenige unserer Krieger entbehren, um sie zu bewachen.«

Diane nahm die Augen nicht von ihrem Mann.

»Gary Leger wird mich begleiten«, fuhr Kelsey fort, der ihren fragenden Blick richtig deutete. »Seine Anwesenheit wird die Verteidigung des Waldes stärken und Furcht in die Herzen unserer Feinde säen.«

Sofort machte Diane ein böses Gesicht, und Gary zuckte zusammen. Er wußte genau, daß sie sich fragte, warum ihm eine wichtigere Aufgabe zugedacht worden war als ihr.

»Ich trage die Rüstung des Cedric Donigarten«, sagte er, als würde das alles erklären.

»Ach«, erwiderte sie spitz, »dann soll ich hier also wie ein braves Frauchen rumhocken, während du in den Kampf ziehst.«

Wieder zuckte Gary zusammen. Plötzlich fürchtete er sich mehr vor dem nächsten Moment, in dem er mit Diane allein sein würde, als vor allen Schrecken, die ihm auf dem Schlachtfeld drohen mochten.

»Sei doch vernünftig«, sagte er. »Du hast keine Ahnung, wie man mit einem Schwert umgeht.«

»Du etwa?«

»Ich habe den Speer«, antwortete Gary. »Er spricht zu mir, und er hat mir beigebracht, wie man ihn benutzt. Das hab ich dir doch alles längst erzählt.«

»Dann krieg ich ihn eben«, erwiderte Diane störrisch, obwohl sie wußte, daß das gar nicht ging, und obwohl sie das verdammte Ding sowieso nicht haben wollte.

Junger Sproß! protestierte der beseelte Speer in Garys Kopf.

»Ich glaub, er ist ein Chauvi«, erklärte der junge Mann und zuckte hilflos mit den Schultern.

»Sie hat einen starken Willen«, sagte Kelsey, nachdem die drei Diane bei den Wachen verabschiedet hatten und sich nach Süden wandten, wo die Kämpfe erneut aufgeflammt waren. Es hatte auch wieder zu regnen begonnen, und gerade ging ein wahrer Wolkenbruch auf sie nieder. Kelsey wußte, warum; die Elfenzauberer ließen es regnen, um die Brände zu löschen, die Kinnemores Männer gelegt hatten. Der Stärke des Unwetters nach mußte der Angriff auf Tir na n'Og in vollem Gange sein.

»Ich Glücklicher«, antwortete Gary, aber sein Sarkasmus schien an den Elfen verschwendet zu sein.

»In der Tat«, antwortete Kelsey ernst.

Für einen Moment starrte Gary den Elfen an, dann kicherte er leise. Natürlich bewerteten die Tylwyth Teg die Rolle der Frau ganz anders, und zwar genau dadurch, daß es für eine Elfin keine vorgegebene »Rolle« gab. Elfenfrauen kämpften Seite an Seite mit den Männern, und das nicht nur in den unteren Rängen. Eine Elfin konnte ihr Leben auf einer Queste einsetzen, ganz wie Kelsey eine unternommen hatte, um den Speer zu richten. Und am Morgen erst hatte Gary erfahren, daß der König der Tylwyth Teg nicht im entferntesten ein »König« war, sondern eine Königin. Sie hatte diese – nahezu informelle – Machtstellung aufgrund ihrer Führungsqualitäten und ihrer Tapferkeit vor dem Feinde errungen, die sie einhundert Jahre zuvor in einem Krieg bewiesen hatte.

Außerdem war Gary beeindruckt, welch eine ganzheitliche Persönlichkeit Kelsey war. Der Elf konnte der wildeste aller Krieger sein – das hatte Gary selbst miterlebt – oder auch der sanfteste aller Dichter. Ob er nun ein Schwert in der Hand hielt oder eine Blume, stets machte er einen unbefangenen

Eindruck. Gary hätte fast lauthals aufgelacht, als ihm durch den Kopf ging, daß der Elf in der wirklichen Welt »politisch korrekt« wäre, ohne sich auch nur ein bißchen dafür anstrengen zu müssen. In der Gesellschaft der Tylwyth Teg gab es keine Vorurteile, keine Barrieren, die Mann und Frau in bestimmte Rollen preßten, und doch war ihre Gesellschaft eine primitivere und rauhere als die, aus der Gary kam.

Darüber würde er noch in Ruhe nachdenken müssen. Es kam ihm so vor, als hätte der Elf für all die frustrierten Feministinnen und verwirrten Männer seiner eigenen Welt eine Antwort parat.

Ein Schmerzensschrei jedoch, der nicht allzu weit vor ihnen erschallte, überzeugte ihn davon, lieber später darüber nachzudenken. Das Tagesgeschäft hieß Kampf.

Kelsey duckte sich und bedeutete ihm stehenzubleiben. Im nächsten Moment war der Elf ohne das leiseste Geräusch im dichten Buschwerk verschwunden. Gary versteifte sich und ging auf ein Knie hinunter. Als Mickey auf seiner Schulter sichtbar wurde, atmete er erleichtert auf.

Schon im nächsten Augenblick nickte Mickey, dessen Sinne bei weitem die feineren waren, wieder nach vorn, Kelseys Rückkehr anzeigend.

Wieder kam der Elf ohne das geringste Geräusch durch das Buschwerk. Er nickte Gary zu, dann hielt er sechs Finger hoch und bedeutete ihm, nach links zu gehen.

Gary entspannte sich und gab sich alle Mühe, langsam und vorsichtig zu sein, aber verglichen mit dem anmutigen, leichten Schritt des Elfen kam er sich plump und lärmend vor. Als er spürte, wie das Gewicht auf seiner Schulter nachließ, blieb er stehen; der Gedanke, daß Mickey ihm nicht zur Seite stand, machte ihm angst.

»Ruhig Blut, Junge, ich bin ja hier«, versprach der Kobold und setzte sich gleich hinter ihm auf einen tiefhängenden Ast.

Gary rückte den großen Helm zurecht, der viel zu lose saß,

und dann bewegte er sich durch das Dickicht auf den Rand einer kleinen, schattigen Lichtung zu, über die eine eindrucksvolle Ulme ihre dicken Äste breitete.

Geduld, junger Sproß, erklang die Stimme des Speeres in seinem Kopf, und dem konnte Gary nur zustimmen. Er duckte sich tief in das Gestrüpp hinein und wartete.

Da ächzte jemand, nicht allzu weit entfernt.

Geduld, ermahnte ihn der Speer erneut, denn er spürte Garys sehnlichen Wunsch, loszustürmen und Nachforschungen anzustellen. Nur Augenblicke später kam Kelsey durch das Unterholz gerannt, auf den rechten Rand der Lichtung zu. Ein umgestürzter Baum bildete die Grenze; er war etwa hüfthoch und für den behenden Elfen kaum ein Hindernis. Das blutbefleckte Schwert in der Hand, hechtete Kelsey der Länge nach über den Stamm, und dann rollte er sich über die freie Hand ab und war sofort wieder auf den Beinen. Mit ein paar anmutigen Sprüngen durchquerte er die Lichtung, dann machte er einen Satz und griff mit einer Hand nach dem niedrigsten Ast der Ulme. Er schwang sich daran empor, und im nächsten Augenblick schon war er zu Garys Erstaunen im dichten Blattwerk verschwunden.

»Das ist nur einer!« erschallte die Stimme eines Menschen nicht allzu weit entfernt.

»Umgeht ihr ihn rechts!« rief ein zweiter.

Gary sah, wie drei Männer sich dem Baumstamm näherten. Sie überwanden die Hürde langsam; zwei krabbelten darunter hindurch, die geladenen Armbrüste in der Hand, und der dritte kletterte darüber hinweg. Es waren kampferprobte Männer; das sah Gary daran, wie sie einander fortwährend deckten und ergänzten. Vorsichtig betraten sie die Lichtung und nahmen sie genau in Augenschein, besonders die alles überdachende Ulme. Dann bewegten die vollständig gepanzerten Armbrustschützen sich langsam nach links, auf Gary zu, immer am Rand der Lichtung entlang. Der dritte Mann bildete die Nachhut und schien ihr Anführer zu sein. Er trug nur ein ledernes Wams und war, soweit Gary sehen konnte, unbewaffnet.

Mehr als einmal sah er nach rechts hinüber, wo seine drei restlichen Gefährten sich wohl um die Lichtung herum bewegten, um von der anderen Seite aus anzugreifen.

Nervös verkrampfte Gary die Hände um den Metallschaft des großen Speeres. Sein Magen war ein einziger Knoten, und er hatte das Gefühl, gleich aufs Klo zu müssen.

Ruhig, junger Sproß.

So nervös war Gary, daß er dem Speer beinahe laut geantwortet hätte! Er hatte keine Ahnung, wohin Kelsey verschwunden war und was jetzt eigentlich von ihm erwartet wurde. Inzwischen waren die Soldaten schon ganz dicht heran. Wenn er jetzt heraussprang, konnte er leicht einen von ihnen erledigen.

Er fragte sich, wie gut Donigartens Rüstung wohl mit einem aus nächster Nähe abgeschossenen Bolzen fertigwurde.

Seine Erleichterung darüber, daß Kelsey wieder auftauchte, hielt nur so lange an, bis er begriff, daß der Elf einfach hinter dem Stamm der Ulme hervorgetreten war, einfach ins Freie! Gary riß den Mund auf, und fast hätte er laut aufgebrüllt, dann zuckte er zurück, als die beiden Armbrüste schnappten und Kelsey stürzte.

Jetzt! befahl ihm der beseelte Speer, und aus reinem Reflex heraus sprang er aus dem Unterholz, direkt vor die beiden gepanzerten Soldaten. Ein heftiger Streich, und der Speer fegte dem vordersten Mann die abwehrend hochgerissene Armbrust aus den Händen und zerschmetterte das Querstück der zweiten.

Gary ließ den Speer wieder zurückschwingen, dann stieß er ihn blindlings nach vorn. Rasch sprang der Soldat zur Seite, aber er bekam die Schulter nicht mehr aus dem Weg. Eine normale Waffe hätte nicht viel Schaden angerichtet; sie wäre vom Metall der Rüstung wohl einfach zur Seite abgelenkt worden. Donigartens hungriger Speer jedoch biß kräftig zu, und die Rüstung zerschmolz schier unter seiner bösen Spitze, die dem Mann tief ins Fleisch fuhr. Die Wunde umklammernd, ging er zu Boden und wand sich vor Schmerzen.

Sich nach rechts beugend, machte Gary einen Ausfallschritt und stieß das Ende des Speeres nach hinten. Er hatte auf den Bauch des zweiten Soldaten gezielt, nur kam der Speer ein bißchen zu tief an.

Der neue Winkel erwies sich jedoch als weit effektiver, denn der Soldat ächzte und taumelte und verdrehte die Augen.

Gary setzte ihm nach und riß das Ende des Speeres hart nach oben, rammte es dem Mann unter das gepanzerte Kinn. Das richtete den Soldaten wieder auf, und er taumelte einen Schritt zurück, aber leider nicht außer Reichweite der langen Waffe. Gary knallte ihm das stumpfe Ende mitten ins Visier.

Seine Füße schienen im feuchten Gras förmlich unter ihm wegzurutschen, und ohne einen Laut von sich zu geben, fiel der Soldat flach auf den Rücken.

Anschließend wirbelte Gary nach rechts herum, aber es war zu spät. Er schrie auf und versuchte verzweifelt und vergeblich zugleich, dem Metallsplitter auszuweichen, der ihm da entgegengewirbelt kam.

Der Wurf des dritten Mannes war nahezu vollkommen, er hatte direkt aufs Visier gezielt. Die Spitze des Dolchs glitt durch die Schlitze des großen Helms und erwischte Gary am Nasenflügel und an der Wange. Aufschreiend wich der junge Mann zurück, und aus reiner Angst, aus reinem Überlebensinstinkt heraus schleuderte er den Speer.

Einen zweiten Dolch bereits in der Hand, hielt der Mann sich schützend die Arme vor den Leib.

Aber die waren für den fliegenden Speer kein Hindernis. Kerzengerade fuhr er durch das Lederwams und dann durch

Brust und Rücken. Der Mann wurde nach hinten geworfen, stolperte viele Schritte zurück, bis er gegen den umgestürzten Baumstamm knallte und die Spitze sich in das morsche Holz fraß und ihn regelrecht daran festnagelte.

Gary bekam das nicht mit. Er saß auf dem Boden, das eine Auge von Blut, das andere von Tränen geblendet, und blickte in die andere Richtung, an der Ulme vorbei. Zwei weitere Soldaten hatten die Lichtung betreten und besahen sich den gefallenen Elfen, tippten seinen Leichnam mit ihren Schwertern an.

Im gleichen Moment fiel der echte Kelsey aus der Baumkrone, direkt zwischen die beiden.

Gary verstand gar nichts mehr – bis das Bild des gefallenen Elfen sich in Luft auflöste und ihm einfiel, daß Mickey nicht allzu weit weg war und sich ganz besonders darauf verstand, Illusionen von Kelsey zu schaffen.

Die Soldaten wurden nicht unvorbereitet erwischt. Kelsey stieß die Klinge nach vorn, aber sie wurde zur Seite gefegt. Sofort stieß er ein zweites Mal zu, in einem flacheren Winkel, aber wieder wurde perfekt pariert.

Nach links, nach rechts und wieder nach links ließ der Elf seine Klinge zucken, nun bereits in der Defensive gegen die beiden vorwärtsdrängenden Soldaten. Zurück zur Rechten riß er seine feine Waffe, Stahl klirrte auf Stahl, und dann stieß er sie rasch flach nach vorn. Aber der Soldat war flink, und wieder kam sein Schwert auf Kelseys Klinge herunter, um sie harmlos nach unten abzulenken.

Nur hatte Kelsey dieses Abblocken erwartet und ging mit, bewegte seine Klinge nach unten rechts und fing das Schwert seines Gegners an der Spitze ab. Dabei bewegte auch er sich einen Schritt nach rechts, um dem Ausfall des zweiten Soldaten zu entgehen. Ein leichtes Drehen des Handgelenkes brachte seine Klinge nun an der seines Gegners vorbei, und sofort machte der Elf einen Schritt nach vorn.

Der Soldat riß sein eingeklemmtes Schwert nach oben, um Kelseys Waffe hoch und weit abzulenken. Aber der Ausfall des Elfs war zu schnell gekommen, und die feine Klinge zerschnitt dem Mann den Brustpanzer, malte ihm einen tiefroten Strich auf den Leib und zwang ihn zurück.

Wild sprang der andere Soldat herbei, und Kelsey schaffte es gerade noch, seine Klinge freizubekommen und herumzureißen, und dann wehrte er das heranstoßende Schwert kaum einen Fingerbreit vor den eigenen Rippen ab. Auf der Stelle wirbelte er herum und versuchte eine schwache Zweierkombination, die keine Chance auf einen Treffer hatte. Das Manöver verschaffte ihm jedoch die Zeit, in Kampfstellung zu gehen, und so hatte er sich schon ein paar Paraden zurechtgelegt, als der wütende Soldat wieder auf ihn eindrang.

Auch der verwundete Mann kam störrisch näher und, schlimmer noch, hinter sich hörte Kelsey die schweren Schritte eines weiteren Gegners. Er legte sich ein Ausweichmanöver zurecht, das ihm erlaubte, einen Streich gegen die Beine des Mannes hinter ihm zu führen und sich dann außer Reichweite aller drei Angreifer zu rollen.

Da jedoch zog sich der unverletzte Angreifer plötzlich zurück und warf die Waffe zur Seite. Dann fiel er auf die Knie und schwor Treue und Gehorsam – zum Gedenken von Sir Cedric Donigarten!

Kelsey schmetterte einen schwachen Hieb des verwundeten Mannes zur Seite und sah über die Schulter zurück. Da war Gary Leger, ohne Waffe, und Blut lief ihm unter dem großen Helm hervor. Hartnäckig kam er herbeigestolpert, um seinem Freund zu helfen.

»Und was ist mit dir?« herrschte der schnell reagierende Elf den Verwundeten an und stieß ihm mit Siegermiene das Schwert entgegen, fegte den schwachen Versuch einer Abwehr zur Seite und stand dann felsenfest da, die Schwertspitze einen Fuß von der Brust des Mannes entfernt.

Der Soldat sah zu seinem knienden Gefährten, zu den anderen beiden, die hinter Gary lagen, und zu dem Mann, der schlaff und aufgespießt an dem Baumstamm lehnte.

»Donigarten«, sagte er leise.

»Bei deiner Ehre!« knurrte Kelsey und drückte ihm die Schwertspitze auf die Brust. »Schwöre Treue und Gehorsam.«

»Auf Donigarten«, sagte der Mann und ließ sein Schwert fallen. »Ein Schwur auf Sir Cedric.«

Kelsey ließ zwar die Waffe sinken, nicht aber den unerbittlichen Blick seiner goldenen Augen. Schließlich war der Elf überzeugt, daß von dem Mann kein Ärger mehr drohte, und schaute zu Gary hinüber.

»Mir fehlt nichts weiter«, versicherte Gary ihm und hob abwehrend einen Arm.

Kelsey nickte und sah an ihm vorbei. »Wir haben fünf Gefangene gemacht«, erklärte er. »Denn den ersten Mann hinten im Wald habe ich nur verletzt, nicht getötet.«

Gary brauchte nicht erst zu dem Baumstamm zu blicken, um grimmig daran erinnert zu werden, daß er mit seinem Speerwurf anscheinend für den einzigen Toten verantwortlich war.

Da erschien Mickey wieder, auf dem niedrigen Ast direkt über ihnen.

»Eine feine Gaukelei«, lobte Kelsey ihn. »Aber leider zu kurz. Meine Gegner wären länger unaufmerksam gewesen, wenn sie auch gehalten hätte.«

»Ich tu, was ich kann«, gab Mickey einigermaßen säuerlich zurück.

»Ich erwarte inzwischen einiges mehr von dir«, sagte Kelsey.

»Und das hast du auch gekriegt«, erklärte der Kobold. »Ich war ein Stück weg und habe ein Dutzend weiterer Soldaten an der Nase herumgeführt. Du kannst mir glauben, der Wald wimmelt nur so von königlichen Soldaten! Und außerdem habt ihr nur vier Gefangene gemacht, denn den hinten im Wald haben sie gefunden und mitgenommen.«

»Wo sind sie jetzt?« fragte Kelsey.

»Hinter dir her«, erklärte Mickey. »Da drüben irgendwo. Keine Sorge, ich hab einem ordentlichen Trupp deiner Leute Bescheid gesagt.«

Kelsey nickte, Gary schwankte, und der Elf trat herbei und bot ihm seinen Arm an. Er half Gary, sich gegen den dicken Stamm der Ulme zu setzen, und dann nahm er ihm sanft den Helm ab. Die Wunde war oberflächlich, aber sie blutete stark und schien ziemlich weh zu tun. Kelsey zog ein paar Heilkräuter aus seinem Beutel, aber Gary winkte ab.

»Die können sie mehr gebrauchen«, sagte er und zeigte zu den königlichen Soldaten hinüber. Der einzig Gesunde versuchte, sich um die drei anderen zu kümmern.

Kelsey konnte dem nur zustimmen und ließ Gary mit einem sauberen Tuch und einem Fläschchen frischen Wassers zurück. Gary begann, die Wunde zu säubern, und wäre fast ohnmächtig geworden vor Schmerzen. Mickey nahm ihm das Tuch ab.

»Ein böser Biß, aber nicht allzu tief«, versicherte er ihm. Aber Gary bemerkte ein gerüttelt Maß an Nervosität in seiner Stimme. Er sah sich Mickey genauer an, und der sonst so aufmerksame Kobold bemerkte es nicht einmal.

»Haben es so viele Soldaten in den Wald geschafft?« fragte Gary, weil er etwas in der Art hinter Mickeys Kummer vermutete.

»Was?« schreckte der Kobold hoch. »O nein, Junge, nicht so viele, als daß Kelsey und seine Leute nicht mit ihnen fertigwerden könnten.«

»Was ist es dann?« fragte Gary.

»Es gibt ein paar tüchtige Brände.«

»Bei diesem Regen?« Gary konnte es kaum glauben; sie standen fast vor einer Überschwemmung, und noch immer bogen sich die Äste unter der schweren Last des nicht nachlassenden Wolkenbruchs.

»Unser Feind hat so seine Mittel und Wege«, war alles, was Mickey entgegnete, bevor er sich wieder an die Arbeit machte.

Ein paar Minuten später betrat eine Gruppe Tylwyth Teg die Lichtung, eine Handvoll menschliche Gefangene im Schlepptau. Sofort eilten sie herbei, um dem Elfenlord mit den Verwundeten zu helfen und mit ihm zu reden, und ihren grimmigen Mienen entnahm Gary, daß auch sie wußten, was Mickey wußte. Der junge Mann kämpfte sich hoch und ging zu ihnen hinüber. Als er sie erreichte, hatte sich auch Kelseys Miene verfinstert.

Gary wollte gerade nach einer Erklärung fragen, da wurde sie ihm geliefert. Über den grauen Himmel kam ein brennender Ball aus Pech gezischt und schlug nicht allzu weit entfernt in die Krone eines hohen Baumes ein. Trotz des Regens blieb das Pech brennend an den Zweigen kleben.

»Schleudern«, erklärte einer der Elfen. »Draußen auf den Feldern, außer Reichweite unserer Pfeile. Und ganze Hundertschaften lauern unter ihrem Schutz.«

»Sie werden Tir na n'Og nicht bekommen«, fügte Kelsey hinzu. »Und nun scheinen sie es schänden zu wollen.«

Der Baum explodierte, als das Pech sich zum harzigen Holz durchgebrannt hatte. Hoch schossen die Flammen empor, und sie trotzten dem Regen.

Ein Trick aus der Mottenkiste

Die entschlossene Gruppe war sich einig, daß die Tylwyth Teg zu den Schleudern vordringen mußten – was hätten sie auch anderes vorhaben sollen, wo ihr herrlicher Wald direkt vor ihren Augen geschändet wurde? Kelsey und zwei weitere der älteren Elfen erklärten, man sollte so viele Krieger zusammennehmen, wie entbehrlich waren, und einen Angriff mitten durch die feindlichen Reihen hindurch wagen.

Sie waren verzweifelt, und das war auch ihrem Plan anzumerken, fand Gary. Wie viele Elfen würden bei dem Versuch sterben, diese Schleudern zu zerstören? Und wenn die Kosten für die Tylwyth Teg so hoch waren, wer würde Kinnemore dann aufhalten, wenn er einfach neue bauen ließ? Genau das fragte Gary die Elfen auch, und obwohl zu ihrer Ehre festgehalten werden muß, daß niemand mit dem sattsam bekannten »Hast du eine bessere Idee?« konterte, hatte der einfallsreiche junge Mann in der Tat eine.

»Unser Ziel sind die Schleudern«, erklärte er. »Und nur die Schleudern. Es gibt keinen vernünftigen Grund, sich dafür erst durch Kinnemores Reihen hindurchzukämpfen.«

»Wir haben keine Zeit, sie zu umgehen«, warf Kelsey ein. Obwohl er seine Zweifel offen kundtat, war er auch der einzige Elf in der ganzen Runde, der Gary wirklich zuhörte. Der junge Mann aus der Wirklichen Welt hatte seinen Wert und seine Improvisationskunst während der letzten beiden Abenteuer oft genug bewiesen. Gary Leger war es gewesen, der den Plan ausgetüftelt hatte, mit dem sie der Gefangenschaft auf Ynis Gwydrin entronnen waren; er war es gewesen, der eine Möglichkeit gefunden hatte, den gefürchteten Drachen zu erschlagen.

»Brauchen wir auch gar nicht«, erklärte Gary ruhig und zuversichtlich.

»Du meinst, du willst da einfach hindurchspazieren?« fragte ein stattlicher, schwarzhaariger Elf namens TinTamarra skeptisch. Er glaubte, Garys Rätsel gelöst zu haben, und richtete den Blick seiner grünen Augen, die von einem inneren Feuer erleuchtet waren, auf Mickey. »Der Kobold hat gute Gaukeleien auf Lager, aber er kann doch nicht eine so große

Gruppe von Männern zum Narren halten. Nicht, wenn sie in Schlachtordnung aufgestellt sind und mit Ärger rechnen.«

»Mickey spielt dabei keine sonderlich große Rolle«, versicherte Gary ihm. »Aber diese beiden.« Er zeigte auf zwei der Männer, die ihnen im Gedenken Cedric Donigartens Treue und Gehorsam geschworen hatten.

Jeder Elf auf der Lichtung machte ein säuerliches Gesicht – nur Kelsey nicht, dem es langsam dämmerte.

»Gefangene?« fragte er, und Gary nickte. Ihm war klar, daß Kelsey nicht die gefangenen Soldaten Connachts damit meinte.

»Von diesen beiden gefangengenommen«, antwortete er. »Und vom Träger der Rüstung.«

»Kinnemore weiß, daß du Kelsenellenelvial die Treue hältst«, warf TinTamarra ein. »Zumindest weiß Geldion es.«

Gary schüttelte den Kopf schon, bevor der schwarzhaarige Elf auch nur zu Ende gesprochen hatte. »Der Prinz weiß nur, daß ich Kelsenellenellenell ... daß ich Kelsey auf seiner Queste begleitet habe und daß wir später zusammen gegen Robert gekämpft haben. Wenn Kinnemore wirklich so dicke mit Ceridwen ist, wie gemunkelt wird, dann weiß er nicht nur, daß ich es gewesen bin, der sie auf ihre Insel verbannt hat, sondern auch, daß ich ihr die Fesseln wieder gelockert habe. Und, was noch viel besser ist, Kinnemore hat doch selbst gesagt, daß ich die Rüstung und den Speer nur aus purer Eigennützigkeit hatte stehlen wollen, für Bretaigne und ohne das Einverständnis der Tylwyth Teg. Nein, die wissen nicht, wo ich wirklich stehe, und ich möchte wetten, daß sie ganz scharf darauf sein werden zu hören, daß ich gekommen bin, um mich ihrer Sache anzuschließen. Sie werden es förmlich glauben *wollen*.«

Das klang einigermaßen einleuchtend, aber mehr als nur ein wenig gefährlich, und die meisten Elfen schüttelten die Köpfe, noch während sie miteinander flüsterten.

»Vielleicht wäre es am besten, wenn du hierbleibst«, schlug Kelsey langsam vor. »Ich werde die beiden Soldaten begleiten, zusammen mit zwei oder drei von meinen Leuten. Falls wir es bis zu den Schleudern schaffen, werden sie nicht länger gegen Tir na n'Og gerichtet sein.«

»Ich finde, es ist ein bißchen glaubwürdiger, wenn ihr den Jungen dabeihabt«, mischte Mickey sich ein. Alle Augen wandten sich ihm zu. »Es braucht mehr als einen Trick, um Kinnemores Männer glauben zu machen, daß zwei von ihnen auch nur einen einzigen Elfen haben fangen können – schließlich haben sie die letzten paar Tage gegen euch gekämpft und schon ein Leben lang Geschichten über die Elfenkrieger gehört. Aber wenn Gary Leger mit dabei ist und die Männer sagen, er habe geholfen, dann ist das glaubwürdiger. Immerhin trägt er Donigartens Rüstung und ist als derjenige gepriesen worden, der den Drachen erschlug.«

Kelsey starrte Gary an und versuchte abzuwägen, welche Möglichkeit die vernünftigere war.

»Ich hab die Idee gehabt«, sagte Gary grinsend, und Kelsey wußte seine Loyalität zu schätzen, wußte es zu schätzen, daß Gary so bereitwillig, ja erpicht darauf war, zum Wohle von Tir na n'Og ein solches Wagnis auf sich zu nehmen.

»Er geht mit«, verkündete Kelsey. Vereinzelt war Gegrummel zu hören, aber niemand ergriff das Wort gegen den tapferen Elfenlord.

Nur Minuten später verließen Gary, Kelsey, Mickey, TinTamarra und ein weiterer Elf gemeinsam mit den beiden Soldaten die Lichtung. Auf Mickeys Vorschlag, daß es die Glaubwürdigkeit der Illusion und Garys Status erhöhen und ihnen auch ein leichteres Vorankommen ermöglichen würde, rief Kelsey einen der herrlichen Schimmel von Tir na n'Og herbei.

Und herrlich sah er auch aus, der Träger von Donigartens Rüstung, wie er da hoch oben auf dem Streitroß saß! Und natürlich konnte er mit den anderen so mehr als nur mithalten.

Natürlich nur ganz zufällig ergab es sich, daß so auch Mikkey die Bequemlichkeit eines Rittes genießen konnte. Gemütlich fläzte er sich an seine gewohnte Stelle zwischen Sattel und Pferdenacken.

Sie verließen Tir na n'Og im Gänsemarsch. Gary ritt voran, danach kamen die drei »gefangenen« Tylwyth Teg, und den Abschluß bildeten die beiden wiederbewaffneten Soldaten. Gary staunte über das Vertrauen, das Kelsey und besonders die anderen beiden Elfen in diesem Punkt bewiesen. Er fand es wunderbar, daß sie es zuließen, bewaffnete königliche Soldaten im Rücken zu haben, und er war sicher, daß ihr Vertrauen nicht enttäuscht werden würde.

Kaum näherten sie sich den königlichen Reihen, da wurden sie umzingelt. Mickeys Gaukelei war zu diesem Zeitpunkt eine ganz schlichte; sie verbarg die Tatsache, daß die drei Elfen noch ihre Waffen trugen, und ließ sie bei weitem geschundener aussehen, als sie waren.

»Was gibt es?« herrschte der Befehlshaber der königlichen Truppen die beiden übergelaufenen Soldaten an und marschierte an Gary vorbei. Immer wieder sah er mißtrauisch zu ihm hinüber; nach allem, was er bisher gehört hatte, war dieser Fremde aus Bretaigne kein Mann des Königs.

»Gefangene gibt es«, antwortete Gary kühn. Er ließ sein Steitroß kehrtmachen und baute sich direkt vor dem Befehlshaber auf, um ihn zu einer Unterredung zu zwingen.

Drohend sah der Mann ihn an. »Ich habe mit meinen ...«, begann er, aber Gary, der hoch oben auf dem glänzend weißen Hengst thronte, herrlich in seiner unvergleichlichen Rüstung und den legendären Speer in der Hand, schnitt ihm das Wort ab.

»Rede gefälligst mit mir!« grollte er. »Ich war es, der deine bejammernswerten Soldaten gerettet und die drei Tylwyth Teg gefangengenommen hat.«

»Und ein Dutzend mehr hat er in den Wäldern erschlagen«, fügte einer der übergelaufenen Soldaten unerwarteterweise hinzu. In Wirklichkeit hatte der Mann kein einziges Wort gesagt; der unsichtbare Mickey McMickey war es gewesen, der immer noch bequem zwischen Garys Sattel und dem starken Pferdenacken saß.

Der Befehlshaber hielt Garys Blick stand. »Man munkelt, daß du mit Tir na n'Og im Bunde stehst.« Er sah zu seinen wutschnaubenden Männern hinüber; kampfbereit standen sie da, in allernächster Nähe.

»Und? Wäre dir das lieber?« fragte Gary. »Du impertinentes Insekt! Wie viele Wochen möchtes du denn noch hier im Dreck herumhocken, während diese verfluchten Tylwyth Teg da drüben fröhlich herumspringen? Hast du denn gar keinen Sinn für Ordnung?«

Ganz wie Gary gehofft hatte, schaute der Mann verdutzt aus der Wäsche; aber falls er nun davon überzeugt war, keinen Feind vor sich zu haben, so zeigte er es jedenfalls nicht.

»Ruf deine Männer zur Seite und laß uns passieren«, verlangte Gary.

Der Befehlshaber richtete sich auf und kniff die Augen zusammen. »Die Gefangenen werden drüben im Osten zusammengepfercht und nicht hier hinter den Kampfstellungen«, sagte er.

»Diese Gefangenen werden nirgendwo ›zusammengepfercht‹!« schnauzte Gary ihn an. Mickey zog die Braue hoch, aber das konnte natürlich niemand sehen. Auch Kelsey war besorgt, denn Gary konnte nur noch improvisieren, um sich irgendwie um diese unerwartete Tatsache herumzumogeln. Und TinTamarra schloß die Hand fest um den Griff des getarnten Schwertes, zu allem bereit.

»Ich habe eine kleine Überraschung für die Verteidiger des Waldes«, fuhr Gary fort, und er warf den Elfen einen derart bösen Blick zu, daß sie sich für einen ganz kurzen Moment ernsthaft fragten, ob er sie vielleicht hintergangen hatte.

»Wollen wir doch mal sehen, wie es um die Moral der Elfentruppen bestellt ist, wenn diese lebendigen, brüllenden Geschosse bei ihnen einschlagen!«

Schwankend stand der Befehlshaber da, dieser teuflische Plan hatte ihn sprachlos gemacht. Einige seiner Männer flüsterten grinsend miteinander.

»Auf wessen Befehl?« fragte der Befehlshaber sichtlich erschüttert.

»Auf meinen Befehl!« schrie Gary ihn an. »Auf Befehl des Drachentöters! Auf Befehl des Ritters, der Rotarm in einem Ehrenkampf besiegt hat und nun den Platz dieses Dummkopfes einnehmen will, als rechte Hand von Prinz Geldion. – Vorwärts mit ihnen!« befahl er den beiden Überläufern und lenkte sein Streitroß voran, und zu seiner absoluten Erleichterung teilten sich die Reihen.

»Du kannst Prinz Geldion ausrichten, daß ich ihn bei den Schleudern erwarte«, sagte Gary kühn zu dem Befehlshaber. »Und er sollte kommen, bevor ich mir ein paar flinkere Verbündete gesucht habe!«

Die Elfen konnten kaum glauben, wie leicht Gary den Mann geblufft hatte. Fragend sahen die beiden Kelsey an, und der Elfenlord lächelte und nickte kurz, wieder völlig von Garys Findigkeit überzeugt. Der Bluff war aber auch schier vollkommen; was für eine Lügengeschichte, die Schleudern mit lebenden Elfen laden zu wollen!

»Du hast da schon ein Paar, aber echt«, lobte Mickey, als die sieben die königlichen Reihen hinter sich gelassen hatten und ihnen nicht ein Wort des Protestes hinterhergerufen wurde.

»Ein paar was?« fragte Gary verständnislos.

»Ein Paar, das jeden Hochlandbullen vor Neid erblassen lassen würde!« lachte Mickey.

Gary kicherte, aber er sagte nichts. Nicht einmal, daß er sich in Wirklichkeit fast in die Hosen gemacht hatte.

Wenig später waren sie auf Sichtweite an die Schleudern

heran. Zwei waren es, gut hinter einem Hügelkamm verborgen, und jede war mit einem halben Dutzend Soldaten bemannt. Während die Gefährten noch beeindruckt dastanden, wurde die vordere Schleuder abgeschossen, und ein Feuerball stieg hoch in die Luft über Tir na n'Og empor.

An der zweiten Schleuder drehten die Männer angestrengt an einer schweren Kurbel, und langsam senkte sich der große Balken herab.

»Haltet ein!« rief Gary ihnen zu und trat dem Pferd in die Flanken. »Haltet ein und macht den Korb leer!«

Zwölf Männer wandten dem gepanzerten Mann ihre neugierigen Gesichter zu, dem Mann aus Bretaigne, wie sie dachten.

Langsam und gemütlich ritt Gary auf seinem glänzend weißen Schlachtroß zu ihnen hinab und legte sich ein paar Sätze zurecht. Er wollte bei der Behauptung bleiben, daß sie die gefangenen Elfen nach Tir na n'Og hinüberschießen sollten, um die Moral der Tylwyth Teg zu brechen. Wenn das klappte, kam er mit seinen Freunden an die feindlichen Soldaten heran, bevor sie auch nur mißtrauisch wurden. Wenn das klappte, konnte der Kampf kurz und schmerzlos über die Bühne gehen, konnten die Schleudern rasch zerstört werden.

Kelsey und die anderen stolzen Elfen jedoch, die hatten mitansehen müssen, wie der erste Pechball auf ihre herrliche Waldheimat geschleudert worden war und die zweite Schleuder für den nächsten bereitgemacht wurde, hatten die Nase voll von hinterhältigen Plänen. Gary hatte es schon halb geschafft und sah gerade, daß mehr als einer der Soldaten eine Waffe in der Hand hielt, da flog eine Handvoll Pfeile über ihn hinweg.

Überrascht riß er die Augen auf. Er hörte seine Gefährten heranpreschen (einschließlich der beiden Überläufer), und suchte nach einer Möglichkeit, die Lage wieder zu beruhigen, die Situation wieder unter Kontrolle zu bekommen.

Aber dafür war es bereits zu spät, schon lagen zwei der Männer Connachts in ihrem eigenen Blut. Der Kampf war in vollem Gange.

Gerade als Kelsey ihn eingeholt hatte, versetzte Gary sein Roß in gestreckten Galopp. Seinen großen Bogen hebend, blieb Kelsey schlitternd stehen, und Gary jagte voran, wild aufbrüllend. Sein Schrei änderte sich im Timbre, als er sah, wie einer der königlichen Soldaten eine geladene Armbrust auf ihn richtete. Aber Kelsey sah es ebenfalls, und sein Pfeil streckte den Mann nieder, bevor er den Abzug berührt hatte.

Die Soldaten liefen durcheinander, als sie Gary herandonnern sahen. Ein vierter wurde niedergestreckt, dann ein fünfter; er bekam einen Pfeil in den Rücken, als er über das Katapult hinwegzuklettern versuchte.

Wild wirbelte es in Garys Kopf, als er von einem Fliehenden zum anderen sah und versuchte, ein Ziel zu finden. Eine rasche Wendung seines Pferdes hätte ihn an den nächsten Mann herangebracht, hätte ihm erlaubt, ihn einfach über den Haufen zu reiten.

Gary ließ die Gelegenheit verstreichen; er hatte wirklich wenig Lust, diese bejammernswerten Soldaten umzubringen. Einen Moment später, als das laute Klicken der Kurbel an der zweiten Schleuder wieder zu vernehmen war, hatte er sein Ziel gefunden.

»Nimm all deinen Zauber zusammen!« rief Gary laut.

Werft nur, junger Sproß! kam die Antwort des beseelten Speeres, der Garys Gedanken gelesen hatte und seinen Plan nur gutheißen konnte.

Als Gary an der vorderen Schleuder vorbeiritt, holte er bereits mit dem Speer aus. Doch da kam plötzlich etwas von der hölzernen Basis der großen Kriegsmaschine auf ihn zugesprungen. Der Mann krachte mitten in ihn hinein, und Gary preßte seine Beine fest um den Leib des Pferdes und blieb mit Mühe und Not im Sattel. Einer der Zügel entglitt seinen Händen, und plötzlich wurde Mickey daran sichtbar. Neben dem Pferdehals baumelnd, klammerte der Kobold sich an dem Lederriemen fest und strampelte so wild mit den Beinen, daß er fast die Schnabelschuhe verloren hätte. Gary ließ auch den anderen Zügel los und hakte den Arm unter die Schulter seines Widersachers.

Der Soldat riß seinen Arm herum, und eine kleine Axt knallte heftig gegen Garys Brust. Cedrics Rüstung nahm dem Schlag die Wucht, und Gary hievte den Mann herum, so daß er quer über den Sattel zu liegen kam. Sie rangen miteinander, und Gary bekam seinen Arm frei, gerade als der zähe Mann sich wieder hochkämpfte, um mit der Axt ausholen zu können.

Kräftig knallte Gary ihm den metallgepanzerten Arm gegen den Hinterkopf, und der Mann sackte bewußtlos zusammen. Gary packte ihn beim Hosenbund und hievte ihn ganz hinüber, dann griff er wieder nach den Zügeln und dem Speer und wandte seine Aufmerksamkeit erneut der Schleuder zu.

Der große Wurfbalken war nur noch ein paar Yards von ihm entfernt, und Gary hatte keine Zeit mehr, die Folgen seiner Handlungen zu überdenken, keine Zeit mehr, daran zu denken, daß er dann waffenlos inmitten seiner Feinde stehen würde. Mickeys Hilferufe ignorierend, schleuderte er den Speer. Wie vom Blitz getroffen, flammte die verzauberte Spitze auf, und dann biß sie tief in das Holz hinein. Energie schoß aus der Waffe hervor, und auf der ganzen Länge des Balkens öffneten sich tiefe Risse.

Die Besatzung jedoch begriff überhaupt nicht, was für einen verheerenden Schaden der Speer angerichtet hatte, und feuerte die Schleuder ab. Unter dem plötzlichen Ruck brach der Balken entzwei, und der flammende Ball flog kerzengerade empor, vielleicht ein Dutzend Fuß hoch; dann kam er wieder herunter und krachte mitten in die hölzerne Maschine hinein.

Rasch griff Gary nach den Zügeln, ohne an Mickey heranzukommen, dann riß er sein Roß scharf zur Seite und lächelte in grimmiger Befriedigung. Das Lächeln verwandelte sich in Entsetzen, als ein mit brennendem Pech bedeckter Mann schreiend hinter der Schleuder hervorgerannt kam.

Als Gary an der unförmigen Maschine vorbeiritt, wurde aus Entsetzen Todesangst. Er zog Mickey hinauf und riß hart an den Zügeln, und das Streitroß aus Tir na n'Og reagierte, indem es genau in dem Moment, als die beiden Armbrustschützen feuerten, auf die Hinterbeine stieg. Dieser flüchtige Moment rettete Gary und Mickey das Leben; das unglückselige Pferd jedoch bekam beide Bolzen ab, und als es wieder auf alle vier Hufe hinunterkam, hatte es keine Kraft mehr und stürzte der Länge nach hin. Seine beiden Reiter fielen flach auf den Boden.

Als Gary aufschlug, blieb ihm die Luft weg. Er begann sich zu überschlagen, dann jedoch wurde sein Schwung abrupt gebremst. Hart knallte ihm das Pferd ins verdrehte Kreuz. Ein betäubender Schmerz blitzte links in seinem Nacken auf und flammte seinen Rücken hinab. Im nächsten Moment war das Pferd über Gary hinweggerollt und blieb tot liegen.

Nur der rechte Arm wollte ihm gehorchen, als er aufzustehen und abzuhauen versuchte. Er kämpfte sich auf den Ellenbogen, hob den Kopf aus dem erdverschmierten Gras und schaute nach hinten – nur um zu sehen, daß seine linke Schulter nicht da war, wo sie hingehörte. Sie war nach hinten gedreht, und Wellen von Schmerz rollten von ihr heran, schlugen über ihm zusammen und ließen ihn schweißgebadet zurück. Fassungslos starrte er die Schulter an, etliche Sekunden lang, dann sah er Mickey. Der Kobold saß hinter ihm im Gras und knuffte seinen Tam-o'-Shanter zurecht.

Einen Moment später kitzelten Gary merkwürdigerweise einige Grashalme durch die Schlitze in seinem Helm. Er hatte seinen Kopf nicht länger obenhalten können.

Bevor Kelsey und seine Leute heran waren, hatten ihre Pfeile schon alle sechs Männer bei der ersten Schleuder und einen von der Besatzung der zweiten niedergestreckt. Zusammen mit dem Soldaten, den Gary niedergeschlagen und aus dem Sattel geworfen hatte, und demjenigen, der im brennenden Pech umgekommen war, beliefen sich Connachts Verluste auf neun. Nur noch drei Soldaten waren übrig.

Drei Soldaten gegen drei Tylwyth Teg.

Einen fing Kelsey direkt neben Gary ab, einen großen Mann mit einer zweischneidigen Axt, der Gary gerade den Rest geben wollte. Statt dessen schwang er seine Axt nun gegen Kelsey. Der sprang flink zurück, und die schwere Waffe fuhr einen Fingerbreit vor seinem eingezogenen Bauch durch die Luft. Sofort machte der Elf einen Schritt nach vorn, dann mußte er wieder zurückweichen, da die Axt in einem wilden Rückhandschwung wieder herangesaust kam.

Das wiederholte sich mehrmals, immer vor und wieder zurück, und mit jedem Hieb gewann der knurrende Soldat an Boden. Der Mann dachte, ihn in der Zange zu haben, diesen Elfen, wollte ihn den ganzen Weg bis an die andere Schleuder zurücktreiben und ihn dort entzweihacken, diesen dürren Kerl.

Aber seine Schwinger wurden unausweichlich langsamer, denn seine Arme ermüdeten rasch unter dem Gewicht der schweren Waffe. Kelsey spielte die Rolle des Bedrängten, er täuschte Angst vor und sah sogar mehr als einmal nervös nach hinten. Dabei hatte er längst Maß genommen und hielt die Fassade nur aufrecht, weil jeder Streich ein wenig langsamer kam und seinen Sieg ein wenig sicherer machte.

»Sie kommen hierher!« rief einer der Überläufer von der Plattform der unbeschädigten Schleuder herab. Kelsey hörte die kräftigen Schläge, mit denen die beiden Männer sich an der Maschine zu schaffen machten.

Wieder strich die Axt vor dem Elfen durch die Luft, drängte

ihn der knurrende Mann unerbittlich zurück. Aber Kelsey hatte keine Zeit mehr für solche Spielchen. Der Mann drehte den Unterarm und begann mit dem Rückhandschlag, da kam ihm der grimmige Elf plötzlich entgegengesprungen, und die feine Elfenklinge fuhr ihm tief in den Bauch.

Mit der freien Hand fing Kelsey den ersterbenden Schwung der Axt ab, dann ließ er sie samt ihrem Träger ins Gras fallen. Hinter ihm, neben der brennenden Schleuder, erledigte TinTamarra gerade einen weiteren Soldaten, und der dritte Elf jagte den letzten Gegner davon.

Da jedoch ertönte plötzlich ein Prasseln hinter Kelsey, und als er herumwirbelte, sah er einen Schauer von Pfeilen auf die intakte Schleuder niedergehen. Einer der Männer wurde von einem Dutzend Pfeilen erwischt, stolperte noch ein paar Schritte, und fiel dann von der Maschine, Kelsey direkt vor die Füße. Der andere hatte nur einen Streifschuß an der Schulter abbekommen und versteckte sich hinter dem riesigen Balken, um weiter auf die Maschine einzuhacken.

Kelsey sah sich um und versuchte, irgendeinen Rückzugsplan zusammenzubekommen. Konnte er es irgendwie zu Gary Leger schaffen? Und war Gary überhaupt noch am Leben? Und wohin war Mickey verschwunden?

Seine wirbelnden Gedanken setzten aus, kaum daß Kelsey den Elfen erblickte, der dem letzten Gegner nachgesetzt war. Da lag er, sein Gefährte, und wand sich auf dem Boden, und mit jedem Pfeil, der sich in ihn bohrte, zuckte er zusammen.

Und über ihm, auf der Hügelkuppe, stand eine Reihe der königlichen Reiterei.

Ein Handsignal des Mannes in der Mitte – Kelsey erkannte ihn als Prinz Geldion –, und die Bogenschützen ließen die Waffen sinken. Hinter Kelsey kam der verwundete Mann von der Schleuder gestolpert.

»Es tut mir leid«, begann er, denn sie schien immer noch funktionsfähig zu sein.

Kelsey winkte ab, es gab keinen Anlaß zu irgendwelchen Schuldbekenntnissen. Dieser Mann und sein toter Kamerad hatten ihr Bestes getan; da war es egal, daß sie versagt hatten.

Eine zweite Gestalt, ein Riese von einem Mann, erschien neben Geldion, und dann begann die Reiterei sich langsam und gleichmäßig den Hang herabzubewegen, und ihr Ring schloß sich immer enger um die Gefährten.

Dreißig Yards. Zwanzig.

»Was hast du auf Lager, Kobold?« flüsterte Kelsey.

»Selbst wenn ich es so aussehen lasse, als ob wir entkommen sind, werden wir den Mann nicht los«, gab Mickey zurück, der immer noch neben dem ächzenden Gary Leger im Gras saß. »Ich glaube, sie haben euch.«

Kelsey war Mickeys Wortwahl nicht entgangen, und so war er nicht überrascht, als der Kobold sich plötzlich in Luft auflöste.

Fast im gleichen Moment entstand rechts von Kelsey ein Durcheinander; die Reiter drängten gegeneinander, und einer vollführte sogar einen Hieb mit dem Schwert. Der Elf begriff, daß Mickey dahintersteckte; wahrscheinlich ließ er es so aussehen, als ob sie dort zu entkommen versuchten.

Kelsey sah zu TinTamarra. War jetzt der richtige Zeitpunkt, einen Druchbruch zu wagen?

Der große Mann neben Geldion hob einen Arm und rief nach Ruhe.

»Haltet die Reihen geschlossen!« fügte Geldion prompt hinzu. »Diese Bande ist für ihre Tricksereien bekannt. Haltet die Reihen geschlossen und laßt euch von dem, was ihr seht, nicht hinters Licht führen!«

Der große Mann mußte König Kinnemore sein, begriff Kelsey plötzlich, der ihn seit vielen Jahren nicht von so nahe gesehen hatte. Er hatte ihn gar nicht so groß in Erinnerung gehabt und so … wild, so barbarisch. Ein anderes Wort fiel dem Elfen gar nicht ein für dieses Gesicht. Selbst als er ihn auf dieser Plattform in Dilnamarra gesehen hatte, hatte er nicht mitbekommen, was für eine beeindruckende Gestalt der König war. Er überragte seinen Sohn wie ein Turm, als die beiden näherritten; er konnte über ihn so leicht hinwegsehen, als würde nur ein kleiner Junge auf dem Pferd neben ihm sitzen.

Kinnemore schloß die Augen, und dann begann er den Kopf langsam von einer Seite zur anderen zu drehen. Kelsey riß die Augen auf – der Mann nahm Witterung auf wie ein Tier!

Als der König wenig später wieder die Augen öffnete, huschte ein Lächeln über sein grimmiges Gesicht. »Hier treibt sich ein Kobold herum!« verkündete er.

»Na, woher willst du das denn wissen?« fragte der unsichtbare Mickey leise, der sich inzwischen auf die Basis der Schleuder hinter Kelsey gesetzt hatte.

Der Ring schloß sich noch etwas mehr, und König und Prinz waren nun nicht mehr als ein Dutzend Yards von Kelsey und TinTamarra entfernt, die sich schützend neben dem liegenden Gary Leger aufgestellt hatten. Als Geldion den Elfenlord erkannte, seinen langjährigen Feind, flüsterte er seinem Vater grinsend etwas zu.

»Ich habe eine meiner Schleudern verloren«, verkündete König Kinnemore kurz darauf. »Im Tausch gegen einen Elfenlord, einen weiteren Tylwyth Teg, die gestohlenen Artefakte und den Betrüger aus Bretaigne. Das nenn ich einen guten Handel. Was meint Ihr, Kelsenellenelvial Gil-Ravadry?«

Kelsey krampfte die Finger um den Griff seines Schwertes. Er dachte daran, nach seinem Bogen zu greifen, um Kinnemore oder vielleicht auch seinen verdammten Sohn mit einem Pfeil zu bedenken; aber er mußte einsehen, daß er nicht einmal einen Pfeil auf die Sehne bekommen würde. Mindestens ein Dutzend gespannter Armbrüste waren auf ihn gerichtet, und ebenso stand es um TinTamarra und den Überläufer.

»Was meint Ihr?« dröhnte Kinnemore erneut. »Wollt Ihr Euch ergeben?«

Kelsey sah seinen Elfengefährten an und nickte, und beide ließen sie ihre blutbesudelten Waffen ins Gras fallen.

Die Soldaten umzingelten sie. »Eintausend Goldstücke für denjenigen, der mir diesen Kobold erwischt!« rief König Kinnemore, und jeder Soldat, der nicht mit einer besonderen Aufgabe betraut war, begann eifrig damit, das Gelände abzusuchen.

Die Freunde wurden an Handgelenken und Fesseln aneinandergebunden (selbst Gary, der in keiner Weise mehr gefährlich war), der Überläufer jedoch wurde auf Kinnemores Befehl zur intakten Schleuder hinübergebracht.

»Da habt Ihr Euch eine saubere Lüge einfallen lassen, um durch meine Reihen zu kommen«, erklärte der König. Sein Gesicht war kaum einen Fingerbreit von dem Kelseys entfernt, und der Elf spürte die Hitze des üblen Atems auf der Haut. »Vielen Dank für die Anregung.«

Kelsey war sich nicht ganz sicher, was der böse König damit meinte – bis dieser befahl, die Schleuder fertigzumachen und den Verräter in den Korb zu setzen.

Im nächsten Moment zog ein schreiend herbeilaufender-Soldat alle Blicke auf sich. Er hielt den wild herumzappelnden Mickey McMickey in der Hand. »Ich hab ihn! Ich hab ihn!« kreischte der Soldat und kam bis vor seinen König gerannt.

Kinnemore entriß ihm den strampelnden Kobold. Wieder nahm er Witterung auf. »Für mich riecht das wie ein Pilz!« dröhnte er, und dann drückte er mit all seiner gewaltigen Kraft zu.

»Donnerlittchen«, murmelte der echte Mickey, der nach wie vor unsichtbar bei der Schleuder saß. Könige waren bekannt dafür, besser als andere durch Illusionen schauen zu können, aber der Bursche hier war wirklich unheimlich.

Ein zweiter Soldat kam herbeigerannt, die gleiche Nachricht verkündend, den gleichen strampelnden Kobold in der Hand. Dann schrie ein dritter Mann aus der gegenüberliegenden Richtung auf, dann ein vierter neben der zerstörten Schleuder. Bevor Kinnemore recht wußte, wie ihm geschah, standen ein Dutzend Soldaten vor ihm, und alle hielten sie ein Abbild des quietschlebendigen Mickey McMickey in den Händen.

Prinz Geldion konnte sich das Lachen nicht verkneifen – und bekam eine so feste Ohrfeige verpaßt, daß er zu Boden ging. Dort blieb er ein Weilchen sitzen und starrte seinen Vater aus großen Augen an.

»Schickt ihn in hohem Bogen nach Tir na n'Og!« röhrte der verlegen wirkende König zu den Soldaten auf der funktionsfähigen Schleuder hinauf. »Zeigen wir den Tylwyth Teg und unseren eigenen Reihen, wie König Kinnemore mit denen umgeht, die sich gegen ihn wenden!«

Der arme Kerl in dem Korb begann lauthals zu jammern.

»Ruhig, Junge«, flüsterte der unsichtbare Kobold, der neben ihn geklettert war.

Kelsey und TinTamarra, viele der königlichen Soldaten und selbst Prinz Geldion stimmten in ein gemeinsames Ächzen ein, als der Balken knarrend an seinen Platz kam und dann mit einem großen *Wuuuusch* losschnappte. Rasch verklang der Schreckensschrei des Mannes in der Ferne.

Hoch hinauf in den Regen ging es, und dann ging es über Tir na n'Og wieder hinab. Plötzlich fühlte der Mann einen Ruck und wurde langsamer. Neben ihm wurde ein Kobold sichtbar, der sich mit einer Hand an ihm und mit der anderen an einem Regenschirm festhielt.

»Ruhig, Junge«, sagte Mickey erneut. »Ich hab dich.«

Sanft schwebten sie an dem Zauberregenschirm in das dichte Blätterdach hinab. Als sie auf dem Boden anlangten, waren sie zerschrammt und blaugestoßen.

Aber damit waren sie für Mickeys Geschmack immer noch weit besser dran als Kelsey, TinTamarra und Gary Leger.

Hexe für einen Tag

Das trübe Wetter über Tir na n'Og kam der armen Diane wirklich passend vor, wie sie da auf einem kleinen, baumlosen Hügel im nassen Gras saß, nicht weit von der immer noch andauernden Schlacht entfernt.

»Wir sollten besser zu den Gefangenen zurückkehren«, sagte Mickey, der neben ihr saß und tiefes Mitgefühl empfand. »Auch wenn die meisten von ihnen anscheinend lieber auf unserer Seite als für Kinnemore kämpfen wollen und diejenigen, die sich uns nicht anschließen wollen, sogar überhaupt keine Kampfeslust mehr an den Tag legen.«

Der Kobold blies einen blauen Rauchring aus seiner gewaltigen Pfeife. Der Ring schwebte in die Luft, und dann senkte er sich über Diane hinab und umkreiste sie wie eine Art magische Halskette. Mickey zwinkerte abwechselnd mit den Augen, und jedesmal nahm der Ring eine andere Farbe an, ging die ganze Palette des Regenbogens durch. »Kann sich natürlich bald ändern«, schloß der Kobold finster.

Diane wußte, was er meinte. Viele königliche Soldaten hatten Tir na n'Og Treue und Gehorsam geschworen, genauer gesagt, dem Helden, der die Rüstung Cedric Donigartens trug. Und nun war dieser Held verschwunden, war gefangengenommen oder gar getötet worden, und die Rüstung befand sich in Kinnemores Hand.

Eine Woge von Gefühlen stieg in Diane auf. »Ich will nach Hause«, flüsterte sie. »Wenn Gary tot ist, dann will ich nach Hause.«

Mickey hatte ihr erklärt, was es für Gary und sie mit dem

Sterben in Faerie auf sich hatte. Wenn sie hier starben, dann waren sie auch wirklich tot, in beiden Welten. Falls Kinnemore Gary getötet hatte und sie seinen Leichnam nicht zurückbringen konnten, dann würde er, soweit es die Leute in der anderen Welt betraf, einfach spurlos verschwunden sein.

Diane fragte sich, wie sie das ihrer Schwiegermutter erklären sollte. Selbst wenn sie den Leichnam fanden und ihn in die Burgruine in Duntulme zurückbrachten, wie sollte sie dann die Schwertwunden erklären?

»Noch ist er nicht tot, Schätzchen«, sagte Mickey.

Diane fuhr zu ihm herum. »Woher willst du das wissen?«

»Kinnemore wird ein Fest daraus machen«, vermutete Mickey. »Gary Leger war verletzt, als ich ihn zuletzt gesehen habe, und nicht einmal allzu schlimm. Falls Kinnemore die Arbeit zu Ende bringen will, dann wird er das in großem Stil tun, mit einer öffentlichen Hinrichtung in Dilnamarra – vielleicht schleift er Gary sogar bis nach Connacht, wo eine hundertmal größere Menge zuschauen kann. Er hatte schon immer ein Händchen dafür, wie man das Volk erfreut.«

Diane dachte einen Augenblick nach. »Wenn ich es irgendwie schaffe, zu ihm zu kommen, kannst du uns dann nicht einfach wegbeamen?« fragte sie.

»Kann ich was?« Mickey sah sie verwundert an.

Trotz ihrer mißlichen Lage mußte Diane lächeln. Mit seinem Akzent hörte Mickey sich wirklich immer ein bißchen wie Scotty an. »Kannst du uns wegschicken?« erklärte sie. »In unsere Welt zurück?«

Mickey nahm einen tiefen Zug aus seiner Pfeife und nickte; jetzt hatte er verstanden. »Nur über eine Brücke«, sagte er. »Und bestimmt gibt es davon noch ein paar. Aber um bei der Wahrheit zu bleiben, ich kann so was überhaupt nicht. Das ist Feensache.« Als er Dianes niedergeschlagene Miene sah, nahm seine Stimme einen zornigen und frustrierten Ton an. »Ich hab doch gleich gesagt, daß du gar nicht wirklich hier sein willst«, warf er ihr vor. »Nicht jetzt, nicht in diesen Zeiten!«

Diane sah weg, aber sie nahm es ihm nicht übel.

»Ich glaube nicht, daß Kinnemore die beiden überhaupt umbringen will«, fuhr Mickey fort, um ihr wenigstens ein bißchen Trost zu spenden. »Ceridwen kommt bald frei, und sie dürfte nicht gerade erfreut sein, wenn ihr Marionettenkönig ihr dieses Vergnügen vorenthalten hat.«

Vor Dianes geistigem Auge tat sich plötzlich eine breite Straße auf. »Hat Kinnemore etwa Angst vor Ceridwen?« fragte sie.

»Du hättest auch Angst, wenn du sie kennen würdest«, antwortete Mickey sofort.

»Und, wie oft trifft er sie so?«

Mickey zuckte mit den Achseln. Darauf wußte er nun wirklich keine Antwort.

»Du hast mir doch erzählt, daß Gary der einzige war, der ihre Verbannung hatte verkürzen können«, fuhr sie fort, ohne von seiner Antwort überhaupt Notiz zu nehmen. »Und das hat er auch getan, wegen des Drachen. Also könnte er sie doch auch noch einmal verkürzen, stimmt's?«

»Schätzchen, wir haben jetzt schon Ärger genug«, sagte der Kobold trocken.

Aber Diane verging das Lächeln nicht; ihr war eine Last von den Schultern genommen. Plötzlich hatte sie das Gefühl, mitten in einem tollen Schmöker zu sein und zum allerersten Male selbst ein wenig Gewalt über die Feder zu haben.

Sie verbargen sich hinter der Ecke eines kleinen Gebäudes, die untergehende Sonne im Rücken. Nach Dilnamarra hineinzukommen, war kein allzu großes Problem gewesen, denn Dianes Plan hatte bei den schlecht informierten, einfachen Soldaten der königlichen Armee Wunder gewirkt.

»Da ist Kinnemore«, flüsterte Mickey und zeigte zum Tor

des gedrungenen Bergfrieds. »Zusammen mit Prinz Geldion.«

»Ich denke, ihr habt Gary beim ersten Mal nach Faerie geholt, weil er groß genug für Donigartens Rüstung war«, flüsterte Diane. »Kinnemore muß doch mindestens einen Fuß größer sein als er!«

»Aye«, gab Mickey zurück. »Größer, als ich ihn in Erinnerung habe. Aber er ist zu groß für die Rüstung – und überhaupt, meinst du wirklich, wir hätten ihn dazu überreden können?«

Sie schüttelte den Kopf. König Kinnemores Größe schien in der Tat eine Anomalie zu sein. Mit ihren Fünf-Fuß-acht war Diane größer als jeder Mann in Faerie, von dem riesigen König einmal abgesehen.

Um Kinnemore und Geldion zu beobachten, blieben die beiden eine Weile, wo sie waren. Der König schien nicht allzu erfreut über seinen Sohn zu sein!

Diane, die ihre gesamte Fotoausrüstung dabeihatte, sah zur untergehenden Sonne zurück, und dann zog sie einen kleinen Belichtungsmesser hervor. Mit einem zufriedenen Nicken hob sie ihre Polaroid und richtete sie auf den König.

»Hey, hey, was hast du vor?« wollte Mickey wissen. »Wir können doch nicht mitten in Dilnamarra einen Kampf anfangen.«

»Keine Bange«, sagte Diane und drückte ab. Das belichtete Bild schaute aus dem Schlitz, und sie zog es ganz heraus. »Du wirst schon sehen.«

Geldion stürmte davon, sprang auf sein Pferd und donnerte aus der Stadt hinaus, den Blick seines Vaters im Rücken und den eigenen fest auf die Straße gerichtet. Schließlich wirbelte Kinnemore herum und schlug einen der Wachsoldaten nieder, dann betrat er den Bergfried.

»Komm mit«, sagte Mickey. Er wollte das hier schnell hinter sich bringen, bevor der König Zeit gehabt hatte, sich zu sammeln und die Lage zu überdenken (und vielleicht irgendwie mit Ceridwen Kontakt aufzunehmen!).

Der Kobold, der wie ein spindeldürrer Goblin aussah, jagte los, und Diane ging ihm hinterher. Bevor sie das sich entwikkelnde Bild wegsteckte, warf sie einen kurzen Blick darauf.

»Aber hallo«, sagte sie überrascht. Sie sah zu Mickey, der jedoch schon zu weit weg war, und beschloß, daß diese neueste »Entwicklung« noch zu warten hatte. Sorgfältig steckte sie das Bild weg und beeilte sich, Mickey einzuholen.

Falls Diane irgendwelche Zweifel an der Macht seiner jüngsten Gaukelei gehegt hatte, so verschwanden sie spätestens in dem Augenblick, als die beiden Torwächter das Paar herannahen sahen. Als sie Mickey in seiner Goblingestalt erblickten, wimmelten sie umeinander und machten ihre Waffen fertig; und wie sie erst erbleichten und sich fast gegenseitig umwarfen bei dem kläglichen Versuch, ein ordentliches Strammstehen hinzubekommen, als sie Diane bemerkten!

Mickey baute sich kühn und herausfordernd vor ihnen auf. Keiner wagte es, zu dem kleinen Goblin hinabzusehen; keiner wagte es, überhaupt die Augen zu bewegen oder auch nur Luft zu holen.

»Wo tut Kinnemore stecken?« krächzte Mickey mit seiner besten Goblinstimme. »Die Lady will Kinnemore sehn!«

»Der König befindet sich im Bergfried«, beeilte sich ein Wachsoldat zu sagen. »Ich werde euer Kommen –«

»Mo-ment!« sagte Diane, und der Mann wäre fast in Ohnmacht gefallen. »Wo steckt Prinz Geldion?«

Nervös sahen die beiden Wachsoldaten einander an. »Er war bei den Gefangenen«, antwortete der erste. »Und jetzt ist er wieder zum Schlachtfeld geritten, um den nächsten Angriff anzuführen.«

»Ach ja, die Gefangenen«, sagte Diane und versuchte, sich ihre überflutende Erleichterung darüber, daß Gary und Kelsey anscheinend noch am Leben waren, nicht anmerken zu lassen. »Ihr habt ja diesen elendigen Gary Leger gefangengenommen, zusammen mit einem Elfenlord von Tir na n'Og. Bitte sagt mir doch, wo Geldion die beiden hingesteckt hat.«

»In eine abgelegene Scheune westlich von Dilnamarra«, antwortete der Wachsoldat prompt. »Bei einem aufgegebenen Bauernhaus. Sie ...«

»Kenn ich, das Ding«, unterbrach Mickey den Mann, und dann unterbrach er sich selbst. Hatten sie seine plötzlich veränderte Redeweise bemerkt? »Geek tut die Scheune kennen, Lady«, fügte er rasch hinzu. »Geek tut die Scheune kennen!«

Diane stand da, als wäre sie tief in Gedanken versunken. »Komm, Geek«, sagte sie schließlich, und ihr Tonfall triefte vor Sarkasmus. »Wir wollen Kinnemore später besuchen – zuerst sagen wir diesem Gary Leger doch einmal, wie sehr es uns freut, ihn wiederzusehen!«

»Und ihr!« fuhr sie die bleichen Wachsoldaten an. »Ihr beiden verratet Kinnemore kein Wort. Ceridwen braucht sich nicht anzumelden.« Sie straffte die Schultern, stand stark und schrecklich da, zutiefst erregt von der Macht, die ihr ihre Verkleidung verschafft hatte. »Wenn euer König auch nur ein Sterbenswörtchen erfährt, werdet ihr eure bejammernswerten Leben auf einem Bauernhof beenden. Im Stall.«

Sie hob die Hand, reckte sie den beiden Männern entgegen, und dann kam mit einem *Plopp* ein blendender Blitz hervorgeschossen, gefolgt von Wolken von Koboldrauch. Und als der Rauch sich verzogen hatte, waren Mickey und Diane verschwunden, und die beiden verschreckten Männer waren wieder allein auf ihren Posten.

»Feiner Trick, Schätzchen«, bemerkte Mickey, während sie über das Feld im Westen Dilnamarras hetzten. »Wie hast du das gemacht?«

Diane hielt den Blitz ihrer Pentax hoch. Mickey sah ihn neugierig an, und seinen feinen Ohren entging das leise Heulen nicht, mit dem die Batterien das Blitzlicht aufluden.

»Feiner Trick«, sagte der Kobold erneut und beließ es dabei, denn die Scheune kam bereits in Sicht. »Bis du bereit?«

Diane nickte. »Ich stürme da rein wie eine Furie«, faßte sie den Plan des Kobolds zusammen. »Sie einzuschüchtern ist schon die halbe Miete.«

»Aye«, stimmte Mickey zu. »Und 'ne Portion Glück könnt auch nicht schaden.«

Diane entging sein ernstes Gesicht nicht.

»Wollen hoffen, daß Prinz Geldion sich nirgendwo herumtreibt«, erklärte Mickey. »Ich hab ihn schon ein paarmal gesehen, und er hat mich auch schon ein paarmal gesehen. Da wird er sich nicht mehr so leicht hereinlegen lassen!«

Mit einem Ruck blieb Diane stehen; sie schien erst jetzt zu begreifen, daß der Plan auch fehlschlagen konnte. »Sollen wir lieber noch warten?« fragte sie nervös.

Mickey nickte nach vorn, zu der baufälligen Scheune und den vielen königlichen Soldaten, die sie bewachten. »Dein Gary ist da drin«, erinnerte er sie grimmig, und Diane sagte nichts mehr.

Das Tor des Bergfrieds schwang auf, und König Kinnemore schoß heraus und machte ein neugieriges Gesicht. Er sah von einem Wachsoldaten zum anderen (und die beiden stimmten in aller Stille überein, daß dies nicht gerade ihr bester Tag war!), dann begann er in der Luft zu schnuppern.

»Wer hat sich hier herumgetrieben?« herrschte er sie in bester Herrschermanier an.

Einer der beiden räusperte sich und begann mit den Knien zu schlottern.

»Niemand, mein König!« warf der andere, der nicht die geringste Lust hatte, sich die Welt in Zukunft durch ein Paar Schweinsäuglein anzusehen, rasch ein. »Ähm, bloß ein paar Bettler – es gibt dermaßen viele Bettler in dieser dreckstarrenden …«

»Schweig!« befahl Kinnemore und begann wieder herumzuschnuppern. Er verkniff das Gesicht, als hätte er etwas ganz und gar Widerwärtiges gerochen.

»Seid so wachsam, wie ihr nur könnt«, sagte er zu den Männern, während er sich in alle Richtungen umsah. »Hier riecht's nach Kobold, und das bedeutet Ärger.«

Nun waren die beiden Wachen in einer schrecklichen Zwickmühle. Sie sahen einander an. Wenn das der Trick eines Kobolds gewesen war, dann hatten sie dem Feind in die Hände gespielt. Aber wenn sie ihrem König davon berichteten und der Besuch dann doch Ceridwen gewesen war, würden die Folgen fürchterlich sein.

»Seid wachsam!« dröhnte Kinnemore, der von dem stillen Austausch nichts mitbekommen hatte. Damit drängte er sich zwischen den beiden Männern hindurch in den Bergfried und knallte das Tor hinter sich zu.

»Was sollen wir jetzt machen?« fragte einer der Wachsoldaten.

Sein Kamerad bedeutete ihm, still zu sein, hatte aber auch keine Antworten parat. Er wollte seinen König nicht hintergehen, aber ebensowenig wollte er ausprobieren, wie gut ihm ein Ringelschwänzchen stand.

Dann hörten sie Hufgetrappel, und wenig später erblickten sie Prinz Geldion, wie er mitten durch Dilnamarra auf den Bergfried zugaloppiert kam.

»Diese Hexe hat nicht gesagt, daß wir Geldion nichts sagen dürfen, oder?« fragte der erste Wachsoldat verschlagen.

Zutiefst erleichtert strahlte sein Kamerad bis über beide Ohren. Damit waren sie aus der Klemme.

Als sie die unbefestigte Straße zur Scheune hinaufgingen, an dem steinernen Skelett des verlassenen Bauernhauses vorbei, kam ihnen ein kleiner Pferdewagen entgegen. Ein schmutziger Soldat saß auf dem Bock, und eine seiner Schultern war dick mit verdrecktem, blutstarrendem Leinen verbunden. Erschrocken riß der Mann die Augen auf, als er die illusionäre Lady Ceridwen vor sich erblickte, dann lenkte er den Wagen an den Straßenrand und hielt das Pferd an.

»Geek, sieh nach, was er mit sich führt«, befahl Diane, und Mickey sprang hinüber und kletterte an dem Wagen hoch.

»O Lady!« erklärte er in perfekter Goblinzunge. »Der hat die Rüstung und den Speer! Und 'ne Elfenrüstung auch!«

»Mach kehrt mit deinem Wagen«, sagte Diane ohne Zögern.

»Aber der König hat befohlen, daß die Rüstung in den Bergfried soll«, widersprach der arme Soldat kläglich. Er wollte mit seiner Erklärung noch fortfahren, aber seine nächsten Worte kamen dank der Nachhilfe eines bauchrednerischen Kobolds nur als das Gequake eines Ochsenfrosches heraus. Wie zu erwarten gewesen war, riß der Mann entsetzt die Augen auf.

»Ein Frosch, Lady?« quietschte Mickey glücklich. »Kann Geek den Frosch aufessen?«

»Geduld, mein lieber Geek«, gab Diane kühl zurück. »Wollen doch erst mal sehen, ob er nicht doch gehorchen möchte.« Sie hatte kaum geendet, da machte der Wagen schon kehrt und sauste zur Scheune zurück.

»Gut gemacht«, gratulierte Mickey. »Nur noch ein paar Tricks, und wir werden allesamt frei sein.«

Diane nickte entschlossen; insgeheim genoß sie diese ganze Scharade sogar. Nicht Mickey ging den Rest des Weges zur Scheune voran, sondern Diane. Sie marschierte an den vielleicht ein Dutzend verstörten Soldaten mit einer Sicherheit vorbei, die jeden Widerspruch schon erstickte, bevor er auch nur herausgestammelt werden konnte. Sie baute sich vor dem Mann auf, der das Scheunentor mit einem Speer versperrte, und ein schlichtes Kopfschütteln ließ ihn bereits zur Seite springen.

Als sie eintrat, drehte er sich zu ihr um, aber das Blitzlicht flammte ihm ins Gesicht, und er kreischte auf und sprang zurück, und dann stolperte er über seine eigenen Füße und schlug hin.

»Laßt uns allein«, befahl Diane den beiden Männern im Inneren der Scheune, und es gelang ihr, ihre Stimme beim Anblick von Gary, Kelsey und TinTamarra fest und bestimmt klingen zu lassen. Die drei waren sichtlich geschunden. Da standen sie nebeneinander, und die Arme waren so hoch über den Köpfen festgekettet, daß die Füße kaum noch den Boden berührten. Einer von Garys Armen war in einem seltsamen Winkel nach oben gestreckt. Das mußte entsetzlich weh tun. Diane konnte den Blick nicht von ihrem Liebsten abwenden, und als die beiden Soldaten flohen und das Scheunentor hinter ihr gegen die Wand knallte, machte sie einen Satz. Ein wenig Koboldzauber ließ das Tor wieder zuschwingen.

»So bist du also frei«, knurrte Gary Diane herausfordernd an, und für einen Augenblick war sie verwirrt. »Gib mir meinen Speer, Hexe, und ich werd dich wieder in dein Loch zurückstopfen!«

Kelsey, der neben Gary stand, sah Ceridwen und Geek für einen Moment verblüfft an, und dann begann er zu Garys Verwirrung zu lachen, und sein Elfengefährte stimmte mit ein.

»Aye, keiner kann meine Gaukeleien besser durchschauen als ein Tylwyth Teg«, sagte Mickey mit seiner normalen Stimme.

Gary machte große Augen.

»Lieber Geek«, sagte Diane. »Geh nach draußen und laß die guten Soldaten das Zeug in die Scheune bringen.«

Da begriff Gary, was sich abspielte, aber als er zu lachen versuchte, schoß ihm ein entsetzlicher Schmerz durch die Schulter. Sofort war Diane an seiner Seite.

»Ausgekugelt«, sagte sie nach einer kurzen Untersuchung.

»Geh weg«, flüsterte Gary, und Diane schaffte es gerade noch, bevor das Tor sich öffnete und Mickey zurückkam, gefolgt von drei Soldaten, die Berge von Ausrüstung schleppten.

»Sie haben das Zwergenzeug auch gleich mitgebracht«, erklärte der illusionäre Goblin.

»Das Zwergenzeug?« hauchten Gary und Kelsey zugleich.

Diane suchte nach einer Möglichkeit, wie sie den Wachen auch noch die Schlüssel für die Ketten abnehmen konnte, ohne ihr Mißtrauen zu erregen; aber zu ihrer Überraschung drängte Mickey die Männer mit Nachdruck aus der Scheune; ja, er jagte sie förmlich hinaus.

Am Tor hatte sie ihn eingeholt. »Wir brauchen die Schlüssel«, begann sie, aber Mickey grinste nur breit, und dann zog er einen Schlüsselring aus einer seiner Taschen hervor.

Im nächsten Moment war Diane wieder neben Gary und befreite ihn vorsichtig. Sie half ihm, sich zu setzen, indem sie ihn fest umarmte und darauf achtete, die ausgekugelte Schulter nicht zu berühren.

»Geh zu Kelsey!« ermahnte Mickey sie scharf. »Wir haben keine Zeit.«

Diane fummelte mit dem Ring herum, bis sie den richtigen Schlüssel gefunden hatte, und damit war auch Kelsey frei. Er sprang zu dem Haufen, und während Diane sich nun an den Ketten TinTamarras zu schaffen machte, suchte er rasch seine feine Rüstung heraus.

»Mach schnell«, drängte Mickey sie, aber da waren vielleicht zwei Dutzend Schlüssel an dem Ring, die sie durchprobieren mußte.

Als das Scheunentor aufschwang, erwies sich die Behauptung des Kobolds, daß sie wenig Zeit hatten, als unangenehm wahr.

»Du bist ein bißchen früh dran, Ceridwen«, erklärte Prinz Geldion. »Oder meinst du nicht?«

Auch die kleinste Chance

Wie er da als Umriß im Scheunentor stand, die königlichen Soldaten im Rücken, und sein abgetragener Reiseumhang sich in der steifen Brise blähte, wirkte der schlanke Mann überaus bedrohlich.

Mit Dianes Hilfe kämpfte Gary sich auf die Beine; sie hielt ihn am gesunden Arm fest, bis er das Gleichgewicht wiedergefunden hatte. Kelsey ließ die Rüstung fallen – er konnte sie ohnehin nicht mehr anziehen –, behielt sein feines Schwert aber fest in der Hand. In den Lichtbalken, die schräg durch das Scheunentor fielen, glühte die Klinge wild auf.

»Du wirst diese Waffe fallenlassen«, sagte Prinz Geldion sachlich.

Kelsey rührte sich nicht.

»Tötet den anderen Elfen«, befahl der Prinz seelenruhig, und die beiden vordersten Soldaten traten neben ihn und legten ihre Armbrüste auf TinTamarra an.

Gary, Kelsey und Diane schrien protestierend auf, aber es war Mickeys Stimme, die den angeketteten Elfen rettete, seine magische Stimme, die sich in einer Illusion vor der Scheune erhob. Mehrere Soldaten brüllten etwas von einem Hinterhalt, und die Armbrustschützen, die eine wilde Elfenhorde die Straße entlang auf sich zureiten sahen, feuerten ihre Bolzen instinktiv in diese Richtung ab.

Mickey konnte den Flug der Geschosse von der Scheune aus jedoch nicht richtig verfolgen, und so verriet sich seine Elfenhorde durch ihre falschen Bewegungen von selbst.

»Ein Koboldzauber!« erhob Geldion seine Stimme über den allgemeinen Tumult. »Mein Vater hat gesagt, daß erst vor kurzem ein Kobold beim Bergfried gewesen sein muß. Er hat das widerliche Ding noch riechen können!«

»Und ich werd ihn mal fragen, wo er so was gelernt hat«, sagte Mickey und wurde wieder sichtbar. Er hatte es sich auf dem Balken gemütlich gemacht, an den Gary gekettet gewesen war, und sah nun wieder wie ein Kobold aus.

Bevor Geldion und seine Armbrustschützen noch reagieren konnten, wedelte Mickey mit der Hand, und Cedrics mächtiger Speer erhob sich von dem Haufen neben Kelsey und kam durch den Raum geschwebt. Da Garys Schulter schrecklich pochte, ergriff er die Waffe nur vorsichtig mit der guten Hand.

Wie schön, Euch wiederzusehen! sagte der Speer emphatisch.

»Wenn du meinst«, antwortete Gary, und aus seiner Stimme sprach tiefe Hoffnungslosigkeit.

In diesem Moment platzte Geldion der Kragen. »Ergreift sie!« rief er. »Ergreift sie allesamt, und falls irgend jemand dabei stirbt, dann sollte es wohl so sein!«

Die Soldaten setzten sich in Bewegung, aber sie wollten nicht recht näherkommen. Ein paar blickten wieder zur Seite, zu der immer noch bestehenden, entnervenden Illusion einer Elfenhorde. Andere schauten zu Mickey hinauf, und in ihren Gesichtern standen Gier und Bangigkeit zugleich; noch andere wiederum sahen zu Kelsey. Die meisten aber blickten Gary an, den Speerträger und Drachentöter. Bei den Katapulten war es leicht gewesen, ihn gefangenzunehmen, aber da hatten Geldion und Kinnemore auch mehr als zehnmal so viele Männer dabeigehabt.

»Aye!« rief Mickey unerwarteterweise, und unerwartet kam auch sein offensichtliches Einverständnis mit Geldions Befehl.

»Ergreift sie, wie der widerliche Prinz gesagt hat! Tötet den Träger von Donigartens Schatz; bringt den um, der Robert erschlagen und eure schöne Stadt gerettet hat und alle anderen Städte gleich mit. Nun ergreift ihn schon, den Helden, der von so weit her gekommen ist, um uns den Weg zu weisen!«

Geflüster erhob sich zwischen den Soldaten, aber als Geldion seinen Dolch zog und seine Befehle wiederholte, folgten die Männer ihm – die meisten jedenfalls. Denn in den hinteren Reihen legte sich die Aufregung nicht, und bevor auch nur ein Connachter an Kelsey oder Gary herangekommen war, schepperte Stahl auf Stahl, und jemand rief: »Für Sir Cedric!«

»Der stammt von mir«, flüsterte Mickey und machte sich wieder unsichtbar. Er fragte sich ernsthaft, wie viele Tricks ihm eigentlich noch blieben. Die Hexe Ceridwen wurde plötzlich wieder zu Diane, denn der Kobold wollte mit seinen Zauberkräften lieber sparsam umgehen – er hatte sie bereits ordentlich strapaziert.

Kelsey rannte seitwärts, um eine Leiter herum und unter den Heuboden der Scheune. Zwei Soldaten folgten ihm dichtauf. Der Elf stürmte hinter einen Heuballen, um die Männer aus dem Hinterhalt anzugreifen; sie aber folgten dem Kurs nicht, sondern blieben stehen und rollten den Ballen zur Seite.

Kaum war das Hindernis aus dem Weg, da sprang Kelsey den beiden entgegen, mit wild hackendem Schwert, fest entschlossen, sie so schnell wie möglich umzubringen.

Er verfehlte das Gesicht des einen Mannes nur knapp und erwischte den Schild des anderen heftig genug, daß ein Riemen riß und der Schild dem Mann nur noch lästig vom Arm baumelte. Doch floß bei diesem ersten Schlagabtausch kein Blut, und die wohlausgebildeten Soldaten in ihren schweren Lederwämsen, die mit Netzen aus Metallringen verstärkt waren, wichen einfach ein paar Schritte zurück, um ihre Hiebe aufeinander abzustimmen.

Diane eilte wieder zu TinTamarra, der immer noch schlaff an den Ketten hing. Hektisch fummelte sie mit den Schlüsseln herum, bis sie endlich den richtigen fand. Sie bekam ihn hinein, bevor sie ihn noch herumdrehen konnte, zwackte ihr eine Schwertspitze in die Seite. Sie schrie vor Schmerz auf, und als sie zur Seite sprang, ließ sie den Schlüsselring am Schloß hängen.

Zwei Soldaten waren es, die sich herangeschlichen hatten. Diane wich gegen die Wand zurück, stolperte an ihr entlang. Der gefesselte Elf hob seine Füße vom Boden und rammte sie einem der Männer hart gegen den Schenkel. Der Soldat verzog das Gesicht, wandte sich um und versetzte den immer noch austretenden Beinen einen Hieb mit der Breitseite seines Schwertes. »Schnapp du dir die Frau!« sagte er zu seinem Gefährten, und dann ging er zu TinTamarra und schlug mit dem Griff des Schwertes auf ihn ein.

Da versuchte Mickey, den Schlüssel mit ein wenig Zauberkraft ganz ins Schloß zu schieben und herumzudrehen. Aber zu seiner Bestürzung streckte der Soldat sich, zog den Schlüssel ab und warf ihn auf den mit Heu übersäten Boden.

Garys einziger Gedanke war, an Dianes Seite zurückzugelangen und seine Liebste zu beschützen. Aber er fand sich zwei Männern gegenüber; sie umkreisten ihn und täuschten Vorstöße und Hiebe an, der eine mit dem Schwert, der andere mit einer Keule.

Verzweifelt versuchte Gary, sie mit dem beseelten Speer auf Abstand zu halten. Aber so gut ausbalanciert die Waffe auch war, mit einer Hand ließen sich ihre neun Fuß Länge kaum handhaben, und es kostete Gary jedesmal einen Augenblick, den Schwung wieder abzufangen. Bald grinsten die beiden Soldaten, und dann lachten sie ihn für seine kläglichen Verteidigungsversuche sogar aus.

Der eine Mann schwang sein Schwert durch die Luft, und als die Speerspitze herankam, zog er sich nicht zurück, sonder ließ das Schwert fallen und griff mit beiden Händen um den Schaft.

»Na, mächtiger Drachentöter«, spottete er. »Was machst du jetzt?«

Als der andere Mann mit hoch erhobener Keule näherkam, während sein Kamerad einmal kräftig an dem Speer riß, sah Gary sein Ende schon gekommen. Er hielt die Waffe fest, obwohl er keine Ahnung hatte, wozu das noch gut sein sollte.

»Was machst du jetzt?« verhöhnte der Mann ihn ein zweites Mal.

Cedrics Speer nahm Gary die Antwort ab.

Der junge Mann fühlte das verräterische Kribbeln im Schaft, einen Moment bevor die magische Energie des Speeres sich entlud. Plötzlich standen dem Soldaten die Haare zu Berge, und dann flog er quer durch die Scheune und krachte in eine Heugabel, eine Sense und eine Schubkarre hinein. Große Augen machend, kam er auf die Ellbogen, und noch immer standen seine Haare in alle Richtungen ab, zitterte er von dem Schlag am ganzen Leib. Dann verdrehte er die Augen und verabschiedete sich.

Während sein Kamerad den Flug noch ungläubig verfolgte, verschwendete Gary keine Zeit. Kaum war der Speer wieder frei, da klemmte er ihn sich fest unter die Achsel und fuhr herum. Mit Leichtigkeit schnitt die mächtige Waffe durch die Rüstung des verbliebenen Soldaten; sie zerschlitzte ihm die Seite, und der Mann brüllte schmerzerfüllt auf und wich zurück. Er fuhr sich über die Wunde, und dann starrte er auf das Blut in seiner Hand.

»Du verdammtes Bretaigneschwein!« brüllte er Gary an. »Dafür wirst du sterben!« Außer sich vor Wut stürzte er nach vorn und schlug mit der Keule gegen den Speer. Gary, der die Drohung nicht im mindesten bezweifelte, gab sich alle Mühe, den Mann nicht an sich heranzulassen; aber jeder Keulenschlag ließ eine Schockwelle aus Schmerzen über seine Rippen schwappen, und er mußte fürchten, jeden Moment ohnmächtig zu werden.

Diane war in Schwierigkeiten, Gary war in Schwierigkeiten, und Kelsey kämpfte ohne jede Rüstung gleich gegen zwei. Und was noch schlimmer war, der Kampf hinten beim Tor hatte mit zwei Toten geendet, und übriggeblieben war ausgerechnet Geldion, mit bluttriefendem Dolch und vier kampfbereiten Soldaten.

Doch Mickey konnte keinem der drei Freunde beistehen, denn am schlimmsten war TinTamarra dran. Hilflos angekettet hing der Elf da, und der Soldat war auf dem besten Wege, ihn umzubringen – soviel war gewiß.

»Na, Jüngelchen«, rief der Kobold von seinem Hochsitz hinunter und machte sich wieder sichtbar. »Möchtest du nicht mal versuchen, an meinen Topf voll Gold ranzukommen?«

Der Köder funktionierte leider nicht so, wie Mickey gedacht hatte, denn obwohl der Mann von dem übel zugerichteten Elfen abließ, tastete er nicht mit der Hand, sondern mit seinem langen Schwert nach ihm, und Mickey wäre beinahe aufgespießt worden. Immer weiter rutschte er auf dem Balken zurück, während der Soldat auf den Zehenspitzen folgte und eifrig nach ihm stocherte. Wild entschlossen, den Kobold aufzuspießen oder wenigstens wegzuscheuchen, sprang der Mann in die Höhe und hielt sich mit der freien Hand an dem Balken fest.

Er machte ein wirklich interessantes Gesicht, als die offenen Schellen, an denen kurz zuvor noch Gary Leger gehangen hatte, plötzlich zum Leben erwachten, nach seinen Handgelenken schnappten – und sich fest um sie schlossen!

Der Soldat verlor den Halt, und da er nicht annähernd so groß wie Gary war, blieb er an dem Balken baumeln. Zwar hatte er sein Schwert noch, aber nun, wo seine Hände so fest gebunden waren, nutzte ihm das gar nichts mehr.

»Wohin so eilig, hübsches Mädel?« wurde Diane von dem ihr nachsetzenden Soldaten gefragt, und sie mußte sich sehr zusammenreißen, um sich von dem anzüglichen Klang seiner Stimme nicht irremachen zu lassen. Er sah auch wirklich bedrohlich aus mit seinem schmutzigen Gesicht und dem mehrere Tage alten Bart; nach dem verkrusteten Blut auf seinem Rock zu schließen, hatte er ein gutes Stück der Kämpfe an der Front miterleben dürfen.

Sie wich weiter zurück, immer an der Rückwand der Scheune entlang in der Hoffnung, es bis unter den Heuboden zu schaffen, wo sie vielleicht um ein paar der Ballen herumrennen und so zu Kelsey gelangen konnte.

Aber dieser Plan erledigte sich rasch von selbst. Zuerst einmal knallte Diane gegen irgendeinen harten Vorsprung in der Wand, und dann vernahm sie den Ruf eines Neuankömmlings von der anderen Seite.

»Ich schnapp sie mir von hier!« verkündete er.

Ihr Verfolger blieb stehen und breitete die Arme aus, die schwere Keule mit einer Hand herumwirbelnd. »Du kommst hier sowieso nicht mehr weg«, höhnte er. »Also gib einfach auf.«

Diane sah zu dem zweiten Mann nach hinten. Er kam unter dem Heuboden hervor und grinste genauso niederträchtig wie sein Kamerad. Rasch suchte Diane mit den Augen die Wand ab, um herauszufinden, was ihren Rückzug aufgehalten, welcher unbelebte Gegenstand sie behindert hatte.

Eine kleine Winde war es, von der sich ein Seil hinauf zu einem Flaschenzug an der Decke spannte. Unter dem Flaschenzug hing ein Ballen, unmittelbar vor dem Heuboden. Diane mußte sich auf ihr Glück verlassen; sie hatte keine Zeit, den Winkel oder den Zeitpunkt abzuschätzen. Sie packte den Hebel der Winde und zog den Sicherungsstift heraus.

»Was?« fragte der Verfolger, der ihr am nächsten war, als das Seil sich abspulte. Fünf Fuß tief stürzte der Heuballen herab und knallte ihm die eigene Waffe mitten auf den dicken Schädel.

Der Mann brach unter dem Ballen zusammen.

Kelsey kämpfte wundervoll, sein Schwert stieß so schnell von hier nach dort und dann wieder nach vorn, daß keiner seiner Gegner ihm auch nur eine einzige Wunde beibringen konnte. Aber die wenigen Treffer, die Kelsey erzielte, waren auch nicht der Rede wert; da er keine Verletzung riskieren wollte, gerieten seine Ausfälle sehr kurz, und die soliden Rüstungen der Soldaten fingen fast alles ab, was überhaupt durchkam.

Aber der Elf gab nicht auf; er war zu zornig auf Geldion und Connacht, um sich von den Umständen kleinkriegen zu lassen, zu zornig auf Ceridwen und über die Schändung Tir na n'Ogs, um an anderes als seinen Zorn zu denken.

Heftig knallte er das Schwert gegen einen Schild, riß es rasch zurück, um einen Ausfall des anderen Mannes abzufangen, und dann wieder auf die andere Seite, und diesmal schlüpfte es an dem Schild vorbei und erwischte den ersten Mann an der Schulter.

Kelsey wandte sich wieder dem zweiten Mann zu und drängte ihn stoßend und stechend zurück. Verzweifelt stolperte der Soldat nach hinten und parierte, was das Zeug hielt. Kelsey hätte ihn gehabt, wenn sein Gefährte sich nicht bereits von dem brennenden Schnitt erholt hätte. Der Mann kam heran und zwang den Elfen, sich für einen Moment zurückzuziehen.

Nun begann die Situation Kelsey langsam doch zu frustrieren, und er kniff die goldenen Augen zusammen. Seine beiden Gegner waren erfahrene Schwertkämpfer und hatten schon früher Seite an Seite gekämpft, und der Elf begriff, daß er keine Chance hatte, einigermaßen schnell mit ihnen fertigzuwerden.

Inzwischen hatten die drei sich der Leiter zum Heuboden

genähert, und noch immer zwang Kelsey seine Gegner zurück. Für einen Moment glaubte der Elf schon zu ermüden; er hatte den Eindruck, daß ihm alles vor seinen Augen verschwamm. Dann begriff er. Schlagartig kehrten sein Lächeln und seine Hoffnungen zurück, und er verstärkte die Attacke noch.

Der Soldat, der der Leiter am nächsten war, streckte sich nach ihr aus, um sich mit ihrer Hilfe einen Vorteil zu verschaffen. Seine Augen täuschten ihn jedoch, und so griff er nur in die leere Luft.

Er fiel mitten durch Mickeys illusionäre Leiter hindurch, nur um in die echte hineinzuknallen, die einen Fuß weiter seitlich stand.

Und dann war Kelsey heran, noch bevor der Mann oder sein erschreckter Gefährte sich erholen konnten. Klugerweise warf sich der gestürzte Soldat ganz um die Leiter herum, um außer Reichweite zu gelangen, aber Kelseys Vorstoß gegen ihn brach ohnehin ab, denn er war nur eine Finte gewesen.

Als der Elf plötzlich stehenblieb und sein Schwert herumfahren ließ, riß der zweite Mann, der hinzugestürzt kam, um seinen Kameraden von ihm abzublocken, die Augen vor Schreck weit auf. Er versuchte noch, den Hieb zu parieren, aber Kelseys Klinge war zu flink, sie drang durch seine Deckung und fuhr ihm tief in den Bauch hinein. Kelsey hatte von dem anderen Soldaten in diesem Moment nichts zu befürchten; es gab nichts, was seinen tödlichen Ausfall aufhalten konnte.

Nichts als sein Gewissen.

Der Soldat griff sich an den verwundeten Bauch und ging zu Boden. Da lag er dann, sich windend, aber quicklebendig, und fragte sich, warum der wilde Elf das Schwert gleich wieder herausgerissen hatte, statt ihn mit einer schnellen Drehung des Handgelenkes, einem einfachen Verschieben der eingedrungenen Klinge zu erledigen. So oder so, der Mann war außer Gefecht.

Diane wirbelte wieder herum, aber da war ihr Verfolger auch schon über ihr, und seine hoch erhobene Keule kam heruntergeschwungen. Wieder reagierte die Frau rein instinktiv, mit einer Bewegung aus einem der Selbstverteidigungskurse für Anfänger, die ihre Firma im letzten Jahr angeboten hatte. Sie brachte ihre offenen Hände vor sich in die Höhe und wich, sich auf einem Fuß drehend, gleichzeitig nach hinten und zur Seite aus. Wie abzusehen gewesen war, veränderte ihr Angreifer den Einfallswinkel der Keule, aber Dianes Hände waren schon zu dicht heran, als daß der Schlag noch wirkungsvoll sein konnte. Während sie ihre Ausweichdrehung vollendete, fing sie die Keule gleich über den Händen des Mannes ab und nutzte so die Wucht des Schlages aus, um ihn aus dem Gleichgewicht zu bringen.

Heftig riß sie an der Keule und trat dem Mann gleichzeitig kräftig gegen den Spann.

»Du Hexe!« protestierte er ächzend. Er stolperte nach vorn und ließ die Keule mit einer Hand los, um sich irgendwo abstützen zu können.

Statt weiter zu ziehen, stieß Diane die Keule nun fest zurück, und das dicke Ende knallte dem Mann ins Gesicht und brach ihm die Nase.

»Du Hexe!« brüllte er erneut, warmes Blut versprühend.

Diane drehte sich zurück, kam vor ihm zum Stehen, nur eine Handbreit entfernt, und riß das Knie nach oben.

Nach oben wurde auch der Mann gerissen, bis auf die Zehenspitzen. Er verdrehte die Augen.

»Du Hexe«, versuchte er ein weiteres Mal zu sagen, aber er bekam plötzlich keine Luft mehr.

Diane riß ihm die Keule aus der Hand und trat zurück, um ihn damit zu schlagen. Aber das war nicht mehr nötig. Mit gebrochener Nase und unfähig, seine Lungen mit Luft zu füllen, fiel der Soldat schwer gegen die Wand und dann zu Boden. Dort rollte er sich wie ein Embryo zusammen.

»Oooh, Schätzchen, gut gemacht!« gratulierte Mickey ihr, der gerade seine neueste Gaukelei hinter sich gebracht hatte.

Fassunglos sah Diane ihn an. Sie betrachtete die Keule, als könnte diese ihr alles erklären. Dann schaute sie auf den zusammengerollten Soldaten hinab und zuckte mit den Achseln, verwirrt und entschuldigend zugleich – und zutiefst erstaunt über die Effektivität ihrer Selbstverteidigungstaktik. Die Lage war schlecht und die Gefahr noch lange nicht ausgestanden, aber im Geiste machte Diane sich die Notiz, daß, sollte sie je lebend aus Faerie herauskommen, sie sich noch für ein paar Kampfsportstunden mehr einschreiben würde.

Jedesmal, wenn die Keule des Soldaten hart gegen den Speerschaft krachte, wimmerte Gary auf. Er konnte sich kaum vorstellen, gegen diesen Gegner noch lange auszuharren, und als er an dem Mann vorbeisah, erblickte er schon zwei weitere. Gelassen kamen sie näher, und ihre Schwerter trieften vom Blut der Verräter beim Tor.

Aber Gary hatte vorerst keine Zeit, an die beiden zu denken, denn sein augenblicklicher Gegner setzte ihm weiterhin zu. Noch ein paar Abwehrbewegungen, noch ein paar schmerzhafte Schläge gegen den Schaft, und Gary fragte sich gequält, wo die beiden anderen Männer abgeblieben waren. Warum hatten sie ihn denn noch nicht angegriffen?

Er wagte noch einmal einen Blick an dem Soldaten vorbei und konnte kaum glauben, was er da sah. Die beiden kämpften bereits – und zwar miteinander!

Gary dachte darüber nur so lange nach, bis er zu dem Schluß kam, daß Mickey irgendwie die Finger im Spiel haben mußte. Wie auch immer, seine Erleichterung hielt nicht lange vor, denn als sein Speer erneut zur Seite geschmettert wurde, hätte er ihn fast fallen gelassen. Instinktiv griff er mit der linken Hand zu, und das plötzliche Pochen des Schmerzes in seiner verwundeten Schulter drohte ihn zu überwältigen.

Irgendwie schaffte er es, den mächtigen Speer wieder auszurichten, bevor sich sein Gegner, der sich zu Recht vor der Waffe in acht nahm, noch näher wagte. Aber als der nächste Schlag kam, voll von oben auf den Schaft, war Gary noch immer wackelig auf den Beinen.

Ein weiterer Schlag, und Gary begriff kaum, daß er den Speer nicht länger in den Händen hielt. Mehr aus Erschöpfung und vor Schmerzen als aus irgendeiner Taktik heraus stolperte er nach hinten. Er ging zu Boden, und seine gute Hand kam auf dem hintersten Ende des Speerschafts zu liegen.

Rasch kam der Soldat heran, und da begriff Gary, daß er dem Untergang geweiht war. Er krallte die Hand um den Schaft, aber da er ihn so dicht am hinteren Ende hielt, bestand keine Hoffnung, ihn überhaupt vom Boden zu bekommen.

Jetzt, junger Sproß! schrie es in seinem Kopf.

Eine Druckwelle aus Energie schoß aus der Spitze des beseelten Speeres und hob sie, den Boden versengend, hoch. Im gleichen Moment setzte Gary all seine Kraft ein, und zu seiner Überraschung (denn er hatte die Energiewelle nicht gesehen) erhob sich die riesige Spitze vom Boden.

Der heranstürmende Soldat war ebenfalls überrascht. Er bekam die Spitze in die Hüfte, und der hungrige Kopf des Speeres biß kraftvoll durch die dünne Polsterung seiner Rüstung, durch sein Fleisch und seine Knochen. Er machte einen Satz zur Seite, brüllend, und der feststeckende Speer wurde Gary aus den geschwächten Händen gerissen.

Gary war an der Grenze zur Ohnmacht, aber als er diese jämmerlichen Schreie vernahm, zerrissen sie ihm fast das Herz.

Diane hörte sie ebenfalls und war ebenso erschrocken. Auf der Stelle wollte sie zu Gary hinüberlaufen, um ihre Unterstützung anzubieten; aber sie hatte eigene Probleme genug. Der Mann, den sie unter dem Ballen begraben hatte, kam aus dem Heu gekrabbelt, und er war eher wütend als verletzt.

Kochend vor Zorn über diese ganze gewalttätige Welt griff Diane an. Sie sprang auf den aufstehenden Mann, zwang ihn zu Boden. Dann schlug sie ihm die Keule in die Schulterblätter und riet ihm, schön liegenzubleiben, und als er das nicht tat, schlug sie noch einmal zu.

Hoffentlich fiel er einfach in Ohnmacht. Sie hatte Angst, ihn auch noch umbringen zu müssen.

Mit dem letzten Mann bei der Leiter hätte Kelsey kurzen Prozeß machen können, aber dann war Prinz Geldion neben dem Soldaten, und es stand schon wieder zwei gegen einen.

Verzweifelt ging der Elf in die Defensive. Nun mußte er nicht nur die Schwertattacken, sondern auch noch Geldions überraschend meisterliche Stöße mit dem Dolch abwehren. Und was noch schlimmer war, auch der Mann, den er am Bauch verwundet hatte, kam wieder auf die Beine. Kelsey fragte sich, ob seine Barmherzigkeit fehl am Platze gewesen war.

»Der hatte mich schon!« rief der verwundete Mann kraftlos. »Liam, der hatte mich schon. Ehrlich!«

Neugierig sah der Angesprochene zu seinem verwundeten Kameraden, und als er sich wieder Kelsey zuwandte, stand ihm Verwirrung in die Augen geschrieben.

»Für diesen gesetzlosen König sind schon genug gestorben!« nutzte der Elf die Gelegenheit, weitere Unruhe in Geldions Reihen zu bringen. Er hatte bereits oft genug gesehen, daß die königlichen Soldaten nicht mit dem Herzen bei der Schlacht waren, um zu erahnen, was dem Gegner gerade durch den Kopf ging.

Geldion begriff es ebenfalls »Weiterkämpfen!« fauchte er. »Für den Ruhm von Land und König!«

»Der hatte mich schon tot, Liam«, sagte der verwundete Soldat erneut und begann, auf das Scheunentor zuzustolpern.

Empört sah Liam zu Geldion, und der Prinz knurrte auf und griff an – aber nicht den Elfen, sondern Liam!

Der war jedoch flink genug, um zur Seite zu springen, und dann lief er davon, packte seinen verwundeten Freund und half ihm aus der Scheune hinaus.

Geldion schleuderte ihnen einhundert leere Drohungen hinterher.

»Nun ist es, wie es sein sollte«, sagte Kelsey voller Ingrimm und trat zur Seite, um das Handgemenge für einen Augenblick zu unterbrechen. »Ihr und ich, Prinz Geldion, wir beide werden zu Ende bringen, was Ihr vor Wochen begonnen habt, als Ihr mich ohne Recht und Gesetz von meiner Queste abhalten wolltet.«

»Kinnemore ist das Gesetz!« geiferte Geldion. »Und ihr Tylwyth Teg seid allesamt Gesetzlose!« Und mit blitzendem Dolch kam der Prinz heran.

Diese Taktik wollte Kelsey kaum einleuchten; mit seiner längeren und trotzdem ebenso handlichen Waffe konnte er doch jeden von Geldions Vorstößen ganz leicht abwehren.

Aber Geldion waren die Tricks noch nicht ausgegangen. Sein Dolch schoß vorwärts, und während Kelsey das Schwert hochbrachte, um zu parieren, murmelte der Prinz eine geheime Formel, und die Klinge des Dolches wurde länger und breiter, und nur die Schneiden blieben rasiermesserscharf. Kelseys Parade war für die verlängerte Klinge völlig ungeeignet, und so schlüpfte die magische Waffe einfach hindurch.

Der Elf riß die Hüften nach hinten und brachte sich mit ein paar raschen Schritten aus der plötzlich gewachsenen Reichweite. Er mußte nur einen leichten Treffer am Schenkel einstecken; aber seine Probleme kamen von hinten, wo Geldions letzter Soldat auf ihn wartete, die Keule in der Hand. Der Mann hatte die Scheune verlassen, als der Prinz sich in den Kampf bei der Leiter gesellt hatte, und war gleich wieder durch ein Seitenfenster hinter Kelsey hereingekrabbelt, zwischen die Heuballen.

Schwer krachte die Keule dem Elfen in die Nieren und bog ihm den Rücken durch, und seine Arme sanken kraftlos hinab. Die Faust um den zum Schwert gewordenen Dolch geballt, sprang Geldion heran und schlug ihm den Griff ins Gesicht, und Kelsey kippte um. Noch als er sich abzurollen versuchte, bekam er einen Schlag in den Nacken, und damit war der Kampf für ihn vorbei.

»Mickey!« Aus Dianes Ruf sprach die reine Panik. Sie eilte neben Gary und half ihm wieder auf die Füße. Die Realisierung dessen, was gerade geschehen war, machte sie ganz benommen; in diesen wenigen Minuten waren dermaßen viele Menschen verwundet oder gar getötet worden.

So viele Menschen – und Kelsey.

Diane gefielen die Aussichten gar nicht, als der grimmige Geldion und sein Soldat unter dem Heuboden hervor- und langsam näher kamen.

»Mickey?« rief sie erneut.

»Ich glaub, er ist weg«, antwortete Gary. Er nickte zum Tor. »Die beiden, die sich gegenseitig bekämpft haben, sind rausgerannt – vielleicht um ihn zu verfolgen.«

»Nun, Schwindler, was hast du deines Verrates wegen zu sagen?« unterbrach Geldion ihr Privatgespräch.

»Zu Euch? Gar nichts«, gab Gary zurück.

»Aber ich bin der Richter und die Geschworenen«, erklärte Geldion ruhig. Und als er keine Erwiderung vernahm, begann er lauthals zu lachen, ein wahrhaft böses Lachen.

Abrupt hielt er inne und studierte Garys Wunden. »Kümmere du dich um die Frau«, sagte er zu dem Soldaten. »Ich will der Lüge des Speerträgers ein Ende bereiten, des Möchtegernhelden, der den Sieg über den Drachen Robert für sich beansprucht.«

»Ich habe Robert sehr wohl getötet«, warf Gary ein.

Geldion lachte erneut. »Dann sollte ein einfacher Prinz für dich doch kein Problem darstellen.«

Von einem Gefühl der Ehre bewegt, schob Gary Diane zur Seite. Einigermaßen enttäuscht starrte sie ihn an; hier waren Ehrgefühle wohl fehl am Platze. Schließlich hielt er den langen Speer immer noch in nur einer Hand, und mit seiner kaputten Schulter konnte der andere Arm kaum beim Führen der Waffe helfen.

Gary schien darauf aus zu sein, sich umbringen zu lassen; aber Diane hatte nicht länger Zeit, sich darüber ihre Gedanken zu machen, denn der Keulenschwinger, ein kräftig gebauter Mann, dessen Grinsen mehr von Zahnlücken als von fleckigen Zähnen bestimmt war, kam bereits langsam näher.

Sie hob ihre Keule und setzte die Füße weit auseinander, erprobte ihre Balance. Der Soldat kam heran und brachte lässig eine Reihe von Schlägen an. Diane antwortete mit Paraden und eigenen Ausfällen. Jeder Aufprall sandte eine Schockwelle ihre Arme hinauf, aber sie machte einfach weiter, denn mit jedem Schlag kehrte ihr Selbstvertrauen mehr zurück, spülten ihre Überlebensinstinkte die Ängste weiter fort.

Dann jedoch knallte die Keule des Mannes ihr gegen die obere Hand, und die Finger wurden seltsam taub. Eine Welle von Schmerz rollte ihr die Arme hinauf, und mit dem nächsten festen Hieb wurde ihr die Keule aus der Hand gefegt.

Und immer noch grinste der Mann sie böse an.

Zu Beginn ihres Zweikampfes bezeugte der Prinz Gary und dem legendären Speer großen Respekt. Geldion konnte Gary die Erschöpfung und den Schmerz von den Augen und jeder einzelnen Bewegung ablesen, allein die ausgekugelte Schulter war Beweis genug.

Der Prinz glaubte nicht, daß noch allzuviel Kraft hinter den Stößen und Hieben stecken konnte, aber er hatte nicht die Absicht, das aus erster Hand zu erfahren – augenscheinlich hatte dieser böse verwundete Mann noch Kraft genug gehabt, zwei seiner Leute zu erledigen. Deshalb wollte der Prinz defensiv spielen, auf Zeit, so daß es Garys Erschöpfung sein würde, die die Speerspitze zu Boden zwang.

Gary durchschaute diese Taktik und versuchte, mit seinen Kräften hauszuhalten, so gut es eben ging. Aber das war keine leichte Aufgabe, wo Diane kaum zwanzig Fuß entfernt gegen einen wohlgeübten Soldaten antreten mußte.

»Möchtest du zusehen, wie sie stirbt?« fragte Geldion mit einem gemeinen Lächeln.

Gary sah den Köder als das an, was er war – aber er konnte das Bild nicht ignorieren, das Geldions Worte ihm in den Kopf gepflanzt hatten. Protestierend brüllte er auf und stürmte voran.

Nicht, junger Sproß! kam der ernüchternde Aufschrei des Speeres.

Geldion wich der unbeholfenen Attacke aus und klatschte mit der Hand gegen den Speer, schlug ihn weit zur Seite. Aber Gary zog sich schon wieder zurück, und so konnte auch der Prinz keinen ordentlichen Stoß anbringen.

»Ruhig, ruhig«, ermahnte Gary sich leise, »ruhig.« Er durfte nicht die Kontrolle verlieren.

Aber dann schrie Diane auf, und als er über die Schulter nach hinten sah, stand er kurz vor der Explosion.

Sie nahm den einzigen Weg, der ihr noch offenstand.

Sie floh.

Sie rannte um einen Heuballen herum, und da sie die Bewegung ihres Feindes ahnte, machte sie wieder kehrt und kam auf derselben Seite zurück, während der Soldat andersherum lief. Aber er war ihr immer noch auf den Fersen, und seine zischende Keule prallte gegen ihren Knöchel und brachte sie fast zu Fall.

»Mickey!« rief sie, doch der Kobold antwortete nicht. Sie lief unter den Heuboden, wieder um einen Heuballen herum und dann gleich wieder nach vorn. Als sie über den Soldaten hinwegsprang, der immer noch halb unter dem Ballen lag, wäre sie beinahe schon wieder zu Fall gekommen, denn der benommene Mann griff nach ihrem Knöchel.

Aus dem Gleichgewicht, mit gesenktem Kopf, schoß sie quer durch die Scheune, vorbei an dem Mann, den Mickey in den Schellen gefangen hatte, vorbei an dem geschundenen TinTamarra, der schlaff in den Ketten hing. Der eifrige Soldat folgte ihr dichtauf, das Flehen seines gefangenen Kameraden ignorierend, den hängenden Elfen rauh zur Seite stoßend.

Er bemerkte nicht, daß TinTamarra ihn aus halbgeschlossenen Augen beobachtet hatte, und so war seine Überraschung groß, als die Beine des Elfen plötzlich nach oben kamen und sich ihm um den Hals schlangen, ihn von den Füßen rissen.

Diane hörte den Lärm und wagte einen Blick zurück – gerade rechtzeitig, um zu sehen, wie der Mann seine Keule über den Kopf riß, um dem Elfen einen ordentlichen Schlag vor die Brust zu versetzen. Immer noch hielt der zähe Elf ihn fest, und der Mann schlug erneut zu, und dann holte er mit seiner Keule zum dritten Mal aus.

Diane rannte in den Soldaten hinein und schlang fest die Arme um ihn, so daß er die Keule nicht mehr heben konnte. Die beiden kippten um, aber die starken Beine des Elfen hielten sie fest, und so krachten sie nicht zu Boden. In dieser merkwürdigen Stellung hingen sie da, und dem Soldaten wurde der Hals langgezogen, und er bekam keine Luft mehr.

Geldion sah das Blatt sich bei den Ketten wenden und drang wild auf Gary ein. Sein magisches Dolch-Schwert sprühte Funken, wann immer es gegen die metallene Spitze von Cedrics Speer krachte.

Gary hielt der Wucht des Angriffs stand, wenn ihm die Anstrengung auch Tränen des Schmerzes in die Augen trieb. Er beschrieb mit dem Speer einen Bogen, den Schlag in Kauf nehmend, als Geldions Schwert dagegenstieß, und als der Prinz einem Stoß zur Seite auswich und dann heranstürzte, zog Gary sich prompt mit einer Drehung zurück.

Und krachte schwer in einen der Stützpfeiler der Scheune hinein.

Selbst Geldion hörte das Knacken, mit dem die ausgekugelte Schulter an ihren Platz sprang. Gary wurde von Übelkeit und Schmerzen überschwemmt. Er glaubte Diane zu erblicken, die mit einem Soldaten und dem hängenden Elfen ein wildes Knäuel zu bilden schien, aber er war so benommen, daß er sich in diesem schrecklichen Moment seiner Augen nicht sicher sein konnte.

Er glaubte zu sehen, wie ihm der Boden entgegen- und eine der Scheunenwände von ihm wegsprang.

Er hörte, wie Geldions Schwert erneut gegen die Speerspitze knallte, und sah die Funken aufstieben.

Aber auch sie zitterten merkwürdig, sie tanzten und wirbelten um ihn herum wie die ganze Welt.

Der Mann erschlaffte unter ihr. TinTamarra ließ erschöpft los, und Diane mußte sich unter dem Leib hervorkämpfen. Sie wußte, daß Gary in Schwierigkeiten war und Hilfe brauchte, deshalb kam sie gleich wieder auf die Füße und fuhr herum, und noch während sie ihre geschwollene Hand massierte, suchte sie auch schon nach einer Waffe.

Die Keule des Soldaten lag nicht allzu weit entfernt, aber Diane stellte plötzlich fest, daß sie nicht einmal mehr die Zeit hatte, sie zu holen. Denn Geldion führte einen waagerechten Hieb, und als sein Schwert hart gegen den Schaft knallte, wurde Cedrics Speer weit zur Seite geschleudert und Gary aus der Hand gerissen. Er griff mit der anderen Hand nach und wimmerte vor Schmerz auf, bekam den Speer aber wieder fest zu packen.

Aber nun hielt er ihn ganz falsch, und seine Deckung war hinüber. Geldion hatte ihn, daran gab es keinen Zweifel.

»Gary!« schrie Diane und lief, was das Zeug hielt, wühlte in der Gürteltasche herum, die Mickey ihr noch in Tir na n'Og gegeben hatte, und suchte nach irgend etwas, das für den Moment helfen konnte.

Geldion fuhr herum, um Diane zuerst zu erledigen. Sie riß die Hand hoch – zum Abblocken, wie der Prinz dachte.

Aber sie drückte nur einen kleinen Knopf auf dem seltsamen schwarzen Klotz in ihrer Hand, und dann gab es einen Blitz, wie ihn der erschrockene Prinz noch nie zuvor gesehen hatte. Geblendet stolperte er zurück und dachte, daß ihn irgendein böser Zauber befallen hatte; und Diane, die immer bereit war, eine günstige Gelegenheit auszunutzen, rannte in ihn hinein und klammerte sich mit beiden Händen an seinem Waffenarm fest.

Geldion hatte sich rasch wieder gefaßt und schwang seinen Arm hin und her, um ihn wieder freizubekommen. Mit der anderen Hand packte er eine Handvoll von Dianes dikkem Haar und riß brutal daran.

»Gary!«

Auch wenn Dianes Schrei aus weiter Ferne zu kommen schien, so entging ihrem Mann die Dringlichkeit nicht. Die Augen ein paarmal weit aufreißend, kämpfte er die Übelkeit und Benommenheit nieder, und dann stieß er das Ende des Speeres heftig nach vorn und knallte es dem Prinzen gegen den Kopf, worauf der zusammen mit Diane zu Boden taumelte.

Diane ruckte und zerrte wie ein Pitbull, und zu ihrer Überraschung ließ Geldion das Schwert plötzlich los (und es verwandelte sich sofort wieder in einen Dolch zurück). Sie begriff, als sie nach oben sah – und Gary erblickte, der über dem Prinzen stand und ihm die Speerspitze an die Kehle hielt.

Wie des Himmels milder Regen

Noch nie hatte Diane Garys Gesicht so wutverzerrt gesehen. Er war drauf und dran, Geldion den Rest zu geben – sie wußte, daß er dem hilflosen Prinzen den Speer tief in die Kehle rammen wollte.

»Die Art der Gnade weiß von keinem Zwang«, sagte sie plötzlich, nach einem Strohhalm greifend.

Gary hielt inne und sah sie verwirrt an. Ein dünner Faden Blut begann von der Speerspitze zu rinnen. »Shakespeare?« flüsterte er ungläubig.

»Sie träufelt, wie des Himmels milder Regen«, fuhr Diane beharrlich fort und schloß die Augen, um die Verse besser zusammenzubekommen. »Zur Erde unter ihr; zwiefach gesegnet: Sie segnet den, der gibt, und den, der nimmt.« Sie sah auf und entspannte sich ein wenig, denn Gary hielt den Speer nicht mehr ganz so fest.

»Sie ist am mächtigsten im Mächt'gen!« rief jemand durch das Tor herein, und alle drei fuhren herum, selbst Geldion. Es war Mickey. Zerzaust trat er ein und klopfte sich den Staub vom Tam-o'-Shanter. »Und garantiert zieret sie den Fürsten auf dem Thron mehr wie die Krone.« Der Kobold machte eine Pause, um den Anblick in sich aufzunehmen, dann nickte er zufrieden. »Euer Vater sollte die Ratschläge des Großen Barden lieber beherzigen«, sagte er zu Geldion.

»Des Großen Barden?« flüsterte Diane und versuchte, sich in der Unlogik zurechtzufinden. Sie sah Gary verwirrt an. »Wie kann er denn Shakespeare kennen?«

Gary ließ es sich durch den Kopf gehen, und dann lachte er laut auf. Mickey hatte ihm einmal von anderen Leuten aus der Wirklichen Welt erzählt, die nach Faerie hinübergelangt waren. Er hatte erklärt, daß J. R. R. Tolkien definitiv einmal herübergekommen sein mußte, denn wo sonst hätte er eine so wunderbare Geschichte wie den *Kleinen Hobbit* erfahren können? Konnte es sein, daß auch etwas von Shakespeares Werk, der *Sommernachtstraum* vielleicht, mehr war als nur ein phantasievoll erdachtes Stück Literatur?

»Frag lieber nicht«, sagte Gary zu Diane, als ihm einfiel, daß sie Wichtigeres zu tun hatten. Besorgt sah er in die Ecke unter dem Heuboden, wo Kelsey sich mit Mühe auf die Ellenbogen gekämpft hatte. Ohne die Speerspitze vom Hals des Prinzen zu nehmen, sah Gary einmal in die Runde, und dann schaute er wieder zum Tor, wo Mickey seine zerzausten und staubigen Kleider in Ordnung brachte.

»Wo hast du gesteckt?« wollte Gary wissen.

»Die beiden waren wesentlich besser darin, Dinge zu durchschauen, als ich gedacht hatte«, erklärte der Kobold gelassen.

»Und wo stecken sie jetzt?«

»Der eine unten im Brunnen, und der andere flitzt nach Dilnamarra zurück«, antwortete Mickey. »Und ich finde, wir sollten uns auch auf den Weg machen.«

Inzwischen hatte Diane den Schlüsselbund wiedergefunden und befreite den zerschundenen TinTamarra.

»Was hast du mit ihm vor?« fragte der Kobold Gary und zeigte zum Prinzen.

»Wir sollten ihn wohl mitnehmen«, antwortete der junge Mann.

»Bring ihn um.« Eine Hand gegen die Nierengegend gepreßt, kam Kelsey unter dem Heuboden hervorgehinkt. »Uns hätte er niemals Gnade zuteil werden lassen, und er verdient auch keine! Wir sind verwundet und erschöpft, und mit ihm im Schlepptau dürfte es nicht gerade leicht sein, nach Tir na n'Og zurückzugelangen.«

Augenblicklich befand sich Gary Leger in einer schrecklichen Zwickmühle. Die Gedankengänge des Elfen waren sicher richtig; trotzdem konnte Gary sich nicht vorstellen, den hilflosen Prinzen einfach umzubringen. Aber was sollte er tun, wenn Kelsey es selbst versuchen würde? Er sah zu Diane hinüber. Sie machte ein unnachgiebiges Gesicht.

»Wag es ja nicht«, warnte sie.

Gary brummte frustriert, dann zog er den Speer zurück und riß den viel kleineren Geldion unsanft auf die Füße. »Daß du uns nicht auch nur einen Anflug von Ärger machst«, knurrte er ihn an.

Dann bemerkte er, daß Kelsey ihn böse anstarrte. Aber der Elf sagte kein Wort, er ging nur zu dem Haufen Ausrüstung hinüber und begann wieder einmal damit, sich den Kettenpanzer anzulegen.

Gary schob den Prinzen auf das Tor zu, aber plötzlich war Kelsey da, und seine Klinge hing kaum einen Fingerbreit vor Geldions bereits blutverschmierter Kehle in der Luft.

»Nicht!« riefen Gary und Diane zugleich, da sie glaubten, Kelsey wollte den Mann umbringen.

Wie zur Antwort hielt der Elf einen merkwürdigen Schultergurt hoch, der von einem Ende zum anderen mit Hämmern bestückt war.

Gary erkannte den Gurt. »Geno«, flüsterte er.

»Wo ist der Zwerg?« verlangte Kelsey zu wissen.

Geldion grinste, als hätte er keine Ahnung, von wem überhaupt die Rede war.

Kelsey schlug ihm ins Gesicht.

»Ich frage Euch nur noch ein einziges Mal«, sagte er voller

Ingrimm. Seine Stimme war tödlich ruhig dabei. »Ich will eine Antwort – oder Euren Kopf.«

»Seit wann scheren die Tylwyth Teg sich denn um die Erd…«, begann Geldion widerspenstig, aber seine Worte endeten in einem Ächzen, als Kelsey ihn erneut schlug.

»Hör auf damit!« herrschte Diane den Elfen an und kam mit TinTamarra, der sich schwer auf ihre Schulter stützte, näher heran.

Gary hielt sie zurück, denn er kannte Kelsey besser. Er wußte um die ungewöhnliche Freundschaft, die zwischen dem Zwerg und dem Elfen entstanden war. Weder er noch Diane konnten Kelsey in dieser Angelegenheit aufhalten. Der Prinz würde sprechen, oder er würde sterben.

Unverwandt hielt Geldion dem Blick des Elfen stand, starrte ihm fest in die goldenen Augen. Dann nickte er zur Seite, unter den Heuboden. »In einem Loch«, spuckte er. »Wo Zwerge hingehören.«

Bald hatte Kelsey die hölzernen Bretter einer Falltür ausfindig gemacht, die halb unter einem gewaltigen Wasserfaß verborgen waren. Mit größer Mühe wuchtete der Elf das Faß auf die Seite und rollte es fort – nur um zu sehen, daß die Falltür mit dreierlei Schlössern und Ketten versperrt war. Er versuchte gar nicht erst, den Prinzen dazu zu bringen, die Schlüssel herauszurücken, sondern rief nach dem mächtigen Speer. Sofort richtete Diane ein Schwert auf Geldion, und Gary nickte ihr zu und ging zu Kelsey. Drei Schläge später waren die Ketten allesamt gesprengt.

Gary fiel auf, wie eilig Kelsey es hatte; ein weiterer Beweis des Bandes, das zwischen ihm und dem mürrischen Zwerg entstanden war. Der Elf packte den Griff der Falltür und holte tief Luft – genau wie Gary, der fürchtete, daß Geno in einem äußerst schlechten Zustand, ja vielleicht sogar tot war.

Die Tür klappte herum – doch Geno war nirgends zu sehen.

Kelsey warf sich auf den Boden, um die Grube genauer in Augenschein zu nehmen, aber es war nur ein Würfel von ein paar Fuß Kantenlänge, mit Mauern aus nacktem, solidem Stein. Am Grund hatte sich ein bißchen Wasser gesammelt, aber es war gerade einmal einen Fingerbreit tief, und darunter war auch wieder nichts als Stein.

»Er ist nicht da!« knurrte Kelsey den Prinzen an.

Geldion schien aufrichtig verblüfft. »Unmöglich«, protestierte er. »Die Grube ist aus solidem Stein.«

Und schon war wieder ein Streit entbrannt, denn der Elf war mit weiteren Anschuldigungen rasch bei der Hand. Auch Gary mischte sich ein und drohte dem Prinzen alle möglichen Konsequenzen an für den Fall, daß er den Zwerg nicht sofort herausrückte.

Mickey jedoch, der mit den Erdgeborenen und ihren Wegen und Tricks vertrauter war, beteiligte sich nicht an dem Disput. Er glaubte dem Prinzen seine Unschuld sofort. Seelenruhig schlenderte er unter den Heuboden und schob sich an Gary und Kelsey vorbei, dann schielte er wissend in die Grube hinab.

»Komm schon, Geno«, sagte er sanft und klopfte die steinernen Wände mit seiner gewaltigen Pfeife ab. »Wir haben keine Zeit für solche Spielchen.« Einen Augenblick später hellte sich sein Gesicht auf. Ein kleiner Riß zog sich die eine Wand der Grube entlang. Mickey klopfte mit der Pfeife gegen den Spalt und rief Geno erneut.

Für einen Moment geschah nichts, doch dann begann der Boden unter ihren Füßen plötzlich so gewaltig zu erzittern, daß Gary dachte, sie wären mitten in ein Erdbeben geraten. Auf der anderen Seite der Scheune, nahe bei der Wand, brachen die Bodenbretter plötzlich auseinander, und Erdbrocken schossen hervor – und dann kam Geno herausgesprungen, über und über mit Erde bedeckt. Handgelenke und Knöchel waren mit schweren Ketten zusammengebunden; allerdings hatte er eine der Handketten bereits zerbissen und auch der anderen schon einigen Schaden zugefügt.

Er schüttelte den Kopf, daß Sand und Wurzeln in alle Richtungen flogen, und spuckte einen Strom zerkauter Kieselsteine aus.

Dann erblickte er Geldion, und nicht einmal alle Ketten der Welt hätten ihn noch halten können. Halb lief er, halb hüpfte er schnurstracks durch die Scheune, obwohl ihm Diane dabei im Weg stand. Zu ihrer Ehre muß gesagt werden, daß sie sich erst im allerletzten Moment zur Seite warf. Geno sprang hoch in die Luft und zog die stämmigen Beine an, dann krachte er hart auf den Prinzen.

Sofort war Kelsey über ihm, und Gary und Diane eilten ebenfalls herbei. Mit einem Ringergriff bekam der Elf Geno schließlich zu packen, und Gary nutzte die Gelegenheit, um zu erläutern, was für einen wertvollen Gefangenen der Prinz abgeben würde.

Bebend stand der Zwerg da und starrte den geschundenen Geldion an, er schien kurz vor einer Explosion zu stehen. »Abmachen«, knurrte er dann und hielt Geldion die zusammengeketteten Hände entgegen.

Der Prinz schnaufte nur und wandte sich ab.

Geno fuhr sich mit der Zunge im Mund herum und fischte einen Kiesel hervor, den er zwischen Wange und Zahnfleisch geklemmt hatte. Mit der Gewalt einer modernen Schrotflinte spuckte er ihn aus, und der Stein prallte Geldion gegen den Hinterkopf und hätte ihn beinahe niedergestreckt.

»Ihr sollt die Dinger abmachen«, sagte Geno, als der Prinz empört herumfuhr. »Also tut es, oder mein nächster Spuckstein wird ein Stück von Eurem zerknackten Schädel sein.«

Niemand in der ganzen Scheune wollte das anzweifeln.

Es war Mickey, der die Lage beruhigte. Der Kobold, ein Experte für Schlösser, falls es je einen gegeben hatte, eilte flugs herbei, um den Zwerg von seinen Fesseln zu befreien.

»Daß du ihn ja nicht umbringst«, flüsterte er Geno zu, während er sich an den Schlössern zu schaffen machte. »Er ist der Schatz, mit dem der Krieg beendet werden kann.«

Kelsey schien diese Ansicht nicht zu teilen. Während Mickey den Zwerg befreite, stolzierte der Elf zu Geldion hinüber und hielt ihm das Schwert gefährlich dicht an die Kehle.

»Ruhig Blut, Kelsey«, sagte Gary. »Wir brauchen ihn.«

Kelsey fuhr herum, und sein Gesicht drückte Zorn und Unglauben zugleich aus. »Bestimmst jetzt du, was die Tylwyth Teg zu tun und zu lassen haben?« fragte er.

Gary fand, daß das eine überaus dumme Frage war. Aber er war viel zu überrascht, als daß ihm eine passende Entgegnung eingefallen wäre.

»Langsam führst du dich wirklich wie ein Held auf«, sagte Kelsey.

Gary zuckte zusammen, und der Elf stolzierte davon.

»Das tu ich nicht«, antwortete der junge Mann plötzlich, nicht nur zu Kelseys, sondern auch zu seinem eigenen Erstaunen. Der Elf blieb stehen, aber er war nicht so entgegenkommend, ihm wieder gerade ins Gesicht zu sehen. »Ich habe bloß verdammt viel Glück und bessere Freunde, als sie je ein Mensch verdient hat!« fügte Gary hinzu.

Kelsey stand einen Moment lang still da, dann spazierte er davon. Gary wußte nicht, was er davon halten sollte. Aber ihm war klar, daß Kelsey frustriert war und sich Sorgen machte um Tir na n'Og und um die ganze Welt.

Dann war Diane an seiner Seite und hakte sich unter, um ihn zu stützen.

Als sie ihre Rüstungen angelegt hatten und die Scheune verließen , marschierten zwei weitere königliche Soldaten gefesselt hinterdrein. Kelsey zwang Geldion, den verletzten TinTamarra zu tragen, und Geno lief nur einen Schritt hinter dem Prinzen und erzählte ihm in einem fort, wie sehr er die

Tylwyth Teg mochte und was er ihm alles antun würde, falls der Elf sterben sollte.

Kelsey führte sie nach Westen, weiter von Dilnamarra und Tir na n'Og fort. Sie war wirklich traurig anzuschauen, die Truppe; obwohl sich Garys Schulter, die während des Kampfes zurück an ihren Platz gestoßen worden war, schon ein wenig besser anfühlte. Einmal nur begegneten sie einer königlichen Patrouille, fünf Mann waren es, und sie ergaben sich, kaum daß Geldion es befahl (und das tat er, weil Geno ihm in diesem Augenblick am Ohr knabberte).

In der Nacht schlugen sie ihr Lager neben einer Hecke auf. Die königlichen Soldaten wurden aneinandergebunden, und der grimmige Kelsey übernahm zusammen mit TinTamarra, der sich ebenso wie Gary rasch erholte, eine unnachgiebige Wache. Geldion jedoch war nicht unter den Gefangenen. Er befand sich weiter hinten in dem behelfsmäßigen Lager und redete mit Diane, während Gary, Mickey und Geno nicht weit entfernt im Gras lagen und zu den Sternen und den gelegentlich vorbeiziehenden Wolken hinaufstarrten.

Mehr als einmal trat Kelsey zu der Gruppe und warf Geldion einen bedrohlichen Blick zu. Es war deutlich zu sehen, daß der Elf den Prinzen lieber tot in der Scheune zurückgelassen hätte.

»Keine gute Zeit«, bemerkte Mickey nach einer von Kelseys Stippvisiten, augenscheinlich um sich für das Benehmen des Elfen zu entschuldigen.

»Ich dachte, er wollte, daß ich hier bin«, wandte Gary ein.

»Das wollte und das will er«, antwortete Mickey. »Er macht sich nur Sorgen, Junge, und dazu hat er auch allen Grund.«

»Was hat sie diesem Prinzen eigentlich zu erzählen?« warf Geno ein und zeigte zu Diane und Geldion hinüber. Der Zwerg war höflich zu ihr gewesen und wirklich erfreut, Gary wiederzusehen, und so klangen seine Worte nicht allzu vorwurfsvoll.

»Sie möchte bloß Informationen sammeln«, antwortete Gary.

»Aye, das ist eine Denkerin«, stimmte Mickey zu. »Wetten, daß sie in der kurzen Zeit mehr gefragt hat als du bei deinen drei Besuchen zusammen?«

»Sie ist mit ihm verheiratet«, grummelte Geno. »So schlau kann sie nun auch wieder nicht sein.«

Gary stieß ihm kräftig den Ellenbogen in die Rippen, aber wenn der steingleiche Zwerg es überhaupt gefühlt hatte, so zeigte er es jedenfalls nicht.

»Was ich dich schon die ganze Zeit fragen wollte«, warf Mickey ein. »Ich hab dich so oft rufen gehört. Warum hast du denn so dringend zurückkommen wollen? Ich meine, du hast mich früher auch ab und zu gerufen, aber letztens wolltest du ja gar nicht mehr aufhören damit.«

Gary, der sich immer noch den Ellenbogen rieb, fragte sich, wie er einen gefühlsmäßigen Aufruhr erklären sollte, wie er ihnen vom Verlust seines Vaters erzählen sollte und von seinem ganzen Frust mit der Wirklichen Welt. Diese beiden hatten für Faerie eine so wichtige Rolle gespielt, wie sollte er ihnen da begreiflich machen, wie absolut hilflos er sich zu Hause fühlte, wenn es darum ging, die schlechten Dinge in seinem Leben und um ihn herum zu verändern?

Wie sich herausstellte, brauchte er gar nicht soviel zu erklären. Kaum hatte er von seinem Vater erzählt, da nickten Mikkey und selbst Geno in aufrichtigem Mitgefühl. Geno erzählte sogar, wie er selbst seinen Vater verloren hatte – an einen Bergtroll und eine Lawine.

»Aber hier zu sein erspart dir doch die Trauer nicht, Junge«, warnte Mickey den jungen Mann sofort. »Es gibt nichts, was einem die Trauer ersparen kann.«

Gary nickte, aber er war sich da gar nicht so sicher. Trotz der verzweifelten Lage, in der sie steckten, fühlte er sich schon einfach deshalb besser, weil er in Faerie war. Er hatte wieder das Gefühl, Teil einer größeren Sache zu sein, als ob sein möglicher Tod und vielleicht sogar der Tod seines Vaters nicht mehr waren als sehr kleine Teile einer größeren Ordnung. Es war aber nicht so, daß er sich unwichtig dadurch vorkam, im Gegenteil, dieses Wissen ließ ihn sich unverwundbar fühlen.

Still lag er da und schaute zum verzaubernden Himmelszelt von Faerie hinauf, zu den ewigen Sternen und den endlos dahinziehenden Wolken.

Und hatte das Gefühl, wirklich ein Teil von all dem zu sein.

Mehr als tausend Worte

Fernab von den Kampflinien kehrten sie am nächsten Tag nach Tir na n'Og zurück. Die ganze morgendliche Wanderung hindurch schien sich zwischen Kelsey und TinTamarra eine Spannung aufzubauen. Mehr als einmal sah Gary, wie TinTamarra Kelsey zornig ansah; der Elfenlord jedoch schien es gar nicht zu bemerken, oder er täuschte Desinteresse vor.

TinTamarras Miene glättete sich nicht, und als sie schließlich wohlbehalten zwischen den dichten Bäumen angekommen waren, entlud sich die Spannung.

»Du bringst alle Gefangenen außer Prinz Geldion zu unseren Gütern, dort können ihre Wunden versorgt werden«, informierte Kelsey den schwarzhaarigen Elfen. Es schien ein vollkommen vernünftiger Befehl zu sein, gesprochen mit allem Respekt.

»Und der Prinz, was wird aus ihm?« gab TinTamarra zurück, die Lippen schmal vor Zorn.

Kelsey schien von der scharfen Erwiderung aufrichtig überrascht. Für einen langen Moment sah er seinen Elfengefährten nur prüfend an. »Er bleibt bei mir, bis ich entschieden habe, wie er uns nützlich sein kann«, sagte er dann.

»Du triffst ganz schön viele Entscheidungen allein, Kelsenellenelvial.«

»Was willst du damit sagen?« fragte Kelsey, immer noch ruhig, immer noch in der Absicht, die Situation zu entspannen. Das letzte, was die belagerten Tylwyth Teg brauchen konnten, war Streit in den eigenen Reihen.

TinTamarra starrte die Gefangenen der Reihe nach griesgrämig an. »In der Scheune haben wir noch mehr verwundete Menschen zurückgelassen«, sagte er dann, als würde das alles erklären.

»Sie waren nicht reisefähig«, antwortete Kelsey, der nicht begriff.

»Ich glaube, er findet, du hättest sie töten sollen«, warf Mikkey ein.

TinTamarra sagte nichts, aber seine Miene gab dem Kobold recht. Die Gefangenen wurden unruhig, ihr Schicksal schien plötzlich auf des Messers Schneide zu stehen.

»Das ist doch bescheuert«, warf Diane rasch ein und schob sich an Gary vorbei, der sie, da er den Ingrimm und das gefährliche Gehabe der stolzen Tylwyth Teg besser kannte, verzweifelt aufzuhalten suchte.

»Warum willst du verwundete Leute umbringen?« fragte Diane und trat dicht an TinTamarra heran – zu dicht für Garys Geschmack, aber er blieb neben ihr. Sollte der Elf seine Waffe gegen sie erheben, so würde er auf der Stelle den Biß von Donigartens Speer zu spüren bekommen. Aber Gary glaubte nicht, daß das dann noch etwas nutzen würde. Die Klingen der Tylwyth Teg saßen locker, und so konnte ihm sein Gegenschlag dann allzu leicht nur noch zum Racheakt für den Tod seiner Frau geraten.

Diane ließ einfach nicht locker, ohne jedes Gespür für die Gefahr.

»Bist du denn auch nur ein Mörder?« fragte sie, so daß selbst Kelsey, der auf ihrer Seite war, die Fäuste ballte.

Geno, der bei den Gefangenen Wache hielt, kicherte leise. Er sah den bebenden Elfen die Frau bereits zu Boden schlagen.

»Laß gut sein, Mädchen«, flehte Mickey. TinTamarra stand einfach nur da; Gary stellte sich vor, wie ihm eine durchschmorende Sicherung über dem rabenschwarzen Schopf schwebte.

Diane wollte noch etwas sagen, aber Gary hakte sie unter und zog sie mit sich fort und fiel ihr ins Wort, wann immer sie den Mund aufmachte.

»Sie spricht die Rolle des Narren«, bemerkte TinTamarra.

»Des Narren, der dir das Leben gerettet hat«, erinnerte Kelsey ihn prompt.

TinTamarra starrte den Elfenlord böse an. »Sie sind die Feinde des Waldes«, sagte er. »Wir verschwenden viele Krieger, wenn wir eine ständig wachsende Zahl von Gefangenen bewachen wollen.«

»Was sollen wir denn dann tun?« fragte Kelsey.

»Das, was wir mit den Feinden des Waldes immer getan haben.«

»Dann würden wir potentielle Verbündete umbringen.« Kelsey wußte, daß TinTamarra seine Sympathien für die Menschen, die unter König Kinnemores gesetzloser Knute gefangen waren, nicht teilte, und so versuchte er, ihn auf einer eher pragmatischen Ebene zu erreichen. »Viele haben sich dazu entschlossen, auf unserer Seite zu kämpfen, auf der Seite des Speerträgers. Kinnemores Griff ist so fest nicht. Oder vielleicht ist er auch zu fest, und jetzt laufen ihm die Soldaten weg. Wir haben Verbündete aus seinen Reihen bekommen – waren es nicht zwei königliche Soldaten, die uns zu den Schleudern geleitet haben? Sie starben für unsere …«

»Nur einer ist gestorben«, berichtigte Mickey ihn. Neugierig sahen die beiden Elfen den Kobold an.

»Den anderen hab ich auf seinem Flug begleitet«, erklärte Mickey. »Er ist ein bißchen durchgeschüttelt worden, mehr nicht. Und jetzt ist er im Wald und spricht zu seinen Leuten. Noch eine Woche des Kampfes, und ich möchte wetten, der Wald wird von genauso vielen Menschen wie Elfen beschützt.«

Sprach's und hüpfte davon, um sich Gary und Diane anzuschließen, die schon ein ganzes Stück entfernt waren.

TinTamarra schwieg.

»Bittere Zeiten«, sagte Kelsey, um die deutliche Empörung seines ehrenwerten Gefährten ein wenig zu mildern. »Aber wir dürfen nicht vergessen, wer wir sind und warum unsere Sache die gerechte ist. Und ich glaube, daß Kinnemore uns bald einen Waffenstillstand anbieten wird. Er verliert ständig Soldaten, und nun« – er sah zu Geldion hinüber, der vollkommen niedergeschlagen zwischen den anderen Gefangenen hockte – »hat er auch noch seinen Sohn verloren.«

TinTamarra nickte und verbeugte sich, ein Zeichen des Zugeständnisses, dann ging er zu Geno und den Gefangenen hinüber. Kelsey blieb stehen und ließ sich seine Worte noch einmal durch den Kopf gehen. Er glaubte tatsächlich, daß König Kinnemore bald um einen Waffenstillstand anhalten würde, und dieser Waffenstillstand würde Tir na n'Og weitere Kriegsnarben gewiß ersparen. Ceridwen war bestimmt nicht so überzeugt davon, die stolzen Tylwyth Teg je besiegen zu können, und so würde sie vielleicht schon einfach damit zufrieden sein, daß sie ihren Truppen nicht im Weg waren.

Für Tir na n'Og und die Tylwyth Teg sahen die Aussichten wieder gut aus. Aber Kelsey, dessen Blickwinkel zunehmend globaler wurde und dessen Mitgefühl sich auch auf diejenigen zu erstrecken begann, die nicht von seiner Art waren, fürchtete zutiefst, daß der Ältestenrat von Tir na n'Og diesen Waffenstillstand auch annehmen würde.

»Ich wollte schon immer mal einen Prinzen kennenlernen«, sagte Diane entwaffnend und setzte sich neben Geldion in den Klee. Demonstrativ rutschte der Prinz ein Stück weg und sah woandershin.

»Ich hab etwas zu essen mitgebracht.« Diane hielt ihm einen Napf mit Haferbrei entgegen.

Obwohl er sich von seinen Entführern fernhalten wollte, konnte Geldion dieses Angebot nicht ausschlagen. Seit fast einem Tag hatte er nichts mehr gegessen, und so knurrte ihm der Magen wirklich sehr.

Kurz nach Mittag waren sie einer anderen Elfentruppe begegnet und hatten sich getrennt; TinTamarra und die gewöhnlichen Gefangenen waren mit den Tylwyth Teg gezogen, während Kelsey die anderen auf eine südlichere Route geleitete, zum Schlachtfeld und zu den Anführern der Elfen hin. Am Spätnachmittag hatten sie sich ein zweites Mal aufgeteilt; Kelsey, Mickey und Gary hatten Geno und Diane mit dem Prinzen auf einer kleebedeckten Wiese zurückgelassen, die von einer Reihe großer, dichter Kiefern gesäumt war. Nun war schon Zwielicht über ihnen, die schräg einfallenden Sonnenstrahlen färbten den Klee orange und warfen die Baumschatten weit über die Wiese.

»Ihr habt das Essen angenommen, und jetzt müßt Ihr auch mit mir reden«, sagte Diane fröhlich. Geldion hielt sein Gesicht über den Napf gesenkt, aber er wandte die dunklen Augen wachsam nach oben, um Diane durch die gerunzelten Brauen anzuschauen.

»Kannst dir die Spucke ruhig sparen«, sagte Geno, der nur ein kleines Stück entfernt war. »Der hat kaum was zu sagen, das sich auch anzuhören lohnt.«

Diane sah das anders. Sie steckte eine Hand in die Gürteltasche und betastete die eng gepackten Kameras und das überaus bemerkenswerte Polaroid, das sie dazwischengesteckt hatte.

»Wie ist das so als Prinz?« fragte sie.

»Wie ist das so als aufdringliches Weibsbild?« antwortete Geldion kalt. Hinter ihm sprang Geno mit einem Grunzen auf die Füße, einen Hammer in jeder Hand. Aber Diane funkelte ihn böse an und bedeutete ihm, sich ja herauszuhalten.

»Das ist wohl wahr«, räumte sie ein. »Ich war halt neugierig, wie das so ist, mit Eurem Vater und bei Hofe.«

Wieder sah Geldion sie nur an, aber er schien seiner Sache nicht mehr ganz so sicher.

»Schließlich ist er der König«, fuhr Diane gelassen fort und schaute in der Gegend herum (obwohl sie den Prinzen in Wirklichkeit nie aus den Augen ließ). »Und soweit ich gehört habe, hat er vor, die ganze Welt zu beherrschen. Da hielt ich es nur für klug, ein wenig über ihn in Erfahrung zu bringen.«

Geldion widmete sich wieder seinem Haferbrei.

»Und über seinen Sohn«, fuhr Diane listig fort. »Über den Mann, der eines Tages selbst König sein wird.«

»Nicht, solange er gefesselt in einem Elfenwald herumhockt«, warf Geno fröhlich ein. Geldion sah ihn böse an, und Diane ebenfalls, denn ihr wollte diese Einmischung überhaupt nicht gefallen. Ihre Bemerkungen hatten Methode; sie ging so vor, daß Geldions Reaktionen sich abwägen ließen, ganz gleich, ob er nun etwas sagte oder nicht.

»Was für ein König wird dieser Prinz wohl sein?« fragte sie.

Geldion schnaubte ungläubig, und Diane hielt inne und überdachte diese Reaktion. Wies Geldion ihre Frage zurück, weil er glaubte, ihr, diesem aufdringlichen Weibsbild, keine Erklärung schuldig zu sein? Oder kam ihm allein die Vorstellung von sich selbst als König schon absurd vor?

»Wird er ein freundlicher Mann sein, der sich um seine Untertanen kümmert?« hakte sie nach. »Oder wird er …«

Geldion unterbrach sie, indem er seinen halb geleerten Napf über die Wiese pfefferte. Einen Augenblick lang sah er Diane verächtlich an, dann wandte er sich demonstrativ ab.

Sein Zorn bewies, daß sie mit ihrer zweiten Überlegung ins Schwarze getroffen hatte. Geldion glaubte nicht, daß er überhaupt jemals König werden würde. Aber warum? Die Tylwyth Teg würden ihn nicht töten – und das wußte er. Sie würden um ihn feilschen und ihn an Kinnemore zurückgeben, sobald der Handel abgeschlossen war.

Dann mußte es sein Vater sein, der ihn behinderte. Wieder legte Diane ihre Hand auf das verräterische Foto.

Gegenüber schnaubte Geno laut. »König von was?« fragte er und ging zu dem kochenden Prinzen. »König von ein paar Ruinen namens Connacht? Denn mehr wird nicht übrigbleiben, wenn sich alle Völker im ganzen Land erst mal gegen Kinnemore vereint haben!«

Die Prahlerei des Zwerges riß Geldion aus seinem stillen Brüten.

»Kinnemore wird herrschen, über das ganze Land!« verkündete er. »Und die Erdgeborenen werden allesamt erschlagen oder tief in ihre dreckigen Berglöcher zurückgedrängt!«

Diane glaubte, daß Geno den Mann dafür niederschlagen würde, aber der Zwerg wischte die Drohungen mit einem herzhaften Gelächter zur Seite.

»Kinnemore wird herrschen, über das ganze Land«, wiederholte Geldion grimmig.

Geno schnaufte. »Da werdet Ihr trauern dürfen wie Gary Leger«, antwortete er und schnippte mit den Fingern (was wie der Schuß aus einer großkalibrigen Flinte klang), dann marschierte er lachend davon.

Geldion rief ihm keine Beschimpfungen hinterdrein. In den Gesprächen der letzten Tage hatte er von Garys Verlust gehört, und so verstand er, worauf der Zwerg anspielte.

Es kam Diane mehr als nur ein wenig merkwürdig vor, daß die grimmige Vorhersage den Prinzen nicht im geringsten zu bekümmern schien.

Am nächsten Morgen kehrten Gary, Kelsey und Mickey auf die kleine Wiese zurück. Der Wald lag still an diesem Tag, zum ersten Mal seit der Eroberung Dilnamarras war Tir na n'Og nicht von Kampfeslärm geweckt worden. Diane nahm das als ein gutes Zeichen, Geno ebenfalls, und selbst Geldion schien sich etwas wohler zu fühlen.

Diane nahm an, daß der Prinz angesichts der augenscheinlichen Wendung der Lage erleichtert war, und ihr Einfühlungsvermögen wurde einen Augenblick später bestätigt, als Kelsey verkündete: »Der König will um das Leben seines Sohnes nicht verhandeln.«

Für Diane sprach Geldions Gesichtsausdruck Bände. Der Prinz sah niedergeschlagen aus, natürlich, aber er wirkte nicht überrascht. Nicht überrascht! Das bestätigte alles andere, was Diane bisher in Erfahrung gebracht hatte, durch ihre Gespräche mit Mickey und mit Geldion und durch das Bild in ihrer Tasche. Wissend nickte sie, alle Puzzleteile waren sauber an ihren Platz gerutscht.

»Warum ist es dann so ruhig?« fragte Gary den Elfen.

»Die Gesandten dürften gerade erst zurückgekehrt sein«, erklärte Kelsey. »Kinnemore will um das Leben seines Sohnes nicht verhandeln«, wiederholte er und sah zu Geldion hinüber, »aber verhandeln wird er trotzdem. Die Gefahr zu verlieren, ist für ihn nur gewachsen. Seine Armee steckt am Waldrand fest, und seine Feuer haben die Bäume zwar verwundet, aber sie konnten doch nicht viel ausrichten gegen die Elfenzauberer. Und er verliert beständig Soldaten, durch das Schwert und durch ihr Gewissen.«

Als Kelsey wieder zu dem Prinzen sah, der dasaß wie ein Häufchen Elend, war sein Lächeln wirklich süffisant. »Jeder einzelne der Männer, die unter Eurem Befehl in den Wald gekommen sind, hat Tir na n'Og und den Tylwyth Teg Treue und Gehorsam geschworen. Viele meines Volkes sind erschlagen worden, aber unsere Reihen sind heute dichter als zu Beginn des Konflikts. Ob Euer Vater sich dessen auch brüsten kann?«

Geldion wandte sich ab, und Diane zuckte vor Mitgefühl zusammen.

»Also ist es ruhig im Wald«, schloß Kelsey. »Und König Kinnemore denkt über die Bedingungen eines Waffenstillstands nach.«

Geno trat kräftig gegen einen kleinen Stein – der in Wirklichkeit ein großer war, der tief in der Erde steckte. Wie wütend der Zwerg war, offenbarte sich nur zu deutlich, als der Stein sich überschlagend aus dem Boden sprang.

Kelsey verstand die Quelle dieses Zorns. »Die Bedingung, die Kinnemore gestellt wurde, ist die Einstellung aller Kämpfe«, erklärte er Geno. »Die Tylwyth Teg haben den Osten nicht vergessen. Weder Braemar und Drochit noch die Erdgeborenen von Dvergamal noch die Gnomen von Gondabuggan.«

Geno nickte. Er kannte die Tylwyth Teg und Kelsey gut genug, um zu wissen, daß das Verhandeln auch über Dinge außerhalb der Grenzen Tir na n'Ogs auf Kelsey zurückzuführen war. Aber wenn Geno diese Loyalität auch wirklich schätzte, so wußte er doch, daß die Tylwyth Teg einem Gegenangebot Kinnemores leicht zustimmen mochten, und das reichte dann gewiß nicht mehr über die Grenzen ihrer geliebten Waldheimat hinaus. Die Tylwyth Teg würden jeden Waffenstillstand akzeptieren, der Tir na n'Og rettete, selbst um den Preis der Länder im Osten.

Kelsey lächelte seinen Zwergenfreund beruhigend an, aber es war ein gezwungenes Lächeln, denn auch der Elf konnte die separatistische Neigung seines Volkes nicht leugnen.

Zu Dianes Erleichterung ließen die anderen Geldion danach einigermaßen in Frieden. Sie hatte befürchtet, daß zumindest Geno dem Prinzen etwas antun würde oder daß Kelsey ihn nun, da sein Vater nicht um ihn handeln wollte, zu den anderen Gefangenen stecken lassen würde. Gewiß hatte der Elf dazu Gelegenheit genug. Überall am Rand der Lichtung saßen Gruppen von Tylwyth Teg in den Schatten, um neue Kräfte zu schöpfen, während sie auf Kinnemores Antwort warteten, und mehr als eine Gruppe kam herüber, um mit Gary, dem Speerträger, zu reden.

Aber Diane schenkte ihnen nur wenig Beachtung. Wieder verbrachte sie ihre Zeit mit Geldion, und mehr als einmal sah sie, wie Gary besorgt und vielleicht sogar eifersüchtig herüberschaute.

Zum Abendessen gesellte sie sich wieder zu ihren vier Gefährten. Kelsey war immer noch guter Dinge, Gary ebenfalls, aber Mickey war – zumindest für einen Kobold – eher schweigsam, und Geno schien nicht davon überzeugt, daß die Himmel von Faerie sich so bald aufklären würden.

Sobald sich die Gelegenheit ergab, brachte Diane das Gespräch auf Ceridwen. Kelsey wollte nicht über die Hexe reden, Geno wollte über gar nichts reden; Gary jedoch, der seine Frau gut genug kannte, um zu wissen, daß sie auf etwas hinauswollte, das ihr wichtig schien, wurde rasch neugierig, und Mickey war bereit zu reden.

»Ich hab gehört, sie soll sich in einen Raben verwandeln können«, sagte Diane. »Und in eine Schlange.«

»Und in alles, was ihr sonst noch in den Sinn kommt«, versicherte Mickey ihr. »Kein besonders großer Trick für jemanden mit ihrer Macht. Du hast den elfischen Wasserzauber gegen Kinnemores Feuer gesehen und ein paar von meinen eigenen Gaukeleien …«

»Sie hat in einer von deinen Gaukeleien dringesteckt«, warf Gary ein, den schweren Akzent des Kobolds nachahmend. Dafür erntete er ein höchst willkommenes Lächeln von den beiden.

»Aber du solltest wissen, daß Ceridwens Kräfte weit über

solche Zauber hinausgehen«, fuhr Mickey fort. Sein Lächeln verschwand, und seine Stimme nahm einen todernsten Klang an. »Sie ist eine böse Hexe, und nicht alle Wunderwirker Faeries zusammen können einen von ihren Zaubersprüchen brechen.«

Diane nickte wissend.

»Nun aber genug von der Hexe«, sagte Kelsey plötzlich voller Ingrimm. Alle drei wandten sich zu ihm um, und auch Geno fragte sich, was seinen Ausbruch wohl veranlaßt hatte. Der Elf begann sich darüber auszulassen, daß das Reden über Ceridwen nur zerstörte, was an Moral überhaupt noch übrig war, aber Diane fiel ihm unbarmherzig ins Wort.

»Das stimmt nicht«, beharrte sie. »Wir haben noch lange nicht genug über die Hexe geredet. Sie – und nicht Kinnemore – ist der Schlüssel zu unseren Problemen. Und wenn ich überhaupt zu etwas nutze sein kann, dann nur, wenn ich so viel wie möglich über sie erfahre. Durchschaue deine Feinde – das ist die größte Waffe in jedem Krieg!«

Kelseys erregte Miene zeigte Anzeichen von Respekt.

»Die paßt sich aber gut an, Junge«, sagte Mickey zu Gary.

»Sie hat ja auch schon seit über sieben Jahren von Faerie gehört«, gab Gary zurück, der sichtlich stolz auf seine starke Frau war. »Und sie hat mir die ganze Zeit geglaubt.«

»Und ob ich das habe«, fügte Diane mit mehr als nur ein wenig Spott hinzu.

Die folgende Stunde verbrachten sie damit, über Ceridwen zu reden, ohne daß Kelsey noch einmal etwas daran auszusetzen hatte. Dann war die Mahlzeit beendet, und Kelsey bat Geno, ihn zum Versammlungsort der Ältesten zu begleiten. Das war mehr als nur Höflichkeit, begriff der Zwerg; Kelsey wollte, daß die Ältesten ihn vor der Nase hatten, wenn Kinnemores Antwort eintraf. Die Entscheidung der Tylwyth Teg hatte Folgen weit über die Grenzen von Tir na n'Og hinaus, und Kelsey wollte, daß den Ältesten das Gewicht ihrer Entscheidung völlig klar war, daß sie sich der Verbündeten bewußt waren, die aufzugeben sie im Begriff standen.

»Wartet«, bat Diane, als sie gehen wollten. Das plötzliche Drängen in ihrer Stimme erstaunte selbst Gary.

Diane holte tief Luft und sah Mickey fest in die Augen. »Ceridwens Strohmann ist nicht Kinnemore«, erklärte sie.

Keiner entgegnete etwas, aber ihren Gesichtern waren die Zweifel nur zu deutlich anzusehen.

»Ich weiß nicht einmal, ob Kinnemore überhaupt am Leben ist«, fuhr Diane fort.

»Ich habe ihn gesehen«, widersprach Kelsey.

»Und ich auch«, fügte Mickey hinzu.

Bevor sie noch geendet hatten, schüttelte Diane schon den Kopf. »Das war nicht Kinnemore, nicht Geldions Vater«, antwortete sie bestimmt.

»Was redest du da?« fragte Geno, der nicht in der Laune für Ratespiele war.

»Ich weiß nicht, wer oder was dieser König ist«, erklärte Diane und holte den Schnappschuß heraus, den sie vor dem Tor des Bergfrieds Dilnamarra aufgenommen hatte. »Aber ich weiß, daß er nichts Menschliches an sich hat.«

Sie hielt das Bild hoch. Da standen zwei königliche Soldaten, und zwischen ihnen ihr König – oder wenigstens etwas, das die Kleider ihres Königs trug. Der Kopf war kein Menschenkopf, mit diesem Maul, das von Spitzohr zu Spitzohr reichte, und er war über und über mit struppigem Haar bewachsen, selbst auf den Nasenflügeln.

»Was zum Kuckuck ist das denn?« fragte Gary, der nicht wußte, was er davon halten sollte.

Geno und Kelsey schienen ebenso verstört, aber das konnte auch daran liegen, daß eine Fotografie für sie etwas völlig Neues war.

Mickey, der mit Diane zusammen beim Bergfried gewesen

war, konnte sich noch gut an die beiden Wachen und den Mann dazwischen erinnern. Und da er mit den Maschinen der Wirklichen Welt etwas vertrauter war, ließ er sich von dem Anblick einer Fotografie auch nicht so aus der Ruhe bringen.

»Was ist das?« fragte Gary mit mehr Nachdruck.

»König Kinnemore«, antwortete Diane langsam.

»Nein, mein Schatz«, berichtigte Mickey sie. »Das Ding kenn ich, und bloß weil's die Kleider von einem König trägt, ist es noch lange keiner.«

»Was dann?« rief Gary, den Kelseys und Genos Fassungslosigkeit nur noch mehr aufregte. Ausdruckslos starrten sie das Bild an, und selbst der stämmige Geno schien kaum nach Luft schnappen zu können.

»Du hast es zwar noch nicht gesehen, aber gehört hast du es schon, Junge«, antwortete Mickey. »Dieses Ding da ist der wilde, haarige Haggis.«

Sieg um welchen Preis?

An jedem Baum loderten Flammen empor, erhoben ihre zischenden Stimmen gegen den strömenden Regen. Der ganze Waldrand geriet in Aufruhr, als König Kinnemores Antwort auf das Friedensangebot eintraf. Männer eilten umher, Flammen schlugen hoch, Bogensehnen schwirrten.

Ein gutes Stück von der heftigen Schlacht entfernt saß Prinz Geldion niedergeschlagen da. Soviel also war er seinem Vater wert. Er hatte es sich ja gleich gedacht. Nur noch wenige Gefangene saßen hier herum, die meisten hatten den Elfen und dem Speerträger Treue und Gehorsam geschworen. Seine eigenen Männer kämpften dort drüben für die Tylwyth Teg und gegen seinen Vater. Das war die wohl bitterste Pille, die der deprimierte Prinz je zu schlucken gehabt hatte.

Und so geriet der Kampf an diesem Tag sogar noch verwirrender. Elfen kämpften gegen Menschen, und Menschen kämpften gegen Menschen.

Auch Diane war an der Front; sie hatte es schlicht und einfach abgelehnt, bei den Gefangenen zurückzubleiben. Auf einer weißen Stute begleitete sie Gary und Kelsey auf ihrer wilden Jagd das Schlachtfeld entlang. Immer wieder rief der Elf den Menschen zu, sich von ihrem gesetzlosen König loszusagen und sich dem Speerträger anzuschließen, dem neuen Donigarten. In seiner schimmernden Rüstung, auf dem riesigen Hengst, die Spitze des mächtigen Speeres hoch erhoben, sah Gary Leger tatsächlich wie die Reinkarnation dieses legendären Helden aus. Aber er fühlte sich nicht so, bei weitem nicht.

Gary hatte in Faerie schon so manchen Kampf miterlebt, hatte gesehen, wie Geldion und eine Schar seiner Ritter in Kuhknäuel gegen eine Goblin-Meute gekämpft hatten. Gary hatte sogar schon selbst gekämpft, hatte den Ritter Rotarm in einem Zweikampf getötet. Und er kannte die Grausamkeiten seiner eigenen Welt aus den zunehmend plastischer werdenden Abendnachrichten, Filmmaterial aus kriegszerrissenen Ländern und von den Großstadtunruhen seiner Heimat. Nichts davon hatte ihn auf diesen gewalttätigen Tag in Tir na n'Og vorbereiten können. Der schlichte Wahnsinn des Krieges zerrte an seinen Nerven; das Klirren der Klingen und die widerhallenden Schreie der Sterbenden waren so allgegenwärtig, daß es wie ein einziger endloser Aufschrei klang. Gary biß die Zähne zusammen und ritt weiter, fest entschlossen, die Sache durchzustehen. Dies war keine Zeit für Schwäche, auch wenn es ihn förmlich anekelte, daß Mitgefühl und Schwäche momentan gerade ein und dasselbe zu sein schienen.

Diane teilte sein Entsetzen. Sie hatte beide Kameras mitgenommen, um die Schlacht zu dokumentieren. Aber sie machte nur ein einziges Polaroid. Danach benutzte sie ausschließlich die Pentax, um sich das Ergebnis ihrer Arbeit vorerst nicht anschauen zu müssen, so lange nicht, bis sie Faerie endlich wieder verlassen hatten und die Filme entwickelt waren. An diesem entsetzlichen Morgen wurde die Kamera ihre Erlösung. Es war wirklich paradox, aber auf der einen Seite verlieh sie ihr das Gefühl, einen wichtigen Beitrag zu leisten, und auf der anderen Seite erlaubte sie ihr, sich von den entsetzlichen Szenen zu distanzieren. Irgendwie war es etwas anderes, den Tod eines Mannes durch die Linse einer Kamera wahrzunehmen, als ihn ohne diese durchsichtige Barriere mit ansehen zu müssen.

Die Kämpfe dauerten den ganzen Morgen. Unter Kelseys Führung wurde ein Keil in die feindlichen Reihen getrieben, und eine wachsende Zahl von Überläufern vermengte sich mit den Elfen. Gary selbst mußte nur wenig kämpfen und Diane überhaupt nicht, aber beide trugen sie ebenso ihre Narben davon wie diejenigen, die von Kopf bis Fuß blutüberströmt waren – ob nun vom eigenen Blut oder dem der erschlagenen Feinde.

»Für heute ist der Sieg unser«, erklärte Kelsey, lange nachdem die Bogensehnen zu schwirren aufgehört hatten und die Schwerter weggesteckt worden waren. Das Geschrei jedoch war noch nicht verklungen; die Rufe der schwerverwundeten Männer und Elfen, von denen viele noch immer in dem verwüsteten Areal lagen, dienten den Patrouillen der Tylwyth Teg, die sich einen Weg durch das Dickicht bahnten, als Wegweiser.

»Der Feind ist auf die Felder weit vor den Grenzen Tir na n'Ogs zurückgedrängt worden«, fuhr Kelsey mit fester Stimme fort, obwohl es allen, die Ohren hatten, vorkam, als weinte er hinter seiner gefaßten Miene.

Gary nickte grimmig. Diane jedoch sah weg. Sie war noch nicht soweit, die Notwendigkeiten der Situation zu akzeptieren.

Geno ersparte sich einen Kommentar. Da seine Erfahrung mit Waldgefechten gering war, hatte er mit Mickey zusammen die Gefangenen bewacht – allein, denn er war hart genug (und mit seinen Wurfhämmern auch tödlich genug), um die Männer in Schach halten zu können.

Danach war er für eine Weile an der Front gewesen, um sich das Schlachtfeld anzusehen und den Berichten zu lauschen. Mehr als dreihundert königliche Soldaten lagen tot im Wald, weitere fünfzig waren gefangengenommen worden, und sechzig waren zu den Elfen übergelaufen. Aber der Preis war hoch. Fast einhundert Tylwyth Teg waren tot oder so schwer verwundet, daß sie nicht mehr kämpfen konnten, und die Südgrenze Tir na n'Ogs, die selbst einem Zwerg schön dünkte, der zwischen den großen Felsen Dvergamals zu Hause war, würde Jahrzehnte brauchen, um sich von den tiefen Wunden zu erholen.

Sämtlichen Berichten zufolge hatten die Elfen ihren Sieg bei einem Verhältnis von eins zu vier errungen, aber Kinnemore konnte vierhundert Mann wesentlich leichter entbehren als sie hundert. Kelsey mochte den Sieg beanspruchen, aber sein Volk war erheblich dezimiert worden. Die Truppen waren gerade noch halb so groß wie zuvor.

Wenn der Zwerg seine Einschätzung der Lage auch nicht äußerte, so sprach seine grimmige Miene doch Bände, und der Enthusiasmus, den Kelsey gerade noch verspürt hatte, sank in sich zusammen.

Der Elf nickte und verabschiedete sich. Eine neue Gesandtschaft Kinnemores wurde erwartet, nun da der böse König seine Erklärung mit Feuer und Schwert geschrieben hatte. Der Elf wappnete sich mit Dianes enthüllender Fotografie und einer grimmigen Entschlossenheit. Er war zu der Überzeugung gekommen, daß die Welt größer war als Tir na n'Og, und er glaubte aus tiefstem Herzen, daß die Tylwyth Teg auch für das Wohlergehen ihrer Nachbarn verantwortlich waren.

Aber er erkannte auch, was dieser Tag zunichte gemacht hatte. Der fortdauernde Krieg forderte von beiden Seiten einen grausamen Tribut – und von dem Wald, der als Schlachtfeld diente. Kinnemore verlor viele gute Krieger und wertvolle Zeit, während sich die Nachricht von seinem Feldzug unweigerlich zu den Ländern im Osten ausbreitete. Je länger der König hier festhing, desto besser würden seine künftigen Gegner sich wappnen können. Schlimmer noch, er verlor seine Männer an die andere Seite, schaffte sich Feinde in den eigenen Reihen. Das konnte er sich nicht leisten, jedenfalls nicht so lange, wie die Tylwyth Teg sich ihren Widerstand leisten konnten.

Kelsey wußte, was bald geschehen würde, wußte, daß Tir na n'Og wohl keine weiteren Kämpfe mehr bevorstanden. Aber welche Erleichterung er auch spüren mochte für seine Leute und seine Heimat, sie konnte seine Qual angesichts dessen, was bald mit Braemar und Drochit und allen Völkern des Ostens geschehen würde, nicht mindern.

Schon am nächsten Tag unterzeichneten die Ältesten der Tylwyth Teg einen Waffenstillstand mit König Kinnemore, einen Pakt, der die Herausgabe Prinz Geldions und sämtlicher anderen Gefangenen umfaßte.

Kelsey hatte mit Nachdruck gegen den Waffenstillstand gesprochen, hatte den Ältesten sogar die Fotografie vorgeführt. Die erstaunliche Reproduktion war ein Zauber, den sie nicht begriffen, und so waren sie mehr als nur ein wenig mißtrauisch über ihren Ursprung. Aber obwohl sie Kelsey zugestanden, daß Kinnemore nicht war, wer er zu sein behauptete, und daß er noch viel weitgehender unter der Kontrolle Ceridwens stand, als sie geglaubt hatten, unterzeichneten sie den Waffenstillstand, um die Grenzen Tir na n'Ogs zu sichern.

Sollte der Kampf um Faerie doch außerhalb des Waldes gekämpft werden, hatten die Ältesten erklärt, und falls Kinnemore als Sieger hervorgehe, dann habe es eben so sein sollen.

Die Tylwyth Teg würden überleben. Tir na n'Og würde bestehen.

Für Kelsenellenelvial Gil-Ravadry jedoch, den Elfenlord und Erneuerer des legendären Speeres von Cedric Donigarten, den Freund von Zwergen und Gnomen, Kobolden und Menschen, war das nicht genug.

Es kostete Kelsey und Gary große Mühe und Mickey mehr als einen seiner guten Tricks, Prinz Geldion den Zwerg vom Hals zu halten, als dieser von dem Waffenstillstand erfuhr. Diane blieb während des ganzen Gerangels neben dem Prinzen, um ihn zu schützen und mit ihm zu reden.

»Hast du soviel Haß in dir?« fragte Kelsey den Zwerg. Der Elf hatte sich ganz steif gemacht, und seine Schuhspitzen wühlten im weichen Boden, als Geno sich vorwärtsschob.

»Hast du vergessen, was dieser miese Prinz uns alles angetan hat?« entgegnete der Zwerg. »Hast du den Kampf auf dem Feld südlich von Braemar vergessen, wo meine Leute von ihm und seinen Soldaten abgeschlachtet worden sind?«

Kelsey schüttelte den Kopf, aber er bemerkte in Genos Stimme noch etwas anderes als Wut. Berechnung. Er verpaßte dem Zwerg eine ordentliche Ohrfeige, um ihm für einen Augenblick den Schwung zu nehmen, dann sprang er nach hinten, um ihm erneut den Weg zu verstellen.

»Ist es das?« fragte Kelsey gelassen, und diese überraschende Frage trug mehr dazu bei, Geno zu bremsen, als die Ohrfeige.

»Ist was das?« verlangte der Zwerg zu wissen.

»Bist du auf Prinz Geldion nur wütend oder suchst du nun im Mord die Lösung?«

»Wovon redest du überhaupt, Elf?« bellte Geno, aber offensichtlich hatte Kelsey einen Treffer gelandet, denn er blieb stehen, die knubbeligen Hände in die Hüften gestemmt. »Dann gebt ihm eine Waffe, und ich kämpfe fair mit ihm!«

»Aber ja doch«, stimmte Gary zu, der Kelseys Gedankengängen gefolgt war. »Du willst ihn umbringen, um den Waffenstillstand zu verhindern. Wenn Geldion nicht aus Tir na n'Og herauskommt, wird Kinnemore erneut angreifen, und damit stecken die Tylwyth Teg wieder mitten im Krieg.« Geno kochte, aber er hatte keine Antworten mehr parat.

»Prinz Geldion wird zurückgebracht, ganz wie die Ältesten es vereinbart haben«, sagte der Elf ernst.

Geno klatschte ihm einen Batzen Spucke auf das weiche Leder seiner Stiefel. »Mehr hätte ich von einer Horde Elfen auch nie erwartet«, grummelte er mürrisch und wandte sich ab.

Gary entging der schmerzliche Ausdruck auf Kelseys feinen Zügen nicht.

»Mein Volk hat viel erdulden müssen«, sagte der Elf. Der Zwerg drehte sich scharf zu ihm um, sah ihn aus seinen blaugrauen Augen an. Allein Kelseys Miene widersprach seiner Rede schon, sie sagte deutlich, was der Elf in der Tiefe seines Herzens bereits wußte: Wenn die Tylwyth Teg sich aus den Kämpfen heraushielten, würden die Verluste der Völker, die sich immer noch gegen den gnadenlosen König von Connacht zu stellen wagten, um so größer sein.

»Hast du ihnen das Bild gezeigt?« fragte Mickey, mehr um die Spannung zu brechen, als aus irgendeiner Hoffnung heraus.

Ohne seine Augen je von Geno abzuwenden, nickte Kelsey. »Sie wußten nicht, was sie davon halten sollten«, erklärte er und zählte die ganzen Zweifel der Ältesten auf.

»Aber du weißt es«, schlußfolgerte Mickey.

Wieder nickte der Elf, ohne seine Augen von Geno abzuwenden. »Und wenn sich mein Volk auch aus dem Krieg herausgezogen hat, Kelsenellenelvial wird das nicht tun.«

Diese Erklärung trug viel dazu bei, den mürrischen Blick des Zwerges abzumildern.

»Und wo gehen wir jetzt hin?« stellte Gary eine überaus einleuchtende Frage. »Nach Braemar, um auf die nächste Schlacht zu warten? Oder wieder nach Dilnamarra? Wir könnten doch versuchen, Kinnemore umzubringen.«

»Keine leichte Aufgabe, wenn Dianes Bild der Wahrheit entspricht«, überlegte Mickey.

Dem konnte Kelsey nur zustimmen. Ihm fiel der Pfeil wieder ein, den er auf Kinnemore abgeschossen hatte. Der Schuß hätte so gut wie jeden Mann getötet oder wenigstens kampfunfähig gemacht. Kinnemore jedoch war eher verärgert als verletzt gewesen – wenn überhaupt.

»In die Crahgs«, antwortete Diane unerwarteterweise und gesellte sich wieder zu ihnen. Alle starrten sie an, selbst Geno. »Habe ich es richtig ausgesprochen?« fragte sie.

Alle schwiegen. »Ist doch vernünftig, oder?« fuhr sie fort. »Wenn der Haggis König Kinnemore ist, dann muß König Kinnemore der Haggis sein.«

»Es sei denn, Ceridwen hat den Haggis nur als Vorbild genommen und den König einfach verwandelt«, überlegte Kelsey. Mickey jedoch pflichtete Diane bei.

»Nach allem, was erzählt wird, ist der Haggis weit älter als Ceridwen. Und er hat eh immer nur Unfug im Kopf. Ich denke, es wird praktischer gewesen sein, die beiden auszutauschen, als diesen Teufel nachzumachen.«

»Genau«, stimmte Diane zu. »Und wenn wir losziehen und den Haggis finden – König Kinnemore –, können wir vielleicht irgendwas daran drehen.«

Die anderen waren schon einmal in den Crahgs gewesen und hatten den Schrei des wilden, haarigen Haggis gehört, und nicht einer von ihnen schien von der Aussicht angetan, dieses Ding zu jagen – selbst Mickey nicht, der dem Gedanken nur zustimmen konnte.

»Es wird schon nicht so schlimm werden«, versicherte Diane ihnen. Ihr süffisanter Ton verriet Gary, der sie bestens kannte, daß sie noch etwas auf Lager hatte. »Wenn Kinnemore der Haggis ist, der echte Kinnemore, dann wird er doch nicht wild darauf sein, seinen eigenen Sohn anzugreifen.«

Kelsey nickte, ja, er lächelte sogar, froh, nach einem Strohhalm greifen zu können. Dann jedoch begriff er, was Diane gesagt hatte. Sein eigener Sohn. Erwartete diese närrische und unwissende Frau etwa, daß Prinz Geldion mit ihnen ging?

»Prinz Geldion ist damit einverstanden«, verkündete Diane, als hätte sie Kelseys unausgesprochene Zweifel die ganze Zeit erwartet.

Sie zuckte zusammen, als ihr Genos Spucke auf den Schuh klatschte.

»Ich bin einverstanden«, rief Geldion von seinem Sitzplatz im Klee herüber.

»Ihr geht nach Dilnamarra zurück«, sagte Mickey. »Wie es vereinbart worden ist. Wenn nicht, wird Tir na n'Og allzubald wieder brennen.«

»Und deshalb gehe ich auch zurück«, antwortete Geldion gelassen. »Zurück zu diesem Ungeheuer, das sich den Thron meines Vaters unter den Nagel gerissen hat. Und dann werde ich mich wieder verabschieden, unter dem Vorwand, die Oststraße erkunden zu müssen, bevor die Armee weiterzieht. Wir treffen uns in drei Tagen im Wald von Kuhknäuel.«

Die Freunde sahen einander zweifelnd an. Sie hatten allesamt schon mit Geldion zu tun gehabt, in genau diesem Wald – Gary, Kelsey und Mickey waren bereits zweimal von ihm und seinen Männern durch diesen Wald gehetzt worden. Sie sahen einander an und schüttelten die Köpfe.

»Er hat doch nichts zu verlieren!« warf Diane ein, die begriff, was die Uhr geschlagen hatte. »Nichts zu verlieren und alles zu gewinnen.« Sie sah zu dem sitzenden Prinzen hinüber und nickte, und er erwiderte ihr Nicken. »Er wird dort sein«, versicherte Diane hauptsächlich ihrem Ehemann. »Allein.«

Gary ließ sich die Angelegenheit durch den Kopf gehen, dachte über mögliche Alternativen nach. »Kuhknäuel«, stimmte er schließlich zu, die skeptischen Blicke von Kelsey und Geno ignorierend. »In drei Tagen.«

»In zwei Tagen«, berichtigte Mickey ihn. »Wir haben nicht mehr viel Zeit, bis Ceridwen von Ynis Gwydrin herunter darf.«

Wieder nickte Geldion. »Dann bringt mich schleunigst nach Dilnamarra zurück, Elfenlord«, forderte er Kelsey auf. »Mein König« – seine Stimme troff vor Sarkasmus – »wird einen vollständigen Bericht haben wollen, und bis nach Kuhknäuel ist es ein weiter Weg.«

Kelsey sah zu Geno, der offenbar der einzige war, der seine Zweifel teilte. Aber der Zwerg zuckte nur mit den Schultern, als wollte er sagen: »Was sollen wir denn sonst machen?«

Bald zogen Kelsey und Geldion von dannen, und Diane rieb sich eifrig die Hände; sie glaubte, das Puzzle gelöst zu haben. Mickey und Gary zweifelten ihre Überlegungen zwar nicht an, aber teilen wollten sie ihre Begeisterung trotzdem nicht.

Sie hatten die Crahgs, die Heimat des Haggis, schließlich schon kennengelernt.

Die Finger verbrannt

Gary lehnte den gewaltigen Schild, Donigartens Schild, gegen einen Baum und blickte ängstlich nach Westen zurück, Richtung Dilnamarra. Normalerweise hätte er das unhandliche Ding nicht mitgenommen, denn gleichzeitig damit und mit dem großen Speer zu hantieren, war nicht gerade einfach. Mickeys lässige Bemerkung jedoch, es brauchte schon »eine Mauer, die dicker ist als Donigartens eigener Schild, um einen angreifenden Haggis aufzuhalten«, hatte Garys Entschluß beschleunigt, sehr zum Verdruß des beseelten Speeres.

Wißt Ihr noch, wie Ihr gegen die Crahgwölfe kämpftet, junger Sproß? rief der Speer unablässig in seinem Kopf, und Gary vermutete, daß er nur deshalb zu einem altertümlichen Dialekt griff, um ihn einzuschüchtern. Der Speer bezog sich auf einen Kampf in den östlichen Ausläufern der Crahgs, als eine Horde Wölfe den Gefährten nachgesetzt hatte. Beinahe wäre es Garys letzter Kampf gewesen, hauptsächlich deshalb, weil er sich mit dem langen Speer und dem schweren Schild immer selbst behindert hatte bei dem Versuch, mit den schnellen Bewegungen der flinken Wölfe mitzuhalten. *Wißt Ihr noch, wie eben jener Schild Euch beinahe zum Verhängnis geworden wäre?*

Laß mich mit den verdammten Wölfen in Frieden, antwortete Gary in Gedanken. *Bis ich anfange, mir über Crahgwölfe den Kopf zu zerbrechen, haben wir noch ein ganzes Stück zu laufen*!

Diese Bemerkung war wahr genug. Hier waren sie immer noch auf dem Boden der Grafschaft Dilnamarra, kaum einen Tagesmarsch von der feindlichen Armee entfernt. Und allen Berichten zufolge würde diese bald die Straße aus Westen herabmarschieren, Richtung Kuhknäuel. Kinnemore hielt sich nur noch in Dilnamarra auf, weil nach der schrecklichen Schlacht von Tir na n'Og so viele Verwundete behandelt und die Truppen neu zusammengestellt werden mußten.

Bald würden sie kommen, das wußte Gary. Immer wieder hatte er an diesem Tag Staubwolken gesehen – kleine, die wahrscheinlich von einzelnen Reitern herrührten. Der Waffenstillstand war vor zwei Tagen unterzeichnet worden, und Gary und die anderen waren wie besprochen die etwa dreißig Meilen nach Kuhknäuel gereist, um dort auf Prinz Geldions Erscheinen zu warten.

»Der kommt eh nicht«, meckerte Geno nicht zum ersten Mal. »Höchstens an der Spitze seiner Reiterei. Oder er ist längst hier und versteckt sich irgendwo im Gebüsch, im Hinterhalt.«

Kelsey schien ebenso zynisch, aber der stets optimistische Mickey versuchte, ihre Hoffnungen zu bewahren, und Diane wies Genos Einschätzung rundweg zurück.

»Prinz Geldion wird kommen«, versicherte sie auf jedes Grollen des Zwerges. »Die Wahrheit über den König wurmt ihn mehr als alles andere, und er haßt diese Wahrheit sogar noch mehr als dich.«

Geno ließ sich nicht anmerken, ob sie ihn überzeugt hatte. Er legte seine griesgrämige Miene nicht einmal ab, als Kelsey aufsprang und einen Pfeil auf die Sehne legte. Vollkommen reglos stand der Elf da, und die anderen, die seinen feinen Sinnen vertrauten, folgten seinem Beispiel. Plötzlich riß er den Bogen hoch, aber als die anderen, noch hektisch herumspringend, nach ihren Waffen griffen, ließ er den Bogen schon wieder sinken – und dann trat Prinz Geldion ins Lager, einen schweißbedeckten grauen Hengst am Zaumzeug führend.

Der kleine Mann schien arg mitgenommen. Sein Haar war fettig und zu einer scharfen Tolle zurückgekämmt; er mußte es sich den ganzen Tag lang nervös aus dem Gesicht gestrichen haben. Und nicht nur sein Pferd war schweißüberströmt. Sie mußten hart geritten sein.

»Wen habt Ihr noch dabei?« verlangte Geno zu wissen, ohne seinen Hammer auch nur ein bißchen zu senken.

»Du bist durcheinander, guter Zwerg«, antwortete Geldion sarkastisch. »Das ist ein Pferd und kein Gefährte.«

Gary verbiß sich das Kichern klugerweise, denn er wußte, daß Geno nicht viel für Sarkasmus übrig hatte. Er hörte, wie Mickey dem impulsiven Zwerg gut zuredete, damit der Hammer wieder in seine Schlaufe kam.

»Die Armee ist nicht weit hinter Euch?« vermutete Kelsey.

»Sie wird am Morgen aufbrechen«, antwortete Geldion. »Obwohl die Späher schon fast bis Kuhknäuel vorgedrungen sind. Kinne…« Er fing sich gerade noch rechtzeitig und sah Diane frustriert an. »Der König«, spie er dann verächtlich. »Er wird sich damit Zeit lassen, nach Braemar und Drochit zu marschieren. Er wird sogar lange genug warten, um eine Truppe um das Ostende Tir na n'Ogs herum zu schicken – damit er weiß, ob die Tylwyth Teg ihr Wort halten. Außerdem will er ein paar der kleineren Weiler wie Lisdoonvarna unter seine Kontrolle bringen, bevor er zu den größeren Städten im Schatten Dvergamals gelangt.«

»Wie töricht«, sagte Kelsey. »Wenn Braemar und Drochit eingenommen sind – und selbst vereint können sie der Armee von Connacht nicht widerstehen –, dann werden die kleineren Weiler doch ganz von selbst fallen.«

»Kinnemore wird langsam vorsichtig«, vermutete Geldion. »Seine Männer haben an der Grenze Eures Waldes mehr einstecken müssen, als sie gedacht hatten. Sie müssen erst über ein paar kleinere, wehrlose Städte hinwegrollen, um wieder Zuversicht zu fassen.«

Das leuchtete dem Elfen ein.

»Die königliche Armee wird die Städte nicht verheeren«, sagte Geldion zornig. »Der König braucht vor allem den Glauben seiner Männer, für eine gerechte Sache einzutreten. Wir haben ... er hat beinahe ebenso viele Männer durch Fahnenflucht verloren wie durch den Kampf, und er weiß, daß ihm noch weit mehr verlorengehen, wenn die Truppen den Feldzug als ungerecht empfinden.«

»Gar nicht so schlecht, ein Ohr bei Kinnemore zu haben, hm?« fragte Diane an die Adresse von Geno gerichtet und kam sich ziemlich schlau dabei vor.

Geldion jedoch schien von dem Kommentar überhaupt nicht erfreut, und der Zwerg ebensowenig.

»Schätze, das macht Euch zu einem der Fahnenflüchtigen, von denen Ihr gesprochen habt«, sagte er zu dem Prinzen.

»Der König ist nicht Kinnemore, so wurde mir jedenfalls erzählt.« Geldion sah Diane unterkühlt an, als fürchtete er, daß alles nur ein raffinierter Trick war.

»Und ich glaube nicht, daß ich getäuscht worden bin«, erklärte er in entschiedenem Ton, obwohl seine bedrohliche Miene diese Behauptung kaum unterstrich. »Folglich bin ich auch kein Verräter an der Krone. Wenn Kinnemore der König wäre und mir befehlen würde, gegen die Erdgeborenen in den Krieg zu ziehen, so würde ich mit Freuden eine ganze Hundertschaft erschlagen.«

Geno schnaubte halb vor Lachen, halb vor Wut.

»Ich finde, wir sollten langsam aufbrechen«, warf der kluge Mickey rasch ein. »Wir haben einen Fünftageritt vor uns und eine Armee im Nacken.«

Für einen langen, angespannten Moment waren alle still. Geno und Geldion starrten einander unverwandt an, und die anderen schauten zwischen ihnen hin und her und fragten sich, wer wohl als erster angreifen würde. Aber trotz ihrer mürrischen Art und ihres offensichtlichen gegenseitigen Hasses waren Geno und Geldion doch Pragmatiker. Die bevorstehende Mission war wichtiger als ihre persönlichen Kabbeleien, und so halfen sie schließlich mit, das Lager abzubrechen und die Reittiere zu beladen. Als die Gruppe Kuhknäuel einige Zeit später in südöstlicher Richtung verließ, ritt Geldion vorn neben Kelsey, und der weiße Hengst aus Tir na n'Og überstrahlte seinen Grauen bei weitem. Danach kamen Gary, der sein Pferd mit Mickey teilte, ebenfalls auf einem der großen Schimmel des Zauberwaldes (der Kobold hatte es sich wieder hinter dem kräftigen Pferdenacken bequem gemacht), und Diane, die eine kleine, muskulöse schwarz-weiß gefleckte Stute ritt. Geno war das Schlußlicht, er ritt sein braunes Pony weit hinter ihnen und grummelte unablässig vor sich hin.

»Das wird aber ein langer Ritt werden«, bemerkte Mickey und nickte nach hinten.

»Ich glaube nicht«, antwortete Diane. »Prinz Geldion ist gar kein so übler Kerl – ich glaube, ihn trifft es wesentlich tiefer als euch, als was der König sich entpuppt hat.«

Gary kicherte ziemlich spöttisch. Diane hatte ihn auf seinen ersten Reisen nach Faerie nicht begleitet, sie hatte weder Geldions Schlitzohrigkeit kennengelernt, noch war sie tagelang von ihm verfolgt worden. Sie hatte weder seine Attacke gegen die Leute von Braemar und Drochit auf den Feldern im Osten noch seinen Vorsitz über die beabsichtigte Hinrichtung Baron Pwylls miterlebt. Selbst wenn Diane absolut recht hatte und Ceridwen König Kinnemore durch den Haggis ersetzt hatte, so waren Geldions Aktionen der letzten Monate damit bestimmt nicht über jeden Vorwurf erhaben, und seine Ganz-der-brave-loyale-Sohn-Masche zog schon gar nicht.

»Du kennst Geldion nicht so gut, wie du meinst«, sagte Gary.

»Und Geno auch nicht«, bemerkte Mickey mit einem resignierten Seufzen. »Das wird ein langer Ritt werden.«

Tatsächlich jedoch sollten die beiden überrascht sein, wie ruhig und ereignislos die Tage verstrichen. Die Nachricht vom bevorstehenden Krieg hatte die Straßen leergefegt, und in die Nähe der Crahgs wagte sich ohnehin so gut wie niemand. Kelsey und Geldion redeten von Tag zu Tag mehr miteinander. Gary war wirklich überrascht, daß der sonst so sorgsam abwägende Elf dem Prinzen so bereitwillig vergeben konnte, was die kürzliche Verwüstung der heiligen Grenzen Tir na n'Ogs anging, aber als Diane und Mickey ihm die Angelegenheit ins rechte Licht rückten, wurde aus seiner Überraschung bald Anerkennung.

»Er denkt an die Zukunft«, überlegte Diane. »Was mit Tir na n'Og passiert ist, war nicht Geldions Schuld, aber Geldion hat eine Menge damit zu tun, was als nächstes passieren wird.«

»Aye«, stimmte Mickey ihr zu. »Kelsey hat einen Schlußstrich gezogen – woher sollte Geldion denn wissen können, daß sein Vater gar nicht sein Vater war?«

»Ich weiß nicht, ob er eine zweite Chance verdient«, hielt

Gary störrisch dagegen. »Erinnere dich nur, wie er uns durch den Sumpf gehetzt hat.«

»Daran erinnere ich mich besser als du, als wäre es erst gestern gewesen«, sagte Mickey und rieb Gary damit auf subtile Weise unter die Nase, daß die verstrichenen Jahre in der Wirklichen Welt nur wenigen Wochen in Faerie entsprachen. »Aber dies sind gefährliche Zeiten, Junge, und ich an Kelseys Stelle würde eine helfende Hand nicht einfach ablehnen.«

»Sogar Geno scheint schon besser mit dem Prinzen zu stehen«, bemerkte Diane.

»Hat ihm schon seit zwei Tagen nicht mehr auf die Schuhe gespuckt!« fügte Mickey hoffnungsvoll hinzu. »Und ich will gern glauben, daß er Geldion nur aus Versehen in die Glut geschubst hat.«

Gary widersprach nicht, aber seine zweifelnde Miene zeigte Mickey, daß er nicht ganz so überzeugt von Genos Beteuerungen in dieser feurigen Angelegenheit war. Dennoch mußte der junge Mann zugeben, daß die Dinge besser liefen, als er es sich beim Verlassen Kuhknäuels gedacht hatte. Geldion hatte nichts Verachtenswertes getan. Weit gefehlt, der Prinz hatte sich sogar alle Mühe gegeben, Genos versteckte Attacken zu entschuldigen, selbst als er sich noch die Glut vom angesengten Hintern hatte klopfen müssen.

»Prinz Geldion hat am meisten zu verlieren«, schloß Diane.

»Geno kann sein Zuhause verlieren«, argumentierte Gary. »Und sein Volk.«

»Aber nicht sein Herz«, gab Diane zurück.

Da konnte Gary nur zustimmen. Die ganze letzte Zeit, bis zurück zu Kelseys Queste, um Donigartens Speer zu richten, und selbst noch weiter zurück, mußte dem Prinzen nun wie eine bittere Pille schmecken. Stets war er dem Willen seines Vaters und Königs gefolgt (so hatte er geglaubt), trotz der Tatsache, daß er diesen Kurs anscheinend im Innersten seines Herzens als unmoralisch angesehen hatte.

Geldion war durch Täuschungen zu unmoralischem Handeln gebracht worden, und für einen Ehrenmann (falls er wirklich einer war) konnte diese Wunde stärker brennen als jeder Hieb mit dem Schwert.

Obwohl sie noch einen halben Tagesritt vor sich hatten, konnten sie die Crahgs schon sehen, steile Hügel, manche von Wolken verborgen, andere grün in der Sonne schimmernd. Selbst aus dieser Entfernung wurde Gary an die widersprüchlichen Gefühle erinnert, die dieser Ort in ihm ausgelöst hatte, Gefühle von verlockender, flirrender Fremdartigkeit und zugleich von niederdrückender Bedrohung. Am meisten erinnerte Gary sich an die alles durchziehende Melancholie; die traumartige Landschaft konnte einen allzu leicht von den tatsächlichen Gefahren, die hier drohten, ablenken.

Mit großer Mühe bekamen sie die Pferde dazu, an den ersten Crahgs vorbeizutraben. Geno wollte die Tiere zurücklassen; immer wieder schlug er vor, sie in einem Wäldchen anzubinden und auf dem Rückweg wieder abzuholen, aber Kelsey wollte davon nichts hören. Der wilde haarige Haggis würde die Crahgs nicht verlassen, wohl aber würden die Crahgwölfe das tun – und ihre Vorliebe für Pferdefleisch war sattsam bekannt.

Aber schon wenige hundert Yards hinter den flachen Feldern und ersten Hügeln, die die Westgrenze der Crahgs markierten, mußten die Gefährten zu Fuß gehen und die scheuenden, schweißbedeckten Streitrosse hinter sich herziehen. Der Tag versank rasch in der Dämmerung, und so führte Kelsey sie den Hang eines mittelgroßen Hügels hinauf, eine Wanderung von etwa tausend Fuß durch dichtes, feuchtes Gras.

Der Abend wuchs dunkel und dräuend um sie herum empor, und ein frostiger Wind kam auf und biß ihnen durch die Kleider. Kelsey erklärte nachdrücklich, daß sie ohne Feuer lagern würden, und niemand widersprach. Er häufte etwas Holz in der Mitte des Lagers auf und legte Lampenöl sowie Feuerstein und Eisen gleich daneben – nur für den Fall der Fälle. Aber insbesondere Diane war von der Wahl des Lagerplatzes gar nicht angetan und fragte sich, warum sie sich für diese frostige Nacht nicht wenigstens ein geschütztes Tal oder eine Höhle gesucht hatten, wenn sie schon kein Feuer entzünden konnten.

»Wegen der Crahgwölfe«, erklärte Gary ihr und schlang die Arme um sie, um die Kälte abzuwehren. »Ihre Vorderläufe sind länger als die Hinterläufe, und sie können sich nicht allzugut bergauf bewegen. Und wenn sie nicht von oben angreifen können, lassen sie es meist ganz sein.«

»Die lassen gar nichts sein«, warf der Zwerg sofort ein und sah Kelsey böse an. »Nicht, wenn sie die Pferde erst einmal gewittert haben.«

Da wandte sich der Elf um und faßte Geno fest ins Auge.

»Aber meistens sehen sie nur nach unten«, räumte der Zwerg rasch ein. Er war zwar wütend, aber falls es zu einem Kampf kam, so würde Kelsey sein bester Verbündeter sein, und daher konnte er in diesem Augenblick keinen offenen Streit mit ihm gebrauchen.

»Wollen wir hoffen, daß diese Nacht in den Crahgs unsere einzige bleibt«, sagte Geldion, und da konnte ihm selbst Geno nur beipflichten. »Kelsey hat gesagt, daß du den Haggis rufen wirst«, sagte er zu Mickey.

»Und das tu ich auch schon«, erklärte der Kobold. »Kaum war unser Lager fertig, da hab ich ein wenig Magie in den Hügel gesteckt. Nichts bringt einen Haggis so in Schwung wie der Lärm von frischer Magie. Sollte das Vieh sich irgendwo hier auf der Westseite herumtreiben, so werden wir es heute nacht oder morgen zu sehen bekommen.«

»Ich weiß immer noch nicht, warum wir das Ding überhaupt suchen«, grummelte Geno.

»Wenn Kinnemore der Haggis ist – …«, begann Kelsey.

»Kinnemore ist der Haggis«, berichtigte Diane ihn sofort. »Und der Anblick seines Sohnes wird ihn zähmen.«

Geno schien nicht überzeugt. Er hob einen ordentlichen Stein auf und nahm einen Happen, dann verzog er das Gesicht und warf den Stein wieder weg.

Auch Gary und Kelsey schienen nicht überzeugt, selbst Mickey nicht. Gary erinnerte sich an den merkwürdigen Schrei dieses Untieres, ein trommelfellzerreißendes Kreischen, das ihm bis ins Knochenmark gefahren war und ihm schlotternde Knie beschert hatte. Und Mickey erwähnte mehr als einmal, daß seine Gaukeleien auf jemanden wie den wilden haarigen Haggis keine Wirkung zeigten. Nur Geldion stellte sich neben Diane, und Gary, der immer noch mit dem Verlust seines Vaters zu kämpfen hatte, begriff, daß der Prinz sich einfach an jede Hoffnung klammern wollte.

Und so verbrachten sie einen Großteil dieser Nacht, gegen den Wind zusammengekauert, im Kreis um eine dunkle, kalte Feuerstelle herum. Nicht weit entfernt wieherten und tänzelten die Pferde nervös, wann immer das durchdringende Heulen eines Crahgwolfs die Stille der Nacht zerriß.

Aber meist war sie still und kalt und überließ Gary seinen Träumen.

Gary fühlte, wie ihn etwas im Gesicht berührte, und hob die schweren Lider. Diane war vor ihm und atmete ruhig. Sie schlief, und er hatte anscheinend auch geschlafen. Wieder berührte ihn etwas, und er war so zerschlagen, daß er ein paar Momente brauchte, um zu begreifen, daß es zu regnen begonnen hatte, leicht nur, aber mit dicken Tropfen.

Es war immer noch dunkel, obwohl sich der Himmel im Osten schon sichtlich aufgehellt hatte. Um das dösende Ehepaar herum war Bewegung. Gary sah Funken aufstieben, als Kelsey mit Eisen und Feuerstein ans Werk ging.

Diane erwachte, als die öligen Scheite Feuer fingen und die Flammen zischend gegen den Regen ankämpften. Sie gähnte und streckte sich.

»Wir glauben, daß es der Haggis ist«, flüsterte Mickey den beiden zu.

Sie kämpften sich auf die Beine, kaum daß ihnen bewußt wurde, wie ernst er geklungen hatte. Die Pferde standen aneinandergedrängt da, und obwohl das Licht bestenfalls dürftig zu nennen war, sah man doch dichten Schweiß auf ihrem Fell, vermischt mit den dicken Regentropfen. Das Paar aus der Wirklichen Welt konnte spüren, wie die Luft vor Spannung vibrierte; alles schien eine Aura zu haben, die man sogar schmecken konnte.

»Das ist der Haggis«, flüsterte Gary, und Diane glaubte ihm aufs Wort.

Auf dem Hügel war es viel zu still. Selbst die Pferde machten nicht ein Geräusch. Plötzlich warf Geno sich auf den Bauch und legte ein Ohr auf den Erdboden. Fast sofort kräuselte er verwirrt die Stirn.

»Was sagt er?« fragte Mickey.

Geno zuckte mit den Schultern.

»Mit wem spricht er da?« wollte Geldion wissen.

»Mit dem Erdboden«, erklärte der Kobold.

»Mit dem Erdboden?« fragten Geldion und Diane wie aus einem Mund.

»Zwerge können so was«, gab Mickey zurück.

»Seid ruhig!« flüsterte Kelsey barsch, und Geno unterstrich diesen Befehl, indem er den Gefährten ein Grasbüschel entgegenschleuderte. Wie es das Schicksal nun einmal wollte, wurde ausgerechnet Gary getroffen, der nicht ein Wort gesagt hatte.

Geno hob den Kopf und sah den Erdboden verwundert an, dann preßte er das andere Ohr fest ins feuchte Gras.

»Was sagt er?« fragte Mickey wieder.

»Ich hab keine Ahnung!« gab Geno entnervt zu. »Er brüllt mich an – ich hab ihn noch nie so aufgeregt erlebt –, aber ich kann kein einziges Wort verstehen!«

»Vielleicht liegt es am Regen«, sagte Kelsey. Geno starrte ihn nur wütend an.

Gary und Diane warfen sich plötzlich in entgegengesetzte Richtungen zur Seite, als irgend etwas sich wühlend zwischen ihnen hindurchpflügte, gleich unter dem Gras, und schnurstracks auf den bäuchlings daliegenden Zwerg zusauste – und auf das Feuer, das noch vor ihm flackerte.

»Geno!« rief Kelsey warnend.

Brennende Scheite und orangene Funkenspuren flogen hoch in die Nacht empor. Der Zwerg richtete sich auf und wandte neugierig den Kopf, dann schoß auch er in die Luft, als hätte er im Korb einer Schleuder gesessen, und wirbelte außer Sichtweite in den dunklen Himmel davon. Ein kleines Stück entfernt, auf der anderen Seite der Hügelspitze, gab es eine gewaltige Explosion, die die Erde erzittern ließ, und heraus kam eine buckelige, haarige Gestalt geplatzt.

»*Ee ya yip yip*!«

Diane spürte, wie ihre Knochen vibrierten, Prinz Geldion griff sich an den Bauch, als wollte sein Magen sich gleich umstülpen, und Gary Leger, der den Schrei des wilden haarigen Haggis schon früher einmal gehört hatte, preßte Fäuste und Kiefer entschlossen zusammen, um die Benommenheit und den Schrecken zu vertreiben.

Kelsey packte seinen Langbogen und eilte dem Wesen hinterdrein. Gary und Diane suchten hektisch nach den Waffen, und endlich raffte er den Speer vom Boden, und Diane schleppte seinen großen Schild herbei.

Dies ist der Augenblick des Helden! rief der stolze Speer in Garys Kopf.

»Da wär ich nie drauf gekommen«, flüsterte Gary spöttisch.

Sie konnten einen flüchtigen Blick auf das Wesen erhaschen, als es im Uhrzeigersinn um den ziemlich gleichmäßigen Hang des Hügels rannte. Es schien wenig mehr als ein großer Fellball von der Größe eines zusammengerollten Mannes zu sein, nur daß vorn das breiteste Maul klaffte, das Gary je gesehen hatte, praktisch über die halbe Kugel, mit Zähnen, die sich auch im Maul eines großen weißen Hais gut gemacht hätten. Und was am allerseltsamsten war, Arm und Bein waren links länger als rechts, so daß das Wesen, obwohl es den schrägen Hang entlang lief, vollkommen gerade aufgerichtet war!

»*Ee ya yip yip*!« heulte es, und vor Garys Augen erschienen schwarze Flecken. Hilfesuchend sah er Diane an, aber sie schwankte bereits, die Hände an die Ohren gepreßt.

Mit einem dumpfen Schlag und einem lauten Ächzen landete Geno und sprang sofort wieder auf die Beine, einen Hammer ziehend.

Kelsey eilte quer über die Hügelspitze, um den Haggis abzufangen, aber das Biest verschwand plötzlich so abrupt wie ein untertauchender Fisch.

Wieder rollte eine Wühlspur mitten über die Hügelspitze, als sich das Wesen ebenso schnell seinen Weg grub, wie es ihn zuvor gelaufen war. Der Elf warf sich zur Seite, aber Geno, der sich nach seinem überraschenden Flug erst einmal orientieren mußte, sah das Unheil gar nicht erst kommen. Wieder ging es hinauf mit ihm, und er verfluchte sein Pech. Er versuchte noch, seinen Hammer auf die dahinsausende Spitze der Wühlspur zu werfen, aber da überschlug er sich bereits in der Luft, und der Hammer schoß ganz woandershin.

Nämlich mitten zwischen den entsetzten Gesichtern von Gary und Diane hindurch.

Auf der anderen Seite des Hügels explodierte die Erde erneut, als der Haggis an die Oberfläche zurückkehrte, und nun war Prinz Geldion an der Reihe.

»Vater!« rief er und fühlte, wie ihm schwere Füße die Beine und die Brust hinauftrampelten. Mit einem Aufschrei versuchte er, sich nach hinten zu werfen, nur um zu begreifen, daß er längst flach auf dem Rücken lag, mehrere Fingerbreit tief in der weichen Erde sogar.

Und der Haggis war längst weg, rannte erneut wie ein Uhrzeiger um die Hügelspitze herum. »*Ee ya yip yip*!«

Mit einem dumpfen Schlag und einem lauten Ächzen landete Geno und sprang sofort wieder auf die Beine, einen weiteren Hammer ziehend.

Die armen Pferde bäumten sich auf und liefen donnernd auseinander, den Hang hinab. Im Grau der heraufziehenden Dämmerung konnte Gary seinen Hengst ausmachen, er galoppierte dem rasenden Ungeheuer direkt in den Weg.

Gary wollte das Pferd rufen, aber die Worte blieben ihm in der Kehle stecken, als der Haggis es mit so brutaler Geschwindigkeit abfing, daß man kaum sehen konnte, wie er vom Boden abhob. Aber man konnte hören, wie er dem Pferd in die Flanke krachte; es war ein widerwärtiges Klatschen.

Abrupt blieb der Hengst stehen, stand vollkommen still da, und der Haggis rannte weiter den geschwungenen Hügel entlang. Dann, zu aller Erstaunen und Entsetzen, brach Garys Hengst in zwei Teile auseinander.

Geno schleuderte einen Hammer und erzielte seinen ersten Treffer. Der Haggis wurde nicht einmal langsamer.

Voller Abscheu versuchte Kelsey erneut, dem Haggis den Weg abzuschneiden, aber er war wieder nicht schnell genug. Bevor er mit seinem Schwert auch nur einen Hieb anbringen konnte, war das Untier schon an ihm vorbei.

Geldion kämpfte sich auf die Ellenbogen und sah, wie das Wesen seine Umrundung vollendete und erneut auf ihn zugeschossen kam.

»Vater«, sagte er schwach, und dann ließ er sich klugerweise einfach in das prinzenförmige Loch in der Erde zurückfallen. Der Haggis rannte einfach über ihn hinweg und preßte ihm die Luft aus der Lunge, rammte ihn noch einmal ein Stück tiefer hinein.

Geno und Kelsey rannten wie wild, und Gary und Diane versuchten einfach nur, sich von dem verwirrenden Geschöpf nicht verrückt machen zu lassen.

»Ihr müßt euch auf seine Bewegungen einstellen!« kam ein Vorschlag von hoch oben. Gary sah hinauf. Etwa zwanzig Fuß hoch über dem Hügel hing Mickey in den ersten Strahlen der Morgensonne an seinem Regenschirm.

»Der einzige Ort, von dem aus man sich einen Kampf mit dem Haggis ansehen sollte«, sagte der Kobold entschuldigend.

Geno holte den rennenden Haggis ein. Er schleuderte einen weiteren Hammer, aber das Wesen machte in einem schier unmöglichen Winkel kehrt und tauchte unter die Erde.

»Steingeblubber«, grummelte der Zwerg resigniert, als sich die Erde unter ihm aufbäumte und es wieder einmal hoch in die Luft ging.

Kelsey schätzte rasch den Austrittspunkt des Haggis ab, und dann rannte er über den Hügel, so schnell er konnte. Seine Elfenklinge glühte im Morgenlicht.

»*Ee ya yip yip*!« kam der markerschütternde Schrei, als der Haggis Taktik und Richtung änderte und plötzlich oben auf dem Hügel aus dem Boden geschossen kam, genau auf Gary und Diane zu.

Garys einziger Gedanke war, seine Frau aus der Gefahrenzone zu schubsen – und ihr einziger, dasselbe mit ihm zu tun. Also krachten sie schwer ineinander, und da Gary viel mehr wog (erst recht mit Schild und Rüstung), war es Diane, die davongeschleudert wurde.

Gary, den Dianes Bewegung ebenso überrascht hatte wie sie die seine, wäre beinahe gestrauchelt. Aber er war geistesgegenwärtig genug, sich herumzudrehen.

Obacht! kam der Warnschrei des besselten Speeres.

Gary hob die Waffe und warf sich zur Seite. Die Spitze streifte den heranstürmenden Haggis nur.

»*Ee yaaaa*!« jaulte der, und zum ersten Mal machte er den Eindruck, etwas abbekommen zu haben.

Mit einem dumpfen Schlag und einem lauten Ächzen landete Geno und sprang sofort wieder auf die Beine, einen weiteren Hammer ziehend.

Der Haggis verschwand über den Rand der Hügelkuppe – und zur Überraschung aller, besonders des armen Gary, kam er sogleich wieder zurückgesaust, nur diesmal unterirdisch.

»Scheißkerl!« grollte Gary und pflanzte seine Füße weit auseinander, hob den großen Schild so hoch hinauf, wie er nur konnte, und dann rammte er das zugespitzte Unterteil ein paar Fingerbreit tief in den Boden.

»Oh-oh«, hörte er Mickey von oben murmeln.

Fest stemmte er sich mit der Schulter gegen den Schild und schielte um die Kante herum, nur um die Augen weit aufzureißen. Da kam er, der Haggis, kam aus dem Boden geplatzt und rannte – flog! – genau auf ihn zu.

Dann gab es einen blendenden Blitz – selbst der Haggis schien zu erschrecken.

»*Ee ya yip yip* …«

Wums!

Gary begriff, daß er flog; er fühlte die Bewegung und hörte das Pfeifen, mit dem die Luft durch die Sehschlitze seines großen Helms drang. Er begriff auch, daß seine Schulter wieder weh tat, und irgendwie hatte er das Gefühl, als beiße ihm etwas kräftig in den Arm und in die Seite.

Er beschrieb eine komplette Drehung, und der Helm wurde davongeschleudert. Grünes Gras erstrahlte im Morgenlicht. Wie hübsch es glänzte, so im leichten Regen.

Und dann kam es herangesaust, dieses hübsche Gras, und verschluckte ihn.

Spannkraft

Es regnete noch immer, und das Pitsch-Patsch auf seinem Gesicht brachte Gary wieder wirbelnd aus dem Reich der Träume zurück. Er bewegte sich mühsam und fühlte am ganzen Körper einen dumpfen Schmerz. Die Augenlider waren schwer.

Von irgendwoher, gar nicht allzu weit entfernt, vernahm er das Klirren eines Zwergenhammers.

Und mit jedem Klirren rollten ihm Wellen von Schmerz den linken Arm hinauf. Halb brüllend und halb nach Luft schnappend riß er die Augen auf und versuchte, sich wegzurollen. Eine starke Hand knallte ihm schwer auf die Brust und hielt ihn fest.

»Was machst du da?« wollte der plötzlich hellwache Gary wissen und drehte den Kopf genau in dem Moment nach links, als Geno mit seinem Hammer weit ausholte, um ihn erneut herunterkrachen zu lassen. Außerhalb von Garys Gesichtsfeld klirrte Metall, und die Schmerzwellen drehten ihm den Magen um und ließen die ganze Welt vor seinen Augen verschwimmen. Er wollte schreien, aber dafür hatte er gar nicht genug Luft zur Verfügung.

Und wieder hob der grimmig dreinschauende Zwerg den Hammer.

»Nein!« protestierte Gary.

Dann war Diane da. Sanft schob sie den Zwerg (dessen Hand ihn aber weiterhin am Wegdrehen hinderte) zur Seite und brachte ihr Gesicht dicht an Garys heran.

»Es muß sein«, versuchte sie zu erklären.

»Was? Was ... ist ...«, stammelte Gary, während er noch nach Luft schnappte.

»Wegen deinem Schild«, fuhr Diane fort. Sie zog Genos

Hand von seiner Brust, so daß er sich weit genug herumdrehen konnte, um alles zu sehen.

Ihm blieb die Luft weg, als er seinen Schild erblickte, den Schild des Cedric Donigarten, den mächtigsten Schild auf der ganzen Welt. Ein gutes Drittel davon war schlicht nicht mehr vorhanden, einfach weggerissen, und was noch übrig war, hatte sich um seinen Arm gewickelt wie die Aluminiumfolie, in die er die Überreste ihres Thanksgiving-Truthahns einzupacken pflegte. Erst jetzt merkte Gary, daß er, während seine verletzte Schulter vor Schmerzen pochte, in seinem Arm überhaupt kein Gefühl hatte.

Überhaupt keins.

Sein Panzerhandschuh war weg, und er starrte seine still daliegende linke Hand an. Sie kam ihm unwirklich vor, total unwirklich, leblos wie das Glied einer Schaufensterpuppe, nur daß sie so bleich war, daß sie schon blau wirkte.

»Wenn wir den Schild nicht bald abbekommen, wirst du den Arm verlieren«, sagte Kelsey ernst.

»Guter Schild«, bemerkte Geno und begutachtete das abgeflachte Ende seines ruinierten Meißels – das war der dritte in einer Viertelstunde.

Für einen langen Moment ließ Gary sich Kelseys ernste Worte durch den Kopf gehen. Dann legte er sich wieder flach auf den Rücken. »Mach ihn ab«, sagte er. »Mach ihn einfach irgendwie ab.«

Während Diane sich hinlegte, um ihrem Ehemann so nahe wie möglich zu sein, zuckte Geno mit den Schultern und holte erfreut – zu erfreut für Garys Geschmack – wieder aus.

Wieder und wieder knallte der Hammer herab, begleitet von Garys ansteigendem Grollen. Schließlich, nach fünf Minuten, die dem armen Mann wie fünf Tage vorkamen, grunzte der Zwerg triumphierend auf und warf den zerstörten Schild zur Seite. Aber damit war er bei weitem noch nicht fertig. Als nächstes ging es an die Armteile der Rüstung; brutal bog und zerrte er an ihnen; löste hier einen Gurt und schlug dort einmal fest mit Hammer und Meißel zu.

Dann war es vorbei, und Gary lag flach im Regen, mit geschlossenen Augen, und kämpfte gegen den langsam nachlassenden Schmerz an. Kelsey wickelte seinen Arm in etwas Matschiges ein, von dem Diane erklärte, es sei ein Heilumschlag. Gary nickte, obwohl er in diesem Moment kaum etwas richtig mitbekam.

Nur den Schmerz.

»So einen Schlag hab ich noch nie gesehen«, hörte er Geno murmeln.

»Ich hab euch doch gesagt, daß der Haggis ernst zu nehmen ist«, antwortete Mickey.

»Das war nicht der Haggis«, sagte Diane.

Wie auf ein Stichwort wandten sich alle Augen Geldion zu, der das Wesen schließlich von ganz nahe gesehen hatte. »Ich weiß nicht«, gab er hilflos zu. »Wenn dieses … Ding mein Vater ist, dann hat er mich jedenfalls nicht erkannt.«

»Das war nicht der Haggis«, sagte Diane erneut.

Gary hatte diesen Tonfall schon einmal gehört, und so wußte er, daß seine Frau noch einen Trumpf im Ärmel hatte. Er kämpfte sich auf seinen guten Ellenbogen und studierte ihr verschmitztes Gesicht.

Ihm fiel der letzte Moment ein, bevor er mit dem Untier zusammengestoßen war, dieser blendende Blitz …

»Du hast ihn fotografiert«, sagte er, und es klang wie ein Vorwurf.

Diane kicherte und zog den Polaroid-Schnappschuß aus der Gürteltasche, drückte ihn Kelsey in die Hand. Der Elf sagte nichts, aber seine Miene sprach Bände. Das Foto wanderte von Hand zu Hand, von Kelsey zu Geno zu Mickey.

»Kinnemore«, sagte der Kobold und händigte es Geldion aus. Dem Prinzen sackten fast die Beine weg, und er starrte das Bild lange, lange Zeit nur an.

Etwas später spürte Gary, wie es in seinem Arm zu prickeln begann, und er konnte auch die Finger wieder bewegen. Diane zeigte ihm das Bild und erklärte, was geschehen war.

Das Wesen war auf der Fotografie deutlich zu erkennen, ein buckeliges, haariges Ding, dessen linke Gliedmaßen fast doppelt so lang waren wie die rechten. Aber das Gesicht war anders, als Gary es gesehen hatte. Kein Haarball mit einem breiten, aufgerissenen Maul, sondern eindeutig das Gesicht eines Mannes, auch wenn sein Mund ebenfalls von Ohr zu Ohr reichte.

Auf dem Foto war auch Gary selbst zu sehen, wie er um den Schild herum zu dem fliegenden Ding spähte, den absolut größten Ausdruck von Entsetzen im Gesicht, den er je gesehen hatte. Wie eine Kanonenkugel war der Haggis in den Schild gekracht, erklärte Diane, und hatte das untere Ende glatt abgebissen, bevor Gary hoch in die Luft geflogen war.

Anscheinend hatte sich das Wesen bei dem Zusammenstoß aber verletzt. Denn obwohl es seine Chancen mit einem kampfunfähigen Gary und einem in den Boden gestampften Geldion wesentlich verbessert hatte, hatte es sich, anstatt sich nun den anderen zuzuwenden, unter wildem Wehklagen in den Crahg hineingewühlt.

»Wir haben alle Pferde wieder«, fuhr Diane fort und senkte die Stimme. »Bis auf deines.«

Gary verzog das Gesicht, er hatte die grausame Attacke noch immer vor Augen.

»Dann haben wir die Crahgs verlassen«, schloß Diane. Gary kämpfte sich höher hinauf, um sich zu orientieren. Die rollenden Hügel waren ein Stück entfernt, und dem Stand der Sonne nach zu schließen, die nur ein hellerer Flecken Grau in dem verhangenen Himmel war, mußte der größte Teil des Tages schon verstrichen sein.

»Wie geht's deinem Arm?« fragte Diane.

Gary bewegte den Ellenbogen und ballte ein paarmal die

Faust, dann nickte er. Seine Schulter war ziemlich hinüber – der ganze Körper tat ihm weh, als wäre er in einem Autowrack eingeklemmt gewesen –, aber es fühlte sich an, als ob er weitermachen könnte. Und angesichts des fotografischen Beweises der wahren Identität des Haggis mußte er auch weitermachen.

Er bedeutete Diane, ihm auf die Beine zu helfen.

»Und jetzt?« fragte er die anderen hoffnungsvoll.

Kelsey, Mickey, keiner von beiden hatte eine Antwort, und Geldions Blick war wahrhaft unterkühlt.

»Wir wissen jetzt, daß der König wirklich Haggis ist«, sagte Gary, um sie mit diesem schlichten Gedanken aus ihrer hilflosen Resignation zu locken.

»Solange deine Frau keine Hexe und ihr Zauber einfach nur Lug und Trug ist«, gab Geldion mißtrauisch zurück.

Gary grinste Diane süffisant an. »Manchmal schon«, antwortete er. »Aber die Bilder zeigen die Wahrheit.«

»Das nutzt uns aber viel«, warf Mickey ein.

»Wir können doch nicht einfach aufgeben«, sagte Gary.

»Vielleicht können wir die Bilder benutzen, um die Soldaten von Connacht zu überzeugen«, überlegte Diane. »Prinz Geldion könnte sie ihnen zeigen.«

Sowohl Kelsey als auch Geldion schüttelten die Köpfe, bevor sie noch ausgeredet hatte.

»Ich vertraue Gary Leger inzwischen wie einem Bruder«, erklärte Kelsey. »Und deshalb vertraue ich auch dir. Dennoch hege ich Zweifel, was deine Magie angeht. Ich habe dich und deinen Lichtzauber beobachtet …«

»Lichtzauber?« fragte Diane.

»Das Ding, zu dem du ›Kamra‹ sagst«, erklärte Mickey.

»Und trotzdem kann ich diesen Gemälden nicht recht trauen«, schloß Kelsey.

»Ich soll loyale und erfahrene Soldaten dazu bringen, sich von dem König abzuwenden, den sie schon ihre ganze Laufbahn lang kennen«, stimmte Geldion ihm zu. »Mit solch mageren Beweisen werde ich sie nie überzeugen können.«

Diane sah Gary an und breitete fassungslos die Arme aus, in jeder Hand eine der enthüllenden Fotografien. »Magere Beweise?« flüsterte sie.

»Du siehst die Sache mit den Augen eines Menschen aus unserer Welt«, erklärte Gary. »Wir wissen, was eine Fotografie ist und was auf ihre Authentizität hindeutet. Aber hier ist die ›Kamra‹ nur ein Zauber von vielen, und soweit ich weiß, sind die meisten dieser Zauber einfach bloß Illusionen, wie die Tricks eines Kobolds. Mickey bräuchte nur mit den Augen zu zwinkern, und schon hätten wir genau dieselben Polaroids noch einmal.«

Diane sah den Kobold an. Vor seinem Gesicht schwebte eine Pfeife in der Luft und begann trotz des Regens von selbst zu glimmen. Diane seufzte laut, und als sie wieder zu Gary sah, schien sie das Problem verstanden zu haben.

»Dann müssen wir eben zurück und uns den Haggis schnappen«, verkündete Gary, als ob das ein Kinderspiel wäre.

Von allen Seiten schallte ihm Protest entgegen, am lautesten von Geno (nicht gerade überraschend) und von Kelsey. Einen so vehementen Angriff hätte er von dem Elfen nie erwartet, und so starrte er ihn nur verwundert an – bis Kelsey das getötete Pferd erwähnte. Die Tylwyth Teg waren sehr fürsorglich, was ihre prächtigen Schlachtrosse anging, und Kelsey hatte bereits eines an die wilde Bestie verloren.

Aber Gary ließ sich nicht abbringen. »Wir müssen einfach zurück«, sagte er bestimmt. »Wir werden die Sache nie zu Ende bringen, wenn wir den echten König Kinnemore nicht fangen und damit Ceridwens Betrug aufdecken können.«

»Aber wir werden den Krieg auch nicht damit zu Ende bringen, daß wir tot in den Crahgs herumliegen«, hielt Geno dagegen.

Gary wollte antworten, schwieg dann aber lieber. Der Zwerg hatte recht – sie alle hatten recht. Sie waren dem Haggis begegnet und gerade noch davongekommen. Ohne Cedrics Schild hätte Gary wahrscheinlich das Schicksal seines Pferdes geteilt. Als er sich vorstellte, selbst in zwei Teilen auf dem feuchten Hügel zu liegen, lief ihm trotz seiner Entschlossenheit ein Schauer den Rücken hinab.

Aber sie mußten zurück – diese Tatsache schien unumstößlich. Sie mußten den Haggis fangen und Ceridwens Betrug aufdecken, oder das ganze Land war dem Untergang geweiht.

Gary wälzte dieses Dilemma hin und her, und schließlich schnipste er mit den Fingern. Alle sahen ihn an.

»Ich hab mal einen Film gesehen«, begann er, »oder vielleicht war's auch ein Zeichentrick.«

»Einen was?« fragte Mickey.

»Oder was?« fügte Kelsey hinzu.

Gary schüttelte abwinkend den Kopf. »Ist egal«, erklärte er. »Spielt keine Rolle. In dieser Show … äh, diesem Stück gab es ein Monster, das viel zu stark war, als daß irgendwas es aufhalten konnte, nicht einmal Titanstahl.«

»Was ist das?« fragte Mickey.

Gary hatte schon abwinkend den Kopf geschüttelt, bevor der Kobold die vorhersehbare Frage auch nur gestellt hatte. »Ist egal«, fuhr er fort. »Das Monster war viel zu stark, das ist der springende Punkt. Aber in diesem Fil … diesem Stück schnappten sie sich das Monster mit einer elastischen Blase.«

»Mit was für einer Blase?« fragte Mickey, obwohl Gary längst wieder abwinkte.

»Egal«, bellte er.

»Das könnte funktionieren«, stimmte Diane zu. »Aber wie sollen wir so was herstellen?«

Darüber hatte Gary bereits nachgedacht. »Wo steckt Gerbil?« fragte er.

»In Braemar«, gab Mickey zurück.

Sofort wandte Gary sich an Geno. »Meinst du, du könntest etwas bauen, wenn Gerbil dir den Entwurf dazu macht?« fragte er aufgeregt und hoffnungsvoll zugleich.

Geno schnaubte. »Ich kann alles bauen.«

»Dann auf nach Braemar!« verkündete Gary und machte einen großen Schritt auf die Pferde zu.

Niemand tat es ihm nach, sie sahen ihn allesamt nur skeptisch an.

»Vertraut mir«, setzte er diesen Blicken entgegen.

Mickey, Kelsey und Geno sahen einander an und dachten an die Ereignisse der letzten Wochen zurück. Von Ceridwens Insel hatte Garys Einfallsreichtum sie heruntergebracht. Geldions Truppen in dem verwunschenen Sumpf abzuhängen, hatte ihnen Garys Geistesblitz mit dem Verkleiden erlaubt. Den Sturz des Drachen Robert hatten Garys Ideen erst möglich gemacht.

Sie brachen ihr Lager ab und machten sich nach Braemar auf, Gary und Diane auf Kelseys Pferd, der Elf hinter Geldion auf dem Grauen und Mickey gegen den Nacken von Genos Pony gelehnt.

ACME School of Design

Diane machte große Augen und bekam den Mund nicht mehr zu. Nach ihrer Ankunft in Braemar war sie nicht einem, sondern gleich zwei außergewöhnlichen Charakteren vorgestellt worden. Wie erwartet war sie ihrem ersten Gnomen begegnet, und der drei Fuß große, spitzbäuchige Gerbil Schinkenklopfer hatte ihren Vorstellungen aufs wunderbarste entsprochen, bis hin zu seinem langen Bart, orange mit grauen Strähnen, und den leuchtend blauen Augen. Er redete so, wie es sich ihrer Meinung nach für einen gnomischen Erfinder gehörte, mit langen Pausen des Nachdenkens, auf die ein Schwall schneller Sätze folgte, die alle ineinander übergingen, so daß man sich erst einmal eine Weile zurücklehnen mußte, um sie auseinanderzupflücken. Gerbil war sichtlich erfreut, Gary und die ganze Gesellschaft wiederzusehen, und erzählte fröhlich drauflos, erzählte von dem Schuß am Paß des Pferdezähnigen Menschenfressers und von der Kanonenkugel, die den mächtigen Robert erschlagen und Gerbil den höchsten Respekt seitens seiner Kollegen gesichert hatte – erst nach seinem Tode, versteht sich.

Bald danach rief Gerbil einen Freund herbei, der die Gefährten ebenfalls begrüßen sollte, einen Freund, den sie so fern von seinem Zuhause in Dvergamal nie erwartet hätten. Und es war der Anblick von Tommy Ein-Däumling, dem Riesen, der Diane so entgeisterte. Obwohl er beinahe zwanzig Fuß maß und Hände hatte, in denen sich ihr Kopf gerade einmal so groß wie ein Baseball ausgenommen hätte, und Füße, unter die sie auch nicht gerade gerne geraten wäre, war sein Gesicht das eines Kindes, pausbäckig und ständig grinsend, und es paßte absolut zu seinem kindlichen Gemüt.

Es dauerte nicht lange, bis Diane an Tommy Gefallen fand – und umgekehrt.

Aber in Braemar war nicht viel Zeit für Fröhlichkeit, denn die Stadt bereitete sich auf den Krieg vor. Die meisten Bauern aus den umliegenden Höfen waren bereits hier, außerdem eine Horde Zwerge und sogar eine stattliche Anzahl Gnomen aus dem fernen Gondabuggan. Bis vor die Stadtgrenze waren Zelte aufgebaut, weit mehr als Häuser, und wohin man auch blickte, sah man die Spitzen alter Schwerter und behelfsmäßiger Speere tanzen und Heugabeln und gewaltige Äxte, denn die Bauernsoldaten marschierten in buntem Durcheinander auf und ab.

Die Freunde waren in Braemar wohlbekannt – und Prinz Geldion ebenso. Jedes Lächeln, das Gary oder Kelsey entgegenstrahlte, verwandelte sich unausweichlich in ein Stirnrunzeln, wenn der Prinz auftauchte, der Mann, der in den Augen der Stadtbevölkerung für mehr als nur ein paar Witwen und Waisen gesorgt hatte. Zwar wurde er nicht angegriffen, und niemand machte auch nur viel Aufhebens um die Tatsache, daß er seinen unrühmlichen Dolch sogar offen am Gürtel trug, aber das unterblieb nur wegen der Hochachtung, die seine Gefährten sich bereits redlich verdient hatten.

Kelsey bekam jedoch mit, wie unbehaglich die Stimmung war, und arrangierte schleunigst ein Treffen mit Lord Badenoch, dem ersten Mann von Braemar, einer der respektabelsten Persönlichkeiten des ganzen Nordens.

Die anderen hätten Kelsey und den Prinzen begleiten können, aber Gary, dem jede einzelne Minute wertvoll schien, wollte davon nichts hören. Er brauchte Genos und Gerbils Hilfe (und bat auch Mickey dazubleiben), dann fragte er nach Tinte und Pergament und einem Ort, an dem sie ungestört arbeiten konnten. Alles wurde ihnen ohne weitere Fragen zur Verfügung gestellt, und so wanderten sie zu einem abgelegenen, zerstörten Bauernhaus am Stadtrand hinauf. Es war dem letzten Drachenangriff zum Opfer gefallen, unmittelbar bevor Gary den Wurm nach Dvergamal gelockt und die Gnomenkanone ihn erledigt hatte. Noch immer roch es verbrannt dort drinnen, aber da das strohgedeckte Dach unter Roberts tödlichem Atem verdampft war, war es wenigstens einigermaßen hell.

Und so machten sie sich an die Arbeit. Gary erklärte Mickey seine Vorstellungen, und der Kobold schuf daraus kleine Illusionen auf einem behelfsmäßigen Tisch in der Mitte des Raumes. Sobald Gerbil begriffen hatte, worauf Gary hinauswollte, übernahm er das Gespräch mit Mickey und erledigte die Feinabstimmung des Grund-Designs, so daß ein arbeitsfähiges und herstellbares Gerät daraus werden konnte. Die ganze Zeit über kritzelte Geno grunzend und nickend auf dem Pergament herum, listete die Materialien und Werkzeuge auf, die er benötigen würde, und unterbrach Gerbil immer dann, wenn der aufgeregte Erfinder sich in immer ausführlichere und unwichtigere Einzelheiten verstieg. Draußen drückte Tommy sich herum, und oft beugte er sich über die Mauerreste, um zuzuschauen (und ihnen im ohnehin spärlichen Licht zu stehen!).

Sie wurden einige Male ziemlich nervös, und mehr als einmal stritten sie sich sogar, besonders Geno und Gerbil. Geno wollte eine schlichte Haggisfalle, etwas, das sich in wenigen Tagen herstellen ließ; Gerbils erste Geräte jedoch hätten ein Jahr Arbeit erfordert und eine Armee, um sie zu transportieren. Obwohl Gary von einigen der außergewöhnlichen Entwürfe wirklich hingerissen war, genoß der pragmatische Zwerg seine volle Unterstützung, und so wurde Gerbil immer wieder zur Eile getrieben.

Der Gnom ließ mehr als nur ein paar »Ohs« und »Puhs« vom Stapel und starrte die anderen auch schon einmal böse an, die Fäuste in die Hüften gestemmt und die Lippen schmal zusammengepreßt. Aber schließlich, nachdem die pragmatischen Freunde ein oder zwei seiner einfachsten Vorschläge akzeptiert hatten, konnte man sich doch noch auf einen Entwurf einigen. Als nächstes kam Genos Materialliste, und weg waren sie, in alle vier Ecken Braemars unterwegs, um die Sachen und eine Schmiede aufzutun.

Lord Badenoch war ein ruhiger Mann, ein würdevoller Führer mit Erfahrung und Gleichmut. Diese Eigenschaften wurden wahrlich auf die Probe gestellt, als Prinz Geldion sein Studierzimmer betrat!

»Er kommt nicht als Gefangener«, sagte Badenoch und

kniff die graublauen Augen grimmig zusammen. Der Lord war groß, beinahe so groß wie Gary Leger, mit breiten Schultern und perfekter Haltung. Sein dunkelbraunes Haar zeigte an den Schläfen Ansätze von Grau, aber er wirkte weder alt noch gebrechlich. Weit gefehlt, in vielen Dörfern wurde sogar gemunkelt, daß er, sollte Kinnemore gestürzt werden können, selbst zum König ausgerufen werden würde.

Diane sah in ihm einen eindrucksvollen, gutaussehenden Mann mit einer Mischung aus Vitalität und Erfahrung, die einem Führer gut anstand. Etwas Gefährliches war auch an ihm, und jetzt, da er seinem meistgehaßten Feind kaum zehn Fuß entfernt gegenüberstand, drängte es nach oben.

Geldion gelang es, sich die scharfe Erwiderung zu verbeißen, die ihm auf der Zunge lag. Auch Badenochs beeindrukkendem Starren begegnete er nicht, sondern blieb still abseits stehen und überließ Kelsey das Reden.

»Er ist nicht als Gefangener gekommen«, antwortete der Elf bestimmt, »sondern als Verbündeter. Wir haben neue Erkenntnisse über unseren Feind ...« Er sah zu Geldion, und der Prinz nickte. »Unseren gemeinsamen Feind, König Kinnemore von Connacht.«

»Wenn Kinnemore sich als unser Feind erwiesen hat, dann doch wohl durch die Handlungen seines Sohnes«, erinnerte Badenoch prompt. Der Lord sah ebenfalls zu Geldion. »Die Leute von Braemar und Drochit und die Erdgeborenen haben die Schlacht nicht vergessen, Prinz Geldion«, sagte er ernst. »Wenn heute mehr von Kervins Leuten in der Stadt gewesen wären, hättet Ihr mein Haus gar nicht lebend erreicht.«

»Geno Hammerwerfer unterstützt unseren Plan«, mischte Diane sich ein, obwohl sie wußte, daß ihr das nicht zustand. Badenoch sah sie überlegend an, und sie wurde rot und senkte den Blick.

»Dies ist Diane, die Gemahlin von Gary Leger«, sagte Kelsey. »Sie hat ihn begleitet, um uns in unserer Sache zu helfen.«

»Sie ist eine Kriegerin?« fragte Badenoch, und er ließ es nicht an Respekt fehlen, obwohl Diane sich trotz des feinen elfischen Kettenhemdes und ihrer (in einem Land, in dem die durchschnittliche Frau kaum einmal fünf Fuß erreichte) überragenden Größe nicht gerade wie eine Kriegerin benahm.

»Sie ist eine Denkerin«, berichtigte Kelsey den Lord.

»Es war ihr Zauber, der mir die Wahrheit über meinen Vater offenbart hat«, fügte Geldion hinzu.

»Eine Hexe?« fragte Badenoch.

»Eine Denkerin«, beharrte Kelsey. »Mit einer Portion Zauberkraft, zweifellos.« Er sah Diane an und lächelte, und die Frau, die sich mehr als nur ein wenig fehl am Platze fühlte, war wirklich froh über die Unterstützung.

Auf Kelseys ermunterndes Nicken zog sie die enthüllenden Fotografien aus der Tasche, das Bild des Haggiskönigs beim Bergfried Dilnamarra und das des Königshaggis oben auf dem Crahg.

Weder die Bilder noch die beständigen Beteuerungen von Kelsey und Diane, noch das diplomatische Verhalten des Prinzen konnten Lord Badenoch von ihrer Sicht der Dinge überzeugen. Selbst wenn er ihnen zugestimmt hätte, daß Kinnemore und der Haggis vertauscht worden waren, was er nicht tat, dann sah er immer noch nicht ein, was sie davon haben sollten, das königliche Ungeheuer zu jagen.

In den vergangenen Wochen jedoch hatten Kelsey und Gary Leger, Geno, Gerbil und Mickey sich seinen aufrichtigen Respekt verdient, und er vertraute ihnen. Es gab sogar einen Riesen, der trotz des Rufes seiner Rasse frei in Braemar herumlaufen durfte, schlicht und einfach deshalb, weil er als Freund dieser Gefährten bekannt war.

»Ich stimme mit eurer Einschätzung nicht überein«, verkündete Badenoch, nachdem er über all die Neuigkeiten und all die Beteuerungen und Bitten nachgedacht hatte. »Noch teile ich das Vertrauen, das ihr augenscheinlich in diesen

Mann setzt.« Vielleicht zum zwanzigsten Mal während dieses kurzen Gesprächs starrten Badenoch und Geldion einander drohend an.

Ihnen wäre nichts lieber gewesen, als ungestört zu sein, begriff Diane. Damit sie ihren Kampf zu Ende bringen und ihren Haß aufeinander jetzt und für alle Zeiten befriedigen konnten. Wenn Geldion wirklich überzeugt war (und Diane glaubte fest daran), dann standen der Lord und er nun auf derselben Seite; trotzdem blieb die große Abneigung zwischen den beiden bestehen.

»Und ich kann für euren verzweifelten Plan auch keinen meiner Männer erübrigen«, fügte Lord Badenoch hinzu, ohne den Prinzen aus den Augen zu lassen.

»Wir wollten Euch auch gar nicht darum bitten«, gab Kelsey zurück.

»Was wollt ihr dann?« Badenoch schien zum ersten Mal ein wenig verwirrt. »Warum seid ihr dann nach Braemar gekommen? Wozu habt ihr mir den Prinzen präsentiert?«

»Um Euch über unsere Pläne in Kenntnis zu setzen«, antwortete Kelsey. »Der Haggis, der vorgibt, Kinnemore zu sein, wird bald gen Osten marschieren, und so wird es gewiß zur Schlacht kommen.«

Badenoch zog eine Grimasse, aber mehr auch nicht. Diane hatte den Eindruck, daß er längst davon wußte; aber es von Kelsey bestätigt zu sehen, schien ihn trotzdem schmerzlich zu berühren.

»Und die Tylwyth Teg werden Euch nicht zur Seite stehen«, fuhr Kelsey fort, und nun war er es, der schmerzlich berührt schien.

»Ich habe von dem Waffenstillstand gehört«, antwortete Badenoch grimmig.

»Nicht jeder Tylwyth Teg kann sich mit ihm anfreunden.«

Badenoch nickte – soviel war schon allein aufgrund der Tatsache klar, daß Kelsey jetzt vor ihm stand.

»Ich wollte, daß Ihr Bescheid wißt«, fuhr Kelsey fort. »Über unsere Pläne und darüber, daß meine Gefährten und ich Euch in dieser dunklen Stunde nicht allein lassen werden.«

»Aber ihr werdet nicht hier sein, wenn die Schlacht beginnt«, vermutete Badenoch. »Ihr nicht mit Eurer feinen Klinge und auch der Speerträger nicht, dessen Erscheinen in Tir na n'Og einen so tiefen Eindruck auf die Soldaten von Connacht gemacht haben soll. Ist Braemar denn weniger wert als die Heimat der Elfen?«

Kelsey seufzte schwer. »Ich muß zu den Crahgs zurück«, erklärte er. »Und Gary Leger ebenfalls. Wenn wir recht haben, können wir diese Tragödie vielleicht verhindern.«

»Und wenn ihr nicht recht habt?«

»Dann werden wir zurückkommen«, sagte Diane bestimmt. »Um an Eurer Seite zu kämpfen.« Sie machte eine Pause und ließ ein trockenes Lächeln blitzen, dann deutete sie auf Geldion. »Auch der Prinz«, sagte sie. »Und mehr als nur ein paar königliche Soldaten werden auf unsere Seite wechseln, wenn sie ihn sehen.«

Geldion tat nichts, um diese Behauptung zu untermauern, und der stolze Badenoch tat nichts, um sie anzuerkennen. Aber davon ließ Diane sich nicht kleinkriegen, und sowohl Kelsey als auch Geldion waren im Innersten froh über ihre Worte.

Kelsey sah Geldion plötzlich an. Vielleicht war es für alle am besten, wenn der Prinz bei Badenoch blieb.

»Wir brauchen ihn, um den Haggis anzulocken«, bemerkte Diane, die seinen Blick richtig deutete.

Kelsey nickte. Ihm war ohnehin gerade aufgegangen, daß es vielleicht doch keine so gute Idee war, Geldion in Braemar zu lassen.

»Ihr werdet bekommen, was Ihr an Material benötigt, Kelsenellenelvial«, beschloß Lord Badenoch. »Das wenigstens bin ich Euch und Euren Gefährten schuldig. Und dir ebenfalls, Diane, Gemahlin des Gary Leger.« Der stolze Badenoch hielt inne und sah Diane aufmerksam an, und sie versteifte sich in der Gewißheit, gleich gescholten zu werden.

»Ich bete, daß du an einem schöneren Tag nach Braemar zurückkehren mögest«, schloß Badenoch. »Ganz Faerie steht tief in der Schuld deines Gemahls, und es wäre mir eine Ehre, euch in weniger schweren Zeiten begrüßen zu dürfen.« Er machte eine knappe Verbeugung, und Diane war sprachlos.

Bald danach verließen die drei Badenochs Quartier wieder, und da der Elf es für ratsam hielt, Geldion soweit wie möglich aus dem geschäftigen Treiben in Braemar herauszuhalten, machten sie sich zu dem einsamen Bauernhaus auf.

Später am Tag trafen Gary, Mickey und Tommy dort ein und berichteten, daß Geno die Schmiede und das meiste Material beisammenhatte und Gerbil mit den endgültigen Entwürfen fast fertig war.

Die folgenden zwei Nächte waren den müden Gefährten eine willkommene Gnadenfrist; sie konnten sich den Schmutz aus den Kleidern klopfen und ihren matten Gliedern die überaus nötige Erholung gönnen. Aber die Gnadenfrist war rein physischer Natur, denn keiner von ihnen konnte vergessen, was ihnen bevorstand – weder die schiere Wildheit des Haggis noch die Tatsache, daß gerade eine feindliche Armee auf sie zumarschiert kam.

Geno und Gerbil arbeiteten eine Nacht, einen Tag und auch noch die zweite Nacht hindurch. Gerbil vollendete die Entwürfe und erklärte die Einzelheiten, etwa wie der gehämmerte Draht zu einer Sprungfeder zu biegen war, und Geno, der sich den Titel des besten Schmieds der Welt wirklich verdient hatte, verstand alles auf Anhieb. Als die Dämmerung ihren dritten Tag in Braemar einläutete, gingen die beiden gedrungenen Gefährten zum Bauernhaus und verkündeten, daß die Haggisfalle fertig war.

»Dann laßt uns aufbrechen«, sagte Gary erfreut.

»Bloß ein Problem noch«, sagte Geno süffisant, und selbst Gerbil schien keine Ahnung zu haben.

»Wie sollen wir das Ding transportieren?« fragte der Zwerg. »Es wiegt beinahe vierhundert Pfund und ist zu sperrig, um es auf ein Pferd binden zu können.«

»O weh, guter Punkt«, stöhnte Gerbil, und die anderen stimmten mit ein.

»Könnte ein paar Kufen druntersetzen«, fuhr Geno fort. »Aber das kostet uns einen weiteren Tag – eher zwei, weil ich auch mal schlafen muß!«

Wieder stöhnten sie alle auf.

»Wir können uns keine zwei Tage mehr leisten«, sagte Mikkey.

Nur Gary lächelte, und einer nach dem anderen wandte sich ihm zu. »Tommy wird sie tragen«, erklärte er dann.

Einen Augenblick lang kamen Zweifel auf, die hauptsächlich von Geldion geäußert wurden, der sich immer noch nicht daran gewöhnt hatte, einen achtzehn Fuß großen Riesen in der Nähe zu haben. Aber die Gefährten hatten kaum eine andere Wahl, und selbst der stolze Kelsey mußte zugeben, daß es gar nicht so schlecht war, den kräftigen Tommy dabeizuhaben, wenn es dem wilden haarigen Haggis an den Kragen ging.

Zum Frühstück kehrten sie in die wiederaufgebaute Schänke zum Schlummernden Wicht ein – alle von ihnen, selbst Geldion, obwohl Tommy natürlich nicht hineinpaßte und sein Essen auf der Terrasse verzehren mußte. Dann holten sie die Haggisfalle, und während Garys Augen angesichts der greifbaren Gegenständlichkeit seiner Idee aufleuchteten, schauten Kelsey und Geldion eher zweifelnd drein. Sie wußten nicht, was sie von dem seltsamen Ding halten sollten.

Es handelte sich um einen würfelförmigen Metallrahmen aus dicken, zusammengeschmiedeten Stangen. Jeder Winkel war noch einmal mit Eisen verstärkt, und fünf Seiten des Würfels waren durch sich kreuzende Querstangen vergittert. Im Innern war ein zweites Gebilde zu sehen, ein Wirrwarr aus Drähten, Metallstangen und Sprungfedern – mehr Federn, als Diane je auf einem Haufen gesehen hatte! Eine mit Federn versehene Metallplatte an der Front, also am offenen Ende des Würfels, vollendete das Bild. Auf diesen Schnellverschluß war Geno besonders stolz, denn er hatte sich noch etwas mit ihm einfallen lassen.

Er nickte Gerbil zu, und der Gnom zog ein merkwürdiges Werkzeug hervor, eine Art Schraubenschlüssel, und stellte kurz etwas an dem Hebel an der Seite des Würfels ein. Dann trat er beiseite, und Geno ging hinüber und packte den Hebel. »Laßt den kleinen Fellball ruhig von unten kommen«, erklärte er und zog.

Der ganze Würfel ruckte kräftig, als die Verschlußplatte von den Federn tief in die Erde gerammt wurde.

»Rumms!« erklärte Gerbil glücklich und klatschte in die kleinen Hände.

Gary blies sich auf die Fingernägel und polierte sie an der Brust. Diane gönnte ihm seinen Stolz und sagte nichts – selbst die beiden Skeptiker Geldion und Kelsey konnten sich nun vorstellen, daß dieses Ding wirklich zu etwas nutze war.

Lord Badenoch war so großzügig, ihnen ein Paar edler Pferde zu überlassen und ein Pony noch dazu, denn Gerbil hatte beschlossen, sie zu begleiten, weil er mit eigenen Augen sehen wollte, ob seine Konstruktion den Anforderungen auch gerecht wurde. Tommy konnte ohne Probleme Schritt halten, trotz des unförmigen Kastens auf seiner Schulter und eines Sacks von Geno unterm Arm. Die Straße aus Braemar hinaus war frei, es war auch nichts von Kinnemores Armee zu sehen, und so kam die Truppe gut voran. Auch das Wetter war auf ihrer Seite, strahlend klar und mit einer angenehmen Brise, die von den Gipfeln Dvergamals herunterwehte.

Keiner von ihnen brauchte daran erinnert zu werden, daß das schöne Wetter auch Kinnemore zustatten kam, und so schauten sie, während sie Dvergamals Südausläufer umrundeten, immer wieder nach Westen zurück, ob schon eine verräterische Staubwolke zu sehen war.

Am zweiten Tag fiel Regen, der dritte aber schickte die Wolken wieder davon, und am Spätnachmittag kamen die Crahgs in Sicht. Gary, der einen braunen Hengst ritt, starrte die beeindruckenden Erhebungen lange an, und die Angst war ihm von den Augen abzulesen.

»Es wird schon klappen«, sagte Diane, die neben ihm auf ihrer Stute aus Tir na n'Og ritt. »Wir werden das Ding schnappen und beweisen, daß König Kinnemore wirklich der Haggis ist.«

»Und umgekehrt«, fügte Mickey hinzu, der es sich wie immer im Nacken von Garys Pferd gemütlich gemacht hatte.

»Die Falle wird funktionieren«, warf Geno ein, und Gerbil stimmte ihm eifrig nickend zu.

Natürlich widersprach Gary ihnen nicht, aber das änderte wenig daran, daß ihm ganz schön mulmig zumute war. Er sah von einem Gefährten zum anderen, und schließlich blieb sein Blick an Diane hängen.

»Es wird schon klappen«, flüsterte sie nachdrücklich.

»Warum komm ich mir dann ständig wie der Kojote vor?« fragte er und trieb sein Pferd in einen Zockeltrab, um Kelsey und Geldion einzuholen.

Raserei

Sie erklommen den gleichen Hügel, auf dem sie dem Haggis zuvor begegnet waren. Erneut setzten ihnen glücklicherweise weder Crahgwölfe noch andere Ungeheuer nach.

»Ist noch nicht so lange her, daß der Drache hier hin und her geflogen ist«, versuchte Mickey die ungewöhnliche Ruhe in dieser gefährlichen Gegend zu erklären. »Wahrscheinlich hat er die Wölfe allesamt nach Osten verscheucht, tief in die Crahgs hinein.«

Der Gedanke tat wohl – ein wenig. Keiner der anderen, ganz bestimmt nicht Kelsey, Geldion oder Geno, hatte Angst vor Crahgwölfen oder was ihnen die Crahgs sonst schicken mochten, mit der Ausnahme des Ungeheuers, das zu fangen sie ausgezogen waren.

Die Sonne war fast untergegangen, als sie ihr Lager aufschlugen. Diesmal band Kelsey die Pferde etwas dichter bei ihnen an, während Geno mit Tommys Hilfe die Hügelspitze abzusichern begann. Der Riese trug den großen Sack, und alle paar Schritte holte er eine Metallplatte von vielleicht drei Fuß Kantenlänge hervor. Genos Anweisungen folgend, rammte er die Platten in die weiche Erde, und der Zwerg hämmerte sie dann vollends hinein.

»Laßt den kleinen haarigen Käfer nur ruhig Maulwurf spielen«, sagte Geno gehässig und ließ seinen Hammer auf die nächste Platte krachen.

Aus Zwielicht wurde Finsternis, und in der Ferne begannen die Crahgwölfe zu heulen. Alle waren nervös, niemand dachte auch nur an eine Mütze voll Schlaf. Immer wieder sahen Kelsey und Geldion zu Mickey, und ihre wachsende Ungeduld stand ihnen nur zu deutlich ins Gesicht geschrieben.

Mickey marschierte auf der Hügelspitze umher und murmelte Zaubersprüche vor sich hin, sandte seine Magie tief ins Erdreich hinab, damit der wilde haarige Haggis sie laut und deutlich hören konnte. Natürlich war der Kobold nicht gerade begeistert bei der Sache, aber er sah das pragmatisch. Je früher sie auf den Haggis stießen, desto früher konnten sie die Crahgs auch wieder verlassen.

Der Mond stand voll und hoch über ihnen, das Wolfsgeheul

hatte sich verzehnfacht und war näher gerückt. Manchmal schien es, als ob sich die seltsam aussehenden Tiere rund um den Fuß des Hügels versammelt hätten.

»Kämpfen wir nun mit dem Haggis oder mit all seinen Lakaien?« fragte Geldion nach einem besonders lautstarken Geheul nervös.

»Laßt die blöden Hundchen nur kommen«, gab Geno barsch zurück, aber sein Tonfall verriet, wie angespannt er war. Er pirschte zum Rand des Hügels und heulte, und als ein Wolf ihm antwortete, irgendwo in der dichten Dunkelheit dort unten, warf er einen Hammer, sandte ihn wirbelnd in die Nacht hinaus. »Blöde Hunde«, murmelte er und kehrte wieder in die Mitte des Lagers zurück.

Geldion, der schon tausend rachsüchtige Crahgwölfe den Hang heraufstürmen sah, stampfte zornig mit dem Fuß auf.

»Ruhig Blut«, sagte Mickey zu ihm und allen anderen. »Die werden nicht hier raufkommen, nicht wenn der Haggis in der Nähe ist. Wir sind ihnen zu stark, und sie wissen, daß sie noch genug Aas abkriegen, wenn ihr wilder Meister mit uns fertig ist.«

»Schön gesagt«, knurrte Geno spöttisch.

»Ich meine, das denken sie natürlich bloß!« berichtigte Mickey sich. »Woher sollen sie auch wissen, daß wir eine Falle …«

»*Ea ya yip yip yip*!« Der Schrei erstickte Mickeys Ausführungen und entlockte Gerbil ein Kreischen, und der Gnom warf sich der Länge nach auf den Boden.

»Was war das? Was war das?« piepste er unter dem Ellenbogen hervor.

»*Ee ya yip yip yip*!« erklang der Schrei von neuem; die Pferde wieherten und drängten sich aneinander; Geno hüpfte im Kreis herum, einen Hammer in jeder Hand; und Tommy, der arme Tommy, zitterte so schrecklich, daß er aussah wie ein Weidenbaum im Auge eines Wirbelsturms.

»*Ee ya yip yip yip*!«

»Wo steckt er?« rief Kelsey und rannte hin und her. Der Haggis mußte ganz nah sein. Sein Schrei hallte von jedem Hügel wider, einhundertmal zurückgeworfen erfüllte er die Luft um sie herum.

Gerbil kam auf die Knie. »Unbestreitbar unglaublich«, verkündete er.

»Was?« wollte Gary wissen.

»Dieser Schrei!« sagte der Gnom erfreut und schien überhaupt keine Angst mehr zu haben. »Dieser Schrei! Oh, wie vollkommen!«

»Boh?« sagte Tommy, und Gary und Diane konnten ihm nur aus tiefstem Herzen zustimmen.

»*Ee ya yip yip yip*!« heulte es erneut.

Gerbil hüpfte auf und ab und klatschte dabei in die plumpen Gnomenhände. »Ich muß ihn irgendwie nachmachen!« quietschte er. »Ja, und ihn dann auf Flaschen ziehen.« Er sah in die verblüfften Gesichter von Gary und Diane. »Dieser Krach wird sämtliche Nagetiere von Gondabuggan fernhalten. Oh, mein Name wird in die Baute-eine-bessere-Mausefalle-Annalen eingehen!«

»Die Baute-eine-bess …«, stammelte Diane.

»Frag nicht«, warnte Gary sie, denn sie hatten schließlich keine Zeit für eine von Gerbils gnomischen Abhandlungen.

»*Ee ya yip yip yip*!«

»Da steckt die Zecke!« brüllte Geno und zeigte mit einem Hammer auf das südliche Ende der Hügelspitze. Er knurrte und warf, und dann stampfte er frustriert mit dem Fuß auf, weil der Haggis unter das Gras tauchte und der Hammer harmlos abprallte.

Quer über den Hügel wühlte sich das Untier, rasend schnell, genau in eine der vergrabenen Metallplatten hinein.

Der ganze Hügel erbebte, als ob eine Bombe eingeschlagen hätte, und dann lag alles still.

Geno hüpfte auf und ab und schüttelte siegesgewiß die Faust.

Aber dann wurde der Boden weiter aufgewühlt, auf der anderen Seite der Platte!

»Boh?« machte Geno und hörte sich sehr nach Tommy an. Und plötzlich flog er wieder durch die Luft und fluchte wild bei jedem Überschlag.

Gerbil eilte zur Falle, Tommy ebenfalls. Der Riese mühte sich, den Käfig auszurichten, und der Gnom hielt seinen Schraubenschlüssel bereit.

Aber der Haggis beschrieb plötzlich eine Kurve und sauste auf Kelsey und Geldion zu. Er kam aus dem Boden geplatzt und sprang, flog mitten zwischen die beiden.

Kelsey wirbelte zur Seite, das Schwert in der Hand, und knurrte auf, als er zu einem gewaltigen Hieb ausholte.

Er hatte den Arm kaum nach vorn bewegt, da fing Geldion ihn ab, warf sich mit seinem ganzen Gewicht gegen ihn, und der Elf ging zu Boden.

»Vater!« rief der Prinz dem Untier nach.

Der Haggis landete und verschwand so schnell, als ob er in einen dunklen Tümpel gesprungen wäre. Unglaublich schnell mußte er wieder kehrtgemacht haben, denn er kam direkt unter Geldions Absätzen wieder herauf und schickte ihn in eine Rolle vorwärts.

Geno krachte auf den Boden und war dem Haggis schon wieder im Weg. Er riß die Augen auf und brüllte und warf sich zur Seite, aber als das Ding vorbeisauste, streckte er rasch eine Hand aus.

»Hab dich!« rief er, als er den Haggis am Bein erwischte. Aber sein Triumphgefühl schlug in Entsetzen um, als er hinter dem wilden Ding herpurzelte, denn sein »Gefangener« dachte nicht einmal daran, auch nur langsamer zu werden.

»Boh, hey!« schrie Tommy und riß die Arme nach vorn, als der Haggis sich in die Luft erhob. Das nächste, was der Riese mitbekam, war, daß er flach im Gras lag, mit gewaltig schmerzender Brust, und sich die schönen Sterne und den Mond anschaute.

Der Haggis war in hohem Bogen vom ihm abgeprallt, und als es nun wieder abwärts ging, tauchte er sogleich unter die Erde, Geno im Schlepptau. Der Haggis war zwar größer als Geno, aber auch geschmeidiger und im Tunnelschwimmen natürlich viel geübter.

Mit einem Grunzen blieb der Zwerg stecken, den Mund voller Erde, und nur seine Beine schauten noch aus dem Boden.

Der Haggis wühlte sich zum Rand der Hügelspitze und krachte erneut in eine der versenkten Platten hinein. Der Hügel erbebte so gewaltig, daß Diane sich auf dem Hosenboden wiederfand.

Die enorme Wucht hatte den Hang aufgerissen, und da saß er nun, der Haggis, plötzlich im Freien, eine zerbissene, verbogene Metallplatte in der Hand, saß ganz ruhig da und wirkte benommen.

Er schüttelte den Zottelkopf, daß die riesigen Lippen nur so schlackerten, und dann ließ er einen seiner markerschütternden Schreie vom Stapel und verschwand in der Nacht.

»Da, er haut ab!« rief Gary, der die Begegnung für beendet hielt.

»Und hier kommt er wieder«, berichtigte Mickey ihn, der hoch über dem Lager an seinem Regenschirm hing. »Genau auf die Pferde zu.«

»Tommy!« rief Gary und packte die schwere Falle, versuchte, sie auf das näherkommende Ungetüm auszurichten. Aber Tommy konnte ihm nicht helfen, er starrte immer noch zum Sternenhimmel hinauf. Kelsey kam herbei, Geldion ebenfalls, und zu dritt schafften sie es, die Falle über das Gras zu schleifen.

Den Hügel herauf kam der Haggis, tauchte erneut unter das Gras und raste stracks auf eine der versenkten Platten zu.

»Macht euch bereit!« warnte Mickey, aber die Wühlspur blieb direkt vor der Platte stehen, und der Haggis platzte hervor und sprang leichtfüßig über die hinterhältige Barriere hinweg.

»*Haaaa, hahahahaha*!« spottete er und sah sich wild um. Als er die Pferde erblickte, kam ihm eine lange Zunge aus dem Maul gerollt, bis auf den Boden hinab, und er leckte sich die Lippen. Dann erblickte er den halbbegrabenen Geno, der wie eine Flunder zappelte, und schaute noch gieriger drein.

»*Ee ya yip yip yip*!« kreischte er und verschwand unter der Erde, hielt genau auf den Zwerg zu.

Diane war als erste dort, dann kam Gerbil, und jeder klemmte sich einen von Genos gewaltigen Stiefeln unter den Arm und zog, was das Zeug hielt. Sie fielen hintenüber, und Diane brauchte einen Augenblick, um festzustellen, daß sie zwar den Stiefel in der Hand hielt, nicht aber den Zwerg.

Sie sah die Wühlspur heranrasen, und Geno wackelte immer noch hilflos mit den Zehen.

»Geno!« rief sie, und Gerbil und alle anderen stimmten ein. Das Schwert in der Hand, rannte Kelsey quer über den Hügel, und der entsetzte Geldion folgte ihm und rief seinem Vater alles zu, was das Untier vielleicht besänftigen mochte.

Der Haggis krachte hinein, und Geno ächzte und strampelte nicht länger mit den Beinen. Dann kam der Haggis aus der Erde geplatzt, immer noch vor dem Zwerg, mit ausgestreckter Zunge und angeekeltem Gesicht.

»*Buörks*!« grollte er und sah sich erneut wild nach einer Mahlzeit um.

Gary hörte gleich hinter sich etwas wiehern, und als er sich umdrehte, machte er überrascht einen Satz nach hinten. Wo die Falle gewesen war, stand plötzlich ein fettes Pony.

»Lock ihn rein, Junge«, wies Mickey ihn an.

Die Pony-Falle wieherte erneut.

Kelsey griff brüllend an, stieß sein Schwert nach unten.

Aber er erwischte nichts als Luft und Gras, denn der Haggis war schon wieder am Wühlen.

Wieder flog Geldion wirbelnd in die Luft empor, als der hungrige Haggis unter ihm durchsauste, auf den fettesten Happen von allen zu.

Gary sprang zur Seite und stieß gleichzeitig den Speer in den Boden, und als der Haggis dessen Macht spürte und sich an die erste Begegnung mit der grausamen Waffe erinnerte, tauchte er auf und sprang über den schief emporragenden Schaft hinweg.

»*Ee ya yip yip yip*!« schrie er triumphierend und schoß direkt auf den fetten Bauch des Ponys zu.

Genau in den federn- und drahtgefüllten Käfig hinein.

Wieder und wieder überschlug die schwere Falle sich und blieb erst ein Dutzend Fuß unterhalb der Hügelspitze stehen.

Das Triumphgeheul verwandelte sich in fassungsloses Gejammer, als Mickey herabgeschwebt kam und die Falle zuschnappen ließ.

Gary lief als erster den Hang hinab, dicht gefolgt von Geldion und Diane.

»Hab gar nicht gewußt, daß der Kojote hinter dem Tasmanischen Teufel her war.« Diane griff nach Garys Arm. Ihr Vergleich schien absolut angemessen, denn der Haggis fuhrwerkte herum wie ein Berserker; er schlug und biß und ruckte und zerrte und versuchte, durch das Drahtgewirr hindurch die dicken Käfigstangen zu packen. Seine Raserei ließ den Käfig sogar kurz auf einer Kante stehen, obwohl sich Gary und Geldion alle Mühe gaben, das Ding festzuhalten. Das Untier schien jeden Moment auszubrechen.

Mit einem Satz war Tommy heran, aber selbst seine großen, kräftigen Arme konnten den Käfig nicht an Ort und Stelle halten.

»Der ist nicht zu bremsen!« schrie Mickey.

»Sprecht Ihr mit ihm!« flehte Diane den Prinzen an.

Geldion bückte sich neben den Käfig. »Vater!« rief er wieder und wieder, anscheinend ohne jeden Effekt.

»Vater!«

Plötzlich hielt der Haggis inne und sah den Prinzen genauer an. Ein hoffnungsvolles Lächeln breitete sich auf Geldions Gesicht aus, und er beugte sich unbedacht weiter vor.

Der rechte Arm des Haggis schoß durch das Gitter, und die Klauen schlugen nur ein paar Fingerbreit vor seinem Gesicht zusammen.

»Nein, ich bin's, Geldion! Euer Sohn!«

Der Haggis zog den Arm zurück und schaute neugierig drein.

»Bloß ein Trick!« rief Mickey, aber zu spät. Denn Geldion wollte nicht aufgeben und beugte sich erneut vor, und diesmal ließ der Haggis seinen linken, längeren Arm nach vorn schießen und nahm ihn in den Schwitzkasten.

Als der Prinz dichter an den Käfig herangezogen wurde, fühlte er, wie sein Genick unter dem Druck knackte. Aber das war noch die geringste seiner Sorgen, nun, da das schnappende Maul des Monsters direkt vor seinem Gesicht war!

»Stop!« befahl Gary scharf und unterstrich seinen Befehl mit der scharfen Speerspitze, bohrte sie dem Haggis in den Unterarm.

Das Untier ließ von Geldion ab und tobte erneut wie ein Berserker in dem Käfig herum.

»Ich hab stop gesagt!« grollte Gary und stach nach ihm.

»Bring ihn nicht um!« schrie Diane im selben Moment, in dem der gequälte Prinz ausrief, Gary möge dem Vieh die Spitze doch mitten ins Herz rammen.

Gary konnte den herumspringenden Fellball kaum anvisieren. Plötzlich fuhr das Untier herum und packte den Schaft mit beiden Händen.

Seid stark, junger Sproß! rief der Speer in Garys Kopf, und es kam ihm so vor, als ob die Waffe plötzlich Angst hätte.

Gary versuchte gegenzuhalten, aber seine Schulter tat weh, als wollte sie jeden Moment wieder aus dem Gelenk springen, und das Ende des Schafts traf ihn mehr als nur einmal im Gesicht.

Magische Energie explodierte aus der Speerspitze, und der Haggis ließ benommen ab. Das gesamte Fell stand ihm zu Berge.

Gary setzte ihm den Speer fest auf die Brust. »Ich hab stop gesagt!« grollte er und stach noch ein wenig fester zu. Der Haggis saß vollkommen still da, und langsam zog Gary den Speer zurück.

»*Ee ya ... Ee ya*«, begann der Haggis leise zu singen (leise für einen wilden haarigen Haggis). Er schloß die wilden Augen und wiegte sich vor und zurück.

»Was macht er da?« fragte Gary und befreite den Speer aus den äußeren Drahtschlingen des Käfigs, indem er sie gleich mit herauszog.

»Kann sein, daß er ...«, begann Mickey und wurde von plötzlich wieder einsetzendem Wolfsgeheul unterbrochen.

»... die Wölfe ruft!« schloß er, nickte Tommy zu, und der Riese schnappte sich die schwere Falle. Sofort begann der Haggis wieder zu rasen, aber Gary stieß den Speer in den Käfig hinein, und die Zauberwaffe versetzte ihm einen zweiten betäubenden Schlag.

Oben auf dem Hügel fanden sie die anderen, und zu ihrer großen Erleichterung war auch Geno wieder auf den Beinen. Benommen stand er da und preßte sich den verletzten rechten Arm fest an die Seite. Gary hatte den robusten Zwerg noch nie so mitgenommen gesehen; dieser Eindruck verstärkte sich noch, als Geno auf seinen großen, bloßen Füßen unruhig vor und zurück zu wippen begann.

Als Geno das Untier erblickte, knurrte er mehrmals auf, aber er machte nicht einen Schritt darauf zu.

»*Ee ya*«, sang der Haggis sanft. »*Ee ya.*«

»Auf und davon«, sagte der Kobold zu Kelsey, und ein paar Augenblicke später waren sie das in der Tat. Geno und Gerbil gaben das Tempo an, während Kelsey und Geldion mit gezückten Waffen die Nachhut bildeten. Gary und Diane ritten jeder auf einer Seite des Riesen, und während Diane beruhigend mit Tommy plauderte, so gut es eben ging, stach Gary nach dem Haggis, wann immer er ihm zu wild wurde.

Und dann kamen die Wölfe, rannten zu Dutzenden neben den Gefährten her. Aber Crahgwölfe sind nicht schnell (solange es nicht bergab geht), auf jeden Fall nicht so schnell wie Ponies und Pferde oder ein überaus erschrockener Riese!

Einmal kam den Gefährten eine Meute entgegen, aber Geno bahnte sich mit seinen Hämmern einen Weg, und sofort waren Kelsey und Geldion neben ihm, der Prinz mit hackendem Schwert, der Elf mit schwirrendem Bogen.

Bald kam das Ende der Crahgs in Sicht, ohne daß irgend etwas zwischen den Gefährten und den offenen Ebenen zu sehen war, und so schien ihr Entkommen schon gesichert.

Diesen Eindruck schien auch der Haggis zu haben, denn er verfiel in eine Raserei, die schlimmer war als alles zuvor, so wild, daß Tommy bei dem Versuch, den wackelnden Käfig festzuhalten, fast umfiel. Gary stach ein paarmal auf den Haggis ein, und der Speer versetzte ihm einen Schlag nach dem anderen. Der Haggis jedoch wollte in seinem irren Bemühen nicht nachlassen.

»Tut doch etwas!« flehte Geldion.

»Ich habe einen guten Käfig entworfen!« beharrte Gerbil.

»Und ich habe einen guten Käfig gebaut!« fügte Geno hinzu, aber angesichts des mit unglaublicher Wildheit tobenden Haggis schien keiner der beiden sonderlich von sich überzeugt.

Diane ging ein Licht auf. »Er will die Crahgs nicht verlassen«, überlegte sie und glitt vom Pferd. Sie ging so nahe an den Käfig heran, wie sie es wagte.

»Da hat er gar keine andere Wahl«, sagte Kelsey kühl, und Diane machte einen Satz, als ihr ein Seil über die Schulter fiel. Sie sah zu Kelsey. Er hatte das andere Ende am Sattel festgeknüpft.

»Binde es am Käfig fest«, wies er sie an.

Geldion warf ein zweites Seil hinüber und bedeutete ihr, es an der anderen Seite zu befestigen. Wenig später machten sie sich erneut auf den Weg. Der Käfig hüpfte hinter den Zugpferden drein, und hinter ihm lief Tommy und versuchte, ihn so gut wie möglich gerade zu halten.

Passenderweise brach die Dämmerung genau dann herein, als sie die letzten beiden Crahgs passierten. Aber der hoffnungsfrohe Moment verging rasch, ging unter in dem schmerzerfülltesten, entsetzlichsten Schrei, den sie in ihren schlimmsten Träumen je gehört hatten, dem Kreischen von tausend Katzen in kochendem Wasser, von tausend Seelen, die auf ewig in der Hölle braten.

»*Eeeyaaaaaaaaa*!«

Ein Silberstreif am Horizont

Einige Meilen westlich von Braemar beobachtete Lord Badenoch von einer hohen Klippe aus, wie die Dämmerung hinter ihm ihre Lichtfinger spreizte und über die rollenden Felder hinweg nach Westen ausgriff. Unzählige Krähen und größere Aasfresser hüpften und huschten umher, von einem Leichnam zum anderen.

So viele Tote.

Einen Tag zuvor war es hier zur Schlacht gekommen; Badenochs Truppen hatten die Armee von Connacht genau hier erwartet, hinter Steinmauern oder in den vielen verstreuten Baumgrüppchen versteckt. König Kinnemores Absichten waren wohlbekannt gewesen; schließlich hatte nicht nur Kelseys Gesellschaft die Nachricht nach Braemar getragen, daß er als Eroberer gen Osten zog.

Und so waren Badenoch und die Bürgerwehr von Braemar zusammen mit einem kleinen Kontingent an Zwergen und Gnomen nach Westen marschiert, den Eroberern entgegen. Kervins Zwergenvolk und die gnomischen Erfinder hatten zwei Tage und Nächte hindurch geschuftet, um das Schlachtfeld zu präparieren, mit getarnten, tödlichen Fallgruben und Pfahlreihen, die rasch mit einer einzigen Kurbel aufgestellt werden konnten.

Sie waren dem Feind entgegenmarschiert, und so war die Überraschung auf ihrer Seite gewesen; denn Kinnemore hatte nicht damit gerechnet, daß sie so weit aus ihren geschützten Bergtälern herauskommen würden, um ihm auf freiem Feld zu begegnen, wo er mit seiner größeren Streitmacht einen so deutlichen Vorteil hatte. Kinnemores erste Reihen hatten noch nicht einmal begriffen, daß das merkwürdige Summen von all den vielen Bogensehnen herrührte, als der Pfeilregen sie auch schon dezimierte. Rasch breitete sich Panik aus, die überraschten Soldaten stoben in alle Richtungen auseinander. Als einige hinter einer Steinmauer Schutz suchten, fanden sie sich plötzlich einer Übermacht gegenüber, gleich auf der anderen Seite der Steine.

Aber die Soldaten von Connacht waren erfahrene Veteranen, und nach dem anfänglichen Schrecken hatten sie sich erneut zu ihrer Kampfordnung zusammengefügt und waren über das Schlachtfeld gejagt, wie Badenoch es die ganze Zeit erwartet hatte.

Aber etwas hatte der königlichen Armee gefehlt, fiel Badenoch auf – das Element der Disziplin, das ihr den Ruf als beste Armee im ganzen Land eingebracht hatte. Wie eine Horde wilder Tiere hatten die Männer angegriffen, wie eine Bullenherde, die Hörner gesenkt und drauflos.

Als er nun darüber nachdachte und sein Blick über all die Leichen hinwegstrich, begriff der Lord von Braemar, warum das so gewesen war. Der Armee von Connacht fehlte die zwingende Gegenwart Prinz Geldions, ihres seit Jahren unbestrittenen Befehlshabers im Feld. König Kinnemore hatte wohl mit allzu vielen Pflichten zu kämpfen (und nicht die geringste von ihnen bestand gegenüber Ceridwen!); seine Generäle hingegen, die jeder für sich versuchten, die Lücke auszufüllen, die Prinz Geldion hinterlassen hatte, und so die höchste Gunst des Königs zu erringen, waren in innere Zwistigkeiten verstrickt, hieß es. Badenoch hatte sogar Berichte gehört, nach denen im Feldlager von Connacht einige Generäle hingerichtet worden waren.

Und so hatte Geldions Gesinnungswechsel wenigstens etwas Gutes, dachte Badenoch. Noch immer wollte der Lord dem Prinzen nicht trauen, und ganz gewiß empfand er keine Freundschaft für ihn. Die früheren Begegnungen mit ihm, bevor er sich so unerwartet an Kelseys Seite in Braemar eingefunden hatte, waren allesamt unangenehm gewesen und zuletzt sogar von offener Feindschaft geprägt.

Badenoch sah nach links, zu der funkelnden Schlange eines kleinen Baches, der sich durch das dichte Gras wand. Dort war ein ganzer Haufen Soldaten auf einmal gestorben; ihre rechte Flanke war entsetzlich ungeschützt gewesen, als die Zwerge hinter einer Bodenwelle hervorgestürmt waren. Der Lord fragte sich, ob die Flanke absichtlich so ungeschützt gewesen war. Hatte einer von Kinnemores Generälen das Schlachtfest nur deshalb zugelassen, damit einer seiner Rivalen wie ein Dummkopf dastand?

Der Gedanke ließ Badenoch frösteln; die ganze Szene ließ ihn frösteln. Als jemand, der in den Schatten des wilden Dvergamal lebte, hatte der Lord von Braemar in vielen Schlachten gekämpft, und doch fand er keinen Gefallen am Krieg. Das Herz tat ihm weh, und mehr als nur ein paar Tränen rannen ihm aus den Augen, die schon viel zu viele Tote gesehen hatten. Tränen für die Männer, die am Tag zuvor gefallen waren, für die Handvoll Zwerge und Gnome, die nicht mehr in ihre ferne Heimat zurückkehren würden. Und Tränen für die Soldaten von Connacht, diese hilflosen, falsch unterrichteten Schachfiguren eines erbarmungslosen Königs. Badenoch verabscheute das Kämpfen, selbst wenn es sich nur um Selbstverteidigung gegen böse Goblins oder Bergtrolle handelte, selbst wenn es notwendig war.

Und daß Menschen gegen Menschen kämpften, hatte der Lord von Braemar noch nie für notwendig gehalten.

Mit diesen Gefühlen mußte er jedoch allein fertigwerden, denn seiner Streitmacht durfte er nicht zumuten, irgendeine Schwäche an ihm zu entdecken. Trotz des gestrigen Schlachtfests, bei dem auf hundert erschlagene Soldaten aus Connacht nur vierzig eigene Gefallene kamen, mochte Badenoch den Sieg kaum für sich beanspruchen. Die Fallen waren nun, wo das wichtige Element der Überraschung fehlte, unbrauchbar, und die Pfähle waren gespickt mit Leichen. Letzten Endes war Badenoch und nicht Kinnemore zum Rückzug gezwungen gewesen. Um ein neues Schlachtfeld im höheren Gelände – schon in den Ausläufern Dvergamals – zu erreichen, mit dem Kinnemore und seine Soldaten noch nicht vertraut waren, hatte die Streitmacht von Braemar auf mehrere Meilen Land verzichtet.

Ihr nächster Rückzug – und Badenoch war felsenfest davon überzeugt, daß ihnen ein weiterer bevorstand – würde sie den ganzen Weg nach Braemar zurückbringen, bis sie mit dem Rücken an der Wand der steil aufragenden Berge standen.

Und dann, wohin dann? Kervin von den Erdgeborenen hatte ihnen Zuflucht in den Bergen angeboten, eine Einladung, die der bedrängte Lord wohl würde annehmen müssen. Aber diese Zuflucht würde seinen Leuten Heim und Lebensweise kosten, würde sie von ihresgleichen in der Grafschaft Dilnamarra und sogar in Connacht trennen, würde aus Bauern Jäger machen. Und welchen Frieden mochte Dvergamal den geschundenen Menschen von Braemar denn bieten? Kinnemore würde ihnen Stoßtruppen nachsenden, und sobald Ceridwen von ihrer Insel herunter war, würde sie ihnen den Rest geben.

Badenoch sah weit nach Süden, zum entfernten Ende des zerklüfteten Dvergamal. Hinter dieser Biegung, weit im Osten, lagen die geheimnisvollen Crahgs. Irgendwo hinter dieser Biegung jagten Kelsey, Geldion und Gary Leger einer Lösung dieses ungewollten, scheußlichen Konflikts nach.

Kopfschüttelnd reckte Badenoch sich im Sattel und biß die Zähne zusammen, nun liefen ihm keine Tränen mehr die Wangen hinab. Der Lord von Braemar durfte nicht auf eine leichte Lösung hoffen. Er hatte auf der Grundlage dessen zu handeln, was anstand; er hatte sich auf die heutige Schlacht vorzubereiten, auf die morgige.

Sie würden Kinnemore erneut angreifen und sich nach Braemar zurückziehen, und dann – das mußte Badenoch wenigstens sich selbst eingestehen –, dann würden sie Kervins Einladung annehmen und in die Berge fliehen, um ihre Lebensweise den neuen, harten Bedingungen von Ceridwens drohender Herrschaft anzupassen.

Lieber das, als in Braemar zu bleiben und allesamt zu sterben. Lieber das, als Ceridwens mordlustiger Marionette Treue und Gehorsam zu schwören.

Der wilde haarige Haggis schrie und heulte und trat und biß auf das Drahtgewirr ein, bis er aus Dutzenden von Wunden an Gliedern und Maul blutete. Garys Gestocher mit dem Speer trug nichts zu seiner Beruhigung bei, und Geldions Versuche, ihn mit Worten zu besänftigen, ließen ihn nur in noch größere Tiraden ausbrechen.

Gerbil und Geno hüpften um den Käfig herum, inspizierten die Nahtstellen und schüttelten immer wieder die Köpfe, dicke Sorgenfalten auf den Stirnen.

»Er hat Schmerzen«, sagte Diane. Sie sah zu den Crahgs zurück. Die Qualen hatten genau in dem Moment eingesetzt, als sie die hügelige Gegend verlassen hatten. Diane vergegenwärtigte sich, was Gary ihr von seiner Gefangenschaft auf Ceridwens Insel erzählt hatte. Um die Freunde festzusetzen, hatte die Hexe einen Bann über sie verhängt, hatte den See für sie zu Säure werden lassen. Diane fragte sich, ob ein ähnlicher Zauberbann womöglich die Qualen des Haggis verursachte, und Mickey bestätigte diesen Verdacht schon im nächsten Moment.

»Noch ein Beweis, daß Ceridwen die Finger im Spiel hat«, sagte er zu Kelsey. »Wenn die Hexe Kinnemore an die Stelle des Haggis gesetzt hat, dann wird sie auch dafür gesorgt haben, daß er in den Crahgs bleibt.«

Auch Kelsey sah mit ernster Miene zu den rollenden Hügeln zurück. Er erinnerte sich ebenfalls an seine Gefangenschaft auf Ynis Gwydrin und den Bann, den die Hexe über sie gelegt hatte. Diesen Zauberbann zu brechen, hätte sie das Leben gekostet. Was nutzte es ihm und den guten Völkern Faeries, wenn König Kinnemore jetzt starb? Er sah wieder zu dem Käfig, in dem der Haggis seine wilde Raserei fortsetzte.

Zu diesem Zeitpunkt war die Sonne völlig aufgegangen, und dieser Umstand schien dem Haggis ebensowenig zu gefallen, wie aus den Crahgs herauszusein.

»Bring ihn um«, sagte Geno zu Gary und deutete auf den Speer. »Bring ihn einfach um, und dann ist's gut!«

Ja, tut das, junger Sproß, stimmte der beseelte Speer zu.

Gary holte tief Luft. Er befürchtete, es wirklich tun zu müssen. Falls der Haggis sich aus dem Käfig befreien konnte (und es sah mit jeder verstreichenden Sekunde mehr danach aus), würde er wahrscheinlich die Hälfte von ihnen umbringen, bevor er in seine hügelige Heimat zurücksauste. Aber die Vorstellung, dieses eingesperrte, hilflose Wesen aufzuspießen, widerte den jungen Mann an. Alles deutete darauf hin, daß dies Faeries rechtmäßiger König war und kein Monster. Schlimmer noch, dies war Garys größte Hoffnung auf Frieden; der Tod des echten Kinnemore würde dem Land mehr Schaden als Nutzen bringen.

Gary knurrte und schob den Speer in den Käfig.

»Nein!« rief Diane, doch als sie eingreifen wollte, packte Geno sie um die Taille und hielt sie mit Leichtigkeit zurück. Geldion eilte ebenfalls auf Gary zu, aber der kräftige Zwerg hatte noch einen Arm frei.

Der Haggis strampelte und trat aus, um dem Speer zu entgehen, aber schließlich hatte Gary ihn. Die mächtige Spitze des Speeres drückte dem Haggis fest auf den Bauch.

Verpaß ihm einen Schlag, wie du es bei den Männern in der Scheune getan hast, sagte Gary zu dem Speer.

Stoßt mich hinein, gab der Speer zurück. *Macht der Bestie den Garaus!*

»Verpaß ihm einen Schlag!« knurrte Gary und klatschte gegen den Schaft.

Die anschließende Entladung stieß den Haggis halb durch die Maschen. Gary setzte ihm mit der Speerspitze nach. Verwundert sah ihn der Haggis an; die Haare standen ihm zu Berge, und seine Finger und Zehen zuckten.

»*Ee ya yip yip …*«, begann er wieder mit seinem Geheul, und prompt entlud sich der Speer erneut.

Schlagartig wurde der Haggis still. Er winselte und zitterte, aber mit der Raserei war's vorerst vorbei.

»Ihr geht nicht in die Crahgs zurück«, sagte Gary ruhig zu ihm. »Ihr geht nach Hause, zurück nach Connacht.«

Der Haggis knurrte, aber das Knurren verwandelte sich rasch in ein Winseln, denn so lädiert, wie er war, zollte er der Speerspitze nun gehörigen Respekt.

Geno ließ Diane und den Prinzen wieder los, und Geldion trat an den Käfig und begann erneut, auf den Haggis einzureden. Ganz langsam zog Gary die Speerspitze zurück, nun da der Haggis wieder unter Kontrolle schien.

Er sah sich zu seinen Freunden um, zu Geno, und der Zwerg schüttelte zweifelnd den Kopf.

»Wenn das Ding noch einmal rumzuhüpfen beginnt, bringst du es um!« wies er Gary an. »Der Käfig kann nicht mehr allzuviel einstecken, und die Vorstellung, daß der Haggis frei zwischen uns rumläuft, begeistert mich kein bißchen!«

Gary sah zu Kelsey und Mickey, sie schienen derselben Meinung zu sein.

Geldions Schrei ließ sie allesamt zusammenzucken, ließ Gary den Speerschaft wieder fester packen. Aber der Prinz schrie nicht vor Schmerz, sondern vor Überraschung, und als er sich von dem Käfig zurückzog, sahen sie, warum.

Das Gesicht des Haggis schien weniger behaart zu sein. Ganze Haarbüschel fielen ihm aus, direkt vor ihren hoffnungsvollen Augen. Auch sein Blick war nicht länger so wild, so tierhaft.

»Kinnemore«, flüsterten Diane und Mickey zugleich.

Plötzlich verfiel das Wesen wieder in seine wilde Raserei und trat direkt neben Geldions Gesicht gegen den Käfig, daß der Prinz hintenüberpurzelte. Sofort war Gary heran und stieß den Speer durch die Maschen. Der Speer entlud sich einmal, zweimal, aber der Haggis ignorierte die Schläge, er wurde zu sehr von seiner Qual beherrscht. Immer wieder warf er sich wild gegen die eine Seite des Käfigs.

Tommy packte den Eisenwürfel, um ihn zusammenzuhalten, aber der Haggis stieß seine Klauen durch das Maschenwerk und kratzte nach ihm.

»Der hält nicht!« riefen Geno und Kelsey. Der Elf zog sein Schwert, Geno riß einen Hammer heraus, und Gary veränderte den Winkel des Speeres, bereit zum tödlichen Stoß.

Doch als die Spitze sich dem Untier näherte, beruhigte es sich unvermittelt wieder und sah weniger wütend als vielmehr verwirrt und verängstigt aus.

»Ruhig Blut, Junge«, sagte Mickey.

Dann begann der Haggis gewaltig zu zucken, und damit er sich nicht selbst aufspießte, zog Gary den Speer zurück. Die schiere Qual entlockte dem Haggis ein Kreischen, das ihnen das Blut in den Adern gefrieren ließ, und als er sich krampfartig schüttelte und verrenkte, sahen sie einander fassungslos an. Knochen knackten und krachten, als seine Arme sich veränderten. Der eine schrumpfte, der andere wuchs, bis beide die gleiche Länge hatten. Dann verwandelten seine Beine sich ebenso. Das breite Maul wurde schmaler, und auch die Gesichtszüge veränderten sich, sahen plötzlich eher menschlich als tierhaft aus. Und immer noch fiel ihm das Haar an Kopf und Körper in Büscheln aus.

Dann war es vorbei, und in dem Käfig, der eben noch den wilden haarigen Haggis gehalten hatte, saß ein nackter Mann von etwa fünfzig Jahren, einen verstörten Ausdruck im Gesicht. Das graue Haar stand ihm wild vom Kopf ab, sein Körper war von tiefen Kratzwunden bedeckt, besonders an Armen und Beinen, und das rasende Gebuddel hatte ihm erd- und blutverkrustete Finger eingebracht.

Prinz Geldion fiel auf die Knie und brachte kaum ein Wort hervor, Gerbil überschlug sich fast, als er, wild am Schlüsselbund fummelnd, zum Käfig eilte, um ihn aufzusperren, und Kelsey lief zu seinen Satteltaschen, um eine Decke zu holen.

Der Käfig war zu ramponiert, um die Tür einfach aufschließen und aufziehen zu können. Geno mußte etliche Minuten herumhämmern, bevor sie den verwirrten und ausgemergelten König daraus befreien konnten.

Dann stand Kinnemore zum ersten Mal seit vielen Jahren wieder aufrecht, die Augen groß vor Staunen, die Glieder zitternd. Er schlang die angebotene Decke um sich und sah wie ein schmutziger Tramp aus, der auf den nächsten Güterzug wartete. Gary und Diane schauten einander an, keiner von ihnen hatte mit einem so jämmerlichen Anblick gerechnet. Gut, der König von Faerie konnte stehen, aber konnte er auch sprechen?

»Wir werden beim nächsten Bauernhaus haltmachen«, überlegte Mickey hoffnungsvoll. »Und ein paar angemessenere Kleider für ihn suchen. Und dann bringen wir ihn sofort nach Braemar, zu einer Versammlung, die seit langem überfällig ist.«

Kinnemore sah den Kobold an und blinzelte, aber er sagte kein Wort.

Wenn der König kommt

Flammen von einem Dutzend Bränden leckten an den Wänden der Schänke zum Schlummernden Wicht. Männer und Frauen, selbst Kinder hetzten durch Braemar, Eimer in der Hand, und kämpften erbittert gegen den andauernden Hagel von Brandpfeilen. Das entnervende Klirren von Klingen erfüllte die Luft, als die Schlacht einen Paß westlich von Braemar erreichte, und der Wachposten auf einem Felsvorsprung an der Bergwand östlich von Braemar verkündete, daß Kinnemores Armee in Sichtweite sei, im Westen, im Süden und im Norden.

Lord Badenoch sah verzweifelt zu dem letzten offenen Weg, einem schmalen Paß, der ostwärts von Braemar wegführte, tief in die hochaufragenden Gipfel des mächtigen Dvergamal hinein. Seine Armee war von Kinnemores gewaltiger Streitmacht durch die Gebirgsausläufer in die Stadt zurückgeworfen worden. Selbst in dem höher liegenden Gelände hatten die bewaffneten Bürger und die Handvoll

Zwerge und Gnomen, die ihnen zur Seite standen, der überwältigenden Flut von Connachts Armee nicht standhalten können. Nur Minuten, nachdem die Schlacht begonnen hatte, waren sie auch schon gezwungen gewesen, die Reihen aufzulösen, und Badenoch hatte den Kampf zur Schlappe erklärt und seinen Männern befohlen, so schnell sie nur konnten, nach Braemar zurückzulaufen und ihre Familien und ihre Habseligkeiten zusammenzusuchen.

Badenoch wußte, daß die Stadt nicht zu halten war. Sie würden das Angebot von Kervin, dem Zwerg, annehmen müssen und nach Dvergamal gehen. Zumindest nahm der Lord von Braemar an, daß die meisten seiner Leute das tun würden. Er wollte sie in dieser Angelegenheit nicht zur Loyalität zwingen. Wer nach Dvergamal gehen wollte, war willkommen, und wer es vorzog, sich Connacht zu unterwerfen, würde dafür nicht verurteilt werden, jedenfalls nicht von ihm.

Doch schien diese Überlegung jetzt eine müßige geworden zu sein. Unerwarteterweise hatte König Kinnemore Badenochs sich zurückziehende Truppe weiter durch die Nacht gehetzt, und die Morgendämmerung hatte den vollen Sturm auf Braemar gebracht. Nun wußte der Lord, daß er ein starkes Kontingent von Kriegern zurücklassen mußte, um den Ostpaß zu sichern und Kinnemore auf Abstand zu halten. Heute würde Braemar viele Männer verlieren, und Badenoch war voller Gewißheit, daß auch er zu ihnen zählen würde. Und seine geliebte Stadt, sie würde Kinnemores Flammen anheimfallen. Tränen sammelten sich in seinen weisen Augen, als er über die eifrigen Scharen der Feuerbrigade schaute, der Leute, die mit Wassereimern um Heim und Herd kämpften.

Einen Kampf führten, den sie nicht gewinnen konnten.

»Sag ihnen, sie sollen es lassen«, sagte der Lord zu einem seiner Kommandanten. »Geh hin und sag ihnen, sie sollen ihre Kraft nicht länger darauf verschwenden, gegen die Flammen anzukämpfen. Wir müssen verschwinden, bevor es zu spät ist.«

»Es ist bereits zu spät«, erklang eine schroffe, aber nicht unfreundliche Stimme. Badenoch wandte sich um und erblickte Kervin und drei weitere Zwerge, die um die Ecke des Gebäudes hinter ihm kamen. Ihre Gesichter waren grimmiger als üblich.

»Kinnemore hat Männer auf dem Weg«, erklärte Kervin. »Er wußte, daß ihr zu fliehen versuchen würdet, und so hat er Reiter über die Pässe im Norden und Süden geschickt.«

»Wie viele?« fragt Badenoch.

»Genug, um uns in Schach zu halten, bis die Hauptstreitmacht uns eingeholt hat«, versicherte Kervin ihm.

»Woher willst du das wissen?« rief der Lord von Braemar anklagend, die Stimme voller Zorn. »Meine Späher haben nichts ...«

»Die Steine haben's ihm gesagt«, antwortete einer der anderen Zwerge, und Badenoch verstummte, denn nun wußte er, daß an Kervins Worten nicht zu rütteln war.

Es würde keinen Rückzug in die Berge geben. Kinnemore hatte sie umzingelt. Hilflos sah Badenoch sich um, schaute zu den Leuten, die die Flammen trotz der Proteste seines Kommandanten weiter bekämpften, und zu den Soldaten, die vom Westpaß herbeigerannt kamen; viele waren verwundet, und etliche trugen den unmißverständlichen Ausdruck des Besiegten im Gesicht. Wie weit mochte Kinnemores Armee wohl noch entfernt sein?

»Geschätzter Kervin«, sagte Badenoch, und seine Stimme war kaum mehr als ein Flüstern. »Was soll ich denn nun tun?«

»Steingeblubber«, murmelte Kervin und spuckte kräftig auf den Boden. »Ergebt Euch«, sagte er mit Nachdruck.

Überrascht riß Badenoch die Augen auf. Einen solchen Vorschlag hätte er aus dem Munde eines Erdgeborenen nie erwartet.

»Ich sehe kaum einen anderen Weg«, fuhr Kervin nachdrücklich fort. »Sie werden uns bald eingekesselt haben, und dann wird dieses Monstrum die ganze Stadt abschlachten lassen. Um eurer Kinder und der hilflosen Alten und Verwundeten willen, ergebt Euch König Kinnemore.«

Badenoch schwieg lange, wälzte den Ratschlag hin und her. Der Zwergenführer hatte völlig recht. »Und ihr Erdgeborenen?« fragte der Lord dann. »Ich glaube nicht, daß Kinnemore eure Unterwerfung annehmen würde, und selbst wenn, so sprichst du doch nur für eine Handvoll von euch.«

Kervin schnaubte, als wäre diese Vorstellung durch und durch absurd. »Meine Leute und ich werden euch beistehen – vorläufig. Aber ergeben werden wir uns nicht, kein einziger von uns. Entweder Kinnemore erlaubt uns – und den Gnomen ebenfalls –, in unsere Bergheimat zurückzukehren, oder wir werden ihn auf Schritt und Tritt bekämpfen.« Kervin kicherte und spuckte erneut aus. »Es braucht mehr als eine königliche Armee, um einen Zwerg aus Dvergamal zu halten!« sagte er nachdrücklich, und sein breites Grinsen brachte dem niedergeschlagenen Lord ein wenig Erleichterung.

Mit einem Nicken stimmte Badenoch seinem bärtigen Freund zu, aber sein eigenes Lächeln hielt nur die eine Sekunde, bis ihm die ernste Aufgabe wieder einfiel, die vor ihm lag. Kervins Sicht der Dinge war richtig, aber dieses Eingeständnis schmerzte Badenoch zutiefst. Wenn es stimmte, was die Steine dem Zwerg gesagt hatten, dann war der Krieg zu einem abrupten Ende gekommen. Das Volk von Braemar konnte sich ein Fortdauern der Schlacht nicht leisten, es konnte sich überhaupt keine Schlacht mehr leisten.

Er winkte seine Kommandanten herbei, die dem Gespräch allesamt aufmerksam gelauscht hatten. »Koordiniert die Brandbekämpfung«, erklärte Badenoch. »Vielleicht akzeptiert der König unsere Unterwerfung und gewährt uns, unsere Häuser zu behalten.«

In Wirklichkeit hatte er diesen Befehl nur gegeben, um seine Leute beschäftigt zu halten, damit sie ja nicht über die bevorstehende Niederlage nachdachten. Er glaubte nicht, daß Kinnemore allzu gnädig sein würde. Er selbst, der Connacht so lange ein Dorn im Auge gewesen war, würde gewiß abgesetzt werden – und zwar auf die gleiche Weise wie Baron Pwyll von Dilnamarra. Badenoch hoffte, daß er dem Tod mutig ins Gesicht sehen würde.

Der echte König Kinnemore war nicht so groß wie der falsche, aber er überragte Gary noch immer, und Gary war (mit Ausnahme Tommys, versteht sich) der größte von ihnen. Doppelt so alt wie er war der König, doch er hielt sich kerzengerade, und seine Augen blickten immer noch neugierig. Er hatte sich mit Kelseys scharfer Klinge rasiert, unter Aussparung des typischen Spitzbarts, und trotz der schlichten Kleider hatte Gary wahrhaftig den Eindruck, einen König vor sich zu haben.

Nachdem Diane Tommys Einladung, auf seiner Schulter zu reiten, angenommen hatte und somit ein Pferd für Kinnemore vorhanden war, kam die Truppe gut voran. Gerbil war ein wenig außer sich, daß er seinen Käfig zurücklassen mußte, aber Kinnemore versprach ihm, daß er jede Würdigung erhalten würde, die er verdiente, von seinem Gnomenvolk in Gondabuggan und von Connacht.

Der König war guter Dinge und überaus erleichtert, die Jahre der Qual nun hinter sich zu haben. Sein Körper schmerzte an hundert Stellen zugleich, von der Verwandlung und den Jahren, die er als wilde Bestie verbracht hatte, aber sein Verstand war so scharf wie immer, und die Entschlossenheit stand ihm ins Kraft ausstrahlende Gesicht geschrieben.

»Ich habe nie vergessen, wo ich wirklich hingehöre«, erklärte er ihnen allen. »Selbst in den Momenten, in denen die wilden Instinkte meiner äußeren Gestalt meinen Willen überwältigten, vergaß ich niemals, wer ich war.«

»Auch nicht, als Ihr Kelseys Pferd entzweigebissen habt?« mußte Geno fragen, nur um der Situation den charakteristisch mürrischen Zwergenstempel aufzudrücken.

Kinnemore nahm die Bemerkung mit einem resignierten Lächeln hin, und dann warf er Geldion einen schwermütigen Blick zu, in dem der Schmerz über all die verlorenen Jahre lag. »Und niemals habe ich meinen Sohn vergessen«, sagte er mit erstickter Stimme.

Geno, der noch immer kein Freund des Prinzen war, wollte eine weitere spöttische Bemerkung einwerfen. Aber bevor er den Mund aufmachte, sah er zu Kelsey, und der Elf, der seine Gefühle ein wenig teilte, wußte den Blick zu deuten und schüttelte rasch den Kopf. Und so ließ Geno davon ab, auch weil er begriff, daß sowohl Kinnemore als auch Geldion ihre ganz persönliche Hölle durchlebt hatten.

Kinnemore ritt neben Geldion und redete, redete. Als sie ihr Lager aufschlugen, lauschte der König Kelsey und Mikkey, die sich beide über die Herrschaft des falschen Königs ausließen, die Schreckensherrschaft, die dafür gesorgt hatte, daß in jeder Stadt Faeries, in jedem Dorf und auf jedem einzelnen Gehöft der Name Kinnemores mit Verachtung ausgesprochen wurde. Mickey erzählte von den unmöglichen Zehnten, die Connacht erhoben hatte, und von den Edikten, in denen Zauberei gleich welcher Art zu Teufelswerk erklärt worden war. Kelsey sprach davon, wie die Tylwyth Teg sich abgesondert hatten und in den zurückliegenden Jahren dazu gekommen waren, die meiste Zeit in den Grenzen Tir na n'Ogs zu bleiben, wo sie genug damit zu tun hatten, jeden fernzuhalten, der dort nicht hingehörte. Der wortkarge Geno erzählte ähnliches von den Erdgeborenen, allerdings ohne den Zusatz, daß die zunehmende Abtrennung von den Menschen etwas Schlechtes darstellte. Und Gerbil erklärte, daß die Gnomen von Gondabuggan das Königreich schon vor langer Zeit schlicht aufgegeben hatten.

König Kinnemore saß still da und hörte sich das alles sichtlich gequält an, dann wandte er sich Diane und Gary zu.

»Und was ist mit euch zweien?« fragte er. »Mit dem Speerträger und der Frau, die Ceridwens verschlungenstes Rätsel gelöst hat?«

Gary und Diane sahen einander achselzuckend an; sie hatten keine Ahnung, was sie zu dem Gespräch beisteuern könnten.

»Man hört nicht viel aus Bretaigne«, erklärte Mickey. »Der Junge und das Mädchen sind weit von zu Haus entfernt.«

Das akzeptierte Kinnemore bereitwillig genug. »Und ich bin froh, daß ihr so weit von zu Haus seid«, sagte der König. »Ganz Faerie schuldet euch seinen Dank.«

»Ganz Faerie außer Ceridwen«, bemerkte Gary.

»In der Tat«, stimmte der König zu. »Und wenn dies getan ist, sollt ihr anständig belohnt werden – und Ceridwen anständig bestraft.«

»Bringt die Dinge einfach nur wieder in Ordnung«, sagte Diane rasch und drückte damit genau das aus, was auch Gary empfand.

»So sei es«, sagte der König, und er war zufrieden.

Plötzlich schnippte Gary mit den Fingern, und alle wandten sich ihm zu. »Gebt doch ihm die Rüstung und den Speer!« sagte er aufgeregt und zeigte auf den König.

Junger Sproß! protestierte es in seinem Kopf.

Gary ignorierte die weinerliche Waffe. »Geno kann sie ihm anpassen«, fuhr er fort. »Laßt Kinnemore nur erst wie ein König aussehen – und schon steht die ganze Armee hinter ihm.«

Keiner der anderen schien von dem Vorschlag sonderlich angetan – besonders Geno nicht, den die Aussicht auf einen Versuch, dieses harte Metall umzuschmieden, gar nicht erfreute. Der Zwerg hatte schließlich schon den Feueratem eines Drachen gebraucht, um nur den Speer richten zu können. Kinnemore schüttelte die ganze Zeit zweifelnd den Kopf und hob wiederholt die Hand, um Gary davon abzuhalten, weiter in dieser Richtung nachzudenken.

»Der Speerträger bist du«, verkündete er. »Und du trägst Donigartens Rüstung. Und nach allem, was mir mein Sohn berichtet hat, hast du dir dieses Recht mehrfach verdient.«

Gary sah Geldion verstohlen an, überrascht darüber, daß der Mann ein Wort des Respekts für ihn übrig gehabt hatte.

»Der Speerträger bist du«, wiederholte der König bestimmt, »und wenn du auch einem fernen Königreich weit hinter den Cancarronbergen die Treue schuldest, so bitte ich dich doch, vorläufig in Faerie zu bleiben. An meiner Seite.«

Gary merkte, daß ihm die Hände zitterten.

»Als mein Favorit«, schloß Kinnemore.

Gary fiel fast in Ohnmacht. Wieder einmal hatte er das Gefühl, Teil einer weitaus größeren Sache zu sein, Teil von etwas Ewigem und Bedeutsamem. Er sah sich um und stellte fest, daß Kelsey, Geno und Gerbil feierlich nickten, und da begriff er, daß er viel dazu beitragen konnte, ihren Völkern zu helfen. Auch Prinz Geldion nickte, stellte sein eigenes Ego für das Wohl des zerschlagenen Königreiches hintenan. Ob er Gary nun im Zweikampf mochte besiegen können oder nicht, war unwichtig; Geldion hatte selbst gesehen, wie seine sonst so loyalen Soldaten im Namen von Sir Cedric zum Feind übergelaufen waren, und er selbst hatte seinem Vater vorgeschlagen, Gary zum Favoriten der Krone zu erklären.

Und dann sah Gary zu Tommy und Mickey und Diane, und alle strahlten ihn an – besonders Diane. Sie wußten, was für eine Ehre ihm zuteil geworden war, und freuten sich mit ihm.

»Ich werde mein Bestes geben«, war alles, was ihm einfiel.

Kinnemore nickte und schien zufrieden; dann erhob er sich und ging vom Feuer fort, bedeutete seinem Sohn, ihm zu folgen, damit sie ihre privaten Gespräche wieder aufnehmen konnten.

Gary fürchtete, daß er viel zu aufgeregt war, um einschlafen zu können, aber dann dämmerte er doch hinüber und schlief fester, als er es sonst oft getan hatte.

Trompeten verkündeten die Ankunft des großen Königs, als er triumphierend in Braemar einzog, flankiert von zwanzig gepanzerten Rittern. Die Banner von Connacht und Dilnamarra wehten in der Morgenbrise, und Lord Badenoch erschauerte bei dem Gedanken, daß die Fahne von Braemar sich, wenn Kinnemore erst nordwärts gegen das Städtchen Drochit zog, in die Prozession eingereiht haben würde.

Das Volk von Braemar säumte die breite Straße und jubelte, wie ihm gesagt worden war – nur halbherzig, versteht sich. Königliche Soldaten mischten sich unters Volk und kümmerten sich um jeden, der nicht begeistert genug erschien.

Badenoch und Kervin erwarteten Kinnemore gemeinsam in der Stadtmitte, auf der breiten Straße zwischen dem Hauptgebäude, der sogenannten Speichen-Klammer, und dem Schlummernden Wicht. Sie sagten nichts, sahen nur still zu, wie Kinnemore einmal rund um die Stadt herumritt und den Kopf mit einem verschlagenen Lächeln langsam hin und her wandte, um seine neuesten »loyalen« Untertanen in Augenschein zu nehmen.

Dann machte Kinnemore vor dem Lord von Braemar und dem Anführer des Zwergentrupps halt.

»Ich bin nicht erfreut«, sagte er von seinem Pferd herab.

»Schon deine bloße Anwesenheit betrübt mich, guter Zwerg«, fuhr Kinnemore fort, als hätte seine mangelnde Freude nichts mit dem Lord von Braemar zu tun – für den Augenblick zumindest. »Ich hätte gedacht, daß du und deine Leute die Stadt an der Seite des rechtmäßigen Königs von Faerie betreten würden.«

»Wir waren bereits hier«, gab Kervin spöttisch zurück, »und sahen keinen Grund, erst hinaus- und dann wieder hereinzukommen.«

Kinnemore verzog böse das Gesicht, und ein tiefes, wildes Knurren entschlüpfte seinen zusammengepreßten Lippen.

»Wir dachten uns, daß Ihr ohnehin bald kommen würdet«, fuhr Kervin leichthin fort, ohne die drohenden Blicke der Ritter zu beachten. Er wünschte sich fast, daß einer dieser Menschenschnösel eine falsche Bewegung machen würde.

»So ist es«, bemerkte Kinnemore, und in seinem ernsten Tonfall schwang mit, daß die Aktionen von Kervins Zwergen und vor allem seine verräterischen Reden noch Folgen haben würden.

»Und was habt Ihr mir zu sagen?« fragte er Badenoch. »Euren König draußen auf dem Feld zu attackieren.«

»Wir haben uns gegen Eindringlinge zur Wehr gesetzt«, sagte Badenoch.

»Eindringlinge?« Kinnemore schien zutiefst verletzt. »Wir zogen hierher, um den Tod des Drachen zu feiern, der es wohl wert ist …«

»Warum ist Baron Pwyll von Dilnamarra dann nicht an Eurer Seite?« wagte Badenoch, ihn zu unterbrechen.

Kinnemore grinste bedrohlich. »Der Baron wurde in Dilnamarra aufgehalten.«

Badenoch schüttelte langsam den Kopf, er wußte genau, daß seine nächsten Worte ihn Kopf und Kragen kosten würden. »Baron Pwyll wurde in Dilnamarra ermordet.«

»Wie könnt Ihr es wagen, eine solch absurde Behauptung aufzustellen?« bellte Kinnemore.

»Euer eigener Sohn hat sie aufgestellt!« gab der Lord von Braemar nervös zurück.

Kervin schnappte nach Luft, das war nicht gerade eine kluge Bemerkung gewesen. Selbst Badenoch begriff, kaum daß er geendet hatte, wie dumm es war, Geldions Besuch zu erwähnen.

Kinnemore bebte, wieder war dieses tierhafte Knurren zu hören. Doch bekam er sich rasch wieder in den Griff und zauberte erneut ein entwaffnendes Lächeln auf sein Gesicht. »Ihr habt mit Prinz Geldion gesprochen?«

»Wir haben von den Geschehnissen im Westen gehört«, antwortete Badenoch kryptisch. »Wir wissen, daß Ihr Dilnamarra überrannt und mit Tir na n'Og einen Waffenstillstand geschlossen habt, nachdem die edlen Elfen Euch eine schmerzliche Niederlage bereitet hatten.«

»Gar nicht wahr!« brüllte Kinnemore und kam Badenoch in diesem Moment wie ein verzogenes Kind vor, ein Balg, das nicht seinen Willen bekommen hatte. Wieder beruhigte der König sich rasch.

»Ihr solltet ein wenig mehr Sorgfalt auf Eure Informationsquellen verwenden, Lord von Braemar. Falsche Informationen können zu fatalen Entscheidungen führen.«

Badenoch reckte die Schultern und würdigte diese Worte keiner Antwort.

»So sei es«, sagte Kinnemore nach einer Weile. Er nickte nach links, und zehn Ritter stiegen folgsam ab; ihre Rüstungen quietschten und klapperten geräuschvoll. Kervin schloß die Finger fest um den Griff der Axt, die an seinem Gürtel baumelte.

»Guter Zwerg«, sagte Kinnemore, dem die Bewegung nicht entgangen war. »Dein Volk und dich trifft keine Schuld.«

»Wir waren auf dem Schlachtfeld«, erinnerte Kervin ihn kühn.

»Ihr wart falsch informiert«, sagte der König. »Durch einen verräterischen Lord.«

So, nun war es heraus, ausgesprochen, und obwohl der Vorwurf Badenoch traf (und ihn verdammte), war er froh, daß es nun vorbei war, froh, daß der hämische König die Angelegenheit auf den Tisch gepackt hatte.

Badenoch entspannte sich, er wandte sich sogar lächelnd um und legte Kervin beruhigend eine Hand auf die Schulter, während sie von Kinnemores Soldaten eingekreist wurden.

Kervin erwiderte den Blick, aber er lächelte nicht. Das einzige, was ihn davon abhielt, die vorderste Wache zu fällen, war die Gewißheit, daß Badenoch ihn mehr um seinetwillen zurückzuhalten suchte. Wenn er jetzt loslegte, würden seine Erdbrüder ihnen prompt zu Hilfe eilen und außerdem vielleicht noch die Hälfte der Menschen, die Badenoch die Treue hielten. Und wenn alles vorbei war, würde eine stattliche Zahl von ihnen nicht mehr am Leben sein, Frauen und Kinder eingeschlossen.

Deshalb blieb Kervin, wo er war. Badenoch wurde in Ketten gelegt und abgeführt, und König Kinnemore wandte sich an die Menge und verkündete, daß sie getäuscht worden sei; nun aber, da er hier war, würde der Frieden wiederhergestellt und alles in Ordnung gebracht werden.

So gern das geschundene Volk von Braemar solchen Worten auch geglaubt hätte (wenigstens, was das In-Ordnung-Bringen anging), so hellte sich dennoch nicht ein einziges Gesicht in falscher Hoffnung auf.

»Sie sind in Braemar«, berichtete Gerbil der Gruppe, die bis auf Geldion vollzählig war, später am Morgen. Der Gnom, ein wohlbekannter Anblick in diesen östlichen Gefilden, war allein weit vorausgeritten und hatte die umliegenden Höfe besucht (von denen die meisten inzwischen verlassen waren). »Es heißt, daß Badenoch sich ergeben hat.«

»Steingeblubber«, grollte Geno.

»Ein kluger Schachzug«, sagte Mickey. »Glaub mir, wenn er das nicht getan hätte, wäre die ganze Stadt in Schutt und Asche gelegt worden.«

»Steingeblubber!« grollte Geno erneut.

»Das könnte unser Vorgehen vereinfachen«, überlegte Kelsey, und Kinnemore nickte zustimmend.

»Nun wissen wir, wo wir den Schwindler zu suchen haben«, sagte er.

»Aber wie sollen wir an ihn herankommen?« fragte Diane. »Wenn Kinne … wenn der Haggis in Braemar ist, dann wird die ganze Stadt umzingelt sein. Ich glaube nicht, daß die Soldaten Euch so einfach abnehmen werden, daß Ihr der echte König seid.«

Kinnemore nickte nach Osten, wo ein einzelner Reiter in Sicht kam, der rasch auf sie zuhetzte. »Darum wird mein Sohn sich kümmern«, sagte er. »Sämtlichen Berichten zufolge ist er noch immer Befehlshaber der königlichen Armee und allein dem Schwindler unterstellt. Wollen wir sehen, ob Prinz Geldion sich seines Erbes würdig erweist.«

Diane sah dem König prüfend ins Gesicht und kam rasch zu dem Schluß, daß er Vertrauen in seinen Sohn setzte, jedenfalls für den Moment. Und sie war froh darüber, um Geldions willen.

»Der Haggis ist in Braemar«, sagte der Prinz und brachte sein Pferd vor ihnen zum Stehen. »Und Badenoch hat sich ergeben.«

»So haben wir gehört«, antwortete Kinnemore.

»Badenoch ist in Ketten«, fuhr Geldion fort. »Und es heißt, daß er bei Sonnenuntergang hingerichtet wird.«

»Riesenüberraschung«, bemerkte Mickey.

»Was ist mit Kervin?« fragte Geno.

Geldion zuckte die Schultern. »Ich habe nichts von ihm gehört«, antwortete er aufrichtig. »Aber wenn der Zwerg noch immer in Braemar weilt, dann ist er gewiß nicht guter Dinge!«

»Wie können wir hineinkommen?« fragte Kinnemore seinen Sohn unvermittelt und erinnerte sie damit allesamt daran, daß ihnen zum Plaudern die Zeit fehlte. Selbst bei schnellem Tempo konnten sie die Stadt nicht vor dem Nachmittag erreichen, und falls sie irgendwie aufgehalten wurden, würde Badenoch hängen müssen.

»Ich glaube nicht, daß ich uns alle nach Braemar hineinreden kann«, antwortete Geldion, der sich genau darüber offenbar schon seine Gedanken gemacht hatte. »Auf jeden Fall nicht den Riesen, den Zwerg und den Elfen …«

»Wir gehen alle«, unterbrach Gary ihn grimmig.

Alle sahen ihn fragend an, selbst Diane.

»Wir gehen alle«, sagte er unnachgiebig. »Wir haben das gemeinsam durchgestanden, und jetzt bringen wir es auch gemeinsam zu Ende.«

»Aber Junge«, protestierte Mickey.

»Setz deine Tricks ein«, verlangte Gary von ihm. »Und Ihr«, sagte er zu Geldion, »Eure Zunge. Tommy ist schon einmal ein Pferd gewesen, also wird er es wohl auch ein zweites Mal sein können.« Damit bezog er sich auf den Tag, an dem Mikkey Tommy wie einen Esel hatte aussehen lassen, so daß er und Geno den gerichteten Speer und die Rüstung unauffällig nach Dilnamarra hatten bringen können.

»Und Ihr werdet glaubwürdiger sein«, fügte er hinzu, »wenn Ihr Soldaten dabeihabt, wenn Ihr den Speerträger nach Braemar eskortiert.«

»Menschensoldaten«, berichtigte Geldion ihn und sah Kelsey und Geno zweifelnd an.

»So werden sie aussehen«, erwiderte Gary prompt. »Und Euer Vater ebenfalls. Der Haggis hat keine Ahnung, was aus Euch geworden ist.«

»Das hoffen wir«, warf Mickey ein. Gary drehte sich zu ihm um und schien seines Planes zum ersten Mal nicht mehr so sicher.

»Wir können nicht wissen, was Ceridwen alles mitbekommen hat, Junge«, erklärte der Kobold. »Und was sie ihrem Haggisheini so alles verraten hat.«

»Dann müssen wir dieses Risiko eben eingehen«, antwortete König Kinnemore überraschend. »Der Plan klingt gut, sage ich.« Er ließ den Blick über die Truppe schweifen, gewährte ihr den Respekt, den sie so offensichtlich verdient hatte. »Und was meint ihr?« fragte er.

»Führt uns an, Prinz Geldion«, sagte ein entschlossener Elf. »Und beeilt Euch. Lord Badenoch ist ein zu braver Mann, um Baron Pwylls unverdientes Schicksal teilen zu müssen.«

Geno grummelte irgend etwas (sicher nicht gerade Nettes), aber dann nickte er doch.

Wenige Augenblicke später waren sie aufgebrochen, nachdem der Kobold ein wenig gezaubert hatte und Diane nun auf einem Ackergaul namens Tommy reiten konnte.

Eine Stunde später stießen sie auf Soldaten, die Nachhut der königlichen Armee, die auf den Feldern westlich von Braemar ihr Lager aufgeschlagen hatte. Das Erscheinen des Speerträgers ließ um die Gefährten herum sorgenvolles Geflüster aufsteigen, und mehr als ein Soldat sah die Gruppe durchdringend an, vielleicht aus der Befürchtung heraus, einem Koboldtrick aufzusitzen. Aber niemand wollte sich Prinz Geldion offen entgegenstellen, und so ließ man ihn und seine Eskorte passieren.

»Kennst du den Befehlshaber dieser Einheit?« fragte Kinnemore seinen Sohn leise, während sie durch das große Lager ritten. Der kluge König glaubte, daß es an der Zeit war, ein paar Verbündete zu gewinnen. Selbst wenn sie ungehindert nach Braemar kamen, so war es nicht leicht, die Armee davon zu überzeugen, daß er der echte König und ihr Anführer ein Schwindler und nichts anderes als ein Haggis war. Daß es in der Stadt zum Kampf kam, war nur wahrscheinlich.

»Roscoe Gilbert«, antwortete Geldion und sah seinen Vater nachdenklich an, bis er begriff und guthieß, worauf dieser hinauswollte. »Ich habe ab und zu mit ihm trainiert.«

Kinnemore nickte, und Geldion entfernte sich, ließ sein Pferd zum nächsten Lagerfeuer trotten, um den Aufenthaltsort des Kommandanten in Erfahrung zu bringen.

»Wollt Ihr Euch ein paar Freunde machen?« fragte Mickey den König. Er saß unsichtbar auf Garys Pferd, gleich neben Kinnemore.

Der König nickte leicht, ohne den Blick zur Seite zu wenden.

Die Gefährten passierten das Lager nicht gänzlich ungehindert. Reiterei kam um sie herumgeprescht und schnitt ihnen den Weg ab, Geldion und ein älterer Krieger, Roscoe Gilbert, an der Spitze. Sie hielten direkt vor dem König.

Kinnemore sah den Mann an und ließ die Kapuze seines Reiseumhanges zurückgleiten.

Gilbert verzog keine Miene.

»Eine unglaubliche Geschichte«, sagte er einen Augenblick später, und sein Tonfall bewies, daß er nicht überzeugt war.

»Eine wahre Geschichte«, gab Gary kühn zurück.

Gilbert warf einen nervösen Blick auf seine Truppen. Er wußte, daß in Tir na n'Og viele königliche Soldaten desertiert waren und Sir Cedric Treue und Gehorsam geschworen hatten. Und nun war der Speerträger hier, mitten unter ihnen, und er hatte eine Geschichte mitgebracht, die alles auf den Kopf stellte.

»Ihr habt nichts zu verlieren, wenn ihr uns begleitet«, fuhr Gary fort, »aber alles zu verlieren, wenn nicht.«

»Was meinst du, Gilbert?« frage Kinnemore geradeheraus. »Bist du so überrascht, von einer neuen Intrige Ceridwens zu hören?«

Bald danach waren sie wieder zügig unterwegs. Geldion und Gary flankierten Kinnemore, Diane ritt neben Gary und Roscoe Gilbert neben Geldion. Auf Kelseys Drängen hatte Mickey die Illusion fallengelassen, und Elf, Zwerg und Gnom erschienen wieder als das, was sie waren. (Nur Tommys Tarnung blieb bestehen, der Anblick eines Riesen konnte auch den unerschütterlichsten Soldaten in seinen besten Augenblicken nervös machen.)

Ohne Zwischenfälle oder Verzögerungen passierten sie die nächsten Feldlager, und Roscoe Gilbert und Prinz Geldion sorgten dafür, daß ihr Gefolge ständig anwuchs. Als sie den

Westpaß überquerten und auf das eigentliche Braemar zuhielten, waren nur wenige Soldaten in den Feldlagern zurückgeblieben.

Da der Sonnenuntergang bereits näher rückte, war fast ganz Braemar auf den Beinen. Getuschel stieg aus dem Volk empor, und mehr als einmal kam es zu einem Handgemenge; aber gegen die königlichen Soldaten waren die armselig bewaffneten Bürger Braemars zu sehr in der Minderzahl, als daß sie irgend etwas gegen die bevorstehende Hinrichtung hätten tun können.

Diese Leute wußten nicht, was sie davon halten sollten, als Prinz Geldion und einige von Kinnemores Kommandanten in die Stadt gerauscht kamen – bestimmt nichts Gutes. Die Gegenwart von Kelsey, Geno und Gerbil, die ihnen allesamt bekannt waren, und des Speerträgers und seiner Frau, die als Verbündete galten, beschwor gemischte Gefühle herauf; einige fragten sich, ob es wieder an der Zeit war zu hoffen, andere glaubten, daß ihre Freunde entweder gefangengenommen worden waren oder sich Kinnemores Eroberungsfluten gebeugt hatten.

Kervin, der neben dem Baum stand, der als Galgen auserkoren worden war, und Badenoch, der gerade eben aus seinem behelfsmäßigen Kerker, dem Weinkeller des Schlummernden Wichts, herübergebracht wurde, gestatteten sich einen Moment der Hoffnung, denn sie allein wußten von der Mission zu den Crahgs.

Der falsche König, der mit seinen Rittern auf einer Brache neben der Speichen-Klammer bei dem Galgenbaum stand, wußte nicht, was er von den Begleitern des Prinzen halten sollte, wußte nicht, warum Geldion zusammen mit dem feindlichen Speerträger hereingeritten kam; von der Gegenwart Kelsenellenelvial Gil-Ravadrys, des meistgehaßten Elfenlords, einmal ganz zu schweigen.

Aber Geldion ritt schnurstracks näher, seine neugewonnenen Freunde im Rücken und neben sich seinen Vater, der das Gesicht unter einer Kapuze verbarg. Geldion lenkte seinen Grauen bis vor den Schwindler, ohne ihn aus den Augen zu lassen.

Der falsche König sah zu Gary, ließ seinen Blick lange auf dem Mann ruhen, der ihm solch ein Dorn im Auge geworden war, der Ceridwen, seine Gönnerin, auf ihre Insel verbannt hatte. Dann sah er wieder zu Geldion und versuchte, sich einen Reim auf den überraschenden Besuch zu machen. Warum war Gary Leger offen nach Braemar gekommen? Und warum machten so viele von Kinnemores eigenen Feldkommandanten und der Prinz von Connacht mit ihm gemeinsame Sache?

Er wartete lange, aber Geldion sagte nichts, sondern zwang ihn dazu, selbst den ersten Schritt zu tun.

»So bist du also zurückgekehrt«, sagte der Schwindler schließlich unwillig. »Ich hatte mich schon gefragt, ob du auf dem Feld gefallen bist.«

»Bin ich nicht.« Das war alles, was Geldion mit vorgeschobenem Kinn zurückgab.

»Dann sage mir, worum es geht. Hast du etwa den Speerträger und einen Elfenlord auf meine Seite gebracht?«

»Oder sie mich etwa auf die ihre?« sprach Geldion die stillen Gedanken des Schwindlers aus.

»Ich will wissen, worum es geht«, sagte der Schwindler erneut, und ein tierhaftes Knurren begleitete seine Worte.

»Es geht um den rechtmäßigen König von Connacht«, sagte der große, verhüllte Mann zwischen Geldion und Gary Leger. »Und um einen Schwindler, ein Untier, das von Ceridwen gezähmt und an die Stelle des rechtmäßigen Königs gesetzt worden ist.« Langsam zog er seine Kapuze zurück.

»Tötet sie!« brüllte der Haggis. Die Ritter fuhren auf, und zahlreiche Klingen klirrten, als sie aus den Scheiden gezogen wurden.

Die Freunde behielten die Fassung und blieben ruhig stehen, und diese Tatsache allein brachte ihnen die benötigten Sekunden.

König Kinnemore zog die Kapuze vom Gesicht. Von denen, die nahebei standen, war ein Ächzen zu vernehmen, als sie erkannten, daß dieser Mann ein exaktes Ebenbild seines Gegenübers war, und Geflüster rollte die Straßen hinab und in jedes Haus.

»Ich bin Kinnemore«, sagte der rechtmäßige König.

»Wer sagt das?« donnerte der Schwindler. Seine Stimme brach, zwischen jedes Wort schlichen sich gutturale Laute. Diane und Gary, die ihn ebenso wie Mickey und die anderen genauer in Augenschein nahmen, sahen, daß sein Bart plötzlich länger und wilder aussah.

»Ich sage das!« entgegnete König Kinnemore mit kraftvoller Stimme und richtete sich im Sattel auf. Er wandte sich dabei um, damit ihn alle deutlich hören und deutlich sehen konnten. »Ich, Kinnemore, der ich die vergangenen Jahre dank Ceridwen im Körper eines Untiers eingesperrt gewesen bin.« Der rechtmäßige König ließ sich wieder in den Sattel sinken und starrte den Schwindler an. Der grunzte und fauchte, und sein Mund wurde immer breiter.

»Während das Untier auf meinem Thron gesessen und mein Königreich in den Untergang geführt hat!« verkündete Kinnemore.

Die Ritter, die Lord Badenoch bewachten, wußten nicht, was sie tun sollten; niemand wußte, was er tun sollte, nicht einmal die Soldaten, die die Freunde in die Stadt begleitet hatten. Ganz plötzlich war der Kampf zu einem Duell zwischen den beiden Männern geworden, die einander zumindest körperlich so ähnlich waren.

Das Schweigen währte mehrere lange Sekunden; niemand wußte, welcher der erste Schritt war – oder wer ihn tun sollte.

»Lang lebe der König!« rief Lord Badenoch. Er wand sich

aus dem Griff seiner Bewacher (die zu erschüttert waren, um ihm nachzusetzen) und hielt trotzig die gefesselten Hände empor. »Lang lebe der rechtmäßige König von Faerie!«

»Tötet ihn!« versuchte der Schwindler zu sagen, aber die Worte kamen nur als ein Knurren heraus, als genau das tierhafte, unkontrollierbare Knurren, das der echte Kinnemore während der Jahre, die er durch die Crahgs gezogen war, nur zu gut kennengelernt hatte. Nun gab es keinen Zweifel mehr, der Bart des Schwindlers war gewuchert und bedeckte das ganze Gesicht.

Nun, da Ceridwens Zauber von der Wahrheit hinweggefegt wurde, vom Anblick des rechtmäßigen Königs von Faerie, zuckte und krachte es im Körper des Haggis, und er kreischte vor Wut und Schmerzen. Der Soldat neben ihm machte eine Bewegung, aber der Haggis schlug ihn, daß er ein Dutzend Fuß weit über die Brache flog.

Vollständig verwandelt schaukelte das Untier vor und zurück, mit wild blickenden Augen und sabberndem Maul.

Cedrics Speer traf es sauber in die Brust.

Den Schaft umklammernd, stolperte es rückwärts und knurrte und heulte. Dann fiel es ins Gras und blieb still liegen.

Niemand rührte sich, nicht ein Soldat steckte die Waffe weg, und alle Augen wandten sich Gary Leger zu, dem Speerträger.

Einen Augenblick später war es mit der Stille vorbei. Der Haggis sprang auf und warf den blutigen Speer zur Seite. »*Ee ya yip yip yip*!« schrie er, und alle bedeckten sich die Ohren – und alle, die ihm im Weg standen, warfen sich erschrocken zur Seite, als er aus der Häuserlücke und der Stadt hinausschoß und den Westpaß hinunter nach Südosten lief, auf seine hügelige Heimat zu.

»Zähe kleine Zecke«, bemerkte Mickey trocken.

»Lang lebe der rechtmäßige König von Faerie!« rief Gary von seinem Pferd hinab. Er glitt aus dem Sattel und holte den

Speer, dann fiel er vor dem berittenen König auf die Knie und senkte den Kopf.

Das war alles, was das Volk von Braemar und die erschöpften Männer der königlichen Armee noch brauchten. Der Ruf stieg empor, von einem Ende der Stadt zum anderen, wanderte über die Gebirgspässe bis in jedes Feldlager hinaus.

Der Ruf nach König Kinnemore von Connacht.

Der Ruf nach Frieden.

Frontal

Ruhig und unauffällig spazierte Gary den Weg hinab, der westwärts aus Braemar hinausführte. Er hatte seine Rüstung in der Stadt gelassen, froh über die Atempause, froh, aus dem Ding heraus und wieder zurück zu sein, um im Schlummernden Wicht reden und singen zu können, zusammen mit Diane und Kelsey, Geno und Gerbil und all den anderen. Selbst ohne die auffällige Rüstung wurde er von jedem Wachtposten, den er passierte, erkannt – und von jedem, der sonst noch unterwegs war, meist Richtung Stadt, zum Fest. Schon seine Größe hob ihn deutlich heraus, denn was das betraf, konnte sich allein König Kinnemore mit ihm messen.

Aber man war so freundlich, ihn in Ruhe zu lassen, nickte ihm nur kurz zu oder grüßte, und so bog er bald vom Hauptweg auf einen schmalen, steinigen Pfad ab, der nicht mehr als ein Einschnitt zwischen den Gebirgsausläufern war.

Nach einer scharfen Kurve trat er in ein geschütztes kleines Tal, das unter dem breiten Überhang fast schon eine Höhle war. Dort wurde er bereits von Mickey erwartet.

»Du hast mich hierher gebeten, um mir zu sagen, daß du uns verläßt«, sagte Gary, der diese Absicht schon vor einer Weile erkannt hatte.

Mickey zuckte unverbindlich mit den Achseln. »Willst du denn, daß ich bleibe? Denk daran, die ganze Stadt tanzt und tollt herum. Wie könnte man das Fest besser abschließen als mit der Jagd auf einen Kobold?«

»Kinnemore und Badenoch werden dir deine Freiheit garantieren. Das sind sie dir ja wohl schuldig.«

Wieder zuckte der Kobold mit den Achseln. »Ich bin lange genug mit Menschen zusammengewesen, hab sie lange genug an der Nase herumgeführt, um ihnen aus den gierigen Griffeln zu tanzen. Und ich hab mich lange genug darum gekümmert, Dinge in Ordnung zu bringen, mit denen ich eigentlich nichts am Hut habe. Ich geh zurück nach Tir na n'Og, Junge, zurück nach Haus, jetzt, wo keine Armee mehr drumherum steht. – Und deshalb hab ich dich hierher gebeten. Du solltest auch langsam an zu Hause denken.«

Mit einem Anflug von Verzweiflung sah Gary sich um. Wie es schien, hatte Mickey recht, aber mit der Entdeckung des echten Königs war alles so schnell zu Ende gegangen, daß Gary sich gefühlsmäßig gar nicht auf eine Rückkehr in die Wirkliche Welt hatte vorbereiten können. Jedenfalls bis jetzt noch nicht.

»Du hast einen Krieg geführt, und nun möchtest du auch den Sieg genießen«, vermutete Mickey.

Nun war es an Gary, mit den Schultern zu zucken.

»Dann ist es jetzt vorbei?« fragte er schwermütig.

Mickey seufzte – auch er schien irgendwie enttäuscht, daß das Abenteuer so unvermittelt zu Ende war. »Das ganze Volk wird sich hinter den rechtmäßigen König stellen«, vermutete er. »Selbst Prinz Geldion und Lord Badenoch sind von ganzem Herzen überzeugt, daß sie ihre Fehde beilegen sollten.«

»Ich denke nicht, daß es vorbei ist«, ertönte eine gebieterische Stimme hinter ihnen. Sie wandten sich um und erblickten König Kinnemore.

»Ihr seid mir gefolgt«, sagte Gary.

»Ich glaube nicht, daß es vorbei ist«, sagte der König erneut, ohne auf den Vorwurf einzugehen. »Nicht, wenn so bald schon eine Hexe aus ihrem Loch herauskommt.«

»Oh, raus kommt sie wohl«, stimmte Mickey zu. »Aber viel zu bieten hat sie nicht mehr. Ceridwens Macht stützt sich auf alle, die sie als Verbündete gewinnen kann, und von denen gibt's nicht mehr allzu viele. Wenn Ihr erst wieder auf dem Thron sitzt, werden die Menschen sich vereinen, und wenn es nötig ist, werden selbst die Elfen und Zwerge Eurem Ruf folgen.«

Gary schenkte den Überlegungen kaum Aufmerksamkeit, er war immer noch verblüfft über das Erscheinen des Königs. »Warum seid Ihr mir gefolgt?« fragte er freiheraus, sobald eine Gesprächspause eintrat.

Kinnemore bedachte ihn mit einem entwaffnenden Lächeln. »Weil ich wußte, daß der Wicht nicht bleiben wird«, antwortete er. »Und weil ich weiß, daß du unseren guten Mickey brauchst, um selbst nach Hause zu kommen.«

Gary und Mickey hoben die Brauen. Soweit sie wußten, hatten nur die Feenmännlein, Kelsey, Geno und einige wenige Tylwyth Teg noch eine Ahnung, wo Gary wirklich herkam. Alle anderen glaubten schlicht, daß er aus dem fernen Lande Bretaigne gekommen war.

»Schätze, er ist nicht ohne Grund König«, sagte Mickey trocken.

Kinnemore lachte leise. »Während meiner ersten Jahre auf dem Thron hatte ich des öfteren mit Bretaigne zu tun«, erklärte er. »Bevor die Hexe auf den Plan kam. Ich weiß, wie sich ein Bretaigne-Akzent anhört, und ich weiß auch«, er sah Gary ins Gesicht, »wann ich keinen höre.«

»Das ist ein Argument«, gab Mickey zu.

»Und ich habe mich auch schon mit Gästen aus deiner Welt unterhalten«, fuhr Kinnemore fort. »Darum wußte ich, daß du vielleicht bald nach Hause möchtest, und darum habe ich dich auf Schritt und Tritt beobachtet und bin dir sogar hierher gefolgt.«

»Um auf Wiedersehen zu sagen?« fragte Gary.

»Um dich zu bitten hierzubleiben. Für eine Weile.«

»Jetzt geht das wieder von vorne los«, flüsterte Mickey, als Gary die Schultern reckte und einen entschlossenen Gesichtsausdruck aufsetzte.

»Die Hexe wird bald frei sein«, erklärte Kinnemore. »Und sie hat sehr wohl Verbündete«, fügte er hinzu und warf Mickey einen bösen Blick zu. »Die Berge von Penllyn sind voll von Goblinhorden und den großen Klans der Bergtrolle.«

»Mit denen kommt sie aber nicht heraus«, argumentierte Mickey. »Nicht für einen offenen Kampf. Das war noch nie ihre Art.«

»Vielleicht nicht«, gab der König zu. »Aber Robert ist nicht mehr, und die Hexe wird ihre Pläne nicht einfach verwerfen.«

»Ihr wollt ihr nachsetzen?« fragte Gary, und es klang wie eine Feststellung. Er konnte es nicht fassen. Er war schon einmal auf Ynis Gwydrin gewesen, und die Erinnerung daran zählte nicht zu seinen schönsten.

Der König nickte langsam, ohne auch nur mit der Wimper zu zucken.

»Donnerlittchen«, ächzte Mickey.

»Jetzt wäre der günstigste Zeitpunkt«, sagte Kinnemore. »Ceridwen sitzt samt ihrer Zauberkräfte fest, und unsere Truppen sind bereits zusammengezogen. Wir könnten ihr einen Schlag versetzen, von dem sie sich in Jahren noch nicht erholt hat, könnten sie auf ein Maß zurechtstutzen, mit dem sie niemandem mehr schaden kann.«

»Warum braucht Ihr Gary Leger dafür?« wollte Mickey wissen.

»Wir brauchen ihn nicht«, gab Kinnemore zurück, ohne den Blick von Gary abzuwenden. »Aber würde es der Legende nicht wunderbar entsprechen? Und würde sich die Anwesenheit des Speerträgers nicht gut auf die Moral der Truppe auswirken? Unterschätz mir die Macht der Gefühle nicht, guter Wicht. Warum wohl hat Ceridwen versucht, das Richten des Speeres zu verhindern?«

»Na! Woher wißt Ihr denn das alles?« fragte der Kobold.

»Schätze, er ist nicht ohne Grund König«, zitierte Gary Mickeys eigene Worte.

»Sie hatte Angst vor den Gefühlen, die die heile Waffe wekken mochte«, beantwortete Kinnemore seine Frage selbst. Wieder warf er Gary Leger einen bewundernden Blick zu. »Und sie hatte recht, will mir scheinen.«

Gary sah den König lange an, dann wandte er sich zu Mikkey um, der kopfschüttelnd auf einem Stein saß und seine langstielige Pfeife stopfte.

»Ich will bleiben«, sagte Gary.

»Hab ich mir gedacht«, gab Mickey ohne Zögern zurück.

»Und dich bitte ich ebenfalls, uns zu begleiten, guter Wicht«, sagte Kinnemore. »Und, bei meinem Wort und Gary Legers Arm, nicht ein Mensch soll Hand an dich legen.«

»Sind nicht die Menschen, die mir Kopfzerbrechen machen«, flüsterte Mickey. Er dachte an die riesigen Bergtrolle und, schlimmer noch, an die Hexe, die so mächtig war, wie ein Feind in Faerie nur sein konnte. Aber trotz alledem, Kinnemores Überlegungen hatten Hand und Fuß. Robert war nicht mehr, das Gleichgewicht der bösen Kräfte war dahin; da mußten sie schon hart und schnell vorgehen, wenn sie Ceridwen in Schach halten wollten.

Mickey hätte nur gern gewußt, warum er, ein sorgloser Kobold, der eigentlich über die schattigen Lichtungen des Waldigen Waldes hätte tollen sollen, immer wieder mittendrin stecken mußte!

Gary wußte, daß irgend etwas Großes um den Felshaufen herumschlich, ein Bergtroll wahrscheinlich. Wenn er ganz still war und sich konzentrierte, konnte er das gleichmäßige Atmen des Untiers hören; es war über der sanften Brise, die an diesem Tag über Penllyn hinwegstrich, kaum wahrzunehmen.

Der gepanzerte Mann wandte sich zu seinen Gefährten um und nickte. Seit die königliche Armee vor fünf Tagen in das Gebirge vorgedrungen war, das die Insel der Hexe umschloß, waren die vier – Gary, Diane, Tommy und Mickey – schon dreimal auf dieselbe Weise vorgegangen.

Diane hielt mehr als alle anderen den Atem an. Noch hatte sie sich an den Anblick eines Bergtrolls nicht gewöhnen können. Sie waren nicht annähernd so groß wie Tommy, nur zwölf Fuß, aber sie wirkten wie der Stoff, aus dem ihre Namensgeber waren, die Berge. Ihre Haut war von gräulicher Farbe, die manchmal gegen Braun tendierte, und ihre Köpfe waren kantige Felsklötze, die Gesichter flach. Ihrer dicken Haut wegen brauchten sie keine Rüstung und kaum Kleidung; und was sie an Behaarung hatten, auf dem Kopf, auf der massiven Brust oder sonstwo, wuchs meist in Büscheln, wie kleine Pflanzen in einer Felswand. Nein, so stattlich wie Tommy waren Trolle nicht, und sein Anblick hatte Diane gewiß schon einigermaßen auf die Gegner vorbereitet, denen sie sich nun gegenübersah. Trotzdem glaubte sie nicht, daß sie einen Troll je ungerührt würde ansehen können, nicht einmal, wenn er tot war.

Gary lehnte sich gegen das Gestein und holte tief Luft. Er rückte seinen lose sitzenden Helm zurecht, nahm den mächtigen Speer in beide Hände und holte erneut Luft, dann rannte er wild rufend um die Ecke.

Die Keule in der Hand, setzte der Troll ihm nach, aber das hatte Gary erwartet und zog sich schon wieder zurück.

Der Bergtroll kam um die Ecke herum, und als er sich dem wartenden, achtzehn Fuß großen Riesen gegenübersah, klappte ihm der breite Unterkiefer hinunter.

Tommy hatte den Aufwärtshaken kaum begonnen, als seine Faust auch schon auf diesen Kiefer traf, und als der Troll sich wieder von ihr löste, war er bereits mehrere Fuß hoch in der Luft. Das stumpfsinnige Scheusal krachte gegen den Felshaufen und brach sich den dicken Schädel; dann rutschte es langsam zu Boden, zumindest bewußtlos, wahrscheinlich sogar tot.

»Da ist noch einer, Junge!« piepste Mickey von seinem Hochsitz aus, einem Vorsprung in der Bergwand hinter ihnen.

»Hinter dir!« fügte Diane hinzu und hetzte hinüber.

Der junge Mann wirbelte herum und stieß seinen Speer verzweifelt in den Bauch des angreifenden Trolls. Das Scheusal brüllte vor Schmerzen, aber es konnte nicht mehr bremsen und spießte sich weiter auf, rannte Gary dabei über den Haufen.

Tommy wollte seinen dahintaumelnden Freund abfangen, aber Mickey schrie schon wieder, und als der Riese herumwirbelte, mußte er den Keulenhieb eines weiteren Trolls einstecken. Nicht wirklich verletzt, grunzte er auf und antwortete dem Troll mit einem Fausthieb ins Gesicht.

Aber hinter diesem standen noch zwei, und beide versetzten sie dem Riesen einen satten Schlag gegen den Arm. Und hinter dem Felshaufen kam ein dritter Troll hervor und bückte sich nach Diane, deren Kurzschwert sich neben diesem zwölf Fuß großen, neunhundert Pfund schweren Untier noch einmal kürzer ausnahm!

Diane schrie auf und stach zu, aber sie streifte den Troll nur. Als seine große Keule herunterkam, setzte ihr Herz aus, aber zu ihrer großen Erleichterung (und Verblüffung) verfehlte das Untier sie irgendwie total. Sie packte die Gelegenheit beim Schopfe und stach noch zweimal zu, und jedesmal malte die Elfenklinge dem gewaltigen Untier einen roten Strich auf den Leib.

Der Troll ließ seine Keule antworten und schlug erneut gewaltig daneben. Ungläubig schnaubend trat er mit seinem riesigen Stiefel zu – wieder daneben. Und da Diane sich gewitzt unter den hochfahrenden Fuß duckte und auf das Knie des anderen Beins einstach, verlor das Ungeheuer das Gleichgewicht und krachte schwer auf die Felsen.

Diane hetzte neben den Kopf des Trolls, führte einen Hieb gegen seine Hände – die aus einem ihr unbekannten Grund drei Fuß neben ihr in die leere Luft griffen – und wagte sich so dicht heran, daß sie ihn kräftig in die Kehle stechen konnte.

Verzweifelt duckte sie sich weg, als der plötzlich pfeifende Troll auszutreten begann. Er umklammerte seine durchbohrte Kehle, und Blasen aus Blut und Speichel quollen ihm zwischen den Fingern hervor. Sein Schienbein krachte so heftig gegen die Felsen, daß ein Brocken herunterfiel und von seinen trampelnden Füßen zermalmt wurde.

»Noch welche, Mädchen!« rief Mickey über den Lärm hinweg, und als Diane um die Felsen sah, fiel sie fast in Ohnmacht. Ein halbes Dutzend weiterer Trolle kam den Pfad herabgelaufen, direkt auf die Gefährten zu. Sie rief nach Gary und sah, daß er unter dem toten Troll hervorgekrabbelt war. Aber er kämpfte schwer (und wütend) damit, den Speer wieder freizubekommen.

Diane sah zu Tommy, gerade als der Riese mit jeder Hand ein Büschel Trollhaar zu fassen bekam. Ohne die Keulen zu beachten, die ihm immer wieder in die Seiten krachten, schlug er die Scheusale mit den Köpfen zusammen. *Kracks*!

Diane zuckte zusammen, als Tommy sie erneut mit den Köpfen zusammenschlug. Nach dem dritten oder vierten Mal ließen die Trolle ihre schweren Keulen fallen.

»Es sind sechs!« rief Mickey.

»Abhauen!« war Garys Rat. Endlich hatte er den Speer herausbekommen, aber nun rutschte er auf dem nassen, blutverschmierten Fels aus und fiel hart auf den Hintern.

Diane war bei ihm und zog ihn auf die Füße.

Trolle schwärmten um den Felshaufen herum, gewaltige Keulen in der Hand, und nur der arme Tommy war noch da, um sie aufzuhalten.

Tommy und ein Hagel von Pfeilen.

Hörner erklangen auf jedem Pfad, und Schwärme von königlichen Soldaten folgten dem Ruf; angeführt von Prinz Geldion, schrien sie sich für Sir Cedric die Seele aus dem Leib.

Bevor Gary auch nur die Gelegenheit bekam, einen weiteren Stoß auszuführen, war es vorbei, waren alle sechs Trolle ihren fünf Kameraden in den Tod gefolgt.

»Woher habt Ihr das gewußt?« fragte Gary den Prinzen, nachdem Ruhe eingekehrt war.

»Dankt dem König«, erklärte Geldion. »Es hat ihm nicht gefallen, daß ihr paar Leute auf eigene Faust kämpfen wolltet.«

»Das machen wir schon, seit der Krieg begonnen hat«, warf Diane ein.

»Das weiß mein Vater«, gab der Prinz zurück, »und Ceridwen ebenfalls, nimmt er an. Die Hexe weiß, was dieser Krieg zu bedeuten hat, und der Speerträger ist ein lohnendes Ziel. Mein Vater wollte euch nicht allein lassen, auch wenn ihr das selbst so geplant hattet.«

»Sagt ihm unseren Dank«, bat Diane.

»Schätze, er ist nicht ohne Grund König«, sagten Gary und Mickey wie aus einem Mund und zwinkerten einander wissend zu.

Gary zählte die gefallenen Trolle – fast ein Dutzend allein in diesem Gefecht. Und vergleichbare Kämpfe führte Kinnemores Armee in ganz Penllyn; unterstützt von Lord Badenoch und den Truppen von Braemar, holte sie die Trolle und Goblins aus ihren dreckigen Berglöchern, jagte sie ins Ödland im Osten hinab und tötete diejenigen, die nicht fliehen wollten. Allen Berichten zufolge hatte man nahezu fünfhundert Bergtrolle und vielleicht die zehnfache Zahl von Goblins erschlagen; die unorganisierten und chaotischen Wesen stellten für die Hand in Hand vorgehenden, gut ausgebildeten Soldaten keine Herausforderung dar.

Binnen fünf kurzer Tage war der Vogelscheuchenarmee in Ceridwens schützendem Gebirge das Herz herausgerissen worden.

Gary wünschte sich, daß Kelsey das hätte mit ansehen können. Und Geno! Ja, dem hätte es gefallen, über die Leichen so vieler Trolle und Goblins hinwegzustapfen. Aber beide hatten den Feldzug nach Penllyn nicht mitmachen wollen. Kelsey war nach Tir na n'Og aufgebrochen, um von den großen Ereignissen zu berichten und den Ältesten bei ihren Verhandlungen mit dem rechtmäßigen König zur Seite zu stehen, und Geno hatte schlicht erklärt, viel zu lange von seiner Schmiede und seiner Arbeit fortgewesen zu sein.

Sie hätten jeden einzelnen dieser vernichtenden Siege genossen, in dem Wissen, daß Faerie nach der Säuberung Penllyns ein schöneres Land sein würde.

Und deshalb schaute Gary Leger mit grimmiger Befriedigung über dieses jüngste Schlachtfeld hinweg, und Ceridwen, die frustrierte Hexe, sah kochend auf Gary Leger hinab und fühlte sich wirklich machtlos. Noch konnte sie von ihrer Insel nicht hinunter, und ihre Zauberkraft reichte nicht weit genug, um den Ungeheuern in den Bergen beistehen zu können. Und das eine Kontingent von Flederaffen, das sie ausgesandt hatte, war in einen wahren Vorhang aus Pfeilen hineingeflogen, und die meisten der merkwürdig aussehenden Monster hatten Loch Gwydrin nicht einmal überqueren können, sondern waren in seinen Wassern ertrunken.

Sie hatte Kinnemore verloren und damit auch ihren Einfluß auf Connacht und die königliche Armee. Und nun wurden die Angehörigen ihrer letzten Streitmacht, die Bergtrolle und Goblins, die sie jederzeit beeinflussen oder unter ihre Kontrolle bringen konnte, direkt unter ihren Augen dahingemetzelt.

Wirklich machtlos.

Es war ein Gefühl, das der mächtigen Hexe gar nicht gefiel.

»Geek!« kreischte sie, und der spindeldürre Goblin, der nur einen Fuß hinter ihr gestanden hatte, sprang mit einem solchen Ruck herbei, daß er einen seiner schäbigen Stiefel hinter sich auf dem Boden zurückließ.

»Jawoll, meine Lady«, sagte er, warf sich auf die Knie und küßte der Hexe schlabbernd die schönen Schuhe (und versuchte gleichzeitig, seinen Stinkefuß wieder unauffällig in den Stiefel zu bekommen). Der Goblin hatte »seiner Lady« schon viele Jahre gedient und wußte, daß es derzeit nicht gerade schlau war, ihr irgendeinen Anlaß zum Dampfablassen zu geben.

Die Hexe befreite ihren Fuß aus seiner speichelreichen Umklammerung und trat ihm kräftig ins Gesicht.

»Vielen Dank, meine Lady«, quietschte er, und sie trat erneut nach ihm, verpaßte ihm ein blaues Auge.

»Hast du meinen Boten ausgeschickt?« fragte sie.

Geek sah sie verwirrt an – und bekam prompt einen dritten Tritt ins Gesicht. Natürlich hatte er den Flederaffen ausgeschickt – Ceridwen wußte doch, daß er den Flederaffen ausgeschickt hatte!

Ein einziger Gedanke siegte über seine Verwirrung: nur keinen Anlaß geben!

»Jawoll, aber jawoll!« quietschte er. »Isses letzte Nacht abgeflogen, ja isses! Musses schon fast beim Daumen des Rie...«

»Ach, sei still«, grollte Ceridwen und trat ihn erneut mitten ins Gesicht.

»Jaw...«, begann Geek, aber dann fiel ihm etwas auf. Wenn er auf diesen Befehl antwortete, dann hatte er ihm nicht gehorcht. Mit einem Winseln rollte er außer Trittweite und kauerte sich auf dem Boden zusammen. Nach ein paar Minuten wagte er wieder aufzusehen. Seine Lady stand beim Turmfenster und schaute über die Berge im Osten hinweg.

Ceridwen hatte sich inzwischen etwas beruhigt. Das Wissen, daß sie hier nicht nur unnütz herumsaß, sondern wenigstens etwas unternommen hatte, gab ihr ein wenig Frieden.

Aber wie sie dort so stand, innerhalb der schützenden Mauern des Schlosses, das ihr schon länger gehörte, als der älteste lebende Mensch überhaupt zurückdenken konnte, wurde der Hexe klar, daß sie vielleicht dabei war, ihre letzte Trumpfkarte auszuspielen.

Am Ende dieses fünften Tages ließ der tapfere König Kinnemore das Lager direkt am Ufer des Loch Gwydrin aufschlagen, den Kristallpalast der Hexe in Sichtweite. Nachdem Mickey ihm versichert hatte, daß Ceridwen außerhalb der Banngrenzen nicht persönlich eingreifen konnte, ob mit Hexenkraft oder ohne, hielt der immer noch von den wilden Jahren in den Crahgs gezeichnete König es für angebracht, die Hexe bis an die Grenze des Erträglichen zu reizen, mit allem, was ihm einfallen wollte.

Und deshalb ließ er seine Soldaten singen, laut und deutlich stimmten sie die alten Lieder des stolzen Connacht an.

Diane war von dem zauberhaften Anblick Ynis Gwydrins ganz hingerissen – und das Schloß der Hexe war wirklich bezaubernd –, Gary jedoch, der es schon von innen gesehen hatte, blieb mit seiner Beklommenheit, auch nur in Sichtweite dieses Ortes zu sein, nicht allein.

Selbst Mickeys Nerven schienen zum Zerreißen gespannt, obwohl er Gary immer wieder versicherte, daß die Hexe von ihrer Insel nicht herunterkonnte. So groß war ihre Furcht vor Ceridwen, daß Gary und die anderen Soldaten am nächsten Morgen, als sie das Lager und den Anblick Ynis Gwydrins hinter sich ließen, froh darüber waren, wieder in die Berge zurückkehren und riesige Trolle jagen zu dürfen.

Die Ungeheuer waren immer schwerer zu finden, und am dritten Tag, nachdem sie ihr Lager am Loch Gwydrin aufgeschlagen hatten, dem achten Tag seit Beginn des Einmarsches in Penllyn, gab es nur ein einziges kleines Scharmützel, und das mit einer Handvoll Goblins, die sich ergaben, bevor auch nur die ersten Pfeile von den Bogensehnen schwirrten. Als die Sonne an diesem Tag am höchsten stand, erklärte König Kinnemore die Berge von Penllyn wieder für sicher.

»Und das ist gut so«, sagte Mickey kurz danach zu dem König. »In nur zwei Tagen, schätze ich, ist die Hexe wieder frei, und wir sollten Köpfchen beweisen und bis dahin aus den Bergen verschwunden sein.«

»Auf und davon«, stimmte Gary zu.

König Kinnemore sagte nichts, er sah nur lange zu dem Kristallpalast hinüber. In vergangenen Zeitaltern war Ynis Gwydrin der Sitz der guten Kräfte Faeries gewesen; Kinnemores eigene Vorfahren hatten ihr Königreich von dort aus regiert, wo heute Ceridwen zu Hause war.

»Denk nicht mal im Traum daran!« schimpfte Mickey, der den Blick wohl zu deuten verstand. Sein Ausbruch brachte ihm ein paar böse Blicke ein – und nicht nur von Geldion, Gary und Diane. So redete man doch nicht mit einem König!

Aber Kinnemore lachte nur kurz und nickte zustimmend. »Wir sind nach Penllyn gekommen, um der Hexe die Flügel zu stutzen«, sagte er. »Damit sie kein Unheil mehr anrichten kann oder wenigstens keine Armee mehr hat, die Unheil anrichten kann. Von der Inselfestung abgesehen, ist Penllyn wieder sicher, und Ceridwen wird lange brauchen, um sich von diesem Schlag zu erholen.«

»Und um etwas gegen die Allianzen tun zu können, die Ihr geschmiedet habt«, fügte Gary hinzu.

Wieder nickte König Kinnemore zustimmend, und dann gab er zu Garys tiefster Erleichterung (auch der Kobold schickte einen Stoßseufzer gen Himmel) den Befehl, das Lager abzubrechen.

Am Nachmittag waren die Zelte nahezu verstaut, und die

vier Freunde hofften, noch etliche Stunden Marsch vor sich zu haben, bevor sie das nächste Lager aufschlagen mußten. (Nur Tommy, der auf Ynis Gwydrin viele angenehme Jahre im Dienst der Hexe verbracht hatte, sah mehr als einmal zur Insel zurück und schien beinahe Heimweh zu haben.)

Da trat Geldion zu ihnen. »Lord Badenoch ist gekommen«, erklärte er mit grimmiger Miene. »Gerade eben. Er hat um eine Privataudienz bei meinem Vater gebeten.«

»Fühlt Ihr Euch ausgeschlossen?« fragte Mickey, dem das säuerliche Gesicht des Prinzen ein Rätsel war.

»Es gibt Gerüchte, daß sich aus dem Osten eine Armee nähert«, erklärte Geldion. »Ein gewaltiges Heer. Roberts alte Untertanen sollen dem Rufe Ceridwens gefolgt sein.«

»Die Lavamolche«, hauchte Gary.

Diane sah erst ihn und dann Geldion nervös an. Sie erinnerte sich gut an Garys Erzählungen von der Felsenburg und den echsengleichen Wachen, die dem mächtigen Robert zu Diensten gewesen waren.

»Sie werden die Berge nicht einnehmen«, sagte Geldion entschlossen. »Von hier aus können wir uns hervorragend verteidigen.«

»Anderthalb Tage lang«, sagte Gary.

»Bis die Hexe angeflogen kommt«, fügte Mickey ernst hinzu.

Präventivschlag

Als es am nächsten Morgen dämmerte, standen Gary, Diane und Mickey zusammen mit König Kinnemore, Geldion und Lord Badenoch auf einer Hochebene zwischen den aufragenden Bergen und sahen nach Osten ins Flachland hinab.

Die Sonne schob sich gerade über den Horizont, sandte ihre

Lichtfinger über das Flachland hinaus; aber alles, was die Gefährten erblickten, war ein Nebel aus Staub und darunter eine so vollständige Dunkelheit, daß es schien, als rolle eine faulige Flut oder ein großer, schwarzer, formloser Schlammstrom auf sie zu.

»Tausende«, sagte Kinnemore und schien sich zum ersten Mal zu fragen, ob es so klug gewesen war, nach Penllyn zu kommen.

»Zehntausende«, berichtigte ihn Badenoch. »Begierig, ihrer neuen Herrin zu folgen und sie als ihre neue Göttin zu salben.«

»Wir könnten uns aus Penllyn zurückziehen«, schlug Geldion vor. »Fast die halbe Armee ist beritten und sollte jeden Stoßtrupp abwehren können, der uns in die Flanke fallen will.«

»Und wohin dann?« fragte der König. »Zurück nach Haus? Zurück nach Connacht und Braemar? Welche Stadt wird Ceridwen wohl zuerst angreifen lassen?«

»Braemar«, warf Badenoch prompt ein. Sein Städtchen lag Penllyn am nächsten, von Connacht einmal abgesehen.

»Connacht«, berichtigte ihn Kinnemore. »Ceridwen ist wütend. Sie wird direkt auf die Krone zielen, genau auf mein Herz.«

»Die hohen Mauern Connachts werden …«, begann Geldion, und ein entschlossenes Zähnefletschen begleitete seine Worte. Aber Kinnemore schnitt ihm mit einer Handbewegung das Wort ab.

»Die hohen Mauern Connachts werden gegen Hexenzauber nicht viel ausrichten können«, antwortete der König. »Ceridwen wird schon für die Lücken sorgen, durch die ihre scheußliche Armee dann strömen kann.«

»Wir bringen fünf Molche um für jeden Mann!« versprach Geldion.

»Und selbst dann, will mir scheinen, bräuchten wir noch zehnmal so viele Männer«, antwortete der König. Aber er schien trotz der ernsten Rede nicht verzagt, sondern auf seine Weise mindestens ebenso entschlossen wie sein impulsiver Sohn.

»Was habt Ihr vor?« fragte Diane ihn geradeheraus.

»Morgen kommt Ceridwen frei«, gab Kinnemore zurück. »Heute muß sie noch auf ihrer Insel bleiben.« Er sah Diane direkt an, und sein Blick zeigte, daß er es völlig ernst meinte und bei klarem Verstand war. »Ihrer kleinen Insel.«

»Donnerlittchen«, hörten sie Mickey murmeln.

Da ging Gary ein Licht auf, und er teilte die Einschätzung des Kobolds. »Ihr wollt sie angreifen«, sagte er zu dem König, und es klang wie ein Vorwurf.

Kinnemore zuckte nicht mit der Wimper. »Mein Sohn wird das Kommando …«

»Ich gehe mit Euch!« unterbrach ihn Geldion.

Kinnemore schwieg lange und sah den Prinzen prüfend an. Geldion war sein Leben lang von geradezu fanatischer Loyalität gewesen, selbst als die Befehle des falschen Königs seiner eigenen, besseren Sicht der Dinge nicht entsprochen hatten. Dies vor allem hatte Kinnemore erfahren, wann immer er mit seinen Generälen und alten Freunden über ihn gesprochen hatte. Wenn er seinen Sohn jetzt zwang zurückzubleiben, wäre das schlicht ungerecht, und wenn Geldion dreimal derjenige war, der die Armee am besten in die Schlacht gegen die Lavamolche führen konnte.

Er nickte, ein wenig nur, und Geldion erwiderte das Nikken.

»Lord Badenoch«, sagte der König und wandte sich zu dem stolzen Mann um, »es scheint, als hätte ich keinen Oberbefehlshaber.«

Stets auf die Einhaltung der Etikette bedacht, gab der Lord keine Antwort, sondern straffte sich nur.

»Und so übergebe ich Euch das Kommando über die Truppen von Connacht«, fuhr Kinnemore fort. »Und für den Fall, daß wir nicht zurückkehren, übergebe ich Euch auch die Krone. Tragt sie mit Bedacht, guter Mann, denn Eure ersten Tage als König dürften von schwierigen Entscheidungen erfüllt sein.«

Unerwarteterweise schüttelte Badenoch den Kopf. »Diesem Wunsch muß ich mich verweigern«, sagte er, und nicht nur Kinnemore verschlug es vor Überraschung den Atem.

»Ihr habt einen Oberbefehlshaber«, erklärte der Lord von Braemar. »Und wenn ich es auch schätze, daß Prinz Geldion Euch auf diese höchst wichtige Mission begleiten will, so fürchte ich, daß seine Entscheidungsfähigkeit getrübt ist und es ihm an Weisheit mangelt.«

»Ihr wählt Worte, die als verräterisch angesehen werden könnten«, antwortete Kinnemore, aber es lag keine Drohung in seiner gebieterischen Stimme.

»Wenn sie nicht wahr wären, wären sie das auch. Die Mission nach Ynis Gwydrin ist von höchster Wichtigkeit, aber das ist die bevorstehende Schlacht ebenfalls. Unsere Armeen müssen gut kämpfen, oder sie werden in diesen Bergen untergehen. Wenn Euer Vertrauen mir auch schmeichelt, so muß ich doch gestehen, daß ich es nicht verdient habe. Ich habe nie eine Armee geführt, die auch nur ein Viertel Eurer Truppen umfaßte, und mit der Ausbildung und Taktik Eurer Männer bin ich ebenfalls nicht vertraut.«

»Bestimmt gibt es Befehlshaber …«, begann Kinnemore zu argumentieren, aber Badenoch war unnachgiebig.

»Ich habe Eure Armee kämpfen gesehen, als ihr die Führung Prinz Geldions fehlte«, sagte er mit fester Stimme. »Das war kein beeindruckender Anblick.«

»Ich wünsche, nach Ynis Gwydrin zu gehen«, sagte Geldion durch zusammengebissene Kiefer, denn die Chancen, seinen Vater zu begleiten, schwanden zusehends.

»Aber Ihr werdet hier gebraucht«, antwortete Badenoch. »Um unsere vereinten Streitkräfte in einer Schlacht zu lenken, die die Geschicke des ganzen Landes bestimmen kann. Ich verstehe Euren Wunsch und bewundere Eure Loyalität und Euren Mut. Aber Ihr seid ein Prinz von Faerie, und falls Ihr Eurem Vater je auf den Thron folgt, Prinz Geldion, so müßt Ihr lernen, daß Eure eigenen Wünsche von geringer Bedeutung sind. Ein Führer zu sein bedeutet, die Bedürfnisse seiner Untertanen zu erkennen und sie über seine eigenen Wünsche zu stellen.«

Gary und alle anderen bekamen vor Fassungslosigkeit den Mund nicht mehr zu. Indem Lord Badenoch so mit dem Prinzen redete, ihn vor aller Augen schalt, hatte er die empfindliche, noch junge Allianz auf eine harte Probe gestellt. Aber seine Worte waren ehrlich gewesen und von unbestreitbarer Klugheit, und das schien selbst Geldion zu begreifen, denn er zeigte keinerlei Anzeichen eines bevorstehenden Ausbruchs.

König Kinnemore setzte zu einer Antwort an, aber dann schaute er nur nachdenklich zu seinem Sohn.

Geldion starrte in die Runde, und sein Gesicht zeigte wieder diesen gefangenen und hungrigen Ausdruck, der in den vergangenen Jahren für ihn typisch gewesen war. Dieser Ausdruck verwandelte sich jedoch erst in Resignation und dann in offene Anerkennung. Gary und vor allem Diane sahen das ganz deutlich, sahen, daß Prinz Geldion gerade die erste echte Probe dieses neuen Königreiches bestanden hatte.

Es schien Diane, als wäre in diesem Moment aus einem Prinzenjungen ein echter Thronfolger geworden.

»Mit Eurer Erlaubnis«, sagte er zu seinem Vater, »möchte ich mich von der Reise nach Ynis Gwydrin entschuldigen. Ich werde tun, was Ihr mir zuerst aufgetragen habt, und unsere Armee zum Sieg über die angreifenden Lavamolche führen.« Er machte eine Pause und starrte Badenoch an, der sich um eine gleichgültige Miene bemühte, aber sein breiter werdendes Lächeln nicht ganz verbergen konnte.

»Lebt wohl, mein Vater«, sagte Geldion, arg bemüht, daß

seine Stimme nicht brüchig klang. »Und ich bitte Euch, paßt auf Euch auf.«

»Jetzt kommt's, Junge«, flüsterte Mickey, als sowohl Geldion als auch Kinnemore sich zu Gary umdrehten.

»Ich gehe mit Euch«, sagte Gary, der erklärte Favorit der Krone, bevor der König auch nur fragen konnte.

»Und ich ebenfalls«, fügte Diane prompt hinzu.

Mickey ächzte hinter ihnen, und Gary mußte lächeln. Er kannte Mickey McMickey inzwischen gut genug, um zu wissen, daß der loyale Kobold auch in der dunkelsten Stunde nicht von seiner Seite weichen würde.

Kinnemore nahm Garys Angebot mit einem entschlossenen Nicken an, dann sah er von dem Speerträger zu seiner Frau.

»Sie kommt mit«, sagte Gary, und seine ruhige Stimme ließ gar nicht erst Raum für eine Debatte.

Wieder nickte der König und dachte dabei, daß das Vertrauen, das Gary in seine Gemahlin setzte, wirklich etwas ganz Besonderes war.

Bald danach herrschte im Lager bei Loch Gwydrin rege Geschäftigkeit; die Soldaten legten ihre Waffen zur Seite und griffen zu Beilen, Nägeln und Stricken. Tommy war überaus hilfreich, immer wieder lief er los und kehrte mit Ästen und ganzen Baumstämmen zurück, die zerteilt und zu Flößen zusammengebunden werden konnten.

Gary, der von Kinnemore angewiesen worden war, die Rüstung anzubehalten, Diane und Mickey blieben während der Bauarbeiten beim König, leisteten dem entschlossenen, aber sichtlich besorgten Mann Gesellschaft. Während dieser Stunden hatte Kinnemore wenig zu sagen, nicht einmal als Diane verkündete, daß sein Sohn eines Tages einen feinen König abgeben würde.

Mickey und Gary waren sich da nicht so sicher, denn sie hatten auch die andere Seite des Prinzen kennengelernt. Aber keiner der beiden widersprach, denn sie hofften, daß Diane recht hatte.

Kurz nach dem Mittag war eine kleine Flotte von fünfzehn Flößen fertiggestellt; jedes konnte zwischen sieben und neun Soldaten tragen, zusätzlich zu denen, die an den Rudern waren. Es waren unförmige Dinger, zusammengebundene Stämme eben; aber der See war nicht groß, und die Insel im Schatten der hochaufragenden Klippen war nur ein paar hundert Yards vom Ufer entfernt.

Kinnemore teilte rasch seine Truppen ein. Es brauchte vier Mann, um jedes Floß ordentlich steuern zu können, und alle Flöße bis auf eines würden wieder hierher zurückkehren, um weitere Männer hinüberbringen zu können, falls es nötig war und sein Sohn sie entbehren konnte. Damit würden etwa hundertzwanzig Soldaten ihn und seinen Favoriten nach Ynis Gwydrin begleiten – oder besser: seine Favoriten, denn Diane spielte diese Rolle ebensogut wie Gary. Kinnemore wählte die Floßführer aus der kleinen Zahl von Freunden, die er aus den Tagen vor der Verwandlung in den Haggis noch kannte; aus den paar Soldaten, die stark genug gewesen waren, trotz der ungebärdigen Herrschaft des Haggis in ihrer geliebten Armee zu bleiben. Diese Männer wiederum ließ der König ihre Untergebenen auswählen, und dann wurde der Rest der Floßbauer, dreihundert Mann etwa, entlassen und für weitere Anordnungen zu Prinz Geldion geschickt.

All dies wurde rasch und effizient erledigt, ohne Verzögerungen – bis auf eine.

Tommy, der genau wußte, daß keines der Flöße sein immenses Gewicht tragen konnte, sah Gary tieftraurig an. Tommy hatte diesen See bereits zu Fuß durchquert (und dabei einmal sogar Gary und seine Gefährten getragen), aber selbst der nicht allzu helle Riese schien zu begreifen, daß er diesmal nicht würde mitgehen dürfen.

»Du mußt zu Prinz Geldion und Lord Badenoch zurück«,

versuchte Gary mit fröhlicher Stimme, die Dinge positiv darzustellen. »Sie können einen kräftigen Burschen wie dich in der Schlacht gut brauchen!«

Der Riese schüttelte den Kopf. »Tommy geht mit euch auf die Insel«, antwortete er. »Tommy möchte die Lady wiedersehen.«

Sein Tonfall ließ Gary und Mickey nervöse Blicke tauschen. Ceridwen hatte Tommy während seiner Jahre auf der Insel nicht schlecht behandelt und war dem kindlichen Riesen eine Art Ersatzmutter geworden. Falls Tommy noch einen Anflug von Loyalität für sie verspürte, würde das Kinnemores Mission nicht gerade leichter machen.

»Tommy weiß noch«, sagte der Riese entschlossen. Wieder sahen Gary und Mickey einander an. »Tommy weiß noch, was die böse Lady auf dem einen Berg gemacht hat.«

»Dem einen Berg?« fragte Diane.

»Dem Daumen des Riesen«, erklärte Gary ein wenig erleichtert. Falls sie Tommy nicht davon überzeugen konnten zurückzubleiben, so würde er in diesem Unternehmen doch wenigstens auf ihrer Seite sein, selbst wenn sich herausstellte, daß ihr Ziel der Tod Ceridwens war. Beim Daumen des Riesen hatte die Hexe sich gegen Tommy gewandt und sie beinahe allesamt umgebracht – bis Gary ihr den mächtigen Speer hatte in den Bauch rammen und sie so nach Ynis Gwydrin verbannen können.

Aber Gary hielt es immer noch für richtig, daß Tommy zu Geldion und Badenoch ging. In der bevorstehenden Schlacht war der kräftige Riese ohne Zweifel eine größere Hilfe als in den engen Mauern des Hexenschlosses.

»Du kannst in den meisten Räumen nicht einmal aufrecht stehen«, argumentierte er. »Wenn du mit uns zum Schloß gehst, dann mußt du doch nur draußen warten, während wir reingehen und Ceridwen suchen können.«

Der Riese machte einen gewaltigen Schmollmund.

»Aber wenn du hierbleibst«, fuhr Gary hoffnungsvoll fort, »dann kannst du im Kampf helfen. Und sie können dich brauchen, Tommy.«

Der Riese ließ die Lippen gespitzt, während er darüber nachdachte. »Tommy mag aber nicht«, sagte er schließlich.

»Und Geldion auch nicht«, warf Diane ein. »Er wollte mit seinem Vater mitgehen, aber er wußte, daß es für alle besser ist, wenn er dableibt. Und das ist es, was wir jetzt tun müssen, Tommy. Überlegen, was für alle besser ist.«

Der Riese schüttelte störrisch den Kopf, aber am Ende stimmte er doch zu, und nachdem er alle Flöße abgestoßen hatte (und was war das für ein Start!), winkte er Gary, Diane und Mickey zum Abschied zu, nickte entschlossen und folgte den Soldaten in die Berge.

Prinz Geldion stand mit seinem Pferd, demselben Grauen, den er auf den beiden Reisen zu den Crahgs benutzt hatte, auf einem hohen Felsvorsprung am Ende eines Tales, das sich zu den Feldern östlich von Penllyn öffnete. Als er und Badenoch mit ihren engsten Vertrauten hier angelangt waren, hatte er den Anblick noch herrlich gefunden.

Bald danach hatte er nur noch das herandrängende Verhängnis sehen können, die Armee der Lavamolche, die wie der Schatten einer dunklen Wolke über die Felder geglitten kam.

»Zu viele«, flüsterte Badenoch neben ihm.

Geldion sah den Lord an.

»Ich denke ebenfalls, daß wir sie genau hier in den Vorbergen einkesseln müssen«, fuhr Badenoch fort. »Aber ich fürchte, es sind zu viele, als daß sie überhaupt alle in dieses Tal hineinpassen.«

Prinz Geldion war selbst nicht überzeugt genug, um ihm widersprechen zu können. Sein erster Plan zur Verteidigung Penllyns war schlicht. Sie würden die Lavamolche in die

Berge zu locken versuchen, in ein paar ausgewählte Gebiete, vor allem in das Tal unter ihnen, wo sie ihre Truppen genug zusammenziehen konnten, um ein weiteres Vordringen zu verhindern. Darum waren in diesem Augenblick Geldions Reiterei und ein einzelner, beeindruckender Riese dabei, südlich der angreifenden Armee aus den Bergen zu schlüpfen, um den Lavamolchen in die Flanke zu fallen. Allen Berichten zufolge waren die Lavamolche nicht beritten, und so sollten sie der schnellen Truppe nicht allzuviel antun können, denn die Soldaten waren nicht zum Kämpfen hinausgeschickt worden, sondern um die Molche zu lenken.

Prinz Geldion betete, daß die Lavamolche, die so erpicht darauf waren, zu Ceridwen zu kommen, gar nicht erst anhielten, um sich mit kleinen Unannehmlichkeiten wie einem Reitertrupp zu befassen. Hoffentlich glaubten sie, in den rauhen Bergen besser gegen Reiter kämpfen zu können als auf freiem Feld, und hielten es für klüger, dem Riesen auszuweichen, ganz gleich, auf welchem Gelände. Wenn ja, würden sie einfach nur langsam Richtung Norden ausweichen und näher an die Vorberge und das Tal herankommen, das als Schlachtfeld auserkoren worden war.

Alle hereinkommenden Berichte deuteten darauf hin, daß Geldion mit seiner Einschätzung richtiglag. Die Lavamolche, die die Reiterei an Boden gewinnen ließen und vor Tommy flohen, was das Zeug hielt, drifteten beständig nach Norden ab. Aber das beruhigte den taktisch denkenden Prinzen nur wenig, denn er fürchtete, daß sich Lord Badenochs Vermutung, die Lavamolche könnten einfach wie eine Flutwelle über alle Pässe hinwegschwärmen, ob nun bewacht oder unbewacht, als schmerzhaft wahr erweisen mochte.

»Alle Truppen sind bereit, mein Prinz!« sagte einer seiner Berater entschlossen, und Geldion nickte. Er hegte an der Disziplin seiner Krieger keinen Zweifel, und an der der Männer von Braemar ebenfalls nicht.

»Dann sagt den Schützen, sie sollen ihre Bögen spannen«, gab Lord Badenoch zurück und nickte zum östlichen Ende des Tals hinüber. Die vordersten Läufer der Molchstreitmacht hatten es schon beinahe betreten.

Einen Augenblick später erblickten sie die winzigen Figuren der Reiterei auf dem breiten Talgrund, die hart darum kämpften, die Molche weiter abzudrängen. Reiter griffen rasch an und zogen sich noch rascher wieder zurück. Als einer von ihnen einen Molch über den Haufen ritt, der sich zu weit von den Reihen entfernt hatte, zuckten Geldion und die anderen zusammen. Das Pferd geriet ins Stolpern, und obwohl der Mann es schaffte, im Sattel zu bleiben, kostete ihn das doch wertvolle Augenblicke. Bevor er sein Pferd zurück in den Galopp bringen konnte, fiel eine Gruppe von Lavamolchen über ihn her und brachte ihn zu Fall. Andere Reiter eilten ihm zu Hilfe, aber sie wurden von den gewalttätigen Scharen abgedrängt. Tommy griff an und zerschmetterte die Molche, aber da war der Soldat schon verloren.

Die zischelnden Stimmen erhoben, mit Keulen und Schwertern gegen die schäbigen Schilde schlagend, so donnerte die gewaltige Hauptmasse von Ceridwens Streitmacht in das Tal hinein.

Badenoch sah zu Geldion, aber der Prinz war ganz ruhig. »Laßt sie nur kommen«, sagte er leise, weniger zu Badenoch als zu sich selbst, um Ruhe und Geduld nicht zu verlieren.

Das halbe Tal war voll von Lavamolchen, und die ersten Reihen schlängelten sich die felsigen Vorberge hinauf, sicher nicht nur hier, sondern auch im Norden.

Und noch immer wartete Geldion ab. Das Überraschungsmoment würde nur kurz sein; sie mußten es daher so gut wie möglich ausnutzen.

Der größte Teil des Tals war nun von Dunkelheit erfüllt. Lavamolche strömten in vielen Richtungen von ihr weg, Pfade hinauf, die meist ins Nichts führten.

Schließlich nickte Geldion, und der Soldat zu seiner Linken hob das Horn an die Lippen und blies einen einzigen, klaren Ton.

Und dann erhob sich das Gebrüll der Truppen von Connacht und Braemar. Das Summen eines halben Tausends Bogensehnen wurde von den Bergwänden zurückgeworfen, und eine Mauer aus Pfeilen zerschnitt pfeifend die Luft.

Die Molchmassen ergossen sich weiterhin in das Tal, und Schmerzensschreie mischten sich in ihre gezischelten Kampflieder. Pfeile flogen so dicht wie Heuschrecken, und im Gegenzug kamen nur wenige aus dem Talgrund emporgeschossen.

Auf den Wegen, die nicht abrupt in den Bergwänden endeten, fanden sich die vordersten Molchsoldaten plötzlich im Nahkampf wieder – und meist in der schlimmsten aller Angriffspositionen, einen Felsvorsprung entlang. Das Klirren von Stahl gesellte sich zum Schwirren der Bögen, und kreischend stürzten Molche von den hohen Klippen, krachten zwischen die Toten ins Tal hinab.

In all ihren Jahren, all ihren Kämpfen hatten weder Geldion noch Badenoch, ja noch nicht einmal die Berufssoldaten um sie herum ein solches Massaker erlebt. Die Verheerung war entsetzlich, bald war der Talgrund schwarz von den sich windenden Leibern sterbender Molche. An einem Teil der Südwand ließen Geldions Männer sogar eine kleine Lawine niedergehen, die hundert Molche zugleich unter Tonnen von Gestein begrub.

Aber tausend Molche schwärmten über die Stelle hinweg, nachdem der Berg wieder zur Ruhe gekommen war.

Überall im Tal und auf den Nordpässen war die Zahl der Eindringlinge schier endlos, jeder Sterbende wurde von zwei Nachrückern ersetzt, und diese beiden wiederum von vieren. Unvermindert ließen die Bogenschützen Tod und Vernichtung auf die Angreifer niederregnen, während die Soldaten auf den strategisch wichtigen Felsvorsprüngen einen Molch nach dem anderen erschlugen.

Und trotzdem wurde das Tal voller und voller. Und trotzdem ging wertvoller Boden verloren, wann immer einer der Soldaten auf den Vorsprüngen starb. Und diejenigen Molche, die es in die Vorberge entlang der Nordpässe geschafft hatten, konnten die Verteidigungslinien rasch umgehen.

So ging es eine gute halbe Stunde, die Leichen der Lavamolche türmten sich hoch auf, aber dann begann sich das Blatt zu wenden, die Verluste sich einander anzugleichen.

»Gut gefochten«, bemerkte Lord Badenoch zu Prinz Geldion, als die beiden zu einem neuen Beobachtungspunkt kamen, der weit hinter den Reihen der königlichen Soldaten lag. Geldion sah den älteren Mann prüfend an. Badenochs Worte schienen wahr genug, aber sein Tonfall hatte ein Gefühl völliger Hoffnungslosigkeit offenbart.

»Ich weiß, wie Ihr Euch nun fühlt«, erklärte der Lord von Braemar. »Denn ich habe dasselbe gefühlt, als meine Armee hinaus auf die Felder zog, um die Truppen Connachts anzugreifen. Unsere Strategie ist hervorragend, und wir haben die Molche in einem Verhältnis von zehn zu eins oder besser getötet. Aber sie sind es, die Soldaten entbehren können, und nicht wir.«

Schmerzhaft wahr klangen diese ernsten Worte in Geldions Ohren, als er in das nun weit entfernte Tal hinunterschaute, dessen Boden von einer schwarzen Masse wimmelte, die noch nicht einmal in die Nähe der Kämpfe gekommen war. Die ganze Ostgrenze Penllyns, vom Norden bis zum Süden, war nun in Feindeshand.

Geldion sah über die Schulter nach Westen zurück, zu den höheren und noch immer offenen Wegen, die gute Verteidigungsmöglichkeiten boten. Aber er machte keine hoffnungsvolle Miene dabei, denn es stand zu befürchten, daß sie bald nirgendwohin mehr würden fliehen können.

Kapitulationsbedingungen

Am Strand von Ynis Gwydrin warteten die abgerissenen Wachtruppen der Hexe schon auf sie, Goblins zumeist, aber auch andere Rassen, darunter mehr als nur ein paar Menschen, die seit Jahren in Ceridwens Gefangenschaft waren und ihren Befehlen nur aus Angst vor Repressalien gehorchten. Die undisziplinierten und untrainierten Wachen rannten als wilder Haufen auf das erste anlandende Floß zu, schwärmten wie Ameisen darum herum und brachten die Soldaten in arge Bedrängnis.

Die Soldaten des nachfolgenden Floßes jedoch, zu denen auch Gary und Diane gehörten, erreichten das Ufer relativ ungestört. Mickey benutzte seine Tricks, um das Durcheinander beim ersten Floß noch zu steigern; er ließ Männer erscheinen, wo keine waren, so daß mancher wild zuschlagende Goblin nur leere Luft traf und in den Sand purzelte. Gary führte den Sturm der Fußtruppen an. »Ergebt euch dem Speerträger!« riefen sie bei jedem schnellen Schritt.

Sie formierten sich hinter ihm zu einem Keil und rannten mitten in den Mob hinein. Wie ein Blitz fällte Gary einen Goblin nach dem anderen. Dann teilten sich die monströsen Reihen, und plötzlich stand ein Menschensoldat vor ihm, ein schmutziges Wrack.

Aber eben ein Mensch.

»Ergib dich!« rief Gary und drückte ihm die tödliche Speerspitze gegen den Bauch. »Ergib dich!« Gary hoffte verzweifelt, daß der Mann gehorchen würde, hoffte verzweifelt, daß er keinen Menschen zu töten brauchte. So war er wirklich erleichtert, als sein Gegner die behelfsmäßige Keule fortwarf und unterwürfig auf die Knie fiel, um immer wieder »Sir Cedric« zu flüstern.

Der Keil drängte weiter vor, verband sich mit den Soldaten auf dem Floß. Die Kämpfer der Hexe schwärmten auseinander, um die Truppe einzukreisen, aber wie sie sich so von den königlichen Soldaten entfernten, gaben sie wunderbare Ziele für die Bogenschützen ab, die am Strand gewartet hatten.

Als der Pfeilregen nachließ, war aus dem dreieckigen Keil ein Viereck geworden, hatten die Soldaten sich zu einem defensiven Diamanten formiert, und obwohl Ceridwens Truppen noch immer in der Überzahl waren und die Eindringlinge umzingelt hatten, kämpften die geschickten königlichen Soldaten nun Rücken an Rücken und hielten die Reihen fest geschlossen.

Gary, der die Truppe noch immer anführte, ließ sie herumschwenken und den Strand hinaufdrängen. Die vordere Spitze des Diamanten pflügte durch das Meer der Feinde wie der Bug eines schnellen Schiffes.

»Da oben!« erklangen mehrere Rufe, und Gary erkannte auch Dianes Stimme. All die königlichen oder Inselsoldaten, die nicht gerade in einen Zweikampf verwickelt waren, sahen auf und erblickten einen schwarzen Schwarm, der aus einem der hohen Türme des Kristallpalastes geflogen kam. Es waren Flederaffen, und sie kreischten und peitschten die Luft mit ihren ledrigen Schwingen. Schlimmer noch, aus dem Haupttor des Schlosses kamen zwei riesige Gestalten, Bergtrolle, von Kopf bis Fuß mit Eisen gepanzert und mit Schwertern gerüstet, deren verzauberte, glühende Klingen größer als Gary waren und so breit wie der Schenkel eines kräftigen Mannes.

Furchtlos griffen die vordersten Connachtsoldaten die Trolle an und verpaßten ihnen kräftige Hiebe. Aber die feinen Waffen nahmen sich neben den Scheusalen wie Spielzeug aus und prallten von den fingerdicken Rüstungen einfach ab.

Die Trolle ließen die gewaltigen Klingen durch Schilde, Rüstungen und Fleisch zugleich fahren, schnitten mit jedem einzelnen Hieb einen ganzen Pfad der Zerstörung.

Gary begriff, was er zu tun hatte. Er allein besaß eine Waffe, die durch die eisernen Rüstungen dringen mochte, und so brach er aus der Formation aus und rannte über den Sand – und die kleineren Inselsoldaten, die ihn herannahen sahen, sprangen ihm eilends aus dem Weg!

Ihr dürft sie nicht zum Zuge kommen lassen, tapferer junger Sproß, erklärte die beseelte Waffe. *Mit einer guten Stellungsarbeit bringen wir das hinter uns*!

Gary gab keine bewußte Antwort, aber als er sich dem ersten Troll näherte, nickte er. Er wich weit zur Seite aus und zuckte zusammen, als der Troll sein Schwert herumfahren und einen unglückseligen Soldaten durch die Luft segeln ließ. Dann griff Gary an, stach heftig nach dem Bein des Trolls. Funken stoben auf, als die Speerspitze gegen die schwere Rüstung stieß, und wie Gary erwartet hatte (wie er gebetet hatte!), drang der mächtige Speer, die stärkste Waffe der Welt, durch das Metall hindurch.

Das Bein knickte ein, und der Troll brüllte auf. Er geriet nicht ins Stolpern, aber als Gary den Speer wieder herausriß, brüllte er noch viel lauter. Rasch rannte Gary außer Reichweite des stolpernden Dinges.

Diane, die zusammen mit einer Handvoll Fußsoldaten zum Schutz König Kinnemores und der Bogenschützen beim Wasser geblieben war, hörte das Gebrüll. Ihr Herz setzte mehr als nur ein paar Schläge aus, als sie sah, wie ihr Ehemann waghalsig um den verwundeten Troll herumsauste und zwischen den beiden riesenhaften Gestalten verschwand.

»Mickey!« rief sie, damit der Kobold ihm irgendwie beistehen konnte; aber als sie sich umdrehte, sah sie Mickey hinter den knienden Soldaten stehen, und er konzentrierte sich ebenso wie diese auf die näherkommenden Flederaffen.

Die Bogenschützen schossen alle zugleich, und der Kobold mit seinem Zauberspruch ließ jeden Pfeil wie zehn erscheinen. Kaum ein Dutzend der sechzig Flederaffen mußten Treffer einstecken, und gerade einmal die Hälfte davon waren schwer, aber die ganze Horde verfiel in Angst und Schrecken; alles duckte sich vor falschen und echten Geschossen, krachte ineinander und verfiel in verzweifelte Manöver, die völlig nutzlos blieben.

Rasch machten die Schützen sich wieder bereit und feuerten erneut, aber bevor die Pfeile noch recht schwirrten, hatten Mickeys Gaukeleien die Flederaffen schon zerstreut. Ein paar wurden noch getroffen und taumelten vom Himmel herab; der Rest aber ergriff die ungeordnete Flucht in jede Richtung, die irgendwie von Kinnemores gemeinen Soldaten wegführte.

Als Gary hinter ihn sauste, versuchte der Troll, sich trotz seines zerfetzten Beines mitzudrehen. Mit einem durchdringenden Krachen brach das Knie vollends. Noch in der Drehung ließ der Troll das Schwert fallen, umklammerte sein Bein und ging zu Boden. Ein Schwarm von Connachtsoldaten, die dem Speerträger gefolgt waren, dem Favoriten ihres Königs, fiel über das Untier her und machte ihm mit gewaltigen, gnadenlosen Hieben den Garaus.

Gary, der den zweiten Troll angriff, bekam kaum etwas davon mit; er konzentrierte sich ganz auf das, was vor ihm lag. Er hielt den Speer gerade nach vorn, die eine Hand in der Mitte des Schafts, die andere an seinem Ende, und senkte den Kopf, als wollte er auch diesem Troll die Waffe durch das Bein rammen.

Der Troll riß sein Schwert hoch und holte aus, um den Winzling zu zerhacken. Mehr als einer der Soldaten hinter Gary schrie auf, weil er den Mann schon verloren glaubte; der jedoch blieb schlitternd stehen und riß, sich plötzlich aufrichtend, die hintere Hand nach vorn, schleuderte den Speer mitten in das dümmste Gesicht hinein, das er je gesehen hatte.

Der Troll riß sein Schwert herum und versuchte zu parieren, und für einen Moment glaubte Gary schon, es könnte ihm gerade noch gelingen. Dann aber stand das Biest reglos da, mit weit ausgestreckten Armen, das Schwert noch immer in der Hand, und das hintere Ende des Speeres ragte ihm gleich unter dem Kinn aus dem Hals hervor.

Das Schwert fiel in den Sand, und der Troll faßte sich mit beiden Händen in den Nacken, fummelte mit kraftlosen Fingern am anderen, tödlicheren Ende des Speeres herum.

Er fiel nach vorn, und Gary tat gut daran, ihm aus dem Weg zu springen.

Innerhalb weniger Minuten war der Kampf entschieden, lagen Dutzende von Goblins und ein paar von Ceridwens Menschen tot im Sand, drängten sich noch etliche Menschen mehr kapitulierend auf dem Boden aneinander, und eine noch größere Zahl von Monstern und Menschen lief in wilder Flucht über den Strand davon.

Gary brauchte ein halbes Dutzend Männer und eine ganze Weile, um den toten Troll herumzudrehen und den blutigen Speer wieder freizubekommen, und als er die Waffe zurückhatte, waren Diane, Kinnemore und Mickey bereits bei ihm angelangt.

Der König sagte nichts, aber seine bewundernde Miene zeigte, daß er nun noch größeres Vertrauen in den Mann setzte, den er zu seinem Favoriten erklärt hatte. Gary wußte, daß auch Diane auf ihn stolz war; ihr säuerlicher Blick jedoch offenbarte nur ihren Ekel über das Blutbad am Strand und die blutigen Klumpen, die Gary von seiner herrlichen Waffe wischen mußte.

Bald hatten die erfahrenen Soldaten von Connacht den ganzen Strand bis zum Kristallpalast hinauf gesichert und je ein Gelände für die Verwundeten und die Gefangenen abgesteckt.

König Kinnemore zog seine Führer zusammen und befahl ihnen, die Insel von Gegnern zu säubern. Dann pickte er sich eine Gruppe von Soldaten heraus, die ihn und Gary (und Diane und Mickey – und der Kobold war davon nicht gerade begeistert!) zum Verhandeln ins Schloß begleiten sollten.

Kinnemore erwies Gary die Ehre, an die gewaltigen Tore des Schlosses klopfen zu dürfen, und Gary war so klug, dies mit dem hinteren Ende des Speeres zu tun. Funken stoben, und es gab einen Knall, und Gary wurde mehrere Schritte zurückgeworfen. Hätten ihn nicht zwei Soldaten aufgefangen, wäre er glatt auf dem Hintern gelandet.

»Eine kleine Falle«, sagte er verlegen und war froh, daß er seinen großen Helm aufhatte, denn so konnten die anderen, besonders Diane und Kinnemore, nicht sehen, daß ihm die Haare zu Berge standen.

Mit einem entschlossenen Knurren trat er wieder an das Tor und klopfte erneut an, heftiger sogar. »Kleine Hex, kleine Hex, laß mich rein, laß mich rein!« rief er mit seiner besten Großer-böser-Wolf-Stimme. Er wandte sich zu Diane um und blinzelte ihr durch den Sehschlitz zu. »Ceridwen hat 'ne Glatze, glitze-glotze-glatze!« sang er in dem Versuch, sich seine tatsächlichen Ängste nicht anmerken zu lassen.

Diese Ängste kamen zum Vorschein, als das Tor plötzlich aufschwang und Gary brüllend einen Satz nach hinten machte.

Geek, der spindeldürre Goblin, stand da und sah den Speerträger verwundert an.

»Wir sind gekommen, um mit Ceridwen zu reden!« verkündete König Kinnemore.

Geek nickte dümmlich. »Die Lady will euch sehn«, erklärte er, und sein zuversichtliches, böses Grinsen angesichts der bewaffneten Übermacht ließ mehr als nur ein paar Soldaten nervöse Blicke tauschen, und auch Gary, Diane und Mickey fragten sich, ob sie gerade dabei waren, in die sprichwörtliche Höhle des Löwen zu spazieren.

König Kinnemore jedoch trat furchtlos ein, und so mußten die anderen ihm folgen.

Die Armeen von Connacht und Braemar schlugen sich wakker, setzten das Schlachtfest fort, das zwischen den Felsdurchbrüchen in den großen Vorbergen am Ostrand Penllyns begonnen hatte. Aber die gewaltige Lavamolchstreitmacht ließ sich nicht aufhalten, sie nahm einen Paß nach dem anderen ein und warf die Verteidiger immer weiter nach Westen zurück.

Am Nachmittag wurden auch Geldion und Badenoch in den Kampf verwickelt, beide tränkten sie ihre Schwerter mit Blut und gewannen viele kleine Scharmützel. Tommy Ein-Däumling war da schon verheerender, der Riese fegte ganze Lavamolchhorden auf einmal zur Seite. Aber als Badenoch und Geldion später zu ihm kamen, an der Kante einer hohen Klippe, von der man nach Ynis Gwydrin hinübersehen konnte, sahen sie, daß er am Ende seiner Kräfte war. Der völlig erschöpfte Tommy war ein gutes Spiegelbild ihrer gesamten Armee, sein resignierter Blick sprach Bände. Aber der Prinz und der Lord von Braemar wußten längst, daß sie nicht gewinnen konnten.

Mann für Mann hatte sich die Menschenarmee auf einem Hochplateau im Norden des inneren Penllyn gesammelt. Überall um sie herum waren die gutorganisierten Lavamolche, hauptsächlich aber auf den tieferen Feldern im Norden, um ihnen den Fluchtweg aus den Bergen abzuschneiden.

Prinz Geldion verfluchte sich selbst dafür. Sie hätten die Molche ein paarmal attackieren sollen, aber mit dem Ziel, sich schließlich aus den Bergen zurückzuziehen.

»Das hätten wir uns nicht leisten können«, erinnerte Badenoch ihn prompt. »Die Berge waren unser bester Schutz, ein besserer als die Mauern von Connacht.«

»Und wie viele Soldaten werden nun noch aus Penllyn herauskommen?« fragte Geldion bitter. »Und was sollen Connacht und Braemar ohne ihre Truppen tun, wenn die Hexe kommt?«

Um diese Sorgen konnte Badenoch ihn nicht erleichtern. Er zuckte mit den Schultern und sah auf die schwarzen Scharen hinab, die seine Truppen einkreisten. Der Ring wurde immer dichter.

Und stets zeigten die Lavamolche Geschicklichkeit und Disziplin. Im Osten, Westen und Süden der Hochebene bezogen sie Verteidigungsstellungen, denn dort waren die Wege schmal und schlüpfrig. Im Norden jedoch versammelten sie sich in ungeheurer Zahl, denn hier war das Gelände zwar steil, aber offen, und sie konnten in Hunderterreihen angreifen.

Wie eine Gewitterwolke schoben die Reihen sich näher, und schließlich stürmten die Lavamolche den besorgten Menschen mit einem vieltausendstimmigen, zischelnden Ruf entgegen.

»Auf in den Kampf«, sagte Badenoch zu Geldion, und aus seinem Tonfall konnte der Prinz schließen, was er wirklich gemeint hatte: Auf in den Tod.

Als König Kinnemore durch das Spiegellabyrinth des Kristallpalastes ging, ahnte er nichts von dieser Schlacht. In der Annahme, daß die Lavamolche am Ostrand Penllyns hatten aufgehalten werden können, hatte er sich seine Kapitulationsbedingungen schon zurechtgelegt, die Rückgabe von Ynis Gwydrin an den rechtmäßigen König von Faerie eingeschlossen.

Gary und Mickey, die bereits die Bekanntschaft der Hexe gemacht hatten, hielten den Plan des Königs für überaus optimistisch. Er basierte auf Vermutungen, die sich, was die böse Hexe betraf, schlicht als unrichtig erweisen konnten. Aber keiner der beiden sagte etwas oder ließ sich seine Befürchtungen anmerken, denn Kinnemore war die entschlossenste Person, die sie je gesehen hatten.

Und außerdem war er schließlich der König.

Ceridwen erwartete sie in einem leeren, achteckigen Raum, der vollständig verspiegelt war, so daß sie mehrere Augenblicke brauchten, um sich zu orientieren. In ihrem schwarzseidenen Kleid schön und schrecklich zugleich, stand die Hexe seelenruhig da, obwohl ihre größten Herausforderer doch kaum ein Dutzend Fuß entfernt waren.

»Du weißt, warum wir gekommen sind«, sagte Kinnemore mit ruhiger Stimme. Falls dem König bange war, so ließ er es sich jedenfalls nicht anmerken.

Ceridwen lachte ihn keckernd aus.

»Wir werden deine Kapitulation annehmen!« donnerte Kinnemore. »Die Wahrheit ist bekannt, böse Hexe, im ganzen Land. Und die Wahrheit hat dir schon immer am meisten geschadet.«

Ceridwen brüllte fast vor Lachen. »Die Wahrheit?« tadelte sie ihn. »Was weißt du schon von der Wahrheit, dummer Mensch. Ist es nicht auch wahr, daß dein bejammernswerter Sohn gerade jetzt in den Hochpässen überrannt wird? Daß deine bejammernswerte, ohne jeden Grund so stolze Armee gerade jetzt vor meinen Lavamolchen flieht, was das Zeug hält?«

Gary und Diane starrten die Hexe verwundert an und tauschten einen Blick. Abgesehen von dem, was Ceridwen gerade gesagt hatte, und das war beunruhigend genug, schienen sich die Lippen der Hexe nicht passend zu ihren Worten zu bewegen – wie in einem schlecht synchronisierten Film.

»Was wißt ihr schon von der Wahrheit?« donnerte die Hexe mit einer Stimme, die nicht die ihre war, mit einer kraftvollen, tiefen Stimme, in der ein bedrohliches Kratzen lag.

Kinnemore setzte zu einer Entgegnung an, aber als die Hexe sich zu verändern begann, blieben ihm die Worte in der Kehle stecken. Ein dritter, schwarz geschuppter Arm platzte ihr aus der Brust hervor, sich windende Tentakel wucherten ihr aus den Hüften und peitschten den Boden.

»Was wißt ihr schon?« brüllte das Wesen erneut, diesmal mit einem von gewaltigen Zähnen starrenden Fischmaul, das in einem monströsen Kopf klaffte, auf dessen Stirn nadelscharfe Stacheln prangten.

Kinnemore wich einen Schritt zurück, Mickey jammerte, und Gary und Diane fanden gar nicht erst den Atem, um etwas stottern zu können. Auch die fünf Soldaten nicht, die ihrem König immerhin so treu blieben, die Schwerter blankzuziehen.

»Flieht!« stieß der König endlich aus, aber als sie sich umwandten, sahen sie dort, wo die Tür gewesen war, nur noch einen unauffälligen Spiegel.

»Könnte schwerer werden, als Ihr glaubt«, flüsterte Mickey.

Geldion befand sich mitten in der vordersten Reihe. Von hinten flogen Pfeile über seinen Kopf hinweg und regneten auf die Lavamolche nieder. Aber der Prinz schüttelte nur den Kopf, denn die schwarze Flut wurde kaum langsamer; die Monstern rannten einfach über ihre Toten und Verwundeten hinweg.

Aus einhundert Fuß Entfernung konnte Geldion ihre geschlitzten Reptilaugen sehen. Sie glühten erwartungsvoll angesichts des Schlachtfestes, das jeden Moment beginnen würde.

Aber dann ging ein weiterer Pfeilregen auf die Lavamolche nieder, ein heftigerer, und er kam nicht aus Geldions Rücken, sondern von Westen her!

»Tylwyth Teg!« rief ein Soldat, und es war wahr. Über die westlichen Hochwege eilten sie heran, die Günstlinge Tir na n'Ogs, und ihre weißen Streißrosse schimmerten, ihre Bogensehnen summten. Hinter ihnen kamen die übriggebliebenen Männer Dilnamarras, eine Gruppe, deren Augen von einer Entschlossenheit beseelt waren, wie nur großes Leid sie hervorbringen kann.

Und aus dem Norden, im Rücken der Molchhorden, näherte sich eine zweite Streitmacht, eine größere, eine solche Menge von Erdgeborenen, wie sie seit einem Dutzend Jahrhunderten nicht mehr außerhalb Dvergamals gesehen worden war. Geno Hammerwerfer und Kervin führten sie an, und neben ihnen war Duncan Drochit, und hinter ihm waren die tapferen Soldaten der gleichnamigen Stadt.

Zu beiden Seiten der zwergischen Truppen rollten große gnomische Kriegsmaschinen über den rauhen Boden, schleuderten Steine, brennendes Pech und gewaltige Speere mitten zwischen die plötzlich durcheinanderwimmelnden Lavamolche.

Prinz Geldion ließ sich die Gelegenheit nicht entgehen. »Vorwärts!« rief er seinen Männern zu. »Auf in den Kampf!«

Lord Badenoch griff diesen Ruf auf, und diesmal schwangen keine unheilvollen Andeutungen in seiner Stimme mit.

Kelsey, dessen Bogensehne Pfeil um Pfeil abschickte, ritt schnell und furchtlos. Im Gegensatz zur Schlacht um Tir na n'Og stand dem Elfen hier ein Ende des Kampfes vor Augen, das allen guten Völkern Faeries zuträglich war. Er hatte Braemar voller Hoffnung, aber in dem Wissen verlassen, daß die Hexe bald frei sein und das Unheil von vorne beginnen würde. Zu seiner Überraschung war ihm auf der Oststraße nach Dilnamarra eine Schar Elfenkrieger begegnet, begleitet von den Überresten der dilnamarrischen Bürgerwehr und den Wachsoldaten, die der falsche König in der Stadt postiert hatte. Das Wort vom betrügerischen Haggis und der Rückkehr des wahren Königs hatte sich schneller verbreitet, als Kelsey reiten konnte, und die Bewohner Faeries hatten sofort begriffen, welche Chance sich ihnen bot.

Und als seine Leute sich nach Süden gewandt hatten, geradewegs gen Penllyn, und neben ihnen eine zweite Armee aufgetaucht war, hatte das den Elfen zwar gefreut, aber nicht mehr wirklich überrascht. Es waren die Männer von Drochit gewesen, zusammen mit einer ordentlichen Anzahl Gnomen aus Gondabuggan und einer fünfhundert Mann starken Zwergentruppe, und sie waren ebenfalls auf dem Weg nach Penllyn gewesen.

Die Lavamolche waren nicht annähernd so undiszipliniert und eigensinnig wie die Goblins und Trolle und hatten unter dem eisenfäustigen Robert auch für große Schlachten trainiert.

Aber sie waren immer noch überrascht, nahezu umzingelt, und von vorn, von hinten und von der Seite regnete der Tod auf sie hinab. Sie versuchten noch, sich zu engeren Verteidigungsformationen zusammenzufinden, aber es war zu spät. Elfen und Zwerge, Gnomen und Menschen fielen über sie her und dezimierten ihre Streitmacht.

Hoch waren die Verluste der Menschen an diesem blutigen Tag. Viele Elfen, die noch das Licht von Jahrhunderten hätten erblicken sollen, und viele der stämmigen Erdgeborenen waren gefallen, aber keiner von ihnen, bevor er nicht ein Dutzend Molche mit sich genommen hatte. Nur die Gnomentruppe blieb unversehrt, und die sagenumwobene Schlacht von Penllyn sollte den *Annalen der Kühnen Gnomenkämpfer* (wie alle gnomischen Ehrungen eine der posthumen Art) keinen einzigen Namen hinzufügen. Die Lavamolche wußten nicht, was sie von den riesigen gnomischen Kriegsmaschinen halten sollten, und hielten sich von ihnen fern. Eine ehrgeizige junge Gnomin namens Budaboo kam der Gefahr einer ernstlichen Verletzung noch am nächsten, als sie sich mit flüssigen Gnomengasen gefüllte Kolben um die Taille band und sich, beseelt von dem Wunsch, ihren Namen in die *Annalen* zu bringen und vielleicht sogar posthum die Ehrenmedaille der Stadt Gondabuggan verliehen zu bekommen, in den Korb einer Schleuder setzte. Budaboo hatte das Glück (oder Pech, wenn es nach ihr ging), in die Nähe eines freundlichen Riesen mit sanften Händen zu segeln, und Tommy fing sie prompt auf und brachte sie wieder in Sicherheit. In späteren Berichten über die Schlacht wird versichert, daß Budaboos anschließendes »Oh, puh!« über allen Kampfeslärm hinweg zu hören gewesen war, lauter als alles Trompeten und Geschrei.

Nicht einer von Garys Freunden fiel an diesem Tag. Überhaupt mußte nur Geno einiges einstecken, und der Zwerg tat die Verletzungen wie immer mit einem Schulterzucken ab. Und als die Schlacht vorbei war, waren die Lavamolche geschlagen und in alle Winde verstreut. Der Ruf Ceridwens, er war im Donnern der geeinten Armeen untergegangen.

Im Herzen der Finsternis

Das Ding war riesig, anderthalbmal so groß wie Gary und so breit wie drei kräftige Männer. Acht schleimtropfende Gliedmaßen besaß es: zwei beschuppte Beine, vier lange Arme, die in Klauenfingern endeten, und zwei Tentakel, die provozierend hin- und herschwangen, mit Saugnäpfen auf der ganzen Länge und massiven Knochenkeulen an den Enden. In dem Versuch, einen Blickwinkel einzunehmen, aus dem heraus der Anblick nicht mehr ganz so schrecklich war, fragte Gary sich, ob es wohl im Wasser oder an Land lebte. Mit seinem breiten Maul schnappte es nach Luft, unterhalb des halslosen Kopfes jedoch waren die Schlitze von Kiemen zu sehen; und obwohl der Raum trocken gewesen war, breitete sich zu den Füßen des Monstrums langsam eine große Pfütze aus.

»Kein Wasser«, flüsterte Gary mit einem Kopfschütteln. Er war schon einmal einem Dämon begegnet, genau in diesem Schloß hier, und obwohl er ihn doch besiegt hatte, machte ihm diese Tatsache nicht allzuviel Mut.

Tapfer, junger Sproß, übermittelte ihm der beseelte Speer, als er seine wachsende Beklommenheit erspürte.

»Kein Wasser«, flüsterte Gary erneut, und als Diane ihn fragte, was er damit meinte, ging er nicht darauf ein. Er sah zu, wie sich eine weitere Schleimkugel vom Vorderarm des Geschöpfes löste und auf den Boden klatschte. Das Ding war kein Land- und kein Wasserbewohner, das Ding kam aus der Kanalisation oder aus den Vorhöfen der Hölle oder sonst einem scheußlichen Ort.

Gary war nicht der erste, der den Mut zum Angriff fand. Zwei der fünf Soldaten, die den König und ihn hierher begleitet hatten, stürzten plötzlich nach vorn und schwangen die Schwerter, den Namen ihres Königs auf den Lippen.

Ein Tentakel peitschte nach vorn und erwischte einen Mann seitlich am Knie, daß er zu Boden krachte – und auf dem schlüpfrigen Schleim dicht an das Ungeheuer heranrutschte. Bevor er sich umdrehen konnte, nagelte der Fischdämon ihn schon mit einem schweren Fuß am Boden fest.

Der andere Soldat geriet auf dem Schleim ins Rutschen, aber er behielt das Gleichgewicht und schaffte es sogar noch, einen Schlag anzubringen. Die Klinge erwischte einen Arm, aber sie biß nicht tief hinein, sondern glitt auf der schleimigen Haut ab. Eine Klauenhand packte den Mann beim Handgelenk und riß ihn nach vorn.

Wo das monströse Maul schon wartete.

Da griffen Kinnemore, Gary und die anderen drei Soldaten an. Diane zog ihr Kurzschwert, aber sie zögerte; hier waren mehr als nur simple Waffen gefragt. Sie sah sich im ganzen Raum um, nach einer Tür, nach einer Lösung, und erblickte Mickey, der hilflos den Kopf schüttelte und sich dann in Luft auflöste.

Das Ungeheuer trat den ersten Soldaten quer durch den Raum, daß er hart in den Fuß eines Spiegels krachte. Den anderen, dessen Schulter weggefetzt worden war, warf es zur Seite. Still blieb er liegen; er war bereits viel zu weit fort, um auch nur einen Schmerzensschrei auszustoßen.

Die beiden Tentakel peitschten den Angreifern entgegen. Der eine traf einen Soldaten an der Schläfe, der daraufhin besinnungslos zusammenbrach, der andere riß einem Soldaten die Beine weg und schoß dann auf Gary zu.

Aber der sah ihn kommen – hauptsächlich, weil das erste Opfer beim Umfallen aufgeschrien hatte. Er warf sich auf ein Knie und verkantete den Speer vor sich, um die Wucht des Schlages abzulenken. Das gelang ihm, und mit einer geschickten Drehung der Waffe sorgte er dafür, daß der gefährliche Tentakel bei ihm blieb und seinen Gefährten nichts mehr antun konnte.

Damit waren nur noch Kinnemore und ein Soldat übrig, auf das Monstrum einzudringen. Als sein Vorderarm sich nach ihnen ausstreckte, hackten die beiden ordentlich zu, und der Arm fiel zu Boden und zuckte noch eine Weile im Schleim herum.

Aber da griffen die beiden längst an. Der König hackte nach den Kiemen des Fischdämons, öffnete einen neuen, tieferen Schlitz. Dann jedoch legte sich ein Arm um ihn, hielt ihn fest gepackt, und er mußte verzweifelt darum kämpfen, sich das schnappende Maul vom Leib zu halten. Er sah nach hinten zu seinem Soldaten, aber den hatte es bereits erwischt, denn an der Stelle des alten Arms war dem Monstrum ein neuer gewachsen – der mehr an einen Stachel denn an einen Arm erinnerte, und der überraschte Mann hatte sich selbst daran aufgespießt!

Gary fuhrwerkte wie wild mit dem Speer herum, wand und drehte sich, damit der Dämon seinen Tentakel nicht einziehen und erneut nach ihm oder dem Mann peitschen konnte, der nicht weit entfernt benommen auf dem Boden lag.

Dann blieb Gary die Luft weg, denn der zweite Tentakel krachte ihm heftig ins Kreuz. Hätte er nicht die Rüstung getragen, er wäre sicher zweigeteilt worden. Er fühlte, wie der

Tentakel, dessen Saugnäpfe guten Halt an seiner Rüstung fanden, ihn unausweichlich nach hinten zog. Als er sich von dem ersten Tentakel löste, war er geistesgegenwärtig genug, seinen Speer hineinzustoßen und ihn mitzuziehen.

»Ich bin bei dir, Junge!« rief Mickey, und als er direkt neben ihm sichtbar wurde, stach er gerade mit einem winzigen Messer auf den Tentakel ein, der hinten an der Rüstung klebte.

»Benutz doch deine Tricks!« schrie Gary entsetzt, denn er hatte Mickey noch nie selbst kämpfen gesehen.

»Und was sollen die gegen einen Dämon ausrichten können?« fragte Mickey sarkastisch. Wieder tauchte er seine zweifelsohne geschärfte Klinge in den Tentakel, aber für Gary sah es aus, als machte sich ein Mausezahn an einem dicken Tau zu schaffen.

Gary rief dem Mann auf dem Boden zu, daß sein König in höchster Not war. Aber der Mann konnte nicht aufstehen, er schien noch nicht einmal zu wissen, wo er sich befand.

Damit blieb Kinnemore in seinem Nahkampf allein. Heftig schlug er auf Kopf und Leib des Fischdämons ein, aber seine Hiebe schienen kaum etwas auszurichten. Das Untier spuckte ihm einen Schleimfaden mitten ins Gesicht, und Kinnemore war geblendet. Und dann schrie er schmerzerfüllt auf, denn der Schleim enthielt eine ätzende Säure.

Diane warf sich in vollem Lauf auf die Knie und schlitterte über den nassen Boden, als ob er vereist wäre, hielt das Schwert mit beiden Händen vor sich nach oben. Sie traf den Fischdämon in die Achsel, und das Elfenschwert tauchte bis zum Griff hinein.

Eine giftgrüne Flüssigkeit schoß aus der Wunde, und Diane war so klug zurückzuweichen. Entsetzt riß sie die Augen auf, als der Griff des Schwertes zu Boden fiel. Die Klinge war einfach weggeschmolzen.

Der Fischdämon war problemlos in der Lage, mehrere Kämpfe zugleich zu führen. Obwohl er wegen Dianes Treffer vor Schmerzen aufbrüllte und immer noch mit König Kinnemore beschäftigt war, kämpfte er mit seinen Tentakeln gegen Gary. Mit dem einen zog er kräftig an seinem Rücken (ohne daß er die Stiche des Kobolds auch nur zu bemerken schien) und mit dem anderen an dem feststeckenden Speer.

»Verpaß ihm eine!« schrie Gary seiner Waffe zu, voller Angst, daß sie ihm gleich entrissen würde. Der Speer gehorchte und sandte einen Stromstoß ab.

Als der Tentakel wild aufpeitschte, schlug Gary sich den Schaft versehentlich gegen das Kinn, unterhalb des großen Helmes. Irgendwie schaffte er es jedoch weiterzumachen, und der Speer ließ einen zweiten, einen dritten Schlag vom Stapel. Der Tentakel tanzte wild. Er war außer Kontrolle, seine Muskeln gehorchten Impulsen, die nicht aus dem Hirn des Fischdämons gekommen waren.

Gary hob den Speer mit aller Kraft, dann ließ er Waffe und Tentakel gegen den Boden krachen. Die scharfe Spitze durchschnitt das monströse Glied und kam wieder frei. Gary wirbelte herum (wobei er Mickey bäuchlings in den Schleim stieß) und rammte den Speer kräftig in den zweiten Tentakel, erzielte einen bösen Treffer.

»Na, vielen Dank«, murmelte Mickey trocken.

Der Fischdämon kreischte und schleuderte Kinnemore zu Boden, wo er gekrümmt im Schleim liegenblieb. Die waffenlose Diane wollte sich schon sein heruntergefallenes Schwert holen, da verwarf sie den Gedanken wieder und packte stattdessen den König beim Kragen, um ihn fortzuziehen. Zu ihrer Überraschung wehrte er sich, schlug ihr sogar die Hand weg. Von der Säure halb erblindet, zerschunden und blutend, kämpfte Kinnemore sich zu seinem Schwert.

Er zwang sich auf die Füße, kam direkt vor dem Maul des Fischdämons zum Stehen und brachte einen ordentlichen Streich an, der zwei Fangzähne herausschlug und Ströme hellen Blutes in den Rachen rinnen ließ.

Das Maul stieß herab, und Kinnemore rammte sein Schwert abblockend nach vorn und erzielte einen gemeinen Treffer.

Aber diese Klinge konnte das mächtige Ungeheuer nicht aufhalten; und als es durchbrach und nach Kinnemores Brust schnappte, bewahrte ihn nur Diane mit einem kräftigen Ruck davor, entzweigebissen zu werden. Sie warfen sich nach hinten, und das tat auch der Fischdämon, denn das Schwert steckte ihm schmerzhaft im Gaumen fest.

Als Diane die klaffende Brustwunde erblickte, mußte sie nach Luft schnappen. Schwach lächelte Kinnemore ihr zu, als wollte er sagen, daß sein Erfolg das wert gewesen war, dann fiel er in Ohnmacht. Diane fand auf dem Boden keinen guten Halt, aber der Schleim arbeitete auch für sie, erlaubte ihr, den König hinter sich herzuschleifen.

Bald kam sie an Gary vorbei, der immer noch draufloshackte, und Mickey eilte ihr zu Hilfe, und gemeinsam schafften sie es zu der Stelle zurück, an der sie den Raum betreten hatten.

Gary konnte sich endlich von dem schleimigen Tentakel befreien und deckte ihren Rückzug. Immer wieder senkte er den mächtigen Speer in die Tentakel, in einen herankommenden Arm, in das ganze unförmige Ding, wann immer es ihm zu nahe kam. Nur war es ihm schleierhaft, wohin sie denn nun fliehen sollten. Verzweifelt suchte Diane die Stelle ab, wo die Tür gewesen war, aber dort war jetzt einfach nur ein Spiegel, ohne Griff und ohne Angeln.

Nicht weit entfernt versuchte einer der Soldaten aufzustehen.

»Liegenbleiben!« rief Gary ihm zu, denn der Mann war sichtlich benommen und kaum in der Lage, sich zu verteidigen.

Der Soldat schien ihn nicht gehört oder nicht verstanden zu haben, denn er kämpfte sich weiter hoch und hätte es fast bis auf die Füße geschafft.

Fast.

Ein schwerer Tentakel peitschte, die Knochenkeule knallte dem Mann ins Genick, und er flog, sich überschlagend, in den nächsten Spiegel hinein. Er krachte mitten hindurch, in eine schmale Nische, und Spiegelscherben prasselten auf ihn hinab. Er ächzte und bewegte sich ein wenig, schaffte es aber nicht, sich aus dem Schlamassel zu befreien.

Von Wut übermannt griff Gary an, stieß den hoch über den Kopf erhobenen Speer immer wieder kräftig in das Monster hinein. Wie Dianes Schwert drang auch der mächtige Speer tief ein, aber im Gegensatz zu dem Schwert konnte er von dem grünen, ätzenden Blut nicht zerstört, ja nicht einmal angekratzt werden.

Blindlings stach Gary zu und knurrte jedesmal auf, wenn die Waffe gegen etwas Festes stieß, aber bald ging seiner Raserei der Dampf aus. Er hatte den Fischdämon durch den halben Raum zurückgedrängt, aber nun verlor er wieder an Boden. Er schwang den Speer im Halbkreis herum, parierte die ausgreifenden Gliedmaßen und den hervorstehenden Stachel.

Aber es waren zu viele Gliedmaßen , und sie kamen aus zu vielen Winkeln. Gary sah, wie der eine Tentakel von links auf ihn zuraste, flach über dem Boden, und erblickte im Augenwinkel den anderen, wie er von rechts heranflog, hoch in der Luft.

»O nein«, murmelte er, sprang hoch und versuchte, sich zu einer Kugel zusammenzuducken, wie ein Kind auf dem Spielplatz, das zwischen zwei Seilen gleichzeitig hüpft.

Er wurde an einer Ferse und der gegenüberliegenden Schulter gestreift, und die Wucht der Schläge schickte ihn in einen doppelten Überschlag und ließ den lose sitzenden Helm davonwirbeln. Dann krachte Gary zu Boden. Er hörte Diane rufen, hörte Mickey rufen, aber alles, was er sah, war der Fischdämon, der gehässig grinsend näherkam.

Gary kam auf die Beine. Der Kampf lief doch besser, als er zu hoffen gewagt hatte; schließlich hatte er seinem monströsen Gegner auch einige ordentliche Hiebe verpaßt.

Aber als er nach diesen Verletzungen schaute, um neuen Mut zu schöpfen, blieb ihm fast das Herz stehen. Alle Wunden heilten rasch, schlossen sich direkt vor seinen Augen.

In den nächsten paar Sekunden betete er einhundert einleuchtende Gründe herunter, warum das nicht wahr sein konnte. Aber es war wahr, und seine Worte waren absolut leer. Dann stieß er mit dem hinteren Ende des Speeres gegen den Spiegel in seinem Rücken und bemerkte Diane und Mikkey neben sich. Ihre Mienen waren ebenso hoffnungslos wie die seine.

Mit bloßen Überlebensinstinkten reagierend, wirbelte Gary herum und rammte den Speer in den Spiegel. Das Glas zerbrach, aber obwohl die Gefährten an genau dieser Stelle eingetreten waren, fanden sie hinter den Scherben keine Tür, sondern wieder nur eine schmale und unscheinbare Nische.

»Such sie!« rief Gary dem Kobold zu und wirbelte herum, brachte seinen Speer gerade noch rechtzeitig nach vorn, um einen heranpeitschenden Tentakel abzuwehren.

Der Fischdämon brüllte und griff plötzlich an, und Gary und Mickey und Diane schrien auf, weil sie sich schon tot sahen. Einfach, weil sie nicht wußte, was sie sonst hätte tun sollen, hob Diane die Polaroid und schoß ein Foto – und der blendende Blitz ließ den Fischdämon schleimschlitternd stehenbleiben.

Gary versäumte diese kurze Gelegenheit nicht. Er hechtete von der Wand weg und bohrte dem Monster den Speer tief in die Brust. Der Fischdämon ließ sich zurückfallen, weg von der Speerspitze, und antwortete mit einem Keulenschlag des Tentakels, der Gary den Atem raubte und beinahe aus den Schuhen hob. Aber das Monster wich immer noch zurück und gab ihm so die Gelegenheit, sich zu erholen.

Dann hörte er ein ansteigendes Piepen und wandte sich um, Diane drückte ihm den Blitz in die Hand, der zu der Pentax gehörte. Er sah Mickey in der Nische stehen, aber der Wicht schüttelte den Kopf, denn er hatte nicht das kleinste Anzeichen einer Tür gefunden.

Voller Entschlossenheit, aber bar jeder Hoffnung, trat Gary nach vorn. Einer der Soldaten war auch wieder auf den Beinen, verletzt, aber kampfbereit, das Schwert in der Hand. Er und Gary nickten einander zu, dann griffen sie an.

Ein Tentakel krachte in den Soldaten, aber er packte ihn und ließ sich mitziehen, hielt sich mit der einen Hand fest und hackte mit der anderen drauflos.

Gary wirbelte zur anderen Seite, fing den zweiten Tentakel ab und drängte ihn weg, und dann sprang er plötzlich nach vorn und traf erneut mit einem Überkopfstoß ins Ziel.

»Wieviel kannst du einstecken?« bellte er herausfordernd und stach erneut zu. Dann sprang er zurück und wirbelte wie der Blitz herum, um dem Vorderarm des heranstürmenden Monsters zu entgehen, der ein tödlicher Stachel geworden war.

Er entging dem Schlag, verlor jedoch das Gleichgewicht und stürzte schwer zu Boden. Und als er mühsam aufsah, schaute er dem Dämon direkt ins Maul; es war kaum einen Fuß entfernt, zu dicht vor ihm, als daß er seinen Speer noch dazwischenbringen konnte. Gary wußte nicht, ob die Bereitschaftsanzeige auf dem Blitz schon leuchtete, und hatte auch nicht die Zeit, nachzuschauen. Er hielt den kleinen Kasten nur rasch nach vorn und drückte den Knopf.

Es blitzte tatsächlich, und der Fischdämon wich brüllend zurück und erlaubte Gary, rasch wieder aufzuspringen. Der Speerträger machte ein paar Schritte nach hinten, und als das wütende Monstrum mit dem Tentakel peitschte und der arme Soldat durch den Raum geschleudert wurde, zuckte er zusammen.

Dann war Diane neben ihm, aber Mickey und der verletzte König waren nun weit weg. Und Diane hatte keine Waffe in der Hand.

Nur eine Fotografie, ein Bild des Raumes, das im Licht des Blitzes eine schlanke Gestalt offenbarte, die sich hinter einem der Spiegel verbarg.

Gary hob den Speer über den Kopf, bereitete sich auf den letzten Angriff des Fischdämons vor, den sie nicht mehr würden abwehren können.

Da kam das Biest, und Diane hielt Gary das Foto vors Gesicht.

Es geschah alles viel zu schnell, als daß er es richtig mitbekam, aber sein Vertrauen in Diane war ihm geblieben, immer noch, und als sie rief, er solle den Speer werfen, wußte er plötzlich genau, was sie meinte.

Mit einem wahren Urschrei drehte er sich ein Stück zur Seite und schleuderte die Waffe an dem Dämon vorbei. Sie traf auf einen Spiegel und fuhr glatt hindurch, und Risse breiteten sich um das Loch herum aus. Glasscherben fielen herunter, und dort, in der Nische, stand eine verblüffte Ceridwen, Donigartens Speer tief in der Brust. Sie faßte nach dem Schaft und versuchte zu schreien, aber kein Laut drang ihr über die zitternden Lippen.

Gary und Diane jedoch hatten nicht den Flug des Speeres verfolgt, sondern den Fischdämon angestarrt. Das monströse Untier kam unaufhaltsam auf sie zu. Sie drängten sich aneinander und schrien auf, den Tod schon vor Augen. Aber genau wie der Spiegel, der Ceridwen verborgen hatte, zersplitterte auch der Fischdämon plötzlich, zerbrach in schwarze Scherben, die sich in nichts auflösten.

Und dann lag der Raum seltsam still, unheimlich still, und Gary und Diane standen aneinandergedrängt da, hielten einander fest inmitten von Schleim und Blut und Zerstörung.

»Der Junge hat sie noch mal erwischt!« schrie Mickey Mc-

Mickey. Es waren die willkommensten Worte, die Gary Leger je gehört hatte.

Die Fackel wandert weiter

»Nenn ihr den Ort, Junge!« rief Mickey aufgeregt. »Schick sie fort, bevor es zu spät ist.«

Gary war von allem wie hypnotisiert, von der so plötzlichen Wendung der Geschehnisse um ihn herum. Er glotzte Ceridwen an, die zu einer substanzlosen Schattengestalt wurde, die sich langsam vom Speer her auflöste (der fest hinter ihr in der Wand steckte).

»Nenn ihr den Ort!« schrie Mickey erneut. »Wenn du das nicht tust, ist sie wieder genau hierher auf Ynis Gwydrin verbannt, und der Kampf geht gleich wieder von vorne los!«

Diese schlimme Aussicht riß ihn aus seiner Benommenheit. Er dachte nur einen Moment lang nach. »Der Daumen des Riesen«, verkündete er laut und deutlich. »Ich verbanne dich auf den Daumen des Riesen, böse Hexe, wo du einhundert Jahre bleiben mußt!«

Mickey nickte, aber das engelhafte Lächeln verging ihm rasch. Es gab einen Hort voller Schätze dort, einen Hort, der jetzt, da Robert tot war und das Heer der Molche in ganz Penllyn verstreut, von niemandem mehr bewacht wurde. Mickey seufzte resigniert; es war ja so, daß Gary mit seinem begrenzten Wissen über Faerie die rechte Wahl getroffen hatte. Und schließlich hatte er die Hexe erneut besiegt, mit der einzigen Waffe auf der ganzen Welt, die ihr schaden konnte.

Aber welche Siegesgefühle Gary, Diane und Mickey auch verspüren mochten, sie wurden hinweggespült, kaum daß die drei sich umsahen. Zwei der fünf Soldaten lagen reglos in ihrem Blut, einer ganz sicher tot, und die übrigen drei waren schwer verwundet, selbst derjenige, der Gary in den letzten Momenten beigestanden hatte.

Schwer verwundet war auch König Kinnemore, das Gesicht verätzt, ein Arm gebrochen, die Brust tief zerfleischt.

Der Sieg über die Hexe hatte auch dieTür wieder zum Vorschein gebracht, und so lief Gary los, um die anderen Soldaten zu sammeln, um Hilfe für die Verletzten zu holen und etwas über das Gefecht in den Bergen zu erfahren. Diane blieb mit Mickey zurück, und sie wußte genug über Erste Hilfe, um zu begreifen, daß König Kinnemore in einem äußerst schlechten Zustand war.

Als Prinz Geldion neben dem Feldbett kniete und seinen Vater betrachtete, verbiß er sich tapfer die Tränen.

Kinnemore brachte ein schwaches Lächeln zustande und hob eine Hand, um seinem Sohn über die Wange zu streichen.

»Das ist nicht gerecht«, flüsterte Geldion. »Ich habe Euch doch gerade erst wiederbekommen.«

»Was ist gerecht?« antwortete Kinnemore zwischen kurzen Atemzügen. »Lieber dieses Schicksal, als verhext zu sein. Lieber habe ich erlebt, wie mein Königreich wiederhergestellt wurde und was für ein guter Mann mein Sohn geworden ist.«

Geldions Augen verschleierten sich. »Ich möchte Euch kennen«, protestierte der Prinz. »Ich möchte Freud und Leid mit Euch teilen. Und von Euch lernen.«

Kinnemore schüttelte langsam den Kopf. »Das hast du, mein Sohn«, flüsterte er.

»Ich bin noch nicht soweit ...«

»Das bist du«, unterbrach ihn der König energisch, und dieser Ausbruch kostete ihn seine Kraft. Er sank aufs Lager zurück, und seine Muskeln entspannten sich zum letzten Mal. »Das bist du«, flüsterte er kaum hörbar, »mein Sohn.«

Als Geldion die königlichen Gemächer verließ (die Ceridwens gewesen waren, als sie noch über Ynis Gwydrin geherrscht hatte), waren Gary und Diane, Mickey und Kelsey und Geno und sämtliche Führer der Zwerge, Elfen, Gnomen und Menschen im Vorzimmer versammelt.

»Der König ist tot«, sagte Geldion leise, aber das hatten sie ihm längst ansehen können.

Gary sah sich um; er hatte keine Ahnung, was als nächstes kam. Würde Geldion König werden? Würden Badenoch und Duncan Drochit und vor allem die Tylwyth Teg diesen Mann anerkennen, der ihnen ein so erbitterter Feind gewesen war?

»Euer Vater war ein guter Mann«, erklärte Kelsey und nickte Gary vertraulich zu. »Seine Weisheit und Tapferkeit können von niemandem bezweifelt werden.«

»Auf König Kinnemore«, sagte Badenoch und zog sein Schwert blank, um es hoch in die Luft zu recken. Der Salut wurde im ganzen Raum wiederholt.

Diane sah die Gelegenheit und ließ sie nicht verstreichen. Sie war sich Faeries Gebräuchen in dieser Angelegenheit nicht sicher, aber sie glaubte, daß es hier ähnlich zuging wie in früheren Epochen ihrer Welt. Sie trat neben Geldion, nahm seine Hand und reckte sie empor. »Der König ist tot«, verkündete sie. »Lang lebe der König!«

Es folgte ein Moment der überaus beklemmenden Stille; selbst Geldion schien unsicher, was er nun tun sollte und ob irgend jemand Dianes gewagte Verkündung unterstützen wollte.

Gary starrte Kelsey an; grüne Augen bohrten sich in goldene, als der Mensch den Elfen wortlos gemahnte, ein wie kritischer Augenblick dies für das ganze Land war. Welche Gefühle Kelsey auch für Geldion hegen mochte, ob er nun glaubte, daß dieser Mann herrschen sollte oder nicht, die königliche Armee würde dem Sohn Kinnemores gewiß die Treue halten.

Kelsey erwiderte Garys Blick für einen langen Moment. »Lang lebe der König!« brach er dann das Schweigen, und der neue König war nicht der einzige, der einen aufrichtigen Seufzer der Erleichterung hören ließ.

Die ersten Tage seiner Herrschaft erfüllten die Hoffnungen und Erwartungen der Führer der anderen Städte und Rassen nicht nur, sie übertrafen sie sogar. Geldion verkündete, daß nicht Connacht, sondern Ynis Gwydrin der neue Sitz der Krone sein und ganz Penllyn jedem der Menschen, Elfen, Zwerge und Gnomen Faeries offenstehen würde.

Lord Badenoch, seinem wohl schärfsten Kritiker, bot der neue König an, Graf von Connacht zu werden; und als der seinem geliebten Braemar treue Lord höflich ablehnte und auch Duncan Drochit lieber seiner eigenen Stadt treu bleiben wollte, bat Geldion die beiden Männer, eine Liste all der Kandidaten aufzustellen, die für diese überaus wichtige Position in Betracht kamen. Diese Bitte flößte vielen, die in Penllyn lagerten, Zuversicht ein, auch den Tylwyth Teg, die erkannten, daß der neue König keine Marionette nach Connacht schikken wollte.

Damit blieb noch eine Position offen, und Geldions nächstes Angebot kam nur für Gary Leger überraschend.

»Euer Freund, Baron Pwyll, starb als Held«, sagte Geldion eines Nachts zu ihm, als sie am stillen Strand von Ynis Gwydrin saßen. In der Ferne, am anderen Ufer des ruhig daliegenden Sees, flackerten die Lichter von hundert Lagerfeuern.

»Aye«, stimmte Mickey zu, der neben Gary stand und mit der Spitze eines Schnabelschuhs im Sand herumspielte.

Als Gary keine Antwort gab, hakte Diane sich bei ihm unter, um ihm beizustehen.

»Das Volk von Dilnamarra ist menschliche Größe gewöhnt, was sein Oberhaupt angeht«, fuhr Geldion fort. »Der gute Baron …«

Garys skeptischer Blick ließ ihn kurz innehalten, erinnerte ihn daran, daß er und Pwyll zu dessen Lebzeiten nicht gerade die besten Freunde gewesen waren.

Aber Geldion nickte nur, gestand die Wahrheit wortlos ein. Es war alles anders geworden, wie es schien, und deshalb ließ er sich nicht aufhalten. »Vielleicht waren die Kritiker des Barons falsch informiert«, gab er zu. »Kein Mensch hat einen edleren Moment gekannt als Baron Pwyll. Er stand auf der Plattform in Dilnamarra, nur Feinde um sich herum, und sprach die Wahrheit, obwohl er wußte, daß seine Worte ihm den Tod bringen würden. Ich bete, daß ich diesen Mut auch aufbringen werde, wenn ein solcher Moment je kommt. Ich bete, daß ich ein ebensolcher Held sein werde wie Baron Pwyll von Dilnamarra.«

Diese Gefühle schienen aufrichtig genug, und Gary fand sich plötzlich inmitten einer Probe wieder, wie Kelsey und die anderen sie hatten durchstehen müssen, als Diane den Prinzen zum König ausgerufen hatte. Da ließ Gary seinen ganzen Zorn fahren und schob seine Wertungen beiseite. Durch alle Verwirrungen hindurch war Geldion seinem Vater gegenüber loyal gewesen, beziehungsweise dem Monster gegenüber, das er für seinen Vater gehalten hatte. Wenn Gary an seinen eigenen Vater dachte, wie konnte er da ehrlich behaupten, daß er anders gehandelt hätte? Und nun hatte Geldion seinen Vater verloren, ganz wie er, und stand als der neue König da, stark und aufrichtig bemüht, das Richtige zu tun.

Gary hörte auf, ihn böse anzustarren.

»Nun fehlt mir ein Baron«, fuhr Geldion fort, der zu begreifen schien, daß er sein Vertrauen gewonnen hatte. »Ein Mann, dem die bedrängten Leute von Dilnamarra folgen wollen. Ein Mann, der nach den schlimmen Ungerechtigkeiten, die die Stadt erlitten hat, für ihren Wiederaufbau sorgt.«

Zum ersten Mal begriff Gary, was sich da anbahnte.

»Ich biete Euch Dilnamarra an, Speerträger«, sagte Geldion in entschiedenem Ton. »Euch, dem Drachentöter, dem Mann, der in all den Tagen, die er hier weilte, nur Gutes für Faerie getan hat. Ich biete es Euch an und Eurer Gemahlin, Diane, die das Rätsel des Haggis gelöst und Faerie von der schrecklichsten Finsternis befreit hat, die es je erleben mußte.«

Gary und Diane sahen einander für eine lange, lange Weile an.

»Sie werden ein bißchen brauchen«, flüsterte Mickey dem König zu. Die beiden schlichen davon, und das Ehepaar blieb auf dem dunklen, stillen Strand allein zurück.

Er dachte an all das Gute, das er tun könnte; das politische System verbessern und eine öffentliche Wohlfahrt anregen, die sich um die einfachen Leute kümmerte. Er fühlte sich wie ein amerikanischer Kolonialist, der einer Welt voller Könige die Idee der Demokratie nahebringen wollte, vielleicht indem er ein Gesetz entwarf, das seiner eigenen Verfassung nachempfunden war. Diane und er konnten ja ein paar Jahre bleiben und dann in ihre eigene Welt zurückkehren, wo gerade einmal ein paar Tage vergangen wären.

Geldions Angebot war wirklich verlockend genug, und zwar für beide.

Warum dann also, fragte sich Gary, als sie nur ein paar Wochen später auf einer Lichtung in Tir na n'Og standen und mit Mickey und Kelsey zusammen auf die Feenmännlein und ihren weltenverbindenden Tanz warteten, warum gingen sie dann zurück?

Sie waren beide zu diesem Entschluß gekommen, unabhängig voneinander. Welche Aufregungen Faerie auch bieten mochte, es war nicht ihre Welt, nicht ihr Platz, und sie hatten beide ihre Familien zu Hause. Und sie hatten einen weitaus eindringlicheren Ruf vernommen, einen Ruf, der aus ihren eigenen Herzen kam. Gary hatte sich inzwischen mit dem Verlust seines Vaters abfinden können. Im Kampf um Faerie und angesichts dessen, was zwischen Geldion und Kinnemore geschehen war, war der junge Mann dazu gekommen, nicht den Tod seines Vaters im Gedächtnis zu behalten, sondern dessen

Leben. Er hatte sich mit der Sterblichkeit abgefunden und wußte jetzt, wie das Unausweichliche zu nehmen war. Und diese Lösung lag nicht in Faerie, sondern in der Familie.

Gary und Diane hatten beschlossen, daß es an der Zeit war, ein Kind zu bekommen. Und das war in Faerie nicht möglich – wie hätten sie den Nachwuchs denn dann zu Hause erklären sollen?

Und so hatten sie Geno und Gerbil und Tommy an der Grenze von Dvergamal nicht schweren Herzens Lebewohl gesagt. Und so standen sie nun auch nicht schweren Herzens in Tir na n'Og, sondern warteten darauf, nach Hause zu kommen.

»Und du bist dir ganz sicher, Junge?« riß der Kobold Gary aus seinen stillen Betrachtungen.

Aus seinem Tonfall schloß Gary, daß er die Entscheidung für richtig hielt. Während der Rückreise nach Tir na n'Og hatte er mehrmals durchklingen lassen, daß in Garys Welt viel zuviel im argen lag, als daß er wirklich daran denken durfte, hierzubleiben und bei der Lösung von Faeries Problemen zu helfen. Falls Gary jetzt verkündete, seine Meinung geändert zu haben, würde Mickey ganz bestimmt alles daransetzen, ihn wieder zu seinem ursprünglichen Entschluß zurückzubringen, den auch Kelsey gutzuheißen schien. Sosehr der Elf mittlerweile Gary vertraute und ihn mochte und sosehr er auch Diane bereits respektierte, er sah die beiden noch immer als Außenseiter an.

»Das waren ein paar aufregende …« Gary hielt inne, bevor er »Jahre« sagen konnte, da ihm gerade noch eingefallen war, daß all die unglaublichen Abenteuer Mickey zufolge ja nur in ein paar kurzen Monaten geschehen waren. »Das waren ein paar aufregende Monate«, berichtigte er sich mit einem leisen Kichern. »Wie viele sind eigentlich noch herübergekommen und haben so was mitgemacht?«

»Helden kann Faerie immer gebrauchen«, erklärte Mickey kryptisch.

»Genau wie unsere Welt.« Gary schaute zu Diane und zuckte mit den Schultern. »Nicht, daß ich da was Besonderes wäre.«

»Ist schon schwierig genug, dort überhaupt wahrgenommen zu werden«, stimmte Diane mit einem resignierten Lächeln zu.

»Aber wir müssen zurück«, versicherte Gary ihr und dem Kobold. »Wir würden gern wiederkommen, aber laß es mal lieber bei einem Abenteuer pro Besucher.«

»So ist es auch viel geheimnisvoller«, erklärte Diane. »Wenn wir hier so lange herumhängen, bis uns jeder kennt, nimmt uns das doch jeden Zauber.«

Sie lachte über sich selbst, und Gary und Mickey stimmten mit ein.

»Das glaube ich nicht«, unterbrach Kelsey sie, und er klang ruhig und ernst dabei. »Die Vertrautheit würde den Respekt nicht mindern.«

Gary, der den Elfen so gut kannte, wußte genau, was für ein großes Kompliment ihnen gerade gemacht worden war. Er sah Diane an, und sie nickte, denn sie wußte es ebenfalls.

Dieser befriedigende Moment verging, als ein lockendes Feenlied durch die Nachtluft drang. Wie ein Mann drehten alle sich um und erblickten den Ring aus schimmernden Lichtern. Gary und Dianes Flug nach Hause.

Sie wußten beide, daß sie den Abschied nicht in die Länge ziehen durften, wenn sie nicht ins Wanken geraten wollten. Mit einem Nicken zu Mickey und Kelsey und ohne ein weiteres Wort zu sagen, schritten sie hinüber und traten ein.

»Denkt daran, Kinder«, hörten sie den Kobold rufen, und er schien bereits weit entfernt, »ihr habt die Brücken nach Faerie im Kopf!«

Dann donnerte Brandung unter ihnen, und sie erwachten am frühen Morgen in den Ruinen einer verlassenen Burg namens Duntulme auf der Isle of Skye.

Epilog

»Ihr habt die Brücken nach Faerie im Kopf«, murmelte Gary.

Diane sah von ihrem Buch auf. »Was?« fragte sie, den Mund an sein Ohr gedrückt, damit er sie über dem Dröhnen der 747 hören konnte. Wie immer hatten die beiden Sitzplätze über den Flügeln bekommen, ohne Aussicht, aber mit dem tollsten Lärm.

»Was Mickey gesagt hat«, erklärte Gary. »Ihr habt die Brükken nach Faerie im Kopf. Was, glaubst du, hat er damit gemeint?«

Diane lehnte sich zurück und ließ das Buch in den Schoß sinken. Sie hatte die Abschiedsworte des Kobolds gar nicht richtig mitbekommen, weil die bevorstehende Reise nach Hause und die Bedeutung der vorangegangenen Erlebnisse sie zu sehr beschäftigt hatten.

Wie Gary auf seiner ersten Reise, wie jeder, der je nach Faerie gelangt war, mußte auch Diane feststellen, daß ihre Weltanschauung und das Glaubenssystem, das sie ihr Leben lang geleitet hatte, in den Grundfesten erschüttert worden waren.

»Im Kopf?« flüsterte Gary.

»Vielleicht hat Mickey gemeint, daß die Brücken bestehen bleiben und daß wir sie werden sehen können«, schlug Diane vor.

Gary verneinte schon, bevor sie noch ausgeredet hatte. »Mickey hat gesagt, daß die Brücken immer weniger werden – sieh dir doch nur den Wald hinterm Haus meiner Mutter an. Der war mal eine Brücke nach Faerie, vor langer Zeit.«

Er machte ein mißmutiges Gesicht und ließ sich wieder in den Sitz zurücksinken.

»Vielleicht hat Mickey die Brücken gemeint, als er sagte,

daß unsere Welt wieder in Ordnung gebracht werden soll«, schlug Diane vor.

Gary sah sie fragend an, voller Zweifel, aber gespannt.

»Hey, glaubst du wirklich, du kannst gleich die ganze Welt verändern?« fragte sie. »Fünf Milliarden Menschen in festen Gesellschaftsstrukturen – was willst du da machen, Präsident werden oder so?«

Gary wollte schon »Warum nicht« sagen, aber das war wohl ein bißchen weit hergeholt. In Faerie war er der Speerträger gewesen, der Träger von Donigartens Rüstung, der Favorit der Krone. Hier, in dieser Welt, war er Gary Leger, einfach bloß noch so einer, der sein Leben lebte und klarzukommen versuchte.

Irgendwie war Diane da realistischer. »Worüber, glaubst du, hat er dann gesprochen?« fragte er deshalb.

»Über die Brücken«, entschied sie nach einer kurzen Pause. »Mickey will, daß noch ein paar Brücken übrigbleiben, und darum sollen wir uns um sie kümmern.«

»Dann wäre die Welt wirklich besser dran«, stimmte Gary leise zu und entspannte sich ein wenig. Diane lächelte ihn an und kehrte zu ihrer Lektüre zurück.

Aber nur für ein paar Minuten. Denn plötzlich fuhr Gary auf. »Ich hab's!« sagte er so laut, daß sich einige ihrer Sitznachbarn umdrehten. Er lehnte sich gegen Diane und senkte die Stimme. »Wir könnten ihnen davon berichten«, sagte er. »Wir könnten es ihnen begreiflich machen.«

Diane brauchte nicht zu fragen, wen er damit meinte. Er meinte die allgemeine Bevölkerung, er meinte, sie sollten mit ihren Abenteuern an die Öffentlichkeit treten und ihr vielleicht sogar die Fotos präsentieren, die Diane in Faerie gemacht hatte. Ihre Zweifel standen ihr deutlich ins Gesicht geschrieben.

»Wir haben Beweise«, fuhr Gary unverzagt fort. Er nickte zu ihrer Reisetasche, die die Kameras und die Filme enthielt.

Diane folgte seinem Blick und schüttelte den Kopf.

»Es sind unretuschierte Polaroids«, protestierte er.

»Und wovon?« fragte sie knapp.

Er dachte kurz nach. »Vom Haggis«, sagte er dann. »Wir haben ein Bild vom Haggis, wie er in den Sachen des Königs steckt.«

»Das sollte uns auf die Titelseite von ein oder zwei Schmierblättern bringen«, sagte Diane sarkastisch. »Und vielleicht sogar ins Frühstücksfernsehen, gleich hinter den Werwolf von London.«

Gary mußte einsehen, daß ihr Sarkasmus durchaus gerechtfertigt war. Das Beste, was sie anzubieten hatten, waren Schnappschüsse, die man leicht fälschen konnte, und sie zeigten Dinge, wie sie selbst in den billigeren Science-Fiction-Filmen besser zu sehen waren.

»Mickey hätte das nicht gesagt, wenn er sich dabei nichts gedacht hätte«, sagte Gary beleidigt. »Da steckt was dahinter, ich weiß es genau.«

»Deine Vorstellungskraft«, sagte Diane plötzlich.

Wieder starrte Gary sie fragend an.

»Verstehst du denn nicht? Im Kopf«, sagte sie. »Du hast die Brücken nach Faerie im Kopf.«

»Wir haben sie uns doch nicht bloß vorgestellt …«

»Natürlich nicht. Aber vielleicht hat Mickey gemeint, daß wir die Brücken nach Faerie nur deshalb verlieren, weil wir, also als Welt jetzt, unsere Vorstellungskraft verlieren. Weil wir nicht mehr träumen können.«

»Ihr habt die Brücken nach Faerie im Kopf«, sagte Gary noch einmal, und diesmal ergaben die Worte einen Sinn.

Diane kuschelte sich an ihn. »Und vielleicht können wir sie noch jemandem in den Kopf setzen«, flüsterte sie ihm ins Ohr.

Gary wußte, was sie meinte. Die Antwort lag in einer Schublade in seinem Apartment in Lancashire, Massachusetts, in Form eines Buches, mit dem ein Mann Gary Legers

Vorstellungskraft entzündet hatte. Vielleicht, nur vielleicht, konnten Diane und er das gleiche für einen anderen potentiellen Abenteurer tun.

Der Flug zum Bostoner Logan Airport dauerte sieben Stunden, und als die 747 aufsetzte, hatte Gary das erste Kapitel bereits im Kopf und wollte nur noch an den Computer.